U0681624

挥不去的才是青春

——三个哈佛女生的成长手记

陈磊 洪宇 孔慧瑾 著

黑龙江人民出版社

图书在版编目（CIP）数据

挥不去的才是青春:三个哈佛女生的成长手记／陈磊,洪宇,孔慧瑾著. — 哈尔滨：黑龙江人民出版社，2016.4（2021.8重印）

ISBN 978 - 7 - 207 - 10701 - 5

Ⅰ．①挥…　Ⅱ．①陈…　②洪…　③孔…　Ⅲ．①纪实文学—中国—当代　Ⅳ．①I25

中国版本图书馆 CIP 数据核字（2016）第 069305 号

责任编辑：姜新宇　张婷婷　李春兰
　　　　　刘　畔　付秋婷

封面设计：潘颂恩

挥不去的才是青春

Huibuqu De Caishi Qingchun

——三个哈佛女生的成长手记

陈　磊　洪　宇　孔慧瑾　著

出版发行	黑龙江人民出版社
地　　址	哈尔滨市南岗区宣庆小区 1 号楼
邮　　编	150008
网　　址	www. longpress. com
电子邮箱	hljrmcbs@ yeah. net
印　　刷	北京一鑫印务有限责任公司
开　　本	787×1092　1/16
印　　张	18.625
字　　数	330 千字
版　　次	2016 年 4 月第 1 版　2021 年 8 月第 2 次印刷
书　　号	ISBN 978 - 7 - 207 - 10701 - 5
定　　价	58.00 元

版权所有　侵权必究

法律顾问:北京市大成律师事务所哈尔滨分所律师赵学利、赵景波

我们每个人在人生中都面临着数不清的机会以及艰难的选择。本书的意义在于帮助我们诚实地对待自我，并且加强我们的内在力量。在这一过程中，我们从而培育能够影响他人的关键的领导技能。

Allen S. Grossman——哈佛商学院教授

我认识本书作者是2004年。那年哈佛商学院给我们投资的一个项目写了案例，邀请我去那里做演讲。她们听了我的课，我也有幸听了她们成长的故事。后来她们想把她们的成长写本书，我一直是她们的怂恿者。

哈佛、美女、学霸，作者身上的这些光环足以让现在的每一个青年人羡慕。但读者在书中读到的更多是她们成长的心路历程。她们和读者一样，也有胆怯、自疑、失恋，在面临突变时她们同样不知所措。但和大多数人不同的是，她们通过自己比常人多得多的努力和付出，加上她们的天分，她们成就了自己。记得网上有一句话："不怕你聪明，就怕比你聪明的人还比你努力！"我相信她们的故事，对于今天在奋斗着的年轻人都是一种激励，一种人生的正能量！

阎焱——赛富投资基金首席合伙人，
中国风险投资教父

掩卷方知，所谓半边天的说法，不过是男人们一厢情愿的划分。当我们头顶烟霾四起的时候，她们却在艳阳之下高歌猛进。

撒贝宁——央视著名主持人

**冯唐——著名作家,前麦肯锡全球董事合伙人,
中信资本高级董事总经理**

对于生活,经历一定要比结果更值得回味。看着三位作者娓娓讲述她们不同的人生经历,求学,爱情,工作,创业,生活,追求,挫折,成功,成长,的确可以感悟我们的生活是如此的精彩。

卢雷——苹果公司全球副总裁,苹果大中华区总裁

21世纪初,一群自信而有创造力的专业人士开始出现。在全球金融界,我见证了这些人士的到来和成长。

陈磊是最优秀中的一员,讲多种语言,很强的数字能力,能够快速汲取信息、理解背景,她在精英中依旧傲然。她的成功建立在坚实又简单的基础上——她的人格。人格的养成是个复杂又困难的课题,但大体上讲有三个方面。

一是个人的思维模式。在英国皇家海军陆战队的11年培养了我"突击队的思维模式",陈磊绝对具备。它指的是当机会来临,她会及时抓住,灵活而充分地运用自己的知识和能力。同等重要,如果不是更为重要的是,她能够顶住艰辛、压力和痛苦。任何真正有抱负的选择,无论是生活或事业上的,都要承担风险。特别是在困难的时期,一个人对选择的坚持需要像顺利的时期一样执着。第二个方面是个人所在的团队的力量。第三个方面是公司的文化。其实个人成长、团队合作和公司文化是相互作用、相互影响的。

优秀的个人并不难找到,但他能否不断地成长和突破并不确定。陈磊证明了她可以,对于那些同样希望不断进步的人,她是一个出色的榜样。我为曾与她共事感到非常荣幸。

Peter MacDonlad——前美林全球投资银行亚太区副主席

作为当今商业社会的少数，我们女性需要有创造力和勇气去挑战、去坚持。这需要我们有决心、毅力和热情，还有一种面对事不如愿而仍泰然处之的能力。我希望你能从这本书的三个成功女性的真实经历中读到这些，也看到她们是如何走出自己的路。

Lisa Giuffra——高盛全球董事总经理

每个人对成功的人生有着自己的定义，我最羡慕的人生是不断成长的人生。从当年与洪宇一起入职麦肯锡到现在我们已经认识了近十六年，几乎每过两三年她就会换一个身份，而我们每次的再聚也都是在每次的身份更换之后，总能感觉她又跨过了一个人生成长的里程碑。虽然每次都能感觉她又有了新的成长，始终没变的是我当初就深刻感受到的那个不仅优秀而且非常笃定、非常柔韧的女孩子。感觉她始终通过不同的角色变换在接近自己的终极目标（true north），这本书沉淀了她们的成长经历与感悟，希望为所有成长中的女性读者带来好的启发与借鉴。

余进——前麦肯锡全球董事合伙人，
2014年度中国最有影响力的30位商界木兰之一，
埃森哲战略全球副总裁、大中华区总裁

洪宇、陈磊、孔慧瑾是我哈佛商学院同期的同学，以前光知道这些女学霸有很多成就，在这本书看到了她们一路走来的人生故事和感悟，相信对正在事业和生活路上摸索前行的朋友们有很多启发和帮助。

秦致——前汽车之家CEO，中国互联网创业精英

3

在我看来，生命的意义不在于攀登过多高的峰度，看过如何美妙的风景，品尝过怎么样的人生百味，而更在于在这一场游戏一场梦的迷局当中，能尽自己的全力去收获一份属于自己的最好的人生答卷，才不辜负老天给我们的智慧，造化给我们的生命。所以我的人生哲学是尽性安命。所谓尽性，就是要努力活出生命的活力、张力和魄力。所谓安命，绝不是消极等待，而是能用通达的心态去面对生命中的成功与失败，快乐与痛苦。本书作者之一陈磊一直是我从小到大难以企及的榜样，她的优秀总是那样的一骑绝尘、远在天边，让人只能祝福，无法嫉妒。直到我看过这本充满真情实感、有温度有厚度地记录她和另外两名哈佛优秀毕业生经历的书的时候，我真切地感到，我们与每一个优秀人物之间的距离，绝对不是智力水平或者运气的差距，而是我们每天对待工作、对待生活态度上的差异。通过这本书，我看到了别人眼中的"天人"同样也要经历生活中的痛苦、挣扎与攀爬，真正让她们动情和珍惜的也同样是那些最真挚、最朴素的感情。通过这本书，我学习了世界顶级名校的教育理念，体验了着名跨国公司的面试过程与魔鬼训练，也站在优秀女性的不同角度去理解她们眼中的爱情与幸福，文笔隽永、故事引人入胜。我把这本书推荐给所有对人生有更多期待的年轻朋友，相信里边生动有趣、只有当事人能说清楚的一手故事会让你真正理解我所说的"尽性安命"。

赵尔迪——北京迪殊科技有限公司董事长，
前新东方华南西南区总裁、教育专家

序

谢正炎

这是当代中国三位女性的故事。她们是世界著名的哈佛大学商学院同级的同学，她们在人生的早期都取得了事业上的成就。这些成就曾为西方男性专有，为此，她们付出了更多。她们必须面对社会的传统观念，不断地挣扎，却又不懈地奋斗，以追寻和表达独特的自我。她们经历过的挫折我也感同身受，她们的成就令我钦佩。

孔慧瑾、陈磊、洪宇，她们内在的力量和美德、她们的人格和她们的成功，无疑让她们成为很多当代中国年轻女性的楷模。同时，她们的挣扎也有很多借鉴意义。作为当代中国女性的先行者之一，无论是她们的求学经历还是工作经历，都充分地体现了她们如何一方面包容传统的社会家庭价值观，同时又争取到她们的个体自由和表达的空间。

每一位中国女性，或者说全世界的女性，都面临着类似的挑战。如何应对这个矛盾是实现自我、挖掘潜能的核心问题。很多人从来都没有真正挖掘过自己的潜能，因为各种心理障碍，很多机会和挑战都擦身而过。因此，她们错过了那些激动人心的飞跃，未能实现自我突破。

她们三位感人的故事向我们展示了"如何变成自己"这一过程中的主要力量。有一些是外部的力量：别人的殷切期望或是外部环境的剧烈变化；更重要的是来自她们内在的难以抑制的驱动力，驱动她们去发现和寻找自己的召唤（calling）。如何面对这些力量，没有简单的答案。她们每一个人都勇敢地走出了自己的"安全港湾"（comfort zone），牺牲了稳定和安逸。慧瑾非常强大和独立；洪宇把家庭的需要置于自己的需要之上；陈磊非常在意她父母的感受，但最终意识到父母对自己的爱远超过自己的某些行动可能给父母带来的不安。每一个人的选择都是她们价值观的反映，她们懂得了如何与源源不断的外部世界的需求达到平衡。

找到自我仅仅是故事的一半。这本书最终的意义在于展示她们如何找到最好的自己，并且用最好的自己来服务社会的历程。"寻找自我"不能满足我们的内心的需求。人的本性是渴望为这个世界带来新的创造、新的价值，并且在生命中拥有爱和意义。每一个人都有这样的需求，无论是在18岁或者70岁，正如我在辅导的总裁或者企业家身上一次次看到的一样。越早有这个意识，你的人生将越丰富、越有韧性。

无论最终她们的人生走向哪里，慧瑾、陈磊、洪宇都向我展示了她们活出自己完整人生的勇气和力量。她们不断地在人生的四个终极领域学习并做出贡献——工作、爱情、家庭和社会。

谢正炎，作者之一孔慧瑾的导师，新加坡 LinHart Group 创始人。LinHart Group 为全球大型公司和家族企业创始人、继承人、总裁和领导层提供最高端的咨询服务。在创立 LinHart Group 前，谢正炎先生是麦肯锡咨询公司 30 年的全球资深董事合伙人，是麦肯锡第一个华裔顾问，第一个华裔高级合伙人，他在 30 个国家工作过，从事过 30 种行业。谢正炎先生与人合著的《Hearts, Smarts, Guts & Luck》被纽约时报评价为最佳畅销书之一。谢正炎先生为哈佛商学院 1980 届毕业生。

自 序

2009 年，从哈佛毕业了四年的我们终于有了些许在事业上站稳脚跟的感觉，可是我们已经在自问：这是否是我们真心热爱的事业？同时，我们在爱情和家庭上又有了新的挑战——一个刚刚与爱得痛彻心扉的初恋男友分手，一个刚刚勇敢地步入第二次婚姻，一个刚刚有了来之不易的宝宝……生活又开始震荡，我们又要去探索新的平衡点。

也许三十岁到四十岁就是一个丰富而复杂的人生阶段吧，面对事业与家庭、社会与自我、物质与精神等多维度的需求，我们既兴奋又困惑。孰轻孰重？如何选择？习惯了追求完美的我们必须要学会取舍，习惯了力争最好的我们必须要接受妥协，从起初的焦虑、不甘到渐渐地果敢、欣然，我们看到了自己不断成熟的影子。

虽然人生没有标准答案，但人生可能有许多相似的难题，不是说"身边的榜样比伟大的榜样更给人以力量"吗？的确，有时师哥师姐的成就比乔布斯的成就对我们的激励更有效，因为他们能做到的，也许我们也可以。我们相信，我们能做到的，你也可以。

于是我们拿起了笔，给自己一个机会，也是一种鞭策，来思考一下自己的人生，来记录一下自己的选择。毕竟工作生活的压力可以让我们的生命就在匆匆中流逝，要动笔时才会用心倒带，看清楚自己在生命轨迹中真正留下了什么。

所以，我们起初动笔时，没有什么提纲和框架，只是写下了我们认为"对自己最重要的事"。我们只追求两点：

——打动自己；
——真实、真实、真实！

我们相信，打动了自己才有可能打动别人，真实才有万钧之力。我们希望，你能从我们的故事中看到我们的挣扎，也看到我们的坚持。我们欢迎你的提问，也希望你与我们分享你的故事。从此，让正能量循环、扩充，循环、扩充……星星之火，可以燎原！

舍不去的才是青春——

三个哈佛女生的成长手记

目　录

�_不去的才是青春
——三个哈佛女生的成长手记

陈
磊

黑龙江省哈尔滨人。毕业于哈尔滨市第三中学，曾任三中学生会主席和黑龙江省学联副主席，获美国明德大学（Middlebury College）经济和计算机双学位，并获得经济学最佳成绩奖和计算机科学最高荣誉奖，入选PhiBetakappa学术荣誉会，哈佛商学院工商管理硕士（MBA）。

就读商学院之前就职于美国高盛投资银行（Goldman Sachs）纽约总部，注册金融分析师（CFA）。商学院毕业后加入总部位于美国旧金山的太平盛世对冲基金（Standard Pacific Capital）。2007年回香港创立亚洲总部，任该基金合伙人。

所著《闯入华尔街的中国女孩》获得冰心儿童文学出版奖。

陈磊 著

如果下辈子我是只动物
我希望是……熊猫
人见人爱,还是国宝,哈哈

哈佛的日子紧张而快乐

为母亲庆祝生日
猜猜几岁了

那时,还没有自拍神器

事业篇

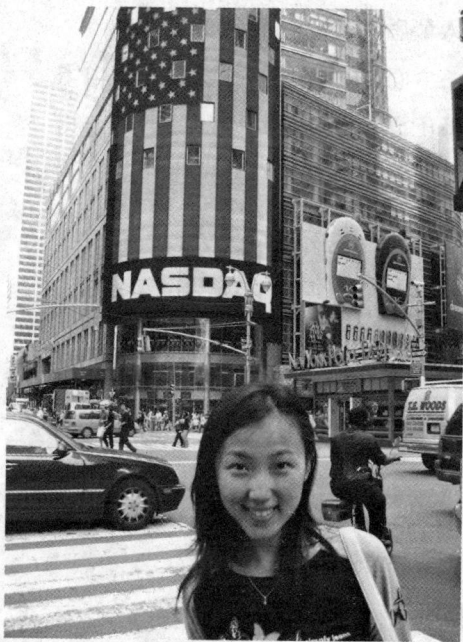

2003年纽约纳斯达克股票交易中心

高盛，我走了

2003 年 5 月，我在高盛的最后一天。

晚上 9 点多，同事大都已回家。

整个交易大厅，突然从无间隙的喧哗变成掉一根针也听得到的寂静。我看着那一排排不再闪灯的电话和黑了屏的电脑，真的感觉它们也累了，都该休息了。

Colin 最后一个离开时见我还在，有些惊讶地问："今天不是你的最后一天吗？"

"是的。我就是想确认一下走之前该做的每一件事是否都做好了。"

"我们一定会想念你的，磊！"

Colin 大力地给了我一个拥抱，我感觉得出他说的是真心话。

望着 Colin 匆匆离去的背影，我不禁问自己：我会想念高盛吗？……

面 试 高 盛

我还清楚地记得三年前，也就是我找工作的 1999 年，正是股票市场疯狂的时候。科技股天天创新高，没有利润，只要有眼球，就能在股市卖个好价钱。华尔街也因此像印钞机一样地赚钱，招收新雇员的热情很高。我就是幸运的这样一批，毕业时赶上了好年头，一下子就拿到了五家投资银行的工作机会。只不过那时候没意识到"时势造英雄"，还真以为自己超厉害呢！

不过这也是事后英雄。记得在高盛面试的最后一轮，要在十名候选人中选择两名。我看着来自哈佛、斯坦福、普林斯顿等名牌大学的竞争对手，心跳得特别厉害。再看到几位男生都是一副胸有成竹的样子，心就更凉了一半。我安慰自己："没事儿，就当是见世面了，能进入最后一轮已经不容易了！"

从早上 8 点一直到下午 6 点，每半小时一个面试，除了上厕所，没有中场休息，连午餐时都在面试。我猜这种马拉松式的面试本身就是对应聘者精力和体力的考验，看你能否适应这种长时间的紧张气氛，因为华尔街的工作时间每天都在十几个小时以上。还好，我属于兴奋型选手，再加上没有特意为自己制造气场，所以体力精力都保持得较好。

面试的人来自公司的各个层面，问题是五花八门的。除了"为什么想进华尔街""为什么想来高盛"这种标准问题，也有"DCF 是如何计算的""利率与股票的关系"等技术问题，还有"你经历过最大的挫折是什么""你最大的缺点是什么"等心理方面问题。

我记得最清楚的，是在面试结束后，一位高盛的董事总经理（Managing Director，简称 MD），在我走出门口的一刹那，突袭地问我：

"如果你只能用一个词来形容你自己，会是什么？不要想，回答我！"

"令人愉快的！"（"Pleasant！"）

我脱口而出。说实话，这问题我自己也没想过。大概潜意识里是这样认识自己的，所以自然流露了。

也许这个答案让那位 MD 很满意。半小时后，人力资源部就通知我被录用了。

按常规，好像是否录用要在面试后一两周才获通知。

我的心情这个激动啊！因为高盛是华尔街排名第一的投资银行。我不但实现了闯入华尔街的梦想，而且进入了最优秀的投资银行，我觉得自己站到了世界金融行业的顶峰！

地狱式培训

可惜，最初受到高盛聘用的自豪感和优越感很快就被自卑感和不安全感所代替。

一到高盛，我们这些新员工首先接受了 6 个星期的地狱式培训。

早上 6 点就要读好当天的华尔街日报，知道有什么重大事件发生会影响股市。那时很多华尔街的术语我都是初次接触，很多公司也不闻其详，只好比别人再提早一小时起床（早上 4 点吧），以便有时间查找背景资料。

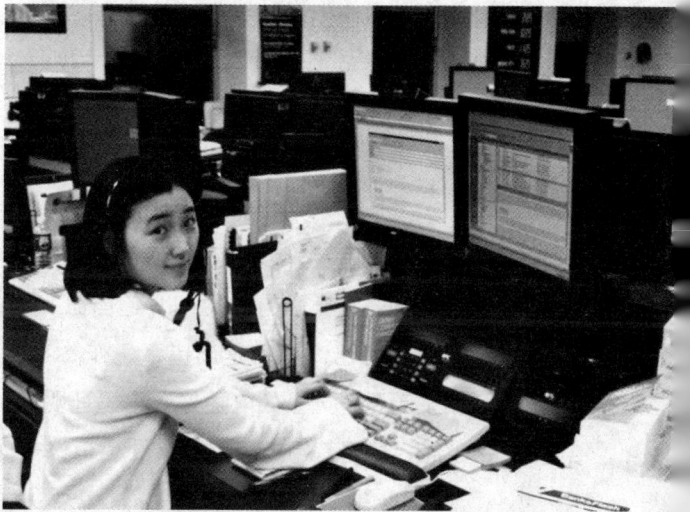

2001 年高盛纽约办公室

早会在几百人的大礼堂进行。教官手持一根细长的银色教鞭，会直指你的额头提问，不在乎让你在大庭广众下出丑。曾经就有两三次，因为有人回答不出被勒令立刻离开礼堂去找答案。无论男女，一视同仁，搞得一位女生当场落泪。这种"当众羞辱"还不够，还会向你的未来老板通报，搞得"人未到，名已臭"。唉！

接下来一天的课程：经济、金融、会计……依然会有随机提问，当然更有无休止的小测验、大考试。还会请来高盛的一些高级职员介绍各个部门的情况，并进行"洗脑"。

"高盛是华尔街最优秀的投资银行。你确定自己足够优秀而成为高盛一员吗？"

"要善待每一个人。你今天的下属可能会变成你明天的老板或你明天的客户。这个世界很小！"

"你要给自己设立一个高标准，而且要知道这个标准还会不断升高。在高盛，不能升职就要走人，没有中间的路可选！"

…………

你以为从早上6点到下午6点12个小时的课程结束了，终于可以松口气了？你想得美！接下来还有集体晚餐、派对，目的是让同届的分析员们可以充分社交，以便于日后奔赴各部门工作时更容易沟通协作，说到底，这些所谓的派对也是让你在工作。等到晚上十点多回到酒店，真的是已经精疲力竭。想想只有可怜的五个多小时的睡眠在等待我时才感慨，原来《面试指南》上说的都是真的，不是夸张——"对于那些想进入投资银行工作的申请人请注意：投资银行工作时间差，而且是非常非常差"。

回首那段日子，我记得除了每天希望闹钟不要响，祈祷不要被教官点名，硬着头皮不断和同届分析员们介绍自己（因为这也是一项考核指标）外，就是反复地质疑自己"是不是选错了工作，高盛也选错了我"。我不晓得在这种高压状态下自己能挺多久（还好，事后证明我的潜力大于我的自我评估）。

当然，在痛苦与煎熬之外，还是有许多可以终身受益的收获的。

高盛教会我什么

高盛很强调团队协作（team work）。培训时的教官就不断教导我们在工作中要用"我们"（We），而不是"我"（I），即使是自己的成绩，也要和组里的同事分享，团队永远比个人的力量大。

我是个听话的孩子，也就傻乎乎地照做，后来发现效果也不错，每次年终的 360 度考核我都是组里得分最高的。当然这可能和我职位最低，没有对别人形成竞争威胁有关。但并不是每个人都像我这么听话。

记得有一个日裔美籍女孩本来是东京分公司的，因为组里人手不够，就请她来帮忙。有一个查公司资料的项目，老板让我俩一起做。本来我们周五晚上熬到十二点多一起做好了，没想到她周末偷偷把报告的格式改了。结果跟老板汇报时，就变成了她的个人专场。

我这个气啊，虽然嘴上没说什么，但心想："你这不是明显要突出自己、贬低我吗！"

老板 Colin 肯定看出了我的不悦，事后特意把我叫到会议室，告诉我他很清楚项目是我俩一起做的，而那位日裔女孩想突出自己以调到总部的用意也很明显，老板并不赞成这

2000 年纽约曼哈顿，世贸中心双子楼仍在

种方式。

听了老板这话，我才觉得心里没那么堵了，并且很开心于老板的公正："还是跟聪明人一起工作比较爽！这些雕虫小技一眼就被看穿了！"

后来我一直保持着用"我们"（We）的习惯，不但没觉得自己的业绩被埋没，反而得到组里同事的一致认可。我想无论是东方还是西方，人性都是共通的，大家应该都不喜欢一味刻意表现自己的人。如果你有本事又谦虚，大家自然会发自内心地欣赏你，主动地帮助你，这是真正的"双赢"（Win – Win）！

高盛也很强调有错就认的重要性。我至今还记得一个 MD 讲的他的亲身经历。

他那时也是刚刚加入高盛不久，在交易大厅做助理交易员。有一次他不小

心把一个交易订单的交易数量多加了一个零，结果瞬间给公司造成了几十万美元的损失。他吓呆了，当然想掩盖这个错误。但他想起第一天上班时老板对他讲的话："有错就报。尽早！"于是一番思想斗争后，还是如实报告了。

本以为老板会让他收拾包走人了，没想到老板只说了句："我很高兴你及时汇报了这件事。今后要确保不再犯同样的错误！"

于是我牢牢记住了，犯错误及时承认还有可能补救，如果拖延就会造成更大损失。还好，在高盛的三年里，我并没有犯过什么致命的错误。但也有邮件里一个单词拼写错误而被老板抓到的尴尬，也有因把客户名字搞混给组里同事带来不便。每次我都真心承认错误，并能很快放下包袱继续前进。

其实承认错误也是对自己的一种解放，如果想方设法地掩盖错误，可能酿成大错。那些华尔街臭名昭著的魔鬼交易员（rogue traders），给公司造成几十亿美元的损失甚至直接导致公司的倒闭，都是从想掩盖小的错误或损失开始的。比如 1995 年，英国有 233 年历史的霸菱银行（Barings Bank）就是因为它的交易员尼克·李森（Nick Leeson）试图补回损失，做了一系列风险越来越高的投资决策，令洞越挖越大。最后当银行发现李森的交易累积了高达 14 亿美金的损失时，这已经是银行可以交易资本的两倍，直接导致了银行的倒闭，而李森也锒铛入狱。

高盛也很强调"职业精神"，为客户提供高质量的服务。但这个服务的边界在哪里？我也有过亲身经历。

有一次，在纽约陪一个重要的客户一起吃晚餐，是在那种服务生都穿西装的高级餐厅。昏暗的灯光配着每个桌上闪烁的烛光，营造出一种舒适浪漫的氛围。我当然还是认认真真地介绍高盛对经济、股市等的看法，但客户似乎对品酒的兴趣大于研究市场的兴趣，我也就很识趣地降低谈话的严肃程度，让客户引领谈话的方向。从红酒到旅游到成长背景，我渐渐觉得客户聊他自己特别多，我想也许老外都喜欢表现自己吧，就由他说下去。可是酒过三巡，女人特有的敏感让我觉得客户有些"醉翁之意不在酒"，特别是碰杯时他有意无意地碰到我的手，好像一股电流击来让我清醒，自我保护的天线一根根竖起。我很纠结，是"逢场作戏"不要得罪顾客呢？还是"黑白分明"立刻划清界限呢？当客户问我喜欢什么样的类型时，我马上顺水推舟，把自己喜欢的类型描述得与他相反十万八千里。看得出听了我的答案，客户很失望，或者说很扫兴。我似乎看到他的心直线向下做自由落体运动，我则趁这片刻迅速埋单。

回到家里，我一边庆幸成功脱身，一边纠结如何向老板交代，可能就此得罪了个大客户，整夜在半睡半醒间演练与老板的对白。万万没想到，第二天讲给老板 Yumiko 听时，她还开玩笑："磊，祝贺你！他在追你啊！"

见我一副尴尬不知所措的样子，她才严肃起来："噢，对不起。玩笑归玩笑，我觉得你做得非常对。在工作上，我们尽力给客户提供最好的服务。在个人方面，你拥有所有的权力去拒绝，即便是客户。"

不久，老板就把那个客户分配给了组里的一位男同事。我心里不禁暗暗感激，也更加放心，没有什么利益是值得用突破自己的道德底线去换取的。

还有许多高盛的行事原则我都牢记在心：

"不懂就问，尽早！不然日后会让自己看起来像个更大的傻瓜。"
（"Ask question early! Otherwise you will look like a bigger idiot later."）

"长远利益，不要只顾眼前利益。"
（"Long term greedy, rather than short term greedy."）

"名誉是最难补救的。"
（"Reputation is the most difficult to restore."）

……………

我很幸运在事业起步初期，就养成了一些良好的职业品格。这一点我很感谢高盛！

亲历"9·11"

在高盛的三年里，酸甜苦辣，五味俱全。但真正令我心惊胆战的经历只有一个——本·拉登领导下的"9·11"恐怖分子袭击！

2001 年 9 月 11 日早晨，纽约，天空晴朗，阳光灿烂。8 点左右，我和高盛的同事们正在开早会，突然交易大厅的多台电视上出现了飞机撞高楼的画面。起初，我并没在意，组里的同事们还在议论是直升机误撞吗？纽约市的确常有直升机出没，有的是为了新闻报道，有的是护卫重要国家领导，有的可能就是富豪的私人交通工具。

可是，突然有人叫道："是世贸大厦！"世贸大厦就在我们工作的纽约大厦附近，隔着三四条街。大家这才放下手中的工作，纷纷站了起来，紧盯着电视的大屏幕，交易厅的声浪骤然间低了一截，大家似乎隐隐意识到情况没有想象的那么简单。

"这种事情怎么会发生？"组里同事 Scott 一边摇头，一边拉着我走到落地玻璃窗边，指给我看已经冒着滚滚黑烟的那栋世贸大厦。我看着那银光闪闪的大楼中间一个黑洞，不禁担心大楼能否挺得住。

突然，另一栋世贸大厦也在中段爆炸了，大火夹杂着碎片喷出，直指向我们的办公楼。那一幕好不真实，我感觉像是在看电影，所以竟然没有丝毫的恐惧。这时警笛大作，同事们匆匆离开座位，赶往紧急疏散楼道口。Scott 急忙拖着还愣在那里的我，也加入撤离的队伍。

电梯已经不允许使用了，只能徒步从办公室所在的 49 楼一阶一阶往下走。同事们很有秩序，自然排成两队，也不嘈杂，只与旁边的人小声议论。下到大

2001 年 9 月 11 日，恐怖袭击，世贸中心双子楼被撞毁

概十几楼时，我偶然听到有人说可能是恐怖袭击，才突然觉得一身冷汗，脚也发软，心中暗暗祈祷，我们的办公楼千万不要是下一个目标。

到了楼下，高盛要求各组点齐人员，留好联络方式，然后让大家自行回家。这时 Scott 已经积极在召集志愿者，前往被撞的世贸大厦去帮忙。望着一片浓烟滚滚，我只觉得自己的腿在打战，再加上没有吃早饭，已经开始有眩晕的感觉，真的没勇气也没力气走近事发现场。Scott 很理解地拍了拍我的肩膀："你照顾好自己的安全！" 我很感激他没有嘲笑我的胆小，越发对他的热心和勇气肃然起敬。

望着 Scott 离去的背影，我心里很慌，不知道该往哪里走，如何回家。我当时住在纽约对面的新泽西，需要搭船或地铁才可，但那时一切交通工具都停下来了。还好，组里的 Miki 看到了我，于是我俩决定搭伴一起走。

我们刚向世贸大厦方向走了几步，就见到大厦轰然直塌，伴着很沉闷的隆隆声。对，是"直"，不是"倒"。据说，当时设计师对这种情况有过考虑，所以没有殃及周边楼宇。我们的第一反应当然也和所有人一样，就是朝着相反方向拼命跑，跑得我的一只高跟鞋都掉了，还狠狠地扑倒在地。Miki 赶忙帮我捡回了鞋子，又扶起我，继续跑。

我们跑到炮台公园时，已到了纽约曼哈顿的最南端，无路可走了。有几个人竟然奋不顾身地跳进了路尽头的哈得逊河里。也不能怪他们，这时整个炮台公园已经被大厦倒塌释放出的浓烟和碎片所笼罩，根本看不到两米之外。

有好心人大叫，让大家用衣服包住头，蹲在地上，尽量减慢呼吸。我和 Miki 马上照做。这时炮台公园已经挤满了人，但大家都很安静。我听到身边有轻微的啜泣，好像是一位欧洲来旅游的女子，我虽然心里很怕，但故作镇定地安慰她一定会有人来救我们的。

还好，不一会儿真的就有一条轮渡停在岸边，把那些跳到水里的人先救上了船，然后就听到有人喊："小孩和女士优先，男士们请稍候！" 哗地一下，人流真的分开了，在如此性命攸关的时刻，男士们让出了一条路给孩子和女士先上。那一刻，我真的很感动，真的见识了什么是绅士风度。

我是幸运的，据说我和 Miki 搭上的那艘渡轮是最早一批离开曼哈顿的。赶到家里，正巧在国内的妈妈刚刚通过电脑视频打过来，见到我，她才放下了悬在嗓子眼儿的那颗心。

后面的几天，纽约曼哈顿处于关闭的状态，连纽约交易所也关闭了一周。我每天关注着电视上救援行动的进展，无数次落泪 —— 为无辜的生命，为可敬的消防队员，为排队献血的有爱心的人们。很长一段时间，我也多次做噩梦，甚至有一次梦到飞机撞到了我公司所在的纽约大厦，吓醒后一夜未眠。后来索性连高跟鞋也封存起来，在高盛后来的两年里几乎只穿平底鞋。

是的，有很长一段时间"9·11"在我的心里留下了阴影，因为在恐怖分子面前，每一个人都可能成为下一个无辜的牺牲品。但"9·11"也让我看到了人性闪光的一面——Scott 的奋不顾身热心救人，Miki 的大难关头拉我一把，许多陌生人之间的搀扶安慰和真真正正的"女士优先"！

"9·11"似乎也给大家敲了个警钟，去认真思考"什么才是生命中最宝贵的"。在生命的最后一刻，几乎所有的遇难者都在尽可能地打电话或发短信告诉家人"我爱你"，金钱、权力、名誉一下子变得微不足道。从此，华尔街似乎也多了一份温情……

对于我，最震撼的是，"9·11"把一个冷冰冰的现实推到了我面前 —— 生命是有期限的！活鲜鲜的生命可以戛然而止，在突如其来的外力下，我们无能为力。我问自己："假如我今天不幸遇难了，我对自己的一生满意吗？有遗憾吗？"我突然发现是有遗憾的。从升学到工作，好似一帆风顺，但"拿好成绩、找好工作"这单一的目标让我的生活少了许多色彩。为了把分分秒秒用在专业上，我很少看课外书，除了金庸古龙、三国红楼这些必读品，我对尼采、托尔斯泰、徐志摩这些名字虽如雷贯耳，却不明其详；为了在工作上尽早出人头地，我连公司法定的假期都不肯休，以表现自己对高盛的全心全意。可是，假如我就这样走了，我会好遗憾自己的世界只有教室的桌椅、公司的电脑，我的人生仿佛由一张张印着它们的黑白照片组成，重复而单调。我突然想呐喊："我不能就这样活！"

如果说每个人的一生都会有几个重要的转折点，这次"9·11"的经历让我第一次不得不直面死亡这个残酷的现实，这个我们每一个人早晚有一天都要面对的结局，却也让我更加清醒，生命真的是有限的，一分一秒的流逝都是生命的流逝。我们无法让时间停滞，只能努力让生命精彩。从那时起，我已决定不再把工作看成生命的全部，要看看高盛之外的世界。

高盛的同事们

高盛的 14 个经营理念（Business Principles）里提到过："为每一个工作岗位，我们都付出不同寻常的努力去发现和招聘最优秀的人。"

我的确也觉得高盛同事整体素质是很高的，而且大多数人都有一种"高盛高于一切"的自觉，为高盛拼命工作的劲头非一般公司可企及。

那时我的大老板 Lisa Shalett 已是 Managing Director，虽然是两个孩子的妈妈，但无论你何时发邮件，她总会在十分钟内回复，让我们怀疑黑莓（Blackberry）已经长成了她身体的一部分。

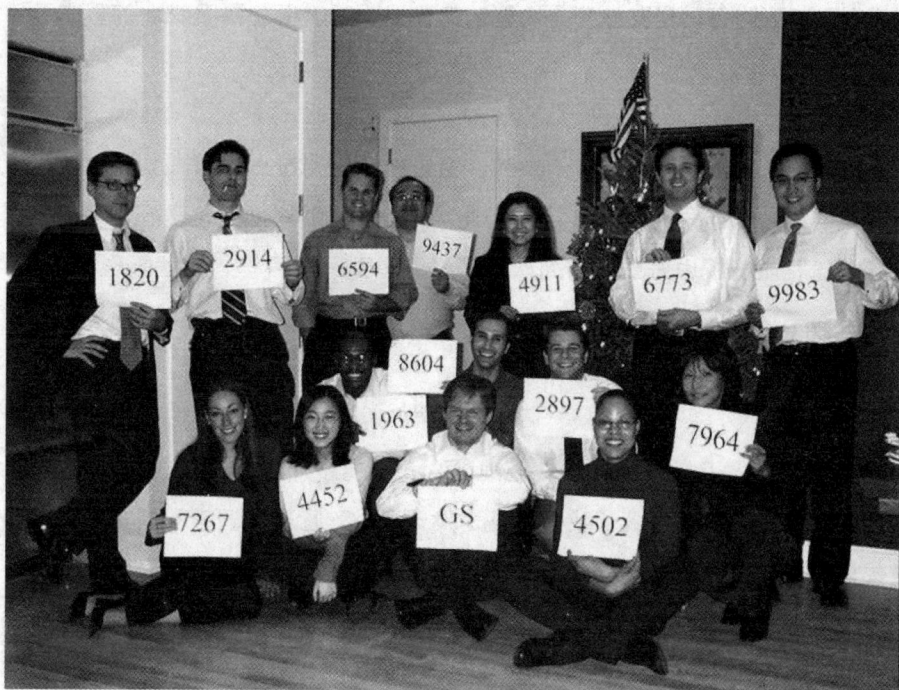

2002 年与高盛纽约的同事们

Peter MacDonald 也是我的大老板。不知要敬佩他的苏格兰硬汉血统，还是他曾受过英国皇家海军陆战队（Navy Seal）的地狱式训练，他可以在一星期内飞遍全球，白天开会见客户，晚上还跟团队一起去唱卡拉 ok，晚上只睡四五个小时，完全没时差。

当然大家也不只是关心工作。比如说，Lisa Giuffra 是我的明德大学（Middlebury College）校友，她一直很努力帮助 Middlebury College 的学生申请高盛的工作，我也曾是受益者。她很喜欢拿着我的《闯入华尔街的中国女孩》那本书，在许多同事面前吹赞我，弄得我很不好意思。

她尤其愿意帮助女生，相信"融合网"（web of inclusion），而不是男生喜欢的"小圈子"（inner circle）。她相信大家连成一个互助的网络，要比小圈子强大得多。在竞争激烈的华尔街，作为一个职业女性很不容易，要像男人一样地打拼，公司不会因为你是一个妻子或母亲而给你同情分。所以我们这些职业女性就更要团结起来，互相支持。我发现很多职业女性其实很回避这个话题，似乎担心"强调自己是女性"是个弱势的表现，所以更加佩服 Lisa 的直言不讳而又付诸行动。

当然每一个群体里都是有例外的。组里曾经雇佣过一个黑人女孩（我这里没有歧视黑人的意思，但事实碰巧如此），也是哈佛毕业的。开始大家都很喜欢她，随和热情，也好像很有团队精神。没想到几个月后，她就原形毕露了。迟到早退，整天在同事背后说三道四，听说还到人力资源部告状说组里的白人同事歧视她。

我也曾被人力资源部访谈，调查她所讲的是否属实。我认为这跟种族完全无关，是她个人工作态度问题。在美国，我也属于"少数种族"（minority），但我从来没觉得有同事歧视我。高盛是投资银行，它为了追求利益，也要雇佣最优秀的人才，那么选择的标准是能力和态度，而不是种族或出身。但听说最后好像高盛怕惹麻烦，还是赔了一笔钱才送她走人。我觉得这简直是欺诈，也更理解了古人说的"人不可貌相"（不要被名牌迷惑）、"日久见人心"（时间是最好的考验）！

离 开 高 盛

短短三年，我从一个战战兢兢初出校园的小丫头，成长为一个可以面对客户侃侃而谈的职业女性，从一个负责影印、负责接电话的最低级分析员，成长为一个有独立股票判断的客户经理。但我也意识到，在高盛这个庞大的赚钱机器里，我只是一颗小小的螺丝钉。虽然高盛给了我升职的机会，我却有些担心，担心一旦进入升职通道，就会身不由己地被卷入这个高速运转的机器无法抽身，也无暇顾及自己的真实内心。

于是，我选择了离开，准备报考哈佛商学院读 MBA，希望给自己一些空间和一段时间，远离社会追求速成的压力，自由地去思考未来的路。离开高盛，的确有些不舍，不舍我喜欢的同事们，不舍那种压力下的快速成长，但我清楚，这是正确的选择！

别了，高盛！

谢谢你对我的锤炼，教会我低头做事，再没有意义的事只要有需要，就是有意义。

（比如每天早上睡眼蒙眬，就要赶在五点半前到公司复印材料，为组里准备早会……）

谢谢你打败我的自尊，让我意识到先做出成绩，再强调感受。

（比如被大家呼来唤去的日子，个个都是老板，谁的项目都最重要，做好了是应该的，哪个不完美都是我的错 ……）

谢谢你增强我的自信，因为我曾经是高盛人，是最优秀中的一员！

对冲基金，我来了

"嘀嘀嘀……" 好悠扬的旋律，从弱到强，但我却对它没有一丝欣赏，因为这是早晨闹钟的旋律。我觉得它就是披了华丽衣衫的号角，再动听，也是宣告着我一天战斗的开始。

7：30，snooze（我狠狠地按下闹钟的稍后提醒键）。

"再多睡五分钟吧，我可以起床后动作再快一点，把这个时间抢回来"，我这样安慰自己。就这样 snooze，snooze，snooze……

"糟了，快 8 点了！"我蹿了起来，快速洗脸、刷牙、穿衣、拎包，脚蹬到鞋子里，拖拉着鞋子冲出了门。"进电梯再系鞋链吧，节省时间！"

8：15 我已经在楼下叫出租车，这速度估计在军队也可以了。

我很佩服早起化妆的女同胞们，她们是如何舍弃被窝的温暖的？鄙人不善化妆，更不善起床，只能用微博上的一句名言安慰自己："大胆的男人去经商，大胆的女人不化妆"。

等车的几分钟，我的眼睛仍然盯着手中的黑莓（blackberry），左手滚动黑色的鼠标，快速扫过邮件的标题。这时心中总有一种忐忑，像是面对一个地雷阵，不求有什么好消息，只求没有什么坏消息让我的股票又中枪，就已经算是一天好的开始了。

8：25，我终于坐进了出租车，拨通了旧金山总部交易组的电话。

"Joong，今天有什么重要新闻？股票市场气氛如何？……"

Joong 是我们公司负责亚洲区的交易员，美籍韩国人。因为在旧金山交易亚洲股票，他的生活作息时间是与其他人完全相反的——下午2点左右到公司，半夜两点左右才能回家，

2014 年香港对冲基金办公室

择不去的才是青春——三个哈佛女生的成长手记

而且晚上8点以后公司基本上就剩他一个了。我也曾经如此在旧金山总部工作生活过两年，但已被医生多次警告我的身体吃不消了，这也是我后来搬回香港的一个原因。真佩服Joong，他竟然已经如此"与世隔绝"地坚持了近十年！而且工作一丝不苟。我每天早上第一时间打电话给他，他已经把全球发生的对股市有影响的重要事件总结好了，并会对投资银行研究部门当天发表的对我们股票有影响的研究报告做好了筛选，和Joong这10~20分钟的通话含金量好高，可以节省我至少一两个小时的时间。

8：50我冲进了办公室，心中暗喜："还好，躲过了'千军万马过独木桥'的时间！"大概因为9点钟是大多数公司上班时间，8：50到9：00这十分钟是人流最汹涌的时段，以至于香港中环的许多大型写字楼要在电梯大堂设立起排队的临时区域，像机场安检区的设置。这段时间等电梯也比较痛苦，因为人塞得满满的，而且层层要停，至少要比平时多等5~6分钟吧。所以避过这段时间很重要。我有时如果知道8：50前赶不到，就干脆早晨先在家工作，9点后再到公司，因为不喜欢等电梯的那种焦虑。好在我这份工作最重要的是效率效益最大化，不是在公司的时间长短。

9：05秘书送来了早餐，麦片加牛奶。是的，妈妈叮嘱了千百次的鸡蛋加面包加水果加核桃加……仍然放在我的任务清单（to-do list）上。不过，现在有早餐已经是很幸福的了。

遥想十年前，我刚刚大学毕业，进入高盛投资银行的纽约总部工作，早晨4：30起床，5：30到公司，没有牛奶，没有面包。而牺牲那么多睡眠所换来的早晨第一份工作，却是为组里的同事影印资料。还时不时要与其他同我一样命苦的第一年分析员竞争影印机，修理影印机。那时心里也常常愤愤："难道我大学四年的教育就是为了做个copy girl（"影后"，可惜不是电影的影，而是影印机的影）？"但嘴上永远挂着微笑，说着"yes"，本着"不以事小而不为"的态度坚持着。

记得后来组里的同事夸我时，也经常提起我对影印工作认真负责的态度赢得了他们的好感与信任，放心地交给我一些更重要的工作。所以那些我本以为没意义的影印工作原来也有着"抛砖引玉"的功用。

有趣的是，直至今日回想起在高盛的日子，我记得的不是华尔街的奢华光鲜,而是让我谦卑辛苦的日子。也许苦总比甜让人更刻骨铭心。

9:10,助理打来电话和我讨论一些新的投资机会。我一边听着,一边不停地打开相关股票的价格走势图,一边小心地不让牛奶溅到键盘上。最怕的就是又有电话不停地进来打断,索性让秘书拦截,晚些再打回去,因为我要争取在9:30香港股市开市前,与总部讨论一下今天的交易计划。

这就是我一个典型工作日的开始。如果一天是一场战争,早晨的一个半小时是最激烈交火的那场战斗,因为9:30开市是不可逾越的时间线。看到这里,你可能已经在心里嘀咕:"这也太忙了吧?不累吗?"请注意,不要混淆概念。忙并不一定代表累,而身体上的累并不等于心灵上的累。你可以连走路都要小跑、连等电梯都要查邮件地忙,心里却感到很充实很阳光;也可以天天坐在办公室里喝茶水刷手机,却心里空空的好疲倦。对冲基金虽然让我忙得有时连上厕所都没时间,我却忙得挺来劲儿。

你问我为何选择对冲基金这活儿?说来话长。

面 对 选 择

遥想当年,大学毕业时,我并不清楚自己想做什么、能做什么,所以只能抱着先试试再说的态度。本着如果能够,就去最顶尖的公司与最优秀的人共事的原则,我最后选择了高盛投资银行的纽约总部。

高盛三年,我学到了许多,但也总有想去看看投资银行之外的世界的冲动,于是选择了去哈佛读MBA,利用暑期去了麦肯锡和对冲基金实习,并拿到了全职工作机会。因此,哈佛毕业时,我面对着三个旗鼓相当的机会——高盛、麦肯锡、对冲基金。

我当时的希望是:要和聪明人一起工作,要不断学习新东西,要有机会回到亚洲。而三份工作都可以满足我的这些基本想法。真是的,人,没选择,痛苦;有选择,也痛苦。没办法,我必须对自己做进一步的剖析,到底什么对我最重要?

择不去的才是青春——三个哈佛女生的成长手记

2004 年与麦肯锡的同事们游九寨沟

是钱吗？

不是！我可以肯定地回答自己。我在高盛时已经知道，董事总经理（Managing Director）或合伙人（Partner）可以每年有上百万甚至上千万美金的收入。我除了觉得是天文数字有些不可思议，从未有过因此要留在高盛向上爬的想法。我所尊敬的老板和同事，都是出于对他们人格和能力的尊敬，而不是职位高低或赚钱多少。没有钱是万万不能的，但钱也不是万能的。

是名吗？

那么排名第一的投资银行高盛或排名第一的咨询公司麦肯锡都是不错的选择，反而对冲基金不为大众所熟知。可是在高盛工作过、在哈佛学习过的我清楚，我的人生已经过了需要借助外力给自己加标签的阶段，我要选择我真正想做的工作。

亚里士多德说过："工作的快乐成就了工作的完美。"（Aristotle said："Pleasure in the job puts perfection in the work."）我是个完美主义者，至少是个完美主义的追求者，所以我需要从心底喜欢那份工作。

在高盛的日子是很苦的。早晨五点半到晚上八九点都泡在公司，一天十五六个小时，周末也不例外。我觉得自己属于高盛，而不属于自己。归属感和自豪感是有的，但生活是完全没有的。而最让我担心的是，如果说在最底层时敬业和努力就足够了，越向上走越需要在大机构里处理人际关系的智慧，而我可能受父母影响，是很不喜欢卑躬屈膝走上层路线的。

在麦肯锡做的实习项目虽然只有短短两个月，虽然也免不了出差熬夜，但心情是愉快的。项目结束时，全组同事还一起去九寨沟耍了一趟。如果说美中不足，大概就是发现出谋划策和付诸行动之间有很大的距离。虽然国企客户对我们提出的组织架构调整的意见深表赞同，但我总隐隐感觉他们只是为了向他们的领导做某种交代，而我们熬尽心血改了又改的 PowerPoint，最后可能只是在他们档案室里与灰尘做伴。

对冲基金，第一次面试就已让我胆战心惊。太平盛世公司的总部在旧金山。一走进他们的办公室，视线豁然开朗。一面面的落地窗，把蓝天碧海和红色的金门大桥作为背景；高高的楼顶和宽敞的接待处，似乎炫耀着它的气派；那种肃穆的安静，让人觉得说每一句话都应该格外小心。

我跟着接待员，走进了一间可以容得下二十人的圆桌会议室。玻璃墙、玻璃窗，让你觉得自己像是要被参观的展示品，怕自己也跟着变成透明的。

等了大概有三五分钟（虽然我觉得很久，因为心跳的速度加快了太多），大老板走了进来。他没有我想象的那么高大，但气场更强。啪！他丢了一本厚厚的公司财年报告给我："你好！给你十五分钟，大概看一下这个公司的情况。我回来时，告诉我你是要买还是要空这只股票。"

天啊！真是不浪费一分一秒、单刀直入！没有寒暄，没有基本的自我介绍，好像如果我的分析不够好，连认识我的必要都没有。"难道对冲基金都是这么冷冰冰的？" 我也没有时间照顾自己的感受，迅速翻阅财务报表…… 十五分钟，似乎在我还没来得及呼吸时已经消逝。

"说吧，结论是什么？"

"我想有可能有做空的机会。但我可以再问几个问题吗？"

"问吧！"

"我看到这是一家生产木材的公司，近几年木材价格也好像不错，所以公司在加大资本开支。但我不清楚行业的竞争格局如何，竞争对手是否也在加大资本开支？"……

于是，我充分运用在哈佛学习的案例分析法，通过提问，一步步获取更多的信息。

最后我总结："竞争格局分散，大家一起在市场好的时候加大资本开支，很容易未来产能过剩，木材价格下滑，利润下滑。股票已经创新高，可能已经反映了目前好的盈利状态，所以我想做空股票的机会可能更大。"

大老板听了没什么表情，只说了个"ok"。但他应该觉得还是有些道理的，因为起码他开始问我的成长背景和为什么对对冲基金感兴趣了。

最后，他问我有没有什么问题问他。

"你为什么做对冲基金？这工作有什么意义吗？"我不知是否受了他的影响，竟然也直截了当。

他笑了一下（注：整个面试中唯一的笑容），但不知他是笑我的问题愚蠢还是天真："对冲基金的唯一使命就是赚钱，在控制风险的情况下帮助客户赚钱。如果说有什么意义吗，帮助市场提高效率吧，把好的资源分给好的公司，加快淘汰差的公司。好了，在接下来的面试中祝你好运！"

大老板径直走了出去。我一看表，加起来整个面试竟然只有半个小时，但我觉得似乎谈了好多内容。没有废话，实打实的一分一秒，这一点我喜欢！

接下来在对冲基金实习的六个星期仍然是提心吊胆的。没有既定目标，没有工作日程，每天去公司都不知道会是什么样的股票行情，又会被老板安排什么十万火急的事情，因为股票是不会等你的。老板只告诉你，他要什么和什么时间要，但如何去做，往往没有具体指示。我虽然喜欢这种自我发挥的自由，但也常有无从下手的苦恼。而且头上总像悬了一把尚方宝剑，正面刻着时间的紧迫性，背面刻着分析的准确性，因为老板可能会根据我提供的信息投资下单，如果输了钱我岂不是闯了大祸了？（日后知道输钱是很正常的，但当时的确心里很怕。）

虽然这种"倒计时、踩钢丝"的高度紧张有时让我透不过气来，但投资正确时的胜利感也会让我飘起来。更重要的是我还有机会接触上市公司的高层，常常是首席执行官（CEO）、首席财务官（CFO），听他们亲自讲述对公司远景的设计，感动于他们创业的激情。我现在还清楚地记得，那短短六个星期中，我曾与几十家公司开会，包括当时正在准备上市的腾讯和蒙牛，而两位老总马化腾的内敛和牛根生的霸气都给我留下了深刻印象。

　　还有一点我很喜欢，就是对冲基金的组织架构很扁平。虽然管理几十亿或上百亿美金的资产，但人员规模并不大，几十人或最多几百人就足够了。当然这也意味着每一个岗位都很宝贵，优胜劣汰更加频繁，甚至冷酷，因为它少了很多人为因素和感情因素。你投资成功与否，市场是最公正的裁判，让你无法狡辩。我喜欢这种一视同仁的透明，虽然深知自己的成败也将暴露无遗。"管他呢，是骡子是马，拉出来遛遛！"于是我决定加入对冲基金。

工作 = 学习

2006 年参加投资者会议

老公说我骨子里其实就喜欢当学生，真的是"一针见血"！我喜欢了解世界，探索未知，事业对于我其实就是一个学习成长的途径，要满足我的好奇心与求知欲。

　　选择了对冲基金，我把股市当作学校的延续，虽然我不再有朝夕相伴的同窗，但我知道有许多喜欢独立思考、不断进步的人们，像我一样在市场中学习解读经济、洞察人性。每一次投资就像一次考试，在检验学习的成果。虽然在股市中不再可能拿到全 A，还要经常被判 F，但没关系，能够勇敢地承认错误，就是迈上了更高一层的台阶。在股市这所大学里，你永远不可能毕业，也索性放弃了对最终功名的执着，认真地享受学习的过程，严肃对待每一次的投资测验。

　　选择了对冲基金，我也把股票当作与世界接轨的方式，虽然我不能亲身加入科技创新的大潮，也没有救公司于水火的领导历练，但我从对上市公司的调研中可以看到世界发展的趋势，也渐渐学会了鉴别管理层的情怀与执行力，希望通过自己的投资为优秀的企业点个赞，通过不断的学习与世界同步迈向未来。

也许你觉得我这是躲在象牙塔里，悬在空中，不接地气，但每个人天性不同，贵在自知之明。不喜欢在商场上直面残酷竞争的我，可能更适合股市这种隐性竞争，因为我不必承受直接厮杀的伤痛。在这个学习的过程中又有钱收，解决了温饱问题，真是乐极乐极！

克服内心的恐惧

"丁零零……"

午夜，清脆的电话铃声响起，划破了好不容易沉淀下来的寂静，也惊醒了好不容易熟睡的我。

我弹起身来，几个箭步冲到了书房，接起手机。

"嗨，磊，我是 Dan（公司旧金山总部负责欧美市场的交易员）。不好意思吵醒你，但浑水（以做空股票闻名）刚刚出了个关于分众传媒的报告，股票跌了 7%。不知道你要不要做什么？"

"什么？又来？" 瞬间，我睡意全无，充斥脑海的是一种厌恶、气愤夹杂的情绪。

分众传媒是中国一家著名的户外广告媒体公司，在全国一百多个城市的办公楼、住宅楼、影院、超市等设有广告屏幕，为商家宣传品牌，促销产品，提供与消费者沟通的渠道。2005 年在美国纳斯达克上市。和许多公司一样，它经历过风生水起、发展初期的迅猛，股票曾一度冲高到 60 美金，同样也承受过生意放缓、调整期的痛苦，股票曾一度深跌到 9 美金。

我作为从该公司上市后就紧密跟踪其股票的投资者之一，感觉对公司的基本面和估值区间都有相对较好的把握。于是，在浑水第一次发表研究报告，指控分众作假的那个晚上，分众的股票从 25 美元直跌 40% 到 16 美元，我果断地决定买进，大胆建仓。

这个决定事后证明是对的。分众公司主席江南春、大股东之一复兴集团，也在同一天低点 16 元左右买入股票，继续加仓。第二天分众公司迅速发表公告，澄清浑水报告的误区。随后又聘请第三方调研公司对浑水质疑的广告屏幕数目等问题进行独立核查，向投资者报告了核查结果。在浑水事件后的几个月，分众股票虽然少不了震震荡荡，但毕竟是一路恢复到了 23 美元左右。不久，公司主席和几家私募基金又突然联合宣布了对分众公司进行私有化的意向，出价 27 美元（比当时股价高出 15％），报请股东大会批准。在短短的 4 个月中，分众股票在浑水空方与私募基金多方的博弈下，走出了一个大大的"V"字股价图。我庆幸抓住了 V 字的最底部！本以为连私有化的意向都公开了，浑水也该歇菜了，怎么知道又是半夜，又是浑水，我又一次被惊醒。不同的是，上一次是没有仓位，抓住了一个买进的机会，而这一次是满仓受损，需要决定加码还是斩仓。

"Dan，这次浑水说什么？"我问道。

"噢，这次他质疑私有化的资金来源，声称这次私有化会失败，因为资金不够。"

我虽然痛恨浑水这种一路搅浑水的行为，但也不得不承认为了摸鱼，它也

择不去的才是青春——三个哈佛女生的成长手记

切中了要害——资本市场，钱是根本，没钱何谈私有化？

"怎么办？照理凯雷、中信这些私募基金，都是知名的大基金，资金雄厚，不应该犯宣布私有化后融资不够的低级错误。但在这个问题上我也确实没做进一步调研，没办法胸有成竹。"

顿时，我的心嗖地一下凉了。好像一块本以为完美无瑕的翠玉，突然被发现有几个肉眼看不到的小孔，因为风的无孔不入而被暴露。我很不喜欢这种感觉，因为它冷酷地宣告着我的又一次疏漏。我的脑袋也顿时沉了起来，血争先恐后地向大脑集中，好像是为了提供足够的能量，让我快速分析判断。

"买还是卖？"我深深地吸了一口气，告诉 Dan："现在先什么都不要做。"

这不是我喜欢的决定，什么都不做好像是一种逃避，但这却是当时最好的决定。在面对一个新情况时，没有超过六成的把握，我做加仓或减仓的决定似乎都是在赌博。什么都不做，起码不会让我盲目地加错赌注。

我给自己倒了一杯温水，关上书房的门。与其回到床上辗转反侧，不如理性地计划一下如何对这个新情况着手调研，再决定下一步的交易方向。我要静下来，让心跳慢下来。做对冲基金，一定要避免赌徒心理！我缓缓地吐了一口气，提醒自己美国罗斯福总统的那句名言——"唯一值得恐惧的是恐惧本身"。

可是，说起来容易做起来难！当你买入的股票下跌 15% 甚至 30% 时，你是否还有信心说自己是对的？别忘了，你首先已经被市场批了个大大的错字。当然，市场在短期内不一定是对的，但对你的心理折磨却是真实的，因为你会不停地质疑自己。也许最终你还是对的，但最终有多久？凯恩斯说过："可能还没等到市场的理性，你已经先破产了。"

我的神经又绷了起来，后背也隐隐作痛，虽然多次去医院都没查出背痛的原因，但我知道每一次股票输钱，或是担心投资失误，这种酸酸的痛都会来拜访，很少缺席。我的一个基金经理朋友曾经说过："许多行外人羡慕我们这份工作的高薪，认为我们既不需要像投资银行那样通宵达旦，也不需要像咨询公司那样空中飞人，但他们不知道压力才是最致命的！我们的薪酬可能 20% 是付给我们的努力，而 80% 则是对我们承受压力的补偿！"

第二天回到公司，老板的电话如期而至。"磊，你很确定私有化会成功吗？

25

我们的信誉可都压上了。如果私有化失败，就要在我们的脸上打一巴掌。我们许多客户都在问呢……"

股票输赢乃是投资常事，但这一回的压力非同凡响。因为浑水攻击分众的事，已经遍布国际各大金融时报，而我们公司也已经向客户介绍了在浑水第一次偷袭时建仓分众，并表示了对分众的莫大信心。我明白，老板说会像打我们一记耳光并不夸张。对于一个对冲基金，没有厂房，没有产品，只有信誉和团队。客户选择一个对冲基金，凭的完全是信任，信任你的投资能力。因此信任的丧失可以是致命的。

但压力并不能帮我解决问题。"唯一值得恐惧的是恐惧本身"，我告诉自己要冷静，把恐惧这个只会添乱的家伙从心里赶出去，直面问题。接下来的日子里，我又更加仔细地分析了分众传媒的潜在价值及现金流，以理解私募基金私有化可能得到的回报。的确，有时私有化项目成功与否，不仅有资金方面的考虑，还要股东批准、监管同意、大市配合…… 不确定的因素仍然很多。但从哈佛上千的案例学习中我已经了解，在真实的商业运作中，许多决定都要在信息不完全的情况下做出，没有正确答案，只有相对较优答案。我在自己所能做的调查研究范围内，拿出了最多的数据做了利弊分析，最后决定加注。

记得当时告诉老板这个决定时，他又连续问了我三次："你确定吗？"

我诚实而又坚定地回答："我从不敢说百分之百，但这次80％。"我的背痛没有了，也许这是潜意识对我的最大支持。

（后记：分众传媒在2013年5月成功私有化，我这次投资收益达到70％。当然，失败的那些投资我这里就省略了，嘿嘿……）

这么多年，我发现在成长的路上，恐惧一直伴随着我。

初到高盛时，面对哈佛、麻省理工毕业的众多佼佼者，我担心自己纯属运气混了进去，熬不过一年，就会被高盛的末位淘汰制踢走，所以总是喜欢躲在自己的位子里，好像生怕被别人发现。

初到哈佛时，我对纯案例教学极不适应，感觉每天上课发言就像一场战斗，有时教授的问题还没问完，几只手已经举了起来。而我举起的手却禁不住打战，既希望被教授叫到，又害怕自己的观点不够有力，被同学小看。

初到对冲基金时，就更夸张了，我觉得自己似乎得了人格分裂症。一方面自大，穿着笔挺的西装，飞商务舱，住五星级酒店，与各类公司的老总们直接面对面。我突然觉得自己好像也是个重要人物。而另一方面又心虚，开会前要花三四个小时去查阅资料，准备问题，生怕一开口就被看穿是个一无所知、一窍不通的菜鸟，要找个地缝钻进去。这种尴尬，有时在梦里把我吓出一身冷汗！

还好，我并没有被恐惧压倒，因为恐惧已经赤裸裸地展示给我可能发生的最差情况，我的心里有底了。我告诉自己，只需要尽力逃离最差情况，越远越好。

高盛强手如林吗？我就任劳任怨，一个人担起三个分析员的工作，不做好不回家。每天能够躺到床上睡觉时，已经想变成床的一部分，再也不分开了。

哈佛竞争激烈吗？我就锲而不舍。总有一天教授会叫到我，不怕自己的观点不够震撼，重在参与嘛。

对冲基金感觉像是被扔到大海里学游泳、被推下悬崖学飞翔吗？那就拼命扑腾吧，反正已无退路，厚起脸皮、不停地问、努力地学，就不信千百只股票，我一个都挑不中。

我发现恐惧和我是此消彼长的。我越不敢面对它，它就把自己的身形吹胀得越庞大，把我笼罩在它的阴影下；可是当我提起勇气与它开战，它反而惊了似的缩起来，我的世界又一点一点地亮起来。

现在，我已经不再把恐惧完全当成敌人，因为我知道，恐惧可能代表了一个新的成长机会。因为没有经历过，我才会恐惧，因为有失败的可能，我才会恐惧。但最严重的后果是什么？也就是自尊受到一些打击。但收获呢？有新的体验，也可能有新的成功。

《菜根谭》说："得意处论地谈天，俱是水底捞月；拂意时吞冰啮雪，才为火内栽莲。"成长，从不是在鲜花和掌声的簇拥下，而是在恐惧和压力的折磨中。

一次又一次，我带着不安，带着恐惧，把自己置身于新的压力、新的挑战中，究竟是为什么？

我猜是追求卓越吧。这种卓越，不是指社会地位或金钱名利，而是指自我潜能的发掘、自我价值的实现。这是一种从内在涌出的向上动力，使人从诞生到死亡，都不断地力争上游，孔子称之为"止于至善"。

恐惧，来吧，你在恐吓我的时候，我也看穿了你的底牌。

压力，来吧，压不垮我的使我更强大！

做真实的自己

"对每个人都要好。你今天的下属可能有一天就会变成你的老板或客户。这个世界很小。"

2015 年香港中环办公楼大堂

我还清楚地记得在高盛入职培训时的导师的谆谆教诲。谁知十年后就像演电影似的真的发生在我身上。当初在高盛帮同事们复印材料接电话的我，今天已变成了几位前老板的重要客户。可是大家再见到我时的一致评价都是："磊，你一点儿也没变！"

"怎么讲？"

"你还是那么谦虚随和！"

我很好奇为什么大家会认为我可能变化很大，也许这就是对对冲基金这个行业的成见吧。

对冲基金的确是个赤裸裸逐利的行业，也充斥着认为"有钱就是天下第一"的主儿，认为别人都是"愚蠢""白痴"，甚至把这种嚣张无理

捧不去的才是青春——三个哈佛女生的成长手记

看成自己的强大气场。我在纽约一家对冲基金实习时，就曾碰到过这样的一位基金经理。

每次和投资银行来的卖方分析员开会，他都是一进会议室，先把笔和本子往桌子上一扔，身体半背对着分析员已经开问："你能告诉我什么？希望有些价值。"简直还没等对方开口，就已经把对方打入"废才"一级，要对方一番苦口婆心才有可能翻身。他也很喜欢与卖方分析员唇枪舌剑。反正问问题的那个人是他，总有可能把对方问到最后，逼出个"这个我不知道"，他才心满意足地收手，摆出一副胜利者的姿态。

我不反对理性的辩论，这有助于对事物的透彻理解，但我觉得"一定要把别人压下去"这种心态，就有些"大愚若智"了。殊不知，也许因为你的盛气凌人，你的无理狡辩，对方起初还因为你是客户而笑脸相对，但不久就会对你彻底放弃了。你有错他就让你错下去，这才是真正的"愚蠢"！

的确，在华尔街，许多人都视自己为精英。像我提到的这个基金经理那样希望语出惊人，一个问题把对方塞得哑口无言，以显示出自己的见解超群的，也不在少数。可我偏偏是那种并不在意自己合伙人的身份，只要不懂就一定要问的"傻蛋"。

哪怕只是一个术语："你说的'CPC'是什么意思？"（注：网络广告的一种付费方式，代表每次点击成本。）

甚至哪怕只是一句俗语："对不起，你说的'杯子是半空的'是什么意思？"（注：暗示悲观情绪。）

因而得到了同事们的一个"高度"评价："磊，你太真实了！"

其实我只是觉得不懂装懂的成本很高。当时不问，还要事后自己去找答案。虽然互联网已经极大地缩短了我们与知识的距离，但如果专家就坐在你眼前，你为何自己偏要去走弯路呢？面对一个虚心求教的人，大多数人总不会拒绝吧？

再说，世界是不断发展进步的，我们需要不断学习新知识新技术。有时晚生了十年可能还是优势呢，不用背负历史包袱。就像现在出生的孩子们使用电脑已经直接触屏了，几乎不需要知道鼠标是什么。我们得做好既向前辈又向后辈学习的准备，不要被世界淘汰。

做真实的自己，不仅包括勇敢地在别人面前暴露自己的无知和不足，也包括与别人交流自己的真实想法和意图，即使有时候这意味着自己可能会"吃亏"。

记得 Peter（前高盛亚洲证券部总裁）曾力邀我哈佛毕业后回高盛工作，我非常感谢他。可是 Peter 告诉我："别谢我。谢你自己！你当初的那份辞职邮件现在还存在我的邮箱，我把它作为诚信的榜样。"

"我的辞职邮件？"

"是啊，你在那封邮件里列了五六个你要辞职的理由，包括你不想因为自己的升职而导致同事被解聘，你不想如果被哈佛录取离开而导致组里不够人手……但是，没有一句话是为你自己着想的！"

的确，那是一个煎熬的决定。

2003 年，股票市场一片狼藉，工作前景愁云惨淡。幸运的是，我在高盛三年的拼命，换来了公司提拔的机会。可是，如果要晋升我，就要解聘组里另一位高一级别的同事才有位置，而且如果我以后去了哈佛，就会让组里本已紧张的人手更加紧张。可是，如果不接受升职，就意味着我必须离开高盛，因为华尔街就是一个晋升或出局的系统。但我必须要在还不知道是否被哈佛录取前就给高盛一个答复，是否接受升职。

"为什么上天要如此对我？" 我曾愤愤，也几度失眠。

"情景 1：如果我接受升职，然后被哈佛录取，那我还是想去哈佛的。但这样就等于对公司撒了谎，还会害了同事被解聘。"

"情景 2：如果我不接受升职，然后被哈佛录取了，这当然是最理想的结果。我既如愿以偿，又问心无愧。"

"情景 3：如果我不接受升职，又不被哈佛录取，那我不玩完了？我将变成双失青年（失业、失学）……"

那段时间，我洗头时头发似乎都掉得厉害，嘴上也起了泡。从小到大，那次的着急上火应该排得上前三了。

组里许多同事都好心劝我先接受升职，起码有工作保障，特别是我还需要工作签证才能留在美国。如果被哈佛录取，再跟公司说对不起了。但我最后，还是过不了自己这一关，铤而走险，拒绝了高盛的升职。我安慰自己："记得你的人生座右铭吗？'尽心尽力，成败不必在我；真心真意，是非自有公论。'"

还好，老天有眼，看我为此遭了这么多罪，上了这么大火，让哈佛收留了我。今天回想起来，除了为当时的"年轻气盛"捏了把冷汗，更多的还是为当时的"英雄壮举"有丝丝自豪。

你可能会说我是幸运的，碰到了一群好同事没有利用我的善良，反而因为这件事，大家给了我更高的印象分，后来我还未从哈佛毕业，高盛的同事们已纷纷主动帮我找工作。

我承认我是幸运的，但我也相信"物以类聚，人以群分"。你有什么样的磁场，就可能吸引什么样的人。你不戴面具，别人也自然对你放低防线；你魔高一尺，别人则可道高一丈。你可以选择坦诚相对，也可以选择两败俱伤。别怕吃亏，用你的真实和善意去邀出别人内心的柔软吧，这个世界并不是零和游戏！

你可能会问"做真实的自己"真的不怕吃亏吗？

好吧，咱们暂且把道德高低放在一边，诉诸逻辑分析。

为什么需要伪装？

可能你担心真实的自己不够好，那么让别人看到你的不足可以帮助你改进，而如果你伪装自己，岂不是失去了进步的机会？为何不把浪费在伪装上的精力用来提高自己呢？

伪装的成本是什么？

让自己活得好累，被别人识破伪装后，还可能永远失去别人的信任。

伪装的效果如何？

别人如果比你聪明，可以一眼看穿你的伪装，无效；别人如果比你笨，你也没必要为他伪装，无须！别人如果和你差不多，你就是在赌博。

怎么样？我说服你了吗？

我不敢否认"厚黑学"可能永远会有它的市场，但我更愿意相信"花香蝶自来"。这一点，爸爸妈妈已经给我做出了最好的榜样。他们退休后，饭局聚会怎么反而增多了？不是说人走茶凉吗？原来，没了"利用价值"，人的"真实价值"才会体现出来。爸爸妈妈在任时，就坚守自己的做人原则 —— 不说违心的话，不做亏心的事，尊重每一个人，公平处理每一件事。所以在他们退休后，原来的同事朋友依然很愿意和他们一聚。因为本身就是冲着你这个人来的，而不是你手中的权力来的。毫无落差感，更增幸福感，多好！

爸爸不是说了吗？"宁效蛟龙沉海底，不随尘垢涌潮头！"那么我就坚持做真实的自己，走自己的路，让别人去装吧！

爱情篇

2013 年澳大利亚

爱情这只股票

有些镜头，永远定格在你的记忆中。你希望时间会让它褪色，它倔强地留存，提醒你曾经走过。

那是大约十年前的新年之夜，David 和我开车回旧金山。窗外的霓虹灯飞驰而过，闪烁着节日的喜悦和温暖。周围的一切，似乎却与车内的我俩无关。曾经，我们多么珍惜难得的相聚，总有说不完的话，盼着时针走得慢一点、再慢一点。此刻，狭小的空间寂然无声，只有广播音乐稍稍缓和着尴尬的气氛。

经过金门大桥时，David 忽然握住我的手，说："让我们努力，重新开始吧！"听到这句话，我再也忍不住，泪水夺眶而出。多少年来，为了纯真的初恋，我们义无反顾、全力以赴，克服重重困难，才有了今天。可是为什么真正走到一起时，却总是觉得哪里不对？我不禁怀疑这难道真的是命运的捉弄？望着眼含期待的 David，我一句话也说不出，只能用力点头，我何尝不希望两颗心能像彼此的双手一样紧紧相连？这时候，新年钟声敲响了，我决定，再给彼此一次机会，绝不能让十年的感情付诸东流。我也真诚地相信，只要竭尽全力，一定可以挽救我们的爱情……

可是，现实是如此冰冷而残酷。接下来的日子里，我们依旧按着自己习惯的方式去尝试重新爱对方，也依旧像两条平行线，无论再努力，走得再远，也无法交会。美好的初衷换来的却是对彼此更多的不满，两个人都觉得自己的付出好像掉进了黑洞，毫无回响！

那段日子，我的身体和精神都非常疲惫。为了逃避，我强迫自己像机器一样工作，把自己累到没有精力再去纠结于感情。我几乎远离一切社交活动，缩在一个人的世界里，不让别人看到我的挣扎与痛苦。

可是，有些缘分是躲也躲不掉的。出于敬业，我还是参加了一个上市公司的社交活动，并认识了一个即将改变我命运的香港男生 William。我们是对冲基金的同行，礼貌友好地交换了名片。后来他要搬回香港，于是我们决定吃个送行晚餐。没想到，那个晚餐上他的一段话就变成了我的人生转折点：

"如果你在这段感情中不开心，就应该放弃。因为如果放弃了，你还可以重新选择，起码有 50％ 的机会开心。但如果你继续维持现状，那接下来就是 100％ 的不开心。放弃让自己不开心的感情，跟股票交易里的及时止损，是一样道理。明知这只股票不会涨回来，你不肯卖，就是在逃避，逃避面对输钱的痛苦，假装安慰自己，一天没卖就不算输定了，心中不停祈祷奇迹的发生。与其寄希望于奇迹，不如把这只股票卖掉，拿回来的钱可以重新投资到另一只股票，起码有一半机会这次会赢钱！"

我望着 William 像恋爱专家一样地教训我，不敢相信这是我们第一次的单独晚餐，但我又不得不承认他说的话一针见血，让我有种乱麻被一刀斩断的清醒。整日和股票打交道的我，居然从未想到，爱情这只看不见、摸不着的"股票"

也有属于它的止损点。也许终究是"当局者迷，旁观者清"？还是"女生遇上爱情，智商为零"？

我开始尝试着找回我的大脑，尝试着像 William 一样用股票思维来审视爱情，竟然发现爱情与股票原来真的有许多共同点。

爱情和股票都需要投入，但回报与投入不一定成正比

为了投资一只股票，我会做许多调研工作，但也清楚研究做得再好，也不能保证买这只股票一定赚钱。可是在爱情的"股市"，我却被打回原形，完全丧失了工作中的严谨。爱的动人之处在于四目相遇的怦然心动，那种与理智相悖的情感，早已让我坚信真爱可以战胜一切。我奋不顾身投入其中，成了初入股市而过分自信的股民。在这里，我和绝大多数人一样，认为自己一定能赢。

我和 David 对这段感情倾注了十年的青春与心血，我们不肯放手，就是因为我们执着于"付出了一定可以换来什么"。经过痛苦迷茫的煎熬，我才终于接受这样一个无奈的事实，人生有很多事情本来就是徒劳无功的。"执子之手，与子偕老"可能是每一对情侣的心愿，但天下不如意事十之八九，我们不可奢望自己就是例外。

幸福不是每一个人的权利，追求幸福（请注意"追求"二字）才是每一个人的权利。但追求不能保证得到，这让我思考投入与预期的关系。

买股票的价位越高，期待越高，一旦业绩不达标，股票大跌。

对爱情投入越大，期待也越高，一旦对方达不到自己的要求，就会失落痛苦。

所以，一味地投入未必是好事，有时会造成期待值过高，让对方觉得好累。我突然明白，原来我的纠结竟然和 David 太符合"绝版好男人"有关。

我不会做饭，他就把自己练成了下厨高手；

我想周末补觉，他就两周一次地飞到旧金山来看我；

我想和老同学们去旅游，他也默默陪同，虽然他可能更希望二人世界。

也许正是因为我给不到 David 同样的爱情分量，我很想逃，因为我不想一

辈子有爱情欠债的感觉。

爱情真是很奇妙的东西，它在不同的人之间选择不同的平衡点。

有人希望"爱我多于我爱"；

有人坚持"我爱才是真爱"；

而我似乎是最中庸的一类，追求的是"爱我＝我爱"。

爱情和股票都有风险，斩仓需要勇气

任何一只股票都是有风险的。你以为没有风险，是因为风险暗藏在不得而知的地方。感情也是如此，我本以为和 David 在一起是个低风险的选择。

我和 David 的爱情绝对属于"一见钟情"。高中夏令营，我们来自不同的城市，却因为喜欢同一个歌手而结缘。高中毕业，我飞往美国读书，他留在家乡的大学。但时间和距离并没有隔断我们的感情，反而让我更加珍惜那种苦中一点甜的浪漫。

大学毕业后，David 如愿以偿地考到了美国他梦想中的计算机学院读硕士，并最终去了他一直钟情的西海岸一家软件公司。而我，则在纽约华尔街工作三年后去了哈佛读 MBA，毕业后也去了西海岸做对冲基金。原本故事的结局应该是完美的，经过十年的长距离考验，我们终于走到了一起，并且从此幸福地生活在一起。但生活终究不是童话故事，我没有看到我们想要的生活并不相同。

David 是个很有计划、有规律、有毅力的人。

他会为跑马拉松连续备战几个月，希望周末按时起床、安排好一天的行程，计划 30 岁前结婚生子、安定下来。

他会一如既往地关心你、照顾你，但总是记不起情人节，因为他觉得再多的玫瑰花也比不上一碗热腾腾的炸酱面。

他对自己的专业很执着，工作之余也不断学习，但认为"美国打伊拉克"不需了解，因为与自己完全无关。

我是个双鱼座，天生的要浪漫求完美。

我喜欢一切顺其自然，最好有点冲动。

我会通宵达旦地看韩剧，周末睡到下午自然醒，突然想到了就冲去买张卡片抒情一把，给对方一个惊喜。

我觉得旅行一次不容易，可以小小奢侈、犒劳自己。

我很关心世界大事，不喜欢只活在自己的小世界，和爸妈打电话也要讨论一下"普京强人政治"。

就这样，矛盾在不知不觉中酝酿 ……

他认为我越来越"虚荣"，不喜欢我的朋友们"高谈阔论"；我认为他越来越安于现状，不见了少时的豪情壮志。我们在性格上的差异、沟通的不畅，渐渐地使地域上的距离变成了感情上的缝隙。

为了改变彼此，我们开始争吵、冷战，最后甚至害怕沟通。几小时的"甜蜜电话粥"变成了几分钟的"每日电话签到"，因为每多说一个字，彼此间的壁垒似乎就升高一节。

日思夜想的假期相聚变成了沉闷无味的无奈面对。住在同一屋檐下，却像被透明玻璃门隔成了两个世界。

那个曾经想起他都会笑的我哪儿去了？那个为供他读书努力工作的我哪儿去了？是他变了还是我变了？我无数次地问自己。

我发现自己开始害怕接到他的电话，因为担心又会吵架，而我竟然连吵的动力都没有了，心静得像一潭死水，没有一点点涟漪。

我甚至想逃避到另一段感情里！我没有料到我曾经相信的海枯石烂竟然如此脆弱，我曾经无怨无悔地坚守竟然在不知不觉中已放弃，我曾经在心中仔细勾画过的白马王子已模糊了模样。

我终于意识到，我其实并没有真正想过深入地了解 David，更不要说关注彼此成长过程中灵魂契合的程度。我在爱情上的风险控制竟然从未存在过。

股价会变，人也会变。变的方向与你的预期一致，皆大欢喜；相反，则不

37

得不考虑斩仓。可是要卖掉一只输钱的股票都需要下很大的决心，何况结束一段已投入十年的感情？虽然理智上我很清楚"沉没成本"这个概念，就是已经付出不可收回的成本，在股票投资上时时提醒自己不能考虑"沉没成本"，而要假设自己并不拥有这只股票，那么在今天这个价位我是会买还是卖呢？可是当我真的假设没有和 David 在一起，我会如何选择时，我的心依然会痛，因为理智只能帮助感情，无法取代感情。

也许是命中注定，戏剧性的一幕发生了。就在和 William 第一次单独吃饭的那个晚上，我把手机忘在了办公室，David 打了一夜电话，都找不到我。

第二天，David 打电话到公司，劈头盖脸地问："你昨晚上哪儿去了？"

"和一个朋友吃饭，然后聊了个通宵。"

"男的女的？"

"男的。"

"孤男寡女聊一夜？我不信！"

"信不信由你！"

"我们离婚吧！"

"好。"

虽然听得出 David 的气愤，我却出奇地平静。不知是因为一夜未睡，大脑已经麻木，还是重新思考后，终于接受这个必然的结局。放下电话，我的心空了，似乎不知该装入何种感情，悲伤？愧疚？解脱？很奇怪，那一刻，真的是空的。

就这样，与 William 的一顿饭，一席话，让"救命稻草"也成了压垮我和 David 这段婚姻的"最后一根稻草"。接下来的日子里，我经历了漫长的痛苦、流泪、失眠……放弃一段长达十年的感情，真的需要勇气。毕竟这是对自己十年选择的终极否定，也打碎了我为自己设计的"完美"形象，我甚至觉得是对自己的传统家庭教育的一种背叛。

可是爱情是无法强迫的，更无法委曲求全。我想，也许我不会再爱，也许会孤独终老，但我不再甘心接受现状，因为我们都不再快乐。这一次，我们选

择不去的才是青春——

三个哈佛女生的成长手记

择了将爱连根拔起，彻底斩仓，给彼此一个归零的机会，重新再来！

爱情和股票都需要运气，可遇不可求

投资股票必须承认运气的成分，有时赚钱了并不是因为自己的调研超群，就像 2007 年的 A 股市场几乎翻了一倍，没有一只股票下跌，创造出全民股神。可是这种神话不可能因为你的祈祷就经常发生，否则也不能贵为神话。爱情比起股票，可能需要更多的运气。因为如果投资股票还有理性的分析判断，是对股票的单向选择，爱情则是心与心的相遇，无法计划，只能邂逅。

2008 年新加坡

William 和我讲为爱情止损那番话时，我没有想到重新投资时，我买的那只股票会是他！而我们那顿晚餐也纯属撞出来的。那是一个周日的下午，空荡荡的办公楼大厅，我一个人在等电梯。这时，突然有人叫我的名字，回头一看，是 William。很巧，我们俩的公司在同一座大厦。而在阳光灿烂的三藩市，似乎也只有我们投资亚洲股市的人才会周末加班，这也就造成了这次偶遇。William 问我是否有空一起吃个饭，因为他要到香港工作了。于是才有了那段为爱情止损的晚餐对话。

听说我离婚后，William 也有打电话给我，希望我不要把痛苦憋在心里，但我知道，自己的婚姻只有自己才能翻过那一页。还好，在家人和朋友的关心支持下，我慢慢走出了离婚的阴影，全身心投入工作中，比之前更加拼命，早上 9 点到子夜 1 点都泡在公司。

一天半夜大概 12 点多，我还在公司盯着香港股市，突然收到 William 在 Bloomberg 上发来的邮件："你还在工作？快走了吗？我可以送你回家。"

短短的几个字让我突然觉得好温暖，也许这一段的疯狂工作连自己都觉得自己变成了机器人："谢谢，如果不太麻烦的话。子夜 1 点办公楼大堂见？"

"好的！"

如果让我追溯与 William 何时开始，我想就是从那一个 Bloomberg 邮件开始的吧。我曾问他是否有预谋，他却总是摆出一副救世主的姿态："你还不感谢我？我是可怜你才要你的！"

我和 William 登记结婚时，我只见过他父母三次，而他更离谱，压根儿没见过我父母。可能我爸妈也觉得，一只股票研究了十年，还是赔了，这回就碰碰运气吧。没想到，这回运气不错。

William 和我都喜欢读书，都喜欢探究事物的本质，总有说不完的话题，总有思想火花的碰撞。

我们都是周一到周五拼命工作，周六周日拼命补觉的类型。所以周末常常睡到自然醒，赶到朋友的午餐聚会时，人家已经吃得接近尾声。

我们都是做着整日需要想着如何投资赚钱的工作却不从心底里爱钱的矛盾体，却也因此令充满"铜臭味"的工作有了一点点浪漫……

William 说我走了狗屎运，因为旧金山男多女少，他才"栽"在我手里。虽然我觉得他才是走了狗屎运，在我离婚最低落的日子里乘虚而入（偷笑）。

如今，我和 William 的爱情，这只睁一只眼、闭一只眼来操作的"股票"，即将迎来它的第九个年头。目前看来，我斩仓后的重新投资真的赚到了。但一日没清仓，也不可高兴太早噢！

离婚教会我的不等式

David 曾经对我说，他做了一个噩梦，梦见许多年后，他孤身一人。"不会的，有我呢。"我安慰他，心里却不禁打了个冷战，仿佛阳光灿烂的心突然侵入一袭阴影，被恐惧和不祥笼罩。我不敢想象 David 梦中的那种凄凉，只能用"梦都是反的"来安慰他，也安慰自己。但后来，我还是没能信守承诺，我们离婚了。

我很感谢 David 和他的父母，我们是和平分手的。妈妈陪着我去他的家乡办理离婚手续时，他的父母依旧是那么热情地招待我，在机场一直送别我们到挥手也见不到了才离去。可是再和平的分手也是一种撕裂，无法逃避刀割的心痛。心痛那无奈的逝去，无论曾经多么美好或是几许伤害，终将逝去。

朋友问我："经历了人生中一大打击，学会了什么？"我想我终于明白了婚姻中有许多不等式。

一见钟情 ≠ 一定终身

也许小时候读了太多的童话故事 —— 白雪公主、灰姑娘、美人鱼，我是相信一见钟情的，觉得不可能以别种方式陷入爱情。终于，在高中的那个夏天，我等到了……

David 和我来自不同的城市，我们的相遇可谓缘分。在一个跨省联谊夏令营的晚会上，David 因为答错了题而被罚唱歌，他选了王杰的《一场游戏一场梦》。

很巧我也是王杰的歌迷，而在当时"四大天王"（刘德华、张学友、郭富城、黎明）盛行的日子，喜欢王杰这个浪子的并不多。于是在 David 唱完回到座位后，恰巧我的后一排，我好奇地问了一句："你也喜欢王杰的歌吗？"

他听了似乎很兴奋，激动地大力点头称是，还把座位换到了我的身后，送了我一张他的公交车月票（虽然还有半年才到期），因为上面有王杰的头贴。我们就约好了第二天一起聊聊王杰。

第二天是出海的日子，这是我第一次看到大海，很兴奋。但更兴奋的是，我隐约觉得找到了那个他。

原本在上午大家下海游泳时，我是看到了 David 的，他也向我招手示意，可是中午聚餐时，为什么不见了人影？后来才听人传开，他在路上拿西瓜刀不小心砸断了脚筋，进了医院。我的心一下子揪紧了，难道真的有缘无分？

可是两个人真的是一见钟情了，竟然不约而同地请夏令营的朋友带给彼此写信的联系方式，他还特意在出院后的第一天打电话到营地，向我道歉没能赴约。可是正因为这样，给了我们更多的借口，在夏令营后的日子里相约写信聊王杰，于是我们成了笔友，成了"知己"。

我曾经很喜欢把这段与 David 一见钟情的故事讲给朋友听，仿佛觉得自己也是一段浪漫爱情故事的主角，以至于一个好友问我："是不是太喜欢这个一见钟情、一定终身的梦了，而不论男主角是谁？"这个问题我无法回答，毕竟生命的每一刻我只能做一次选择，也终究成为注定的唯一选择。但我承认，我曾经很想编织一个属于自己的爱情童话故事，所以执着于从一见钟情到一定终身要完完整整，以至于当现实的婚姻爱情出现问题时，我却坚持着用想象来弥补现实的缺憾。

David 为了省十美元的打车费，拽着我在纽约的凛冽寒风中走了半个小时，虽然我觉得时间的成本更宝贵，但安慰自己"能找到这么能吃苦的男生多好"！

David 不太关心世界大事，让我觉得少了许多交流很闷，但又安慰自己"要成功的人只要专注于他的主业就好"！

一次又一次我有意识地无视婚姻中的问题，坚持朝我的"一见钟情、一定终身"的梦想前进。我怀念过去每次短暂相聚时 David 灿烂的笑容，那种让我有无尽脑补空间的笑容，在漫长的、看不见他的生活里，被我想象成某种温柔遥远的世界，只是那时的我没有意识到，很多想象可能已经与他无关。直到有一天，我觉得累了，懒得再动用自己的想象力，于是争吵开始进入我们的婚姻，并把它一点点地埋没。

我想，如果我当初成熟一些，不是只生活在自己编织的童话故事里，也许我会早一点面对许多现实问题，早一点意识到……

人品 ≠ 情品

好像是一句歌词吧，"因为陌生而相爱，因为了解而分开"，忧伤中带着无奈。的确，当初我和 David 相恋，我觉得一切都是那么美好，新鲜感让我迫不及待地想了解他,而异地恋则局限了相处的时间,拉长了了解的进程,却也增添了朦胧的神秘。我们为能在一起而努力,在努力的过程中,对彼此的感情几乎深信不疑,从未停下来分辨,这感情究竟是爱,还是某种模棱两可的期待。

可是当我们真的走到一起,要面对生活的点点滴滴 —— 如何管理家庭财政?如何融入彼此的朋友圈? 如何规划未来的生活? 我才发现原来我们的三观并不契合。

David 的愿望曾经很简单 —— 过一个普通人的幸福生活。可那时的我总觉得自己要改变世界,所以他要的我给不了,起码那时的我给不了。我不甘心于一房两车的美国梦,不愿意让婚姻成为我生活的全部。我看得到和 David 在一起生活会很平静安逸,但我又希望有人陪我天马行空地梦想和追求,谈论世界大事, 探讨人生意义。David 觉得我不切实际,但这种交流似乎是我生命中的阳光和氧气,没有,我确实觉得好闷!

我俩仿佛一个脚踏实地,一个飘在半空。你说你的,我听我的,始终守护着自己的频率,没法交集。在日复一日的消耗中,我才意识到人品和情品是两个独立的子集,缺一不可。

在别人眼里,David 是一位好丈夫 —— 老实可靠,忠诚顾家,值得托付终身。这是对的,但这指的是人品,是主流价值观中"实"的部分。

可是情品呢? 也就是许多人眼里"虚"的部分,也不可不提。毕竟两个人要朝夕相处,往往是生活中的琐事最易成为导火索。就像一个人喜欢清静品茶,另一个嗜好摇滚派对,恐怕这日子是过不长的。两个人总应有些共同爱好,有对生活共同的追求和享受,才可能在漫漫人生路上,合拍地携手前行。

不幸的是,当 David 在为跑马拉松认真地培训时,我只想把周末可怜的几小时赖在沙发上看电视;而当我想和朋友们侃世界时,David 也不屑这种"吹牛皮"的聚会。我们都觉得自己没有错,事实也是这样,情品完全取决于个人喜好,没有好坏之分。与其强求一方改变,委曲求全,不如彼此坦诚,承认不同。如果双方能够求同存异,固然可喜可贺;实在太喜欢自己,也无可厚非,毕竟婚姻需要两个人都幸福才能算是幸福的婚姻。

我深刻地体会到"他"是一个什么样的人,是否与我合拍的人,远比我们是否是初恋,认识多久,或父母是否喜欢他,都重要得多。

乖女儿 ≠ 幸福的女儿

从小到大，我都是个乖女儿，很少让父母操心，还时不时得个奖，受个表扬，让父母骄傲一把。潜意识里，我的一部分是在为父母活着。

当离婚这个念头从我脑中闪过，我突然好害怕，害怕终于要让父母伤心，拼命想把这两个字从脑中抹去。可是，不美满的婚姻就像是一柄悬在头上的达摩克利斯之剑，让我活得好紧张。我总觉得，剑掉下来会是灭顶之灾。

我的脑不断地警告自己："不要离婚，再坚持一下！"

可我的心不停地呐喊："我已经坚持不下去了！"

我恨，恨自己为什么不可以再爱David？为什么要伤害一个爱我、我也曾经爱过的人？

我怕，怕离婚会伤害善良的双方父母，毕竟在传统观念里离婚不是什么光彩的事。

我担心，要面对社会的"道德"审判，从此自己的脸上被永远刻上"变心"的红字。

我的眼泪就在这挣扎中流淌，无数个不眠之夜……

最终，我还是迈出了这一步。奇怪的是：剑掉下来，没有灭顶，爸爸妈妈似乎也能够坦然接受。比起为我和David感情担心的日子，妈妈的睡眠竟然也好了起来，也许既成事实比悬而未决更让人踏实吧。这让我开始怀疑当初婚礼的决定。

那是一段挣扎焦虑的日子。我曾经是那么渴望做新娘，在脑子里试穿了无数种婚纱，设想过无数种婚礼。可是当我和David因为婚礼请柬都可以大吵一架，

我开始害怕这个婚礼，甚至希望逃避到另一段感情，也因此更加深了我们之间的裂痕。我越来越不肯定是否应该如期举行婚礼，我把我的不安向妈妈提起。

妈妈问我："离婚礼只有一个多月了，双方父母已筹备了半年，亲朋好友都已邀请，取消婚礼有什么让大家信服的理由吗？"

看着担忧和焦虑爬上妈妈的额头，愧疚在我的心中蔓延。"就算是为了双方父母吧，也算是对这么多年的感情有个交代！"我这样劝自己，于是我们还是如约举行了婚礼。

可是回头看来，当初这个看似为了顾及父母感受的决定，只是在后来的日子里徒然给他们增添了更多的困扰和忧虑，而报喜不报忧这个看似孝顺的举动终究躲不过真相暴露的一天。

我终于明白了，无论我遗传了父母多少基因，但终究是个独立的个体。我的想法不可能与父母完全一致，毕竟我们每一个人都逃不过时代的烙印。父母那一代很能吃苦，他们有些人可能为了孩子，为了面子，为了生计而牺牲自己的婚姻幸福，可是我不愿意。

父母那一代都希望孩子找对象要老实可靠，可是父母眼里的老实可靠，在我看来有些只是不善言辞，不喜变化。

父母的意见当然要听，但不可违心顺从。人活一世，不应将自己当成别人眼里的角色，尤其是在感情中的选择，它是清醒的人对生活方式的选择，即便亲如父母，也不能替你做决定。毕竟，父母最终的心愿与我们一致，那就是希望我们幸福。而装出来的幸福只能一时一刻，不会一生一世。只有我们真正幸福了，他们才能真正放心。做个幸福的女儿吧，这才是真正的乖女儿！

主动分手 ≠ 不道德

以前，我一直认为提出分手的一方是变心的一方，是坏人！直到有一天，我怀疑自己也变心了，变"坏"了，有些不知所措。

起初，我很想"纠正"自己，告诉自己要坚持爱下去，可是心不听从道德的指挥，无法强迫自己去爱。David 对我越好，我越痛苦，甚至开始故意挑剔他，似乎想用一种扭曲的方法把严重失衡的感情天平推回一点。但一个是传统务实的生活派，一个是异想天开的浪漫派，两个本质不同的人很难相爱一辈子。我心里清楚，却终究没有勇气说出来。

离婚签字的那天，在离婚原因一栏我们写下了"性格不合"。办理手续的负责人用一种"可惜了"的眼神看着我们，问了三次："就因为性格不合，一定要离婚吗？"是啊！这个在许多人眼里并不能成为理由的理由，却让我们分开。也许是我要求过高了，对于我，如果一段婚姻仅存道德和责任，没有了发自内心的爱和付出，这段婚姻则不再幸福，失去了存在的意义。

虽然沉重，虽然痛苦，我并不后悔离婚这个决定，但我后悔的是自己也曾一度被"道德"绑架，没能早些正视问题，果断止损。这个带引号的"道德"指的就是世俗眼中的"从一而终"或"为了责任而坚持"。我绝对尊敬有责任感的人，也要求自己做个有责任感的人。但这种责任不应该对世俗的眼光负责，而应该对在婚姻中的他和我负责。

什么是婚姻的责任？我认为是追求彼此的幸福，让彼此自由地去追求自身的成长。如果不能给彼此幸福，限制了彼此的成长，那么这个婚姻、这份爱就是枷锁，不是港湾。我犯的错误就是明知 David 和我有本质上的分歧，却因为太在意别人会如何看我，而不敢主动提出分手，害得我们在痛苦中煎熬了那么久。我还曾对自己说："我不忍心再伤害他，所以说不出分手二字。"心里似乎得到了暂时的安慰，为自己还有"善良"。但有意与否，其实我已经伤害了他。敢于坦诚面对愧疚与尴尬，背负"负心"的责任，尽早地放手才是真正的道德。

当然婚姻中难免磕磕碰碰，也不能随随便便就离婚。真的要分手，请最后一次慎重地问自己："当初为什么相爱？"请回忆一下那时的心跳、深夜的相拥，是否你已可以重播那些片断，仿佛是别人的记忆，心中没有一丝涟漪？如果真的已经漠然、不能再爱，请分手！其实，主动分手也是一种道德，不再消耗彼此的生命，为彼此真正的幸福负责！

离婚≠人生失败

记得有朋友曾警告我："没有人可以有完美的人生。你事业上顺利，如遇挫折，很可能是婚姻或感情。"当时沉浸爱河的我心想你嫉妒了吧，但事实证明她是对的。

签订离婚协议后，洪宇和慧瑾都在第一时间打电话给我，支持我离婚的决定，但希望我不要放弃爱情。慧瑾还在感恩节特意飞到旧金山来看我，她没有过多地用言语安慰我，只是静静地搂着我，给我一个安全的港湾尽情痛哭。我哭，为爱情的消逝，似乎只有眼泪可以为爱情祭奠；我哭，为人生的重创，似乎希望泪水可以冲走伤痕。

好长一段时间，我都觉得压抑，觉得自己的人生好失败，伤害了 David，也伤害了自己。直到有一天我读到这样一个小故事。

一个女孩失恋了，哭着。上帝出现了，上帝问她你为什么这么难过。

"他离开了我。"

"你还爱他吗？"女孩重重地点头。

"那他还爱你吗？"女孩想了想哭了。

上帝笑着说："那么该哭的人是他，你只不过是失去了一个不爱你的人，而他失去的是一个深爱他的人。"

突然间，我明白了，我的损失比 David 的损失大多了，而他只是失去了我 —— 一个不能再爱他的人。也许你觉得我自欺欺人，但我的确有种如释重负的感觉，可以宽恕自己了。

听着与 David 相识的那首《一场游戏一场梦》，我想人生也许真的如梦，会有不可思议，会有爱莫能助。也许是命运的捉弄，也许是命运的馈赠，命中注定，别人替不得，别人拦不得。离婚，让我经历了痛苦和挣扎，却也

2008 年香港浅水湾海滩

让我领悟了许多，成长了许多。

我不再把离婚看作人生的污点，而是还给它应有的名分 —— 我人生中的一段深刻经历！人们不是很喜欢把婚姻比作鞋子吗？鞋子漂亮不漂亮是给别人看的，舒服不舒服却只有脚知道。我们只能让鞋子来适应脚，而不能让脚去适应鞋子。好吧，既然鞋子不大可能一穿就合适，且把离婚当作试鞋不合脚吧，总不能因此不再穿鞋吧！我的心情终于轻松了些。

离婚，让我告别了我的童话爱情，学会了接受不完美，也懂得了爱情道路上是没有"道德模范"的。放下对自己完美形象的禁锢，我发现生活远没有那么沉重。

离婚，教会我不再简单地在人生中画等号，不再被先入为主的观念所左右，而是更多地独立思考，忠于内心。我懂得了："对一段婚姻的选择，其实是一个清醒的人，对自己想要的生活方式和人生经历的选择。只有先对自己的内心负责，才能真正对这段婚姻负责！"

一段幸福的婚姻就像是有一双合脚的鞋，穿着它，感觉不到它的存在，仿佛光着脚，它却能陪你去远方。

为爱情保鲜

王尔德说："结婚是想象战胜了理智，再婚是希望战胜了经验。"我想王尔德一定是个悲观的人，而我则是他的反面。虽然刚刚从婚姻的围墙中冲出来，伤口还未完全愈合，已经抖擞精神，在 William 的怂恿下，乐观地再一次迈入婚姻的殿堂。

王尔德不是唯一对婚姻悲观的人，大家应该都听过这句警告："婚姻是爱情的坟墓！"

我猜这一定是把婚姻当结果的人说的，爱情装进婚姻里，就真的被结果了。在我看来，婚姻只是爱情穿了个马甲，上面写着"已售"二字。那是写给外人看的，警告大家"只可远观而不可亵玩焉"。至于婚姻里的两个人嘛，除了多了一个法律上承认你们是夫妻的小红本，爱情仍是那份爱情。所以，请婚前婚后保持言行一致。

如果非让我说爱情与婚姻有什么不同：

爱情是有你所想，婚姻是想你所有。换一种说法，爱情就是得到了你想要的，婚姻就是珍视你已得到的。

如何珍视？如何为爱情保鲜？

已经平安度过七年之痒的我可以分享一下我的五字真言 —— 美、学、信、忍、喜！美、学是对自己的要求，信、忍、喜是两人的相处之道。

2008 年结婚照片

美

"美丽让男人停下，智慧让男人留下。"既然男人是如此的视觉动物，我们也不得不"女为悦己者容"，总得先让他停下吧。我是那种"想酷又不敢大尺度、想美又不敢太臭美"的人，也会在飞机上翻阅时尚杂志，在走路时留意橱窗里的时装搭配，逐渐也培养出一定的审美眼光，可以把自己的衣橱排列组合。每天晚上躺在床上，就已经把第二天要穿的衣服在脑海里搭配好了，可以清早在半梦半醒间仍然穿出个模样。

"世上没有丑女人，只有懒女人"，这话真不假。我觉得这里的"懒"主要是指没有培养发现美的眼睛，没有采取美化自己的行动。在我看来，"懒"的根源是主观意识不够重视。千万别以为结婚了就从此海枯石烂了，世界的诱惑这么多，你也得保持自己的吸引力吧。大家彼此都有点危机感，可能更加珍惜！我最喜欢听到的就是 William 问我："今天又见什么人啊？穿得像只雀似的！"这说明我又着装成功了。哈哈！

不得不承认，现在的化妆技术高超到了已让人"不识庐山真面目"的程度，让我担心"过犹不及"。我就曾听过不止一个男性朋友同我讲，他更希望女朋友或老婆化淡妆，那是真正自信的表现。我也同意，比起眼线、红唇、美甲，整洁、健康、阳光更是必需品。千万别忘了，还有微笑。微笑是最好的化妆品，也是免费的化妆品。不是说"表情是瞬间的相貌，相貌是凝固了的表情"吗？我们不能阻止岁月在我们的脸上留下痕迹，却可以决定留下什么样的痕迹。

学

木心老先生说："爱情，亦三种境界耳。少年出乎好奇，青年在于审美，中年归向求知。"是的，爱一个人就像读一本书，如果说一见钟情是被书名吸引，那么对这个人的了解则需要像读书那样一页一页地认真体会。一本好书会启发你的思考，激起你对生活的热情，William 就是这样一本好书。

单是爱情观，William 的理论就让我脑洞大开。

"爱与被爱，哪一种更幸福？"

我不确定地回答："被爱吧？"

"错！当然是勇敢去爱更幸福。被爱固然没有风险，但也没有想象空间。当你去爱别人，可能肝肠寸断，也可能欣喜若狂，但那才是爱情的感觉！"

2015 年情人节和老公的共同创作

（侧栏）择不去的才是青春——三个哈佛女生的成长手记

"判断一段感情的标准是什么？"

"天长地久？"

"错。不是它是否能天长地久，重要的是，它是否能让你成为一个更好的人。"

从某种意义上讲，William 帮我完成了过去父母和传统教育没有给我的新的教育。

他教会我不要简单地接受约定俗成 —— "有些时候，父母表面上抱怨整日围着孩子转，但实际上不是孩子需要父母，而是父母需要孩子"。

不要轻易相信"专家说的""网上说的" —— "专家也不一定都对，不要迷信权威，科学本身就是个不断证伪的过程"。

对人对事不要非黑即白 —— "即使一个烂钟，每天也会有两次指对时间"。

做判断时尽量避免情绪的影响 —— "不要把一个人不文明的行为，上升为一个民族的标签"。

他教会我从更独立客观的角度看世界，帮我冲出世俗的羁绊，成为更关注内心、自由追逐的人。

于是，和 William 在一起，我不再空想如何白头到老，而是每天用实际行动去努力成为更好的自己。

缺乏创造力，我就开始尝试画画，培养自己的想象力；

缺乏运动细胞，我就和朋友周末一起打羽毛球、去登山；

语言表达不够精练，我就让 William 随时批评指正。

我希望通过不断的学习进步，让自己随着时间越发丰富精彩，把自己变成一本引人入胜的书，让对方有持久的兴趣读下去。

著名投资家芒格老先生（股神巴菲特的铁杆搭档）曾经说过："要得到一样东西，最好的办法就是让自己配得上它！" 我觉得爱情也是如此。这并不是要你介意别人的议论或眼神，而是希望你把爱他作为一种动力，为他去做更好的自己。这不是强迫自己去改变，而是一种心甘情愿的改变。因为婚姻的本质就是，为两个人各自的成长提供一个坚实的后盾。我的口号是"没有最好，只有更好！爱，让彼此更加优秀"。

信

说实话，论洗衣做饭、操持家务，我只能得负分。但理解老公的压力、支持他在事业上的进取、听他编的理论、笑他讲的笑话、给他足够的空间……这些动口不动手的活儿，我都干得不错。

有一次，William 让我背对着他，闭上双眼，向后倒。我想也没想就照做了。

他很惊讶于我的毫不犹豫："你就不怕……我不接着你摔地上？"

我说："没想过这种可能！"

他感叹："傻人真幸福！"

2012 年日本

说起信任，可能与我天性乐观、相信人性向善有关。我的确是假设"无罪直至证明有罪"。

女友们常八卦如何防"小三"。有电话查岗的，有监测 QQ 和微信的，有禁止老公单独与异性吃饭的。我则自以为是地认为"围堵"不如"疏导"。我和老公从不互查手机，也很少追问晚上和谁吃饭了。我们都认为有异性朋友甚至是密友都是正常的，总是二人世界，虽然浪漫但少了些丰富吧。老公前女友来香港，我主动建议老公不但应该单独请她吃饭，还应该去机场送机。婆婆听了这事儿，也夸我心宽。

朋友问我出差这么多，把老公一个人一扔一星期，不担心出问题？我总是笑答："没事儿，有股票市场帮我看着呢，早晨 8 点到凌晨 4 点，韩国、日本、中国香港、美国股市轮流上岗，从不旷工！"

你可以说，我这种信的本质是懒。毕竟，要证明有罪是容易的，抓到一条罪证就可宣判；但要证明无罪几乎是不可能的，因为你无法保证所有可能都调查得清清楚楚。嘿，但家就是让我们的心休息的地方，何苦拍成紧张悬疑的警匪片呢！

如果说恋人像两块磁石分秒不离，希望从此连成一体，共享生命中的每一刻；夫妻则更像两只风筝拴在同一个叫家的轴上，可以自由地飞翔，又有片共享的天空，而信任则是那根细细的心弦，无论飞得多高多远都能牵着你回家。

忍

再合拍的夫妻也不可能永远天高气爽，"忍"字帮你避过风雨。

输钱了，心情不好、说话态度不好、砸墙拍桌子，我理解，只是轻轻提醒："别把手伤了！"

忙时接起电话三个字"没时间"，我已经知趣地改发信息。

"今晚不回家吃饭。""好的。"没有其他交代的必要……

如果这些只是云遮了太阳，那狂风暴雨来时怎么办？

第一招儿是从爸爸妈妈那里学来的 —— "以静制动、秋后算账"！让他把不满和气话都发泄出来吧，我不出声就不会争吵，矛盾就不会升级，过几分钟他冷静下来，常会有愧疚之感，两人才能心平气和地分析矛盾根源，找出解决办法。

许多时候，夫妻的争吵都是由一件芝麻小事引起，却可迅速在怒气的刺激下，上升到"你到底爱不爱我"的高度，而最终抛出撒手锏"离婚吧"，来测试爱的底线。无论是一句多伪心的气话，却已在对方心中划下了一道久久不能愈合的伤痕。几秒钟的痛快却造成了许多年的懊悔，所以，千万要记住"沉默是金"！

还有一招儿就是在你对他特别生气时，逼自己想一想他的优点，尽量放大他的优点，就会帮助自己用他的优点压倒眼前的缺点，决定留在婚姻里。

记得有一次在停车场我们找不到停车卡了，William 一口咬定他给了我，是我弄丢的。我这个气啊："好啊，你小子竟冤枉我！" 恨不得上去痛打他一顿。但在我动手之前，逼自己想了一下他的好处："毕竟我不会开车，这么多年他都是我的免费司机，没有功劳也有苦劳吧！" 于是免了他一顿皮肉之苦。记住，婚姻不是讲理的地方。赢了道理，输了婚姻，可能是最失败的胜利！

如果你能够更上一层楼，从对方的错误当中找出自己的责任，则是婚姻中的顶级高手了。比如说，以前 William 总是弄丢家里的钥匙，我从未埋怨，而是努力分析原因："可能是我给他买的钥匙链不够重不够显眼吧？掉在出租车上很难发现？" 于是，一次又一次，不断加重钥匙链，直到 William 大叫"太重了"，决定把钥匙放在钱包里，才从此彻底安全了。看，与其抓住对方的错误不放，在口水战中消耗两个人的感情，不如在对方的错误中看到自己的责任，两个人一起解决问题，让感情更加牢固。

过去，我以为爱情所需要的只是一时的感觉，开心就够了。可婚姻是一辈子的事业，需要持续的付出。因为婚姻中不可能总是两个人同时坚强，我们得轮流在对方脆弱的时候化身坚实的后盾。一方遇到难题，另一方得立刻做他忠实的听众，给他鼓劲儿。

William 刚做基金经理那一年正赶上金融海啸。那一整年，我每个周末两天都泡在他的办公室里，陪他加班。香港办公楼里的空调太强，我总要套上他那件黑色羽绒上衣才能顶住那冷气。看着外面阳光明媚，我想："没办法，又吸收不了阳光了，只能缺钙下去了（阳光帮助钙质吸收）！但我现在是老公的钙片，要忍住，要坚持！"

有一次，William 伏案加班时突然冒出一句："相信我。我会给你最棒的一切！"对于这种太阳从西边出来的美言，我突然有点不适应，怀疑自己听错了。但追问时，老公已开始装傻："啊？我说什么了？我什么也没说啊！" 难怪人们常说"真情流露往往在不经意间"。

忍是心字头上一把刀，但咱也别忘了那一"点"啊！可能是惺惺相惜的"点"噢！

喜

如果生活是一碗白饭，惊喜就是那几滴辣椒酱。没有，平平淡淡也是真；有了，生命时不时被"嚼"醒，渗出喜悦的味道。

结婚登记的日子 William 选在了 4 月 1 日。我有些不高兴，因为是愚人节，似乎有些开玩笑的意味。William 却说"这个日子好记"。想起他调皮恶作剧的种种，我想这似乎也符合他的那颗童心。

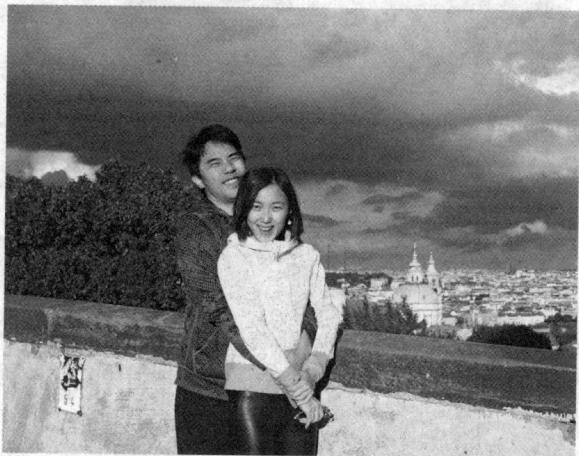

2014 年在捷克的布拉格

他常常会在走路时躲起来突然蹦出来吓我一跳,我却总不长记性,经常中招;

他会心血来潮,一口气买下整套儿时喜爱的漫画书,拉着我一起通宵重温;

他会特意带我去吃大排档,又指给我看脚边的蟑螂,吓得我哇哇大叫……

有一次,我们走过草坪上的石路时,看到路边立着一个木牌,提醒大家"路面不平请小心!"

William 立刻对我说:"把刀拿来!"我一愣,完全听不懂。

"路见不平,拔刀相助嘛!"William 昂首挺胸,摆出一副大侠的姿态。

一次春节与朋友聚会。席间,一个朋友提起茅台酒现在可以定制,把自己的名字印到酒瓶上,价格翻倍,但很受婚庆酒宴欢迎。

William 立刻接下话茬儿:"那 Prada 也应该定制,把仇人照片印到鞋底,天天踩在脚下,肯定也卖断货。" 引得众人哄堂大笑。

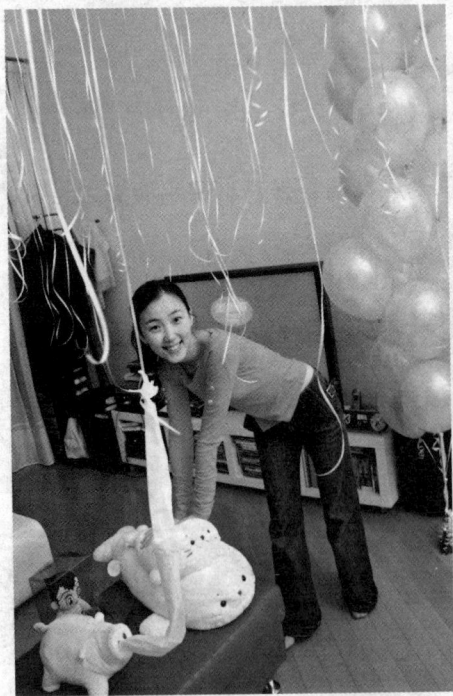

2008 年 William 为我庆祝三十岁生日

还有一次,我的生日。虽然我已不再指望 William 会记得送礼物,但还是想难为他一下。于是故意问他:"我的生日礼物呢?"

William 起初有点不知所措,但很快恢复镇定,伸出右手向我做了个等一下的动作。

大概一分钟后,只见他从卫生间走出来,头上用厕纸扎了个蝴蝶结,口里还振振有词:" Present is now, is here —— I am here right now. So I am the present!"(注:英文中礼物和现在是一个单词。William 说:"Present 是现在,是这里。我现在就在这里。我就是礼物！"）

我笑出了眼泪，当然可能也有感动的成分，不得不说这是我收到过的最好的生日礼物！

有人说："男人只会变老，不会长大。" 简直太精辟了！William 就是最好的佐证。

这不，他看完《我的野蛮女友》电影后，托着下巴若有所思，也学着男主人公郑重其事地给我写了一封信。（注：电影里，男主人公给女主人公要约会的另一个男生写了一封信，交代了许多女主人公的习惯喜好，非常感人！）

"如果你要接收肥磊，请注意：

1.拍照时从下往上，这样可以显得她腿长。

2.出门时要看紧所有东西，不然都会被她丢了。

3.她招你时要大声叫疼，不然她不会停。

4.她不在客厅的时候，不要找她，她一定在上大号。

5.一定要叫盘炸鸡软骨，尽管那是西班牙餐馆。

6.打羽毛球不能打到场地边界，要不然她一定会判断错误。

7.她讲话喜欢重复三遍，因为她觉得说的废话多会让人开心。

8.找路一定要往她走的相反方向走，因为她是路痴。

9.坐电梯时要学会憋气，因为她可能随时放屁。

10.到户外一定要带蚊贴，她很惹蚊子，但她又很喜欢到户外。"

啊，这家伙！真是"好事不出门，坏事传千里"。可愤愤的同时，我又不得不承认 William 的细心，让我自愧不如。

结婚七年多了，有一天晚上我们在家里一边工作一边听歌，听到一首歌挺好听的，我随口问 William 是什么歌。

只见 William "啊"的一声大叫，从椅子上跳了起来，冲到我面前，像看外星人一样看着我："你竟然不知道这首歌？那你也不知道我为什么要4月1日登记结婚了？"

57

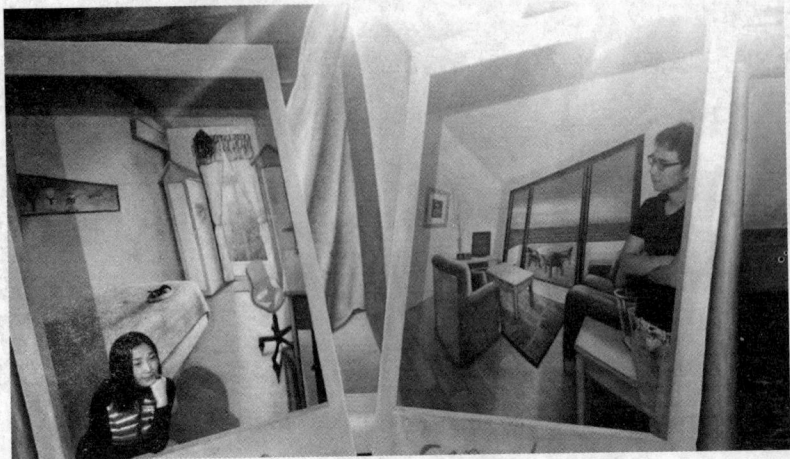

"有什么关系?" 我真的一头雾水。

"这首歌叫《Only Fools Rush in》（情不自禁)!" William 有点失望地说。

"噢……原来你是说你也是个 fool（傻瓜），才决定在 April Fool's Day（愚人节）结婚了!" 我如梦方醒。

歌曲自顾自地继续流淌……

Wise men say only fools rush in 智者说，只有傻瓜才会一头热地栽进去

But I can't help falling in love with you 但我就是情不自禁地与你坠入爱河

Shall I stay？ Would it be a sin？ 我应该留下来吗？这样有罪吗？

If I can't help falling in love with you 如果我情不自禁地爱你

Like a river flows surely to the sea 就像河水理所当然是流向大海一样

Darling so it goes some things are meant to be 亲爱的，有些事情就是命中注定

Take my hand，take my whole life too 握住我的手，也握住我的一生

For I can't help falling in love with you 因为我已情不自禁地爱上你

爱情是什么？

爱情就是你透过这个人的眼睛，看到自己的好，也看到自己用心想对一个人好的样子。你拼命为他努力，想和他一起成长，甚至有种一起远离尘嚣的冲动。

婚姻是什么?

婚姻就是你透过这个人的眼睛,也看到了自己的不好,也看到了自己坚持对一个人好的样子。你愿意助他成功,甘心一些妥协和牺牲,幸福在柴米油盐的平淡中。

爱情让你看到最好的自己,婚姻让你看到真实的自己。

从爱情到婚姻,是一个神圣的飞跃。飞得不好,心的翅膀断了,爱情在婚姻里埋葬;飞跃成功,心的羽翼更加丰满,爱情在婚姻里升华。

祝有情人终成眷属,祝眷属终生有情!

陈磊是我认识的最快乐的人。

这该是我们开始的主要原因。

她——

　　心宽（善忘）；

　　乐观（天真）；

　　粗心（像小孩）；

　　胆小（像小猫）。

让我佩服的是，陈磊身上有着小说或漫画里才有的，

像《七龙珠》的"孙悟空"或《射雕英雄传》的"郭靖"那种，

可以把全世界都变成朋友的亲和力；

傻到你要加害于她就无地自容的境界。

仁者无敌，大概就是这个意思。

如果她是郭靖，我顶多是黄蓉。

——William

挥不去的才是青春——三个哈佛女生的成长手记

老公给我们自己画的素描

生活篇

2007年与父母在哈尔滨

父母为我擎起一片蓝天

1978年，春。

北国冰城哈尔滨，冰河初解、乍暖还寒。

我有幸伴随着改革开放的春天来到这个世界。

听妈妈讲，那一天家里双喜临门。

一喜 —— 我是家里的头一个第三代宝宝，真可谓万般宠爱集一身。

又喜 —— 这一天是爸爸大学报到之日。作为千百万下乡知青中的一员，爸爸在农村

奋斗了十个年头，是恢复高考后的第一批"老三届"大学生。

三十而立，又复学，又得女，爸爸喜不胜收，不禁赋诗一首：

> 双眸乌亮透珠明，
> 聪慧千金伴福生。
> 父母皆夸家子好，
> 我盼爱女映群星。

爷爷奶奶见到了第一个隔辈人，也是喜上眉梢，爷爷捧着字典，反反复复查了好几天，终于为我选了个听起来像男孩子的名字"陈磊"。爷爷可没有重男轻女的思想，他是希望我做人光明磊落，身体像三块石头垒起来一样结实。我希望我没有让他失望。

我是"官二代"

"官二代"，似乎随着"我爸是李刚"而成为当今社会一个特权阶层的流行统称。

我在网络上搜索了一下，网友们是如此为它定义的："官二代"有广义、狭义之分。广义"官二代"泛指政府官员的儿女们。狭义"官二代"特指政府官员"很二"的儿女们。

"官二代"与他爹多大官没有太大关系。只要能够利用自己官爹的职权和资源，为自己谋取与自己能力和努力不相符的超额利益或为非作歹的，就是

"官二代"。

还好，我虽然逃不掉是广义的"官二代"，但起码不是公众唾弃的狭义的"官二代"。因为"上梁太正，下梁难歪"！

我的姥爷是 1937 年 1 月参加革命的老红军。著名女作家丁玲是姥爷的入党介绍人，在她所著的《冀村之夜》中，有一段是专门写姥爷不畏敌人的事迹的。抗战胜利后姥爷从延安被派到东北，是新中国成立后黑龙江省佳木斯市第一位市委书记，后来又调任中共黑龙江省委党校校长，退休后享受副省级待遇。

小时候的我非常敬仰姥爷。那时我和爸爸妈妈与爷爷奶奶住在一起，姥爷常乘一辆白色的上海轿车来看望爷爷奶奶，让我在邻居小朋友中很有面子，我觉得他是个了不起的大人物。

谁说面子不能当饭吃？那些年，每逢周末或节日，爸妈都带着我去看望姥爷。每次姥爷都让妈妈做些好吃的招待我们。姥爷因为是老红军，有个享受特供副食的小红本儿，每月都有鱼、蛋、糖、酒之类的特殊待遇。在那个物资匮乏的年代，到姥爷家就能改善生活了。我虽然常常能与姥爷共享这些好东西，但他总是对我说："这是党和国家对那些为新中国成立做出贡献的人的一种回报和奖励！以后你为建设祖国做出贡献，才真正有资格享用！"

儿时与姥爷和表弟表妹一起

这在我小小的脑海中留下了深刻的印象。我不敢奢望当姥爷那样的大官，但懂得了有付出才能有回报。

虽然姥爷在"文化大革命"中也被打成了"走资派"，挨过批斗，蹲过牛棚，与亲人子女隔离十年，但他始终对党和国家忠心耿耿，无怨无悔。他离休以后，每天都坚持听广播、看报纸，关注国家的发展，后来眼睛看不清东西了，就等我们去看望他时，让爸爸妈妈给他读《邓小平文选》，这恐怕是我们年轻一代很难理解的，更难企及的。

记得有一年春节，姥爷突然打电话给妈妈说今年除夕不要聚会了，因为报纸上要求大家在节日期间也要站好岗、值好班，弄得我们一家哭笑不得。妈妈只好哄他说值班的机会被同事抢了，姥爷才肯作罢。

我在美国留学期间，每次回国探望姥爷，他都要拉着我的手，语重心长地说："磊磊，你一定要好好学习，为国争光。将来学成后一定要回国，报效祖国！"那时的我觉得姥爷太跟不上潮流了，人家都出国赚钱拿绿卡，谁还喊"报效祖国"的口号啊。可我知道姥爷不是在喊口号，因为每一次我如果不深深点头承诺回国，姥爷都不肯放手。现在我在香港工作，香港已回归祖国，我希望姥爷在九泉之下也可以欣慰了。

儿时与爷爷奶奶和堂弟堂妹一起

我的爷爷虽然没有姥爷级别那么高，但实权不小。那时的中国还是计划经济，爷爷在黑龙江省石油公司当计划科科长，分管油品分配的审批工作。因为当时物资匮乏，油料也供不应求，所以求他帮忙批油的人不在少数。可是爷爷是个非常有原则的人，谁也甭想从他手上套走一滴油。有人说他"浪费"了权力，他却说："这权不是我的，是国家和人民的！"

有时也有人想送点小礼，开开后门，都被爷爷坚决拒绝。记得有几次，送礼的人吃了爷爷的闭门羹，仍不放弃，干脆把猪肉、啤酒之类的留在门外，爷爷硬是逼着老叔连夜骑车给退了回去。有一次，我想和爷爷商量一下，能不能给送礼的人点面子，把一箱健力宝饮料留下来，那可是我儿时的最爱！爷爷慈爱而又认真地对我说："磊磊，想喝健力宝爷爷给你买，我们不能无缘无故收别人的东西，这容易作病！"我无能为力，只好眼巴巴地看着那箱诱人的健力宝登上了老叔的自行车后座。

　　还有一次，刚过门的老婶事先也没沟通，受她单位领导之托，就贸然去找爷爷批油，不但油没批成，自己却被爷爷狠狠地批了一顿。老婶晚上回到家觉得很没面子，非常委屈。我就像个小大人儿似地劝起了老婶："爷爷一辈子按规矩办事，你应该理解爷爷。爷爷发脾气不是冲你，是冲你们领导，他也太不了解我爷爷了！"听了我的话，爷爷虽然没说什么，但看他那眼神，我知道他一定在心里夸我这个乖孙女懂事呢！

　　别看那时社会经济环境不太好，我在家里的地位却很高。每次家里炖鸡时，我总能得到爷爷奶奶的偏爱，分到一只鸡腿和唯一的鸡心眼。这让我的堂弟直叫不平："磊磊姐心眼儿已经够多的了，怎么还给她吃鸡心眼儿？"我想爷爷奶奶喜欢我，除了因为我学习好外，也许就是我继承了他们正直做人的品格吧。

　　其实继承这优良品格的不止我一个。爸爸的人生座右铭就是"有容乃大，无欲则刚"！爸爸是毛主席一声令下，百万知识青年上山下乡的那一代老知青。他在高考恢复的第一年凭借自己的实力考回哈尔滨，据说那年黑龙江的考生录取比例为百分之一，真是百里挑一啊。

　　大学毕业后，爸爸相继在黑龙江省委机关党委、绥化市委、黑龙江省出版界任职。逢年过节，别人都要去给上级领导拜年，爸爸当厅局长二十多年从不去上级领导家走动，每年只探望已退休多年的徐爷爷和刘爷爷。因为爸爸大学毕业分配到省委机关工作的几年里，这两位老人对爸爸帮助很大，爸爸始终念念不忘。当然爸爸是在调离省委之后才开始年年去探访的。

　　爸爸常说他晚上觉睡得最安稳，因为他不贪污不行贿，不怕半夜公安局来抓人。有敲门的，也一定是敲错了。我大笑之余，不禁认识到，其实一个人最安心的感觉，就是觉得自己是一个好人。那么即使从自私的角度，为了自己的安心快乐，我也要做一个好人。

　　爸爸常说："要靠本事吃饭，靠能力说话。"

　　记得我上高二时，在学校里已听到有些同学的家长开始走关系，为孩子争取保送大学的名额做工作。有些好心的老师提醒我："陈磊，虽然你是学年第一又是学生会主席，按理保送清华北大非你莫属，但这事儿也没你想得那么简单。还是让你爸妈也做做工作，以防万一。"我回家后跟爸妈复述了一遍老师的话，没想到爸爸来了句："磊磊，咱们不要指望学校保送，自己考更精彩！"我有些委屈地反驳："那也太不公平了吧？该保送我，为什么还要那么辛苦地自己去考？"爸爸口气和蔼了一些："你长大后就会发现，这个世界并不是所有的事都那么公平。但只要你有真才实学，就不会被埋没。靠别人是靠不住的，靠自己才最安全！"当时的我觉得爸爸有点不近人情，但在美国独自打拼的十年里，每每想起这一幕，我不得不敬佩爸爸的高瞻远瞩——"父母之爱子，则为之计深远"！

想一想，其实我只能算是"官三代"，妈妈才是"官二代"。可妈妈真是"徒有其名，并无其实"啊！

记得小时候我问过妈妈，可不可以借用姥爷的"小红本儿"（副食优待证）给我多买些好吃的。妈妈却说："你已经很幸运了，还能借姥爷的光儿吃上黄花鱼。我小时候你姥爷是非常严厉的，他享有单位特供的小灶儿，姥姥和我们几个孩子谁也不能碰，只有他一个人吃，因为那是国家给你姥爷的。"

在姥爷那里，妈妈一点儿"光"也没借上，"霉"却倒上了。"文化大革命"一来，妈妈一下子从"红后代"变成了"黑五类"，走路都抬不起头。原来簇拥在姥爷周围俯首称是的一些人退避三舍，让妈妈十几岁就体验到了世态炎凉。但妈妈坚信姥爷是好人，问题总有搞清楚的一天。

1968年，妈妈也下乡到黑龙江生产建设兵团。铲地、割黄豆、扛麻袋、做豆腐、喂猪，啥活儿都不落后。但由于受到姥爷问题的影响，没有当上扛枪的兵团战士，这对妈妈来说是沉重的打击，因为在她心里"到兵团就是要扛枪、当战士"！处处要强的妈妈只能眼巴巴地看着别人扛枪，为此她痛苦了好长时间。妈妈说当时她就希望打仗，在战场上冲锋陷阵，哪怕是牺牲当个烈士，也比这样强。但她没有被压倒，吞下委屈，继续用更多的汗水去证明自己。终于在我出生的前一年，姥爷得到了平反，妈妈等到了"太阳出来"的一天。

妈妈常对我说："人生总有起伏，要勇敢面对，要相信没有过不去的坎儿！"长大后每当我遇到挫折时，就会想起妈妈的话，想象着她当年是如何熬过那段困惑而又不公的黑暗岁月，再比较一下自己眼前的困难，也就不敢称之为"挫折"了。

记得在申请哈佛商学院时，招生办的老师面试时，曾问过我这样一个问题：

"你成功的动力是什么？"

我不假思索，脱口而出："我希望实现父母没有机会实现的梦想！"

是的，爸爸妈妈把他们最具活力的宝贵青春贡献给了北大荒那块黑土地，他们很珍惜那段激情岁月，但我相信他们也有许多遗憾。我愿他们的生命能在我的身上延续，他们的梦想能在我的身上实现。

我没有选择为官，这意味着如果我有了子女，他们也失去了做"官二代"的机会。但我相信他们无可抱怨，因为我也没有分享父辈们官位的资源，而我从父辈身上学到的做人真谛，一定倾力相传！

我家的"三词经"

性格决定命运？

还是，命运决定性格？

我觉得童年的成长环境可以"塑造"性格，而性格又在后续的人生中"强化"命运。

艰苦的童年可以磨炼人的意志。

娇纵的童年可能导致人的堕落。

幸福的童年可以让人生路上总有阳光……

我很幸运，有一个幸福的童年。

轻　　松

在我的记忆中，爸爸妈妈从未红过脸、吵过架，遇到什么问题都是商量着解决。所以家庭气氛总是很祥和，很放松。

记得有一次，妈妈回到家愁眉苦脸的，我和爸爸忙关心地问："出什么事了？"

妈妈叹口气："唉，坐车钱包被偷了！刚发的工资都没了！"

要知道，那时的工资都很低，生活很拮据，有时临近月底没钱了，还要向邻居借用几天，发了工资再还。

我和爸爸清楚这时妈妈心里肯定很不好受，不能再火上浇油。

于是爸爸也假装叹了口气，调侃地说："看来我又得加班写稿赚稿费了。"

我也跟着帮腔："看来我又得努力考第一，赚奖学金了。"是的，我每次考第一，爷爷奶奶姥爷都会奖励我 20 元钱。相对于那时每月百八十元的工资，可是不小的数目。

妈妈得到了我们的理解，一再表示："唉，以后上车绝不能把包放身后了，容易被偷，不能再'马大哈'了！"

其实这种宽容理解与支持在我们家已成为一种习惯，一种文化。

当我在为和小伙伴们嬉闹打碎了家里的茶几玻璃而忐忑不安时，妈妈的第一个反应就是："吓了我一跳，还以为出了什么事呢！玻璃碎了怕什么？碎了再买呗。你敢于承认错误，妈妈还要表扬你呢！"从此，我知道犯错天不会塌下来，关键是要勇于承认错误，不让一个小错误变成大错误。

当爸爸为是否要远离妻女去绥化市下派锻炼而举棋不定时，妈妈坚决支持："你不要为家里担心，我会照顾好磊磊。如果你觉得这是一个好的学习锻炼机会咱就去！"这里，我看到了爱的真谛，爱他就支持他的梦想，不做他的牵绊，让他轻装上阵。

轻松，让我很喜欢回家。不用撒谎，不必隐藏，自由自在地做自己。

平　等

虽然我是个孩子，但爸爸妈妈从小就鼓励我自己做决定。对于我的学习，只是鼓励，从不干涉。我写完作业，就可以看电视、看课外书；我有兴趣，就可以学书法、学英语；我觉得懂了会了，就不需要做完所有的练习题，不需要参加课外辅导班。

虽然我是个孩子，但在家里从未被剥夺过发言权，爸爸妈妈总是与我平等地交流。有一些重要事情，如搬家、升学、调工作等，往往还要三人表态，有时还是由我这一票就决定胜负呢！

记得我在高一学期期末分科时，面临着要学文还是学理的选择。

爸爸倾向我去学理，觉得"学好数理化，走遍全天下"。

妈妈则倾向我学文，认为和我当时想当外交官的理想更加契合。

本来我也是打算学文的，但听到一些男生吹风："只有理科差的人才去学文，净是些女生。"不由得让我心中愤愤不平："高一大家学一样的课，我不也考了学年第一？谁说女生理科学不过男生？"于是我决定了学理。

现在回想起来，当时是有一点点意气用事。但爸爸妈妈在确认我已慎重考虑过利弊后，还是一如既往地尊重了我的意见，支持了我的选择。他们对我的这种信任和支持，让我一路走来都觉得心里那么踏实，从不惧怕挑战和挫折。因为我知道即使世界会变冷，我都有个温暖的家！

1995 年与父母在哈尔滨家里

虽然爸爸妈妈工作都很忙，但他们尽量推掉应酬，按时回家吃饭。因为晚饭的餐桌上，入寝前的洗漱过程中，都是我们聊天的"家庭论坛"。那可真是学校事、单位事、家事、国事、天下事，事事关心！

我曾在日记中这样写道："爸爸、妈妈、我组成了一个和睦的家庭。饭桌上，新鲜趣闻尽道来，忧愁喜悦尽倾诉；电视机前，争论问题喋不休，共同探讨互补充。我们家没有战争，只有欢笑；没有代沟，只有互谅。"

平等，让我从小就学会尊重别人，也尊重自己，懂得为自己的每一个决定负责。

快　　乐

至今我还记得和爸爸联合导演来欺骗妈妈的一幕恶作剧。

有一次我过生日，妈妈因为单位有事不能按时回家，就打电话嘱咐爸爸给我做些好吃的以示祝贺。爸爸为我的生日晚宴准备了我爱吃的鸡翅、萝卜条粉丝汤等。宴罢，我和爸爸总觉得少了点儿气氛，决定骗一下妈妈。

于是，在妈妈回家前，我们伪造了爸爸仍没回家的假象：藏起了爸爸的大衣和鞋子，在我的书桌上摆了一副吃快餐面剩下的塑料碗筷，只留下书桌台灯微暗的光。

当妈妈急匆匆地一进屋，发现门口没有爸爸的鞋子，桌上还摆着快餐面，立刻紧张地问："你爸没给你过生日吗？"我故作委屈地摇了摇头。妈妈立刻内疚起来，脱下外衣，就冲进厨房。一开灯，爸爸突然跳了出来，吓得妈妈一声惊叫，又立刻转惊为喜！三个人笑疼了肚子，笑弯了腰。

2007年与父母在桂林

如此种种，家里总是笑声不断。真的，和爸妈在一起，我无拘无束，幸福感爆棚。爸爸智慧而幽默，妈妈乐观而爱笑，真是绝配！

在我印象里，妈妈永远都是那么彻头彻尾地开心。

记得有一次过节，我们在百货商店豪花了一千多（那时的一千多相当于妈妈两个月工资呢），获得了抽奖机会。人家抽中了皮包、护肤品等，我们却只抽中了一盒纸巾，我心里有点失落。哪知回到家，突然听到妈妈开心地自言自语："嘿，太好了，正好家里纸巾用完了。"那开心劲儿好像中了六合彩，我晕！

从妈妈身上我深切地感受到：生活中不是缺少美，而是要有发现美的眼睛；生活中不是缺少快乐，而是要有感受快乐的心灵。

看，爸妈又在客厅里跳起了双人舞，我又得赶紧让道。而音乐竟然是电视里正播放的广告歌曲，这几十秒的机会也不放过！

听，爸爸又在高声朗诵他创作的诗歌了，一会儿还有妈妈的女高音《红梅赞》和我的口琴独奏。这是我们一家三口在录制"家庭联欢会"节目。可惜，那时买不起摄像机，只能留声不能留影了。

"嗯，什么这么香？"是妈妈两周一次的炖肘子肉。"爸，你啃的那块骨头上没什么肉，别费劲了！""这你就不懂了吧，啃骨头最有滋味了，我不喜欢吃肉。"当时的我半信半疑，今日的我深知那是爱的托词。

这种种幸福场景虽然有些电影感，但它真实存在于我的童年，我的记忆宝库。

快乐，让我珍惜生命，让我总能看到希望，为自己的人生路上洒满阳光。

读到这儿，你一定已经猜到了，我家的"三词经"就是轻松、平等、快乐！这种温馨的氛围，养成了我随和、独立、乐观的性格，让我在后来的人生路上受益匪浅。

让孩子做自己的裁判员

许多父母热衷于做教练员，专注于培养孩子的技能，让孩子赢在起跑线上。明智的父母选择做营养师，滋润孩子的心灵，让孩子做自己的裁判员。

赢在起跑线上，仍然是与别人赛跑，心还会是累的。

做自己的裁判员，没有了与他人争强好胜的压力，只有自身"更高更快更强"的追求。

记得初中二年级的一次考试，我得了第三名，这对于从未失过冠军宝座的我是个不小的打击。有一段时间，我都把自己关在屋子里，关着灯，听王杰的伤心情歌，似乎特意去配合自己情绪的低落。我开始怀疑社会上流行的说法是不是真的，"是不是女孩子年级越高就学习越差了？智力就跟不上男孩子了？"

爸爸妈妈注意到我的变化，开导我："人生是没有一帆风顺的。一次小小的考试失误根本算不了什么，关键是你对自己的反省。考试是检验自己的学习成果的，不是用来和别人比较的。你要学会给自己打分，做自己的裁判员！"

我听了，含着泪水默默点头，心中默念："我要做自己的裁判员！"

我告诫自己："关键不是名次，而是知识学到了吗，弄懂了吗，学习不是为别人，是为自己。"

我批评自己："考试遇到难题时，先担心自己拿不到第一而浪费了许多宝贵时间，今后要全心全意用在解题上。"

我鼓励自己："别人说女孩子不行你就信吗？你要证明他们是错的！"

> 挫折和打击不必太在意，
>
> 虚幻的梦想全部都忘记，
>
> 自我的原则别轻易放弃，
>
> 掌握未来就是你……

哼着王杰的《活出自己》，我又找到了那个不服输的自己。

后来，我不但学会了做自己的裁判员，还学会了做自己的竞争对手，做自己的啦啦队。

做自己的竞争对手，可以让我为自己设立清晰的目标。因为我可能不清楚别人的优势弱势，却对自己的缺点问题了如指掌。每一个阶段，我都会给自己设立具体的目标，比如说"一个星期内搞定物理的动力定律"，如果我提前完成了，就是我胜了，如果没搞定，就是我输了。这样与自己赛跑的感觉很充实，也很安全，让我在考试时也能轻装上阵。

接下来的所有期中期末考试，我又重新包揽了第一。搞得有一次我发烧39度也坚持考试时，被同学们开玩笑："陈磊，你就不能给我们一次机会吗？"其

2009年重游哈尔滨冰雪大世界

实，他们不知道在我心里"没有第一，只有唯一"，我只是在努力超越过去的自己。

做自己的竞争对手，可以鞭策自己不断前进，做自己的啦啦队，则给予自己前进的动力和勇气。

每当我成功达到了自己的目标，都会表扬自己："嗯，这次表现不错，我对你很满意！"

每当我遇到困难时，就会给自己打气："陈磊，你行的，你一定做得到！"

虽然这种自言自语很阿Q，但很管用。其实很多时候，朋友和家人的一句鼓励就是那针强心剂。如果我们远在他乡，朋友和家人都不在身边，怎么办？那自己做自己的啦啦队，就信心拈来，方便实用了。

记得我初到美国，在明德大学（Middlebury College）第一学期是最痛苦的。孤独感、语言关、落差感，像三座大山压得我喘不过气来。

"独在异乡为异客"，小时候学这句诗时没什么感觉，真的到了美国 Middlebury 这个"富乡僻壤"，举目无亲，才真正体会到诗人那种孤独、思乡之情可以深入骨髓。

在美国的第一个月，我白天还忙碌于上课、打工，但到了夜深人静，那种强烈的想家的感觉便充斥每一根血管。想象着"这个时间家人都在干什么，爸爸妈妈又做了什么好吃的了"？想着想着，泪水加口水浸湿了半个枕头。因为怕打扰室友，我只能不断地哽咽着喉咙，静静地流泪，这常常让我透不过气来，更添了一份郁闷。

有时泪流得自己都累了，便也睡着了；有时则不断地给自己打气，"这么多在美国的中国留学生，不也生活学习得很好？陈磊，你为什么就挺不过来呢？坚强一些，给自己一点信心！你越早渡过难关，就让家人越早少一份担心"！于是又涌起信誓旦旦的豪情，对自己多了一份满意，睡了。

语言关，对我来说的确是个冲击（Shock）。本以为高中三年英语课老师都是用英文教学的，托福（TOFEL）也考过了，我可以应付一阵子。没想到，第一堂经济学课就给了我一闷棍。

看着老师的妙语连珠，同学们的哄堂大笑，我却在云里雾里着急上火。别说英文了，连中文的那些经济学术语我都一窍不通；更别说英文术语了，连老师讲的课程安排我都听不懂。我的心真是瓦凉瓦凉的，这学没法上了。

下课后，我去了经济学教授的办公室，想和他解释我完全听不懂他讲的，95％听不懂。教授看着我，一脸严肃和困惑，我才意识到原来我的解释他也听得似懂非懂。最后，在我的一番手舞足蹈的帮助下，教授似乎明白了个大概，对我说："真的对不起，但我也不能为你减慢教学速度。要不你先去上一下英语课吧！"

这个建议是好的，但却很难实施。因为明德大学在招收国际留学生时，是认为英语已经达标的，所以学校里是没有补习英语课的。他们可能没想到我这个中国来的"考试机器"，在考场外就"蔫菜了"。但我总不能这就打道回府吧？不行，想想办法！

我的啦啦队又上场了。"陈磊，你还没开始努力呢怎么就怯场了？总得拼过以后才认输吧？"于是，我开始了勤能补拙。

课前，预习老师要讲的章节，把不懂的单词先查字典弄清楚发音和解释。

上课时，带着小录音机（磁带的那种，那时还没有 iphone），坐在教室第一排，尽量录下教授说的话。

晚上把不懂的地方倒带、倒带、再倒带，直到弄懂为止。

别人上一个小时的课，我是课前一小时、课上一小时、课后一两个小时，如此以三至四倍的功夫追赶着……

功夫不负有心人！一个月后的考试，我拿了"A⁻"。两个月后的考试，我拿了班里仅有的两个"A⁺"。

下课后，我正兴奋地在校园里几乎蹦跳着赶往下一堂课，经济教授突然在我身边停车，摇下车窗："磊，祝贺你！你的进步惊人。我相信你在经济学领域很有潜力！"

那一刻，永远定格在我心里。我对自己宣

1998 年在明德大学图书馆

竖排书名（左侧）：捡不去的才是青春——三个哈佛女生的成长手记

告："语言关，闯关成功！"

说起落差感，就更加鼻涕一把泪一把了。

在中国我是从小到大的全优生，教学示范课是老师必然钦点的发言者；在美国我却连课都听不懂，常常会收到教授询问的目光，似乎是把我当成了最差的标杆，如果我都听懂了，就可以顺利推进。

在中国我是学生干部，喜欢给听不懂的同学讲题；在美国我却变成了连交作业时间都要向同学确认一下的"问题女王"。

在中国我经常登台演讲，是聚光灯下的兴奋型选手；在美国我却喜欢微低着头，生怕被老师提问，又要说我那磕磕巴巴的英语。

我真的感觉自己一下子从天上掉到了地下，从众星捧月变成了踉跄追队。我甚至开始怀疑出国的选择是否正确，如果在国内读大学可能会顺风顺水、风光依旧，在美国我是否会因为语言和文化的差异，永远沦为"二等公民"？这种彻彻底底自卑的感觉，把我扎扎实实地放到了人生的低谷。

还好，我的裁判员又来安慰我了："陈磊，你现在是客场作战，要给自己一些时间去适应新的环境。主场的成绩与荣誉已成为过去，放下那些包袱，让自己重新起跑吧！"

于是，我不再眷恋曾经的优越感，而是带着新鲜感和好奇心去拥抱这个新的环境。

谢谢爸爸妈妈，教会我做自己的裁判员。一路走来，我可以从容地自己给自己的人生画跑道、定规则，节奏完全掌握在自己手中，心踏实了也轻松了，可以跑得更远，笑得更好。

哈佛教会我……

木心老先生说："哈佛大学的新解是，有人在此'哈'了一下，没有成'佛'。"

我好同意！成佛不敢奢望，但在哈佛，我的确"哈哈"了不止一下，收获不止一箩筐。

君子和而不同

哈佛商学院以百分之百的案例教学而闻名。一个班大约八九十个学生，围坐在椭圆形的阶梯教室，教授站在正中间，像指挥家一样协调着大家的讨论，并时时用画龙点睛的问题引导着大家思维的跃进。

2003 年与哈佛同学在教室的合影

教授常常以"如果你是这家公司的 CEO（执行总裁），你会怎么做"开篇，点名提问一个学生。虽然第一个发言的学生通常有些压力，因为肩负着引领讨论方向的重任，但好的是没有正确答案，只有不同方案。你说应该开辟新市场，占据先入者的优势；我说应该集中火力，先消灭主市场的竞争对手。只要有理有据，学生们可以畅所欲言，比较各种方案的利弊，不用背负对错的压力。这一点我很喜欢！没有标准答案局限你的思维，你的分析力和想象力才是你的天花板！

教授还非常喜欢刨根问底，一连串苏格拉底式的"为什么？"

"为什么开辟新市场比保护主市场重要？"

"为什么进入中国市场而不是与美国消费文化相近的欧洲市场？"

"为什么先入者就有优势？这种优势是否可持续？……"

帮你检验自己的逻辑是否严谨，也助你思考更深层次的道理。

孔子说："君子和而不同，小人同而不和。"要真正地和，就要允许不同！

教授鼓励我们互相挑战，在唇枪舌剑中碰撞出新的方向，在独立思考下的各抒己见中，我们一步步向更好的方案迈进。

案例教学的另一个美妙之处在于教授其实并不是主角，每一个学生都可以是讨论的主角。大家还常常能够引用自己的经历，帮助案例的分析。

记得有一次讨论一个老板应该如何平衡各部门间的资源分配问题，班里一个去过伊拉克战场的前美军飞行员就举了他生活中的一个例子。他有两个儿子，常常因为玩具而吵架。他无论怎样分配，两个儿子都觉得他偏心另一个。如果每件玩具都买两个，又太浪费。于是他创造了一个系统：每次买玩具，两个儿子可以各选一个，但是提前要讲好互换的条件，可以是新玩具互相换着玩儿，也可以是两个旧玩具换一个新玩具玩儿。总之，要两个儿子自己谈好交换条件后，才可以买给他们。结果因为交换系统提前设置，两个小家伙日后终于不再为此吵架了。

多有意思啊！一个如此简单的小例子让我们茅塞顿开。老板的介入有时反而把事情搞得更复杂，让部门间自我协商一个平等互利的机制才是关键。

如此种种，我们不仅从教授身上，也从同学身上，学到不同看问题的角度和解决问题的方法。我们学到的不只是知识，更重要的是思维方式。我们在自身学习的过程中也扮演了分享的角色。一个换八九十个，赚死了！

因为案例不是假想出来的，而是生活中真实发生的事件，有时教授还会请来当事人分享他（她）是如何分析、如何解决问题的。这让我们能够对比自己的想法，受益匪浅。最有意思的是，当答案揭晓时，并不都是记入成功的史册的，也有许多失败的例子，这让我们对现实多了一份敬畏，对成败多了一份淡然。

别太把自己当回事儿

哈佛商学院一共两个年级，每个年级有 9 个班。我在 C 班，班里有加纳国家篮球队队员，蹦极世界纪录保持者，美国海军情报员……

我在教室里的前后左右邻居们也很有特色。

Jenny 来自加州，但她家人是墨西哥移民，虽然她生长在美国，似乎仍融不进主流社会，不喜欢和白人学生在一起。

来自爱尔兰的 James 成长于一个成功的家族，也因此感到来自祖父的巨大压力，要他一定要出人头地，不可有辱家族的荣誉。

黑人女孩 Tiffany 来哈佛之前，就职于 Price Water House 任审计师，被班级公认为审计权威。

白人班长 Shane 身高一米九，讲话总是中气十足，一出场就给人以安全感和威慑力。

2004 年与哈佛教授和同学们在化装舞会合影

我们班的口号是 —— "C is COOL！"（C 代表酷）不过，我私下里觉得最酷的还是 H 班的口号 —— "Without H, HBS is just BS！"没有 H，HBS（哈佛商学院简称）只是 BS（狗屎简称）！哈哈！

学校常组织各种活动 —— 班际奥运、聚餐、舞会、游轮……我印象最深的有两个，一个是"贫贱"化装舞会，一个是切换日。

"贫贱"化装舞会要求大家尽可能作践自己，越粗俗丑陋越好。结果同学们真是大显神通 —— 有浓妆艳抹扮妓女的，有只穿黑色三角裤扮肌肉男的，有塞着袜子在胸部男扮女装的，有满脸画黑痣扮独眼海盗的……

我觉得最具创意奖应颁给我们的金融学教授 Professor Nabil。他一出场就惊"炸"四方——只见他全身黑色一片，但不是赌神周润发或电影 Matrix（《黑客帝国》）里 Leon 那种帅爆的，而是用粘贴起来的黑色塑料垃圾袋把自己套在里面，上面还用钉书钉钉满了一美元真钞！立刻引来女生蜂拥而上（包括男扮女装的），围着他搔首弄姿，拍下了一组组日后流传到网络上会后悔的照片。

切换日是会计学教授的主意。她让大家换座位，然后每个人要装成原座位的主人模仿其语言和动作。有几个镜头我至今还记忆犹新：

美国男生 Alex 装法国男生 Guillaume，无论问他什么，都来那句带着浓重法国口音的"我不知道"，伴着向外摊开双手、一耸肩的标志性动作，尽显法国人的"无所谓"之随意态度。

美国女孩 Jennifer 装希腊女孩 Loulla，就是一堂课举着手不放下，因为 Loulla 是我们班的"自由女神"。原因是美国自由女神像右手高举着火炬，而 Loulla 是班里最积极发言的，一堂课大部分时间都举着手，但讲话较啰唆因而被嘲弄。

还有就是两位扮演同班情侣的同学，永远一句话

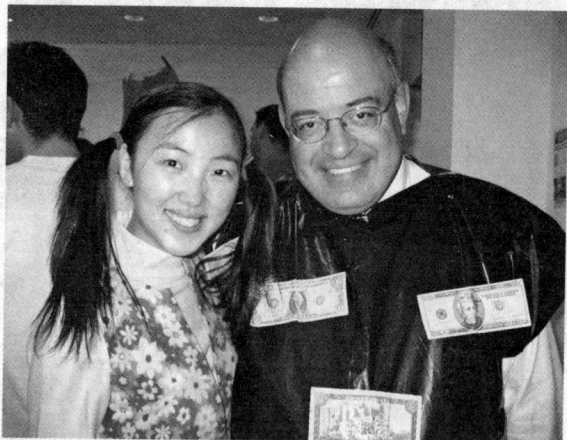

2004 年与哈佛教授在化装舞会合影

"我同意 Stephan 说的"，"我同意 Heidi 说的"，然后抛个媚眼，外加飞吻……

这一堂课我连讨论的什么都记不得了，但笑得眼泪一把鼻涕一把。

如此种种的活动，让大家在紧张的学习之余可以彻底解压。

让大家在嘲弄自己中，学会"不要太把自己当回事儿"。

在被别人嘲弄中，看到了"别人眼中的自己"。

在彼此嘲弄中，拉近了距离，增进了感情。

对成功的再定义

来哈佛之前我就听说，哈佛致力于给学生们蜕变一般的经历。于是我有许多期待，期待与世界精英共聚一堂，期待学习十八般武艺未来在商界叱咤风云，期待站到一个更高的山峰眺望世界，期待…… 但没想到，哈佛真正带给我的"蜕变"是对成功的再定义。

到哈佛之前，我一直以学业的优异、事业的进取作为对自己成功的定义。可是在哈佛读到的一个校友的真实案例和教授们的人生赠言让我重新思考"成功"的意义。

记得那堂课讲的是三位校友毕业二十年的经历。给我印象最深的是一位女士。毕业头十年，她也是在投资银行做得如鱼得水、扶摇直上的成功人士，但当她的女儿得了白血病，生活一下子垮了，为了照顾女儿带女儿四处求医，她放弃了投行的高薪，做全职妈妈。几年下来，身心憔悴，最终女儿还是被病魔夺走了生命。但她毫无怨言，和女儿在一起的一分一秒都成为她生命中最宝贵的记忆，唯一后悔的是她头十年如果没有那么忙，女儿在她腹中的十个月也许可以打下一个更健康的基础。

记得教授在那堂课的总结时说："没有事业上的成功可以弥补家庭的失败！" 我的心突然一紧，原来自己对成功的定义是那么狭隘和功利，我一直都在追求"有用"的、"有成绩"的，竟然没有把家庭包含在内。而一个健康和睦的家庭，才是我们快乐与力量的源泉。这也是许多成功人士在分享他们的遗憾时提到的 —— 孩子的生疏，配偶的不满，父母双亲的子欲养而亲不在 …… 我暗自庆幸："还好，在我的人生天平还没有被事业一头彻底压翻的时候，领悟到了这个道理。"

2005 年在哈佛商学院校园

哈佛常常鼓励我们要有"大梦想、高目标"（Dream big，Aim high）。我每一次听到，都有一种"天将降大任于斯人也"的热情澎湃，但说实话，我也没有一个具体的目标或衡量尺度，还好，教授们帮我们把这个口号具体化了许多。

2004 年与哈佛同学在运动会的合影

教授 Nabil 告诉我们"每天早晨照照镜子，确定要喜欢镜子里看到的人"。如果我们都不喜欢看到的自己，那就是时候做出改变了。

教授 Jan 告诉我们"过体面的生活会让你舒适，但只有过有意义的生活才真正让你快乐"。

教授 John 在谈到如何衡量我们自己的人生时，让我们问自己三个问题：

"我是否已经拼尽全力？"世人眼中的成功有许多不可控因素，如果我们在可控的范围内已经做到最好、问心无愧，就是成功！

"事业和家庭是否是我的快乐源泉？"如果我每天喜欢去工作也喜欢回家，我就是幸福的。

"我是否回报了社会？"回报社会的方式有很多，一个成功的企业家可以创造许多就业机会，一个慷慨的慈善家可以帮助被忽视的弱势群体，一个平凡的我也可以影响身边的人，最起码我要避免变成罪犯。

我们听到最后一句时哄堂大笑，但其实教授并不是在开玩笑。杰夫·斯基林（Jeff Skilling）是前安然公司执行总裁（Enron's ex-CEO），也是哈佛商学院的毕业生，但他因为在财务上造假哄抬股价而锒铛入狱。教授告诉我们，如果我们为自己找借口，为"情有可原"而放弃底线，那么将会是一路向下，有可能滑向深渊。所以，我们要坚守底线，永远 100％，不可偶尔 98％，因为不知不觉 98％ 可能变成 95％、80％、50％……

感谢教授们，让我清醒 —— 先做个快乐的人，再做个成功的人；先做个让自己喜欢的人，再做个让别人喜欢的人。这个世界不会开一个全球会议讨论决定我的人生价值，最终衡量的这把尺还是在我心里。我可以选择做 CEO、做亿万富翁，也可以选择做好妻子、好同事、好公民。一下子，我如释重负……

好姐妹，一生的财富

如果有人问我："在哈佛最大的收获是什么？"
我会毫不犹豫地回答："认识了我的好姐妹。"

慧　瑾

初遇慧瑾，是在宿舍门口，她一个人提着个大箱子问我路，我看她戴着小粉丝边眼镜，好像蛮有学问的样子。

初次与慧瑾深谈，是在 HBS 第一次游轮 party 上。我本想学别人的样子，到处寒暄，多 networking 建立人际关系网。可是自己心里又是很不情愿的，只觉得头皮发硬。突然看到了慧瑾那张圆圆的可爱的脸，好像让我找到了救生圈。于是我俩躲开了甲板上的狂歌乱舞，躲到舱里相对安静的一角聊天。

我们可称得上是一见如故，虽然刚刚认识，却可以毫无顾忌地交心。我还记得我们谈了许多话题包括领导力（leadership），那时的慧瑾已经头头是道了。也许领导力发展（leadership deve-

2004 年与慧瑾在哈佛派对

择不去的才是青春 ——
三个哈佛女生的成长手记

lopment）是她注定的使命。

"什么样的人是一个好的领导者的材料？"

"你首先需要想当一个领导者。这并不是对每个人来说都很容易的，因为你要能够做出正确的决定、承担责任、激励别人。"

"你如何与别人讨论有些攻击性的想法？"

"首先，要把想法和人分开来。其次，最好能把一个想法尽量表述成基于事实的一种推论。"

…………

很巧的是，我们又住在同一个宿舍的楼上楼下。于是我俩和另外三个女孩组成了学习小组，每天晚上一起准备案例。每次散会后，我俩又聊会儿天，从一开始的人生、事业，慢慢转成了爱情主题，原因是慧瑾爱上了 Tom。这是慧瑾的初恋，而 Tom 已久经沙场。我开始时，很怕慧瑾会受伤，所以总是小心翼翼地帮助她分析 Tom 的每一个眼神、每一句话，既要给她一些鼓励，又不能把希望的泡泡儿吹得太大，对我的分析和表达能力也真是极大的锻炼了！

快到第一学期结束时，她告诉我如果不向 Tom 表白她会后悔。我很佩服慧瑾的毅然决然，只能放下"男追女"的传统观念，鼓励她"不成功，便成仁"了！还好，原来 Tom 也是落花有意，于是两个人立即进入卿卿我我的蜜月期。

慧瑾平日里严肃起来是可以威震四方的，讲话声调都低八度，字字珠玑，让人不敢和她较量。但一见到 Tom，声调立刻高八度，连动作表情都变成婴儿状态，嗲得让你浑身骨头也跟着酥了，还外加一个冷战。不过，看见他俩整天"大大""小小"的（他俩之间的昵称），我还是很有成就感的，为帮助他们缔造了一段好姻缘！

慧瑾也真的是完全投入了。因为 Tom，她开始运动，学会了开车；因为 Tom，她开始化妆，学会了做饭甚至是烤蛋糕。我不得不惊叹爱情力量的伟大和慧瑾学习能力的惊人。本以为我一定可以成为慧瑾和 Tom 婚礼上的伴娘，没想到就在我走入第二次婚姻时，慧瑾和 Tom 却分手了。

记得那是个阳光明媚的下午，慧瑾到香港出差，约了我到公司附近的四季酒店喝杯咖啡。我自然是更加有效率地工作，兴冲冲地如期赴约。可是看到慧瑾第一眼，我就感觉有什么事情发生了。因为慧瑾平时那双大大的眼睛，是清澈得像一池湖水的，但这次却蒙上了一层雾。

慧瑾先是问了问我婚礼准备得如何，等我问到她和 Tom 最近如何时，那层雾已变成了蒙蒙烟雨。

"不是很好，我们可能要分手了……"

听着慧瑾一字一句地讲述着事情的原委，我感受得到，她平静的语气之下隐藏着许多委屈、痛苦和挣扎，也同样有许多爱恋、温情和不舍。

最后她含着眼泪说："我不能欺骗自己的心，这样对 Tom 也很不公平，我愿意为这个分手负责。请你帮我在你力所能及的情况下照顾安慰一下 Tom！"

那一刻我真的很感动，没有对对方的任何指责和怨恨，只有对自己的检讨和接纳，这需要何等的胸怀和勇气！太多的时候，我们都想把自己装扮成一段感情的受害者，以博取别人的同情，肯定自己的道德高地。但是慧瑾没有，她只是尊重自己的内心，尊重那份真爱。为了真爱，可以奋不顾身地追求，也可以义无反顾地放手。在分手的那一刻，她想到的不是抚慰自己那颗也受了伤的心，而是如何帮她曾深爱过的人减轻痛苦。

我叹息于这对"金童玉女"故事的完结，却为他俩在分手时还能关心爱护对方胜于自己而深深感动，这才是真正的爱情。

今天的慧瑾又完成了她的自我革命，找到了她的人生召唤，我真心为她高兴。对，是 Revolution（革命），不是 Evolution（进化）。她好像不适合循序渐进，革命才够轰轰烈烈。

记得哈佛毕业后，慧瑾回到了麦肯锡。我原以为慧瑾一定会是在几年之内最快升到麦肯锡合伙人的那批，可是没想到她四年后却毅然决然地从麦肯锡辞了职，因为她觉得麦肯锡的工作不能再让她感到人生应有的意义。

许多人包括我都不能理解。再过三年可能就升为合伙人了，那时的经济状况和社会地位都会进一步提升，再做别的也不晚啊？连下一份工作都没找，甚至连想干什么都不知道，怎么就辞职了？可是，这就是慧瑾，破釜沉舟！如果说大多数人都会尽量避免不确定性，那么慧瑾恰恰相反。她喜欢不断挑战自己，改变自己，突破自己。

慧瑾在我的心中好像一个小哲学家（孔子后人嘛），因为她聪慧过人，思想深邃。

她又像一个小公主，心地善良，纯洁得像一片白雪，容不得半点污渍。

慧瑾还像一个"不倒翁"，意志坚强，跌倒了总能很快站起来。

也许我老公 William 的总结更加形象："慧瑾像一个掉到人间的小天使 —— 锋芒毕露的小天使，不小心从天上掉到了地下，在理想和现实之间寻找平衡点……"

洪　宇

"如沐春风"，这四个字来形容洪宇是再适合不过了。

初次见到洪宇，是我们刚到哈佛的十几个中国同学相约认识一下，一起去中国城吃饭。洪宇一身运动装，一袭短发，青春又干练，笑起来憨厚的样子也掩饰不住她双眼闪烁的智慧光芒。

第一年，我俩接触不多。因为洪宇的老公 Eric 也在哈佛，比我们高一年级，所以洪宇和老公仍在享受二人世界。

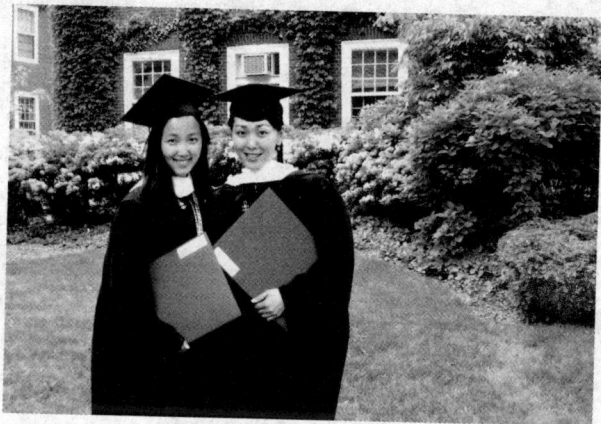

2005 年与洪宇在哈佛毕业典礼

第二年，Eric 毕业了，洪宇终于有空儿了。而我也结束了做慧瑾爱情顾问的光荣使命，并需要为慧瑾和 Tom 多创造二人空间，于是变成了洪宇的跟屁虫。

做洪宇的跟屁虫，好处还是很多的。

首先有饭吃。洪宇的厨艺不错，蒸炒烹炸样样精通，而我只要完成低技术工种如洗碗，就可以顿顿蹭饭了。

其次身体好。洪宇比较喜欢运动，她和 Eric 的羽毛球混双可是中国同学中的头号种子。我虽然比较懒，但在洪宇的带动下，也常常跟着她跑步，一跑就是三五千米，因为可以边跑边交流心得，竟也不觉得怎么累了。

再者还可以过电视瘾。我从小到大都喜欢看电视，甚至为了能挤出看电视

85

的时间而提高了学习效率。我以为哈佛同学们一定认为看电视是浪费生命，但没想到找到了"臭味相投"的洪宇。我俩从《孝庄秘史》到《倚天屠龙记》再到《中国式离婚》，集集不落，有时一看就是四五个小时。本来说好了只看一集的，但一集结束时相视一笑，就原谅了彼此的失去节制，又看下一集了。现在想想虽然可能不应该把在哈佛的宝贵时间花在了到哪儿都可以看到的电视上，但我俩那种略带愧疚感的开心过瘾却也是难以复制的了。

最后有话说。洪宇是个很爱思考的女孩子，并且能够旁征博引，融会贯通，所以我很喜欢和洪宇聊天。一杯白开水我俩就能聊几个小时，还常常觉得意犹未尽。

我和洪宇曾对交友"应广交还是深交"进行过深入探讨。刚入哈佛商学院，我们每一个新生都做了一个 Myers-Briggs 性格测试。结果我和洪宇是 INTJ（Introverted 内向，Intuitive 直觉，Thinking 思考，Judging 判断），而其他大多数同学都是 ENTJ （Extroverted 外向）。自然这意味着大多数同学都喜欢交际，认识新朋友。而我和洪宇都属于慢热型，也不太喜欢派对。我们自问，是不是不愿突破自己，浪费了在哈佛扩大社会资源的大好时机？

可是从伯牙子期的高山流水，到祖逖刘琨的闻鸡起舞，我们越讨论越发现，还是应该追随自己的内心，找到志同道合的朋友，互相支持，共同成长，可以做一世的朋友。至于所谓的人际资源，洪宇说："最重要的是练好自己的内功。你有价值，自然会吸引别人与你交往；你没价值，只能攀缘附会地巴结别人，那种关系也不可靠。" 我大叫："果然是知音。关键是我们的内在价值！"

毕业后，洪宇先去了麦肯锡，又去了苹果公司，接着成功创业，现在和老公带着女儿去了加拿大。每一步都走得扎扎实实，有条不紊，洪宇的计划性和执行力绝对是超一流的。

有时我不禁怀疑是否人人平等？

动得口的通常动不得手吧？洪宇却是表达能力和行动能力兼备。

聪明的通常不耐心吧？洪宇却总能听完你讲的每一句话才发表她的观点，而且能够用更精辟的语言总结提炼出你的观点，用更敏锐的洞察力直击事物的本质。

成功的通常容易骄傲吧？洪宇却总能把自己摆在别人舒服的水平线上去沟通，而且她并不需要刻意努力，因为她从来没觉得自己了不起。

事业有成的通常爱情坎坷吧？洪宇却在她一连串的事业成功背后，有一个已然二十载的幸福婚姻和两个可爱的女儿，令人羡慕嫉妒恨。

"天啊，你为何如此偏爱洪宇？！"（做问天状，哈哈……）

我常想，如果在古代，洪宇一定是个穆桂英式的巾帼英雄，她的确是个帅才。

如果有一天她再创业，我会甘心情愿地再做她的跟屁虫。给洪宇做No.2，我愿意！

我们的友情

人们常说："友情比爱情更可靠。"少了朝夕相处的磕磕碰碰，少了爱情那种醋意盛行的排他心理，的确让友情更有机会长久与沉淀。如果说人生是一个三角形，一角是事业，一角是家庭与爱情，另一角则是我们往往投入精力最少却可能收获颇丰的友情。

那么应该与什么样的人交朋友？什么样的友情最值得珍惜呢？
我的原则是与善良的人，聪明的人，上进的人，又心胸开阔的人交朋友。
而友情有三个层次：理解、支持、挑战。

2015年与洪宇、慧瑾同游意大利罗马

善良的人心中不只装着自己，她会愿意把一份爱与关心送给你。

聪明的人可以在你困惑的时候，帮你理出个地图，走出问题的迷宫。

上进的人本身就充满着正能量，可以成为你前进路上的充电器，带着你飞奔。

而心胸开阔的人才能真正聆听你的烦恼而不急于评判，才愿意接受你的建议而不觉得你居高临下。

我不苛求每一个朋友都四点兼备，但如果碰到就要格外珍惜了。

我在两年多前曾打算从对冲基金辞职，全力以赴为生娃做准备。刚刚跟洪宇提了这个想法，她第二天越洋电话就跟了过来："你知道我是会支持你的最终决定的。但你有没有慎重考虑过这些问题？你在对冲基金上班，时间是按秒算的，一下子闲下来，是否已计划好每天要做什么？你说你喜欢对冲基金让你不断学习新东西，一旦不做了，会不会感觉与世界脱节？你和 William 是同行有许多共同语言，不做了是否会影响两人的共同话题？你一向都是有了目标就非常专注的，但如果生小孩成了唯一目标，是否给自己压力太大，适得其反……"我听着洪宇比我还要焦虑的口吻，眼睛湿了。我都没有想过的问题，她已经为我操心过了。有友如此，此生足矣！

如果说我和洪宇的性格相似，都较为随和，能成为好朋友非常自然。许多人不理解为什么慧瑾和我一冰一火，却也成了闺蜜？其实慧瑾曾经让人感觉冷冰冰的凌厉风格（现在已经缓和了许多），在我看来，只是她把对自己一向的严格要求也套用到了别人身上，因此让别人感觉到压力。但骨子里，她是希望你进步而且相信你有能力突破自己才挑战你的。友情要达到这个层次，是需要两个人彼此百分百的信任，要相信这种挑战是善意的，不是居高临下的批评。

慧瑾就曾不止一次地问我："对冲基金是你愿意毕生从事的职业吗？你有

没有试着发掘过自己其他的潜力？你感觉过去两年在对冲基金的学习进步有些停滞，为什么不辞职尝试一些新的领域？比如你喜欢的教育。你觉得你的人生使命是什么？"

　　如此许多直指核心的问题让我无处躲藏，这些都是出于惰性，我不愿问自己，不敢问自己的问题，却被慧瑾毫不留情地摊在我面前。我相信如果我有下一个十年新的追求，一定也是被慧瑾"逼"出来的。好在从事了领导力咨询的今天的慧瑾，虽然仍对我"恨铁不成钢"，已经允许我用自己的节奏去完成自我革命，更准确地说是自我进化！

　　好像是崔永元说的吧？

　　朋友，是这么一批人。

　　是你快乐时，容易忘掉的人；是你痛苦时，第一个想去找的人；

　　是给你帮忙，不用说谢谢的人；是惊扰之后，不用心怀愧疚的人；

　　是对你从不苛求的人；是你从不用提防的人；

　　是你败走麦城也不对你另眼相看的人；是你步步高升对你称呼从不改变的人。

　　我还想加上几句：

　　是即使全世界都误解你，仍然懂你的人（理解）；

　　是连你自己都想放弃时，仍然拉你一把的人（支持）；

　　是在你懒惰不前时，狠狠地踢你一脚的人（挑战）。

　　我很庆幸，我的姐妹就是这样的人……

用情商构建自己的幸福生活

请用一个词概括陈磊。

慧瑾："正能量的小太阳。"

洪宇："真诚的马屁精。"

不愧是闺蜜，果然毫不留情、一语中的！

正能量的小太阳

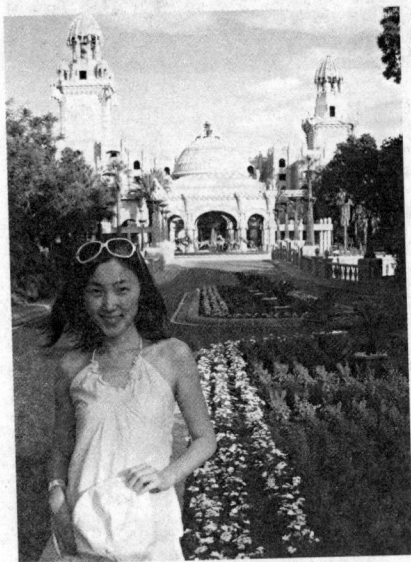

我常常夸赞自己："聪明、美丽、善良！"

老公说："没见过你这么自大的！"

我热心解释："这不是自大，是自励！你知道心理暗示的作用是很强大的吗？如果你整天听到的都是笨丑恶，你的人也可能会向那个方向发展。所以我要鼓励自己，做聪明、美丽、善良的自己！"

如果说聪明和美丽是一种天赋（整容例外），善良则是一种选择。

我曾误解孟子认为"人性本善"，而荀子认为"人性本恶"。经过学习才知道，原来孟子相信的是"人性向善"，而荀子只是警醒大家"人性有恶"。那么，驱恶向善，则是我们每一个人可以选择的了？

妈妈选择宽容大度、热心助人。无论是在爸爸那边大家庭出现矛盾的时候，还是同事间的是非恩怨，第一她从不参与，第二她从不记仇，她说自己是家庭稳定剂。对于生活有困难的同事，她还常常拿家里的东西去帮助。我至今还记得小时候自己曾帮着拎豆油、衣物送给生活较困难的赵姨。我常猜想，妈妈上

择不去的才是青春——三个哈佛女生的成长手记

辈子肯定是个飞檐走壁、惩恶安良的女侠，才会有如此的胸襟气度！

爸爸坚持"在人之上，视人为人；在人之下，视己为人"的原则。我印象最深的就是爸爸在黑龙江省绥化市任市委副书记的时候，我和妈妈去看他。门卫老大爷动情地跟我说："你爸爸真是个好人啊！每次见到我都先打招呼，一点儿没有领导架子。上次他指挥防汛，人手不够，他二话没说挽起袖子，就抬麻袋装车。现在这样的领导太少了！"是的，爸爸对每一个人都给予平等的尊敬，不会因他们的社会地位不同而缺斤少两。我曾在给爸爸的生日贺卡中写道："王杰只是我喜欢的歌手，爸爸才是我真正的偶像！"

从爸爸妈妈身上我看到，正能量可以照亮自己，也温暖他人。

初入高盛时，比我高一届的分析员常常把所有最低级的工作都交给我，特别是复印材料的活儿，还振振有词："我已经吃了我该吃的苦了，轮到你了。"可是，当我也"多年的媳妇熬成婆"，有可以支配的年轻分析员时，我仍经常主动分担复印材料的工作，并注意给他更多的时间去陪客户开会学习知识。因为我希望我吃过的苦他不必再尝，从此开始一个善意循环。我也没有觉得这样就让我失去了"应有的地位"，反而今天已是高盛董事总经理的他，仍感谢我帮助他挺过了"最黑暗"的日子。

还有一次，是高盛时团队的两个老板之一A被降职，使团队的双老板制变成了一头儿独大。我虽然不清楚这背后蕴含着多少政治斗争，但对这一决定宣布时A的羞愤和团队气氛的尴尬，却感受得清清楚楚。

接下来的几天，大家都像在踩钢丝，既不太敢因安慰A而得罪了现在唯一的头儿B，又觉得不和A说几句，好像不够义气。所以很多人选择了逃避，出差的出差，开会的开会，一下子更忙了，组里的座位倒是大多数空了起来。我深知作为组里职位最低的我，这时能起到的作用是不大的，但人微未必言轻，我决定打破这个僵局。

于是我在一天组里大多数人都在的时候，站起来，当着大家的面邀请A一起吃午饭。A口里说"Yes"的时候，我看得到他眼里说的是"Thank You"。那顿饭谈话的许多细节我已记不清楚了，但我记得我诚恳地告诉A，无论他的头衔是什么，我都把他当作我的好老板。A这个平日里的铮铮硬汉，听着眼睛也湿了。

我和 A 离开餐厅时，迎面遇到了来买饭的头儿 B，我主动笑着跟头儿打招呼，并没觉得有什么好隐藏的。在后来的日子里，B 对我也一如既往，没有把我视为对立的一派。

至今我离开高盛已十年有余，但仍与 A 和 B 都保持着很好的关系。我想对 A，这次雪中送炭胜于锦上添花；对 B 则证明了我做人，不会人走茶凉；对我自己，看到 A 振作一些，也让我的心好过了一点。

我曾问老公："我最大的优点是什么？"

"像吉祥物！见谁都笑。" 他不假思索地说。

"请严肃一点！"

"嗯⋯⋯中西合璧。既有西方的契约精神，又讲东方的义气。"

我知道他指的是我在同一个对冲基金"十年磨一剑"这件事。对冲基金就是一个追求绝对投资回报的行业，做对冲基金的人自然也会对个人的付出与回报有个精确的计算，跳槽去更大的基金赚更多的钱是无可厚非的事。我在这十年中虽然也有不少更上一层楼的机会，却都主动放弃了。这并不是我不够进取，而是我觉得除了个人的得失，我也要考虑对团队的影响。

特别是前年年底，本已经向公司提请辞职、准备休养争取生娃的我，当得知公司的经营方面出现一些困难，需要团队的稳定来支持投资者的信心时，又以大局为重留了下来。虽然我知道这可能是第二年的"义工"了，因为在公司规模缩小的时候，我们先要保证非投资团队和投资团队中年轻的分析员们的收入，留给合伙人的利润可能所剩无几。我完全没有义务这样做，按照契约，已做到合伙人的我可以随时走人，没有任何的限制。但也许是小时候太敬佩诸葛亮的"鞠躬尽瘁死而后已"，我心里总觉得有份情义放不下，为一路走来共历风雨的同事们。如果因为我的离开，而造成公司情况的进一步恶化，我无法原谅自己。

圣诞节的派对上，总部不少的同事都来向我敬酒。交易总管 Dan 还给了我一个大大的拥抱："磊，我替我刚出生的儿子谢谢你！你留下来，对团队对我都是莫大的信心和安慰！你要是走了，我都不知道今天的公司会是什么样子⋯⋯"我听了，突然有种心酸的感觉。资本主义一直宣扬的都是个人利益最大化就是集体利益最大化，所以追求个人利益是天经地义的事。但今天的我怎么觉得这可能是资本主义为减轻内疚而找的借口？西方的同事们也渴望温情！虽然我坚决反对"大锅饭"的平均主义，但对百分之百的利己主义也有所保留，也许中西合璧是个不错的选择。虽然我还没有自大到"地球离开我就不转了"的程度，但我觉得如果我的这一点点"牺牲"，能让大家团结一致共渡难关的话，将是任何金钱都无法取代的回报。

我很喜欢慧瑾送我的"正能量的小太阳"这个桂冠。我是那种心情会被天气影响的类型，所以对太阳情有独钟。暖暖的阳光照在身上，仿佛我被大自然拥着揽着呵护着，一切烦恼忧愁知趣地走开。如果我也能为别人带来这种温暖的感觉，我会对自己很满意。

真诚的马屁精

有一次出差，在北京机场搭乘回香港的航班。像往常一样，我一手拿着登机牌，一手拖着随身行李，匆匆过了登机口检票就往机舱赶。突然听到背后传来一声赞叹："你瞧人家这身材，这么苗条，穿什么都好看！"好话我当然想沾光了，不由得回头确认，别是我自作多情。

原来是两位四十多岁的大姐，穿着看起来也是花了一番心思的。她们见我听到了，友好地笑了笑，又善意地加了句："你这身材是怎么保养的？"我一边心里乐开了花，一边口里谦虚着："飞得太多，想胖也胖不起来。"

说实话，我虽然不算胖，但绝

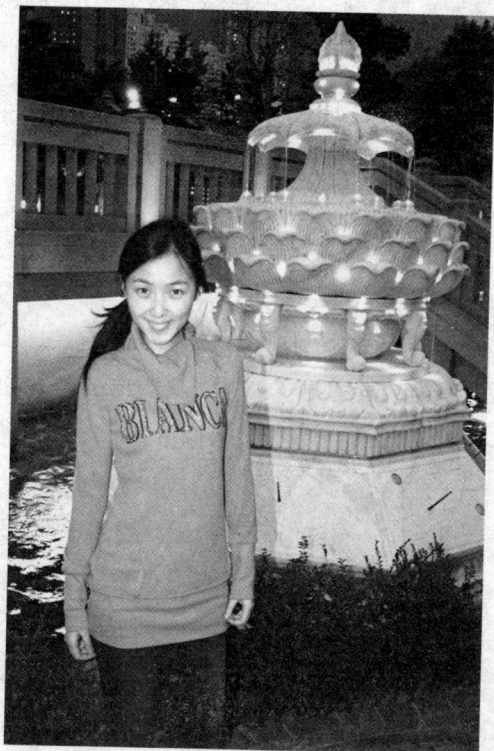

对算不上好身材。可是这简单的几句话，还是让我偷乐了一路。一下飞机就迫不及待地给老公打电话描述一番，当然换来的仍是老公的一盆冷水："那是，你是童装大号嘛！"

"千穿万穿，马屁不穿"，我相信这的确是个亘古不变的真理。听到别人表扬我时，那感觉就像刚刚在风清林静的山里泡了温泉，又来了个全身按摩，每块骨头都舒服透了；又像是心里突然百花盛开，每一朵花都像是一张笑脸，笑得我这个心里甜甜的、痒痒的；还像是偶遇世外高人，将功力尽数传送给我，于是我信心爆棚、脚下生风、腾云驾雾、飘然若仙…… 总之，就是感觉好极了！

这时，我不禁想起那些曾被我"拍过马屁"的人们，为他们也曾感受过如此美妙的种种而开心。也突然醒悟 —— 原来洪宇送我的外号"小马屁精"，那是一种多么崇高的肯定啊！

为了加深对"马屁"的理解，我还特意查了查这个说法的由来。据说，它源于元朝文化。蒙古是马上得天下的民族，蒙古入主中原，建立了元朝，所以元朝的官员大多是武将出身，马往往是一个将领权力、身份、地位的象征。下级对上司最好的赞美，就是拍拍他的马、夸他的马好。逐渐人们就把对上司的奉承称为"拍马屁"。可能由于一些人不顾客观实际，一味讨好别人，导致"拍马屁"一词带有了被人鄙视的意味。

我其实从小也很不喜欢整天围着老师团团转，老师说一、他不敢说二的那种，只求当个学生干部或评选三好学生时多得几分印象分。我认为做人应该有棱有角，表里如一。但当我慢慢长大，逐渐地去适应社会、融入社会，我发现"有棱有角"不等于"唇枪舌剑"，"曲线救国"也可以保持"表里如一"。同样一个意思，可以有不同的表达方式，用积极的、赞美的口吻往往更容易送入听者的耳中，直达听者的心里，起到事半功倍的效果。

比如，有一次秘书搞错了开会地址，害得我迟到。我没有大发雷霆，而是用关切的口吻说："你一向都很关注细节的，我最相信你了，已经信到'你把我卖了我还会帮你数钱'的程度。这次肯定是个小失误，还是最近工作量过了？"秘书本来冰雪聪明，听了既感动又惭愧，连声认错，果真日后没再犯过同样错误。假如我当时劈头盖脸地一顿批评，恐怕换来的只能是秘书的一肚子委屈和不满吧。

话说得让人舒服、让人开心，我觉得是一种不可小觑的能力。很多时候，我们都是太注重自己的感受，而忽略了别人的感受。要知道人毕竟是人，大多数人只有先在感情上接受了，才会在理性上去思考，所以卓越的说话艺术可以帮你提高沟通效率，增进人际关系。只要说的不是违心的话，而是真心的"马屁"，我是高举双手、热烈鼓掌的。

记得我曾读到过这样一个有关水的实验。日本有一个江本藤博士，他让很多人对着一杯水说感谢的话、说祝福的话，不管用任何一种语言，然后把水放在高倍显微镜下观察，竟然照出来非常漂亮的结晶！然后他让人们对着另一杯水，恶意地咒骂它、责备它，把这样的水放在显微镜下，就很难看到结晶，偶尔有一个结晶也不美丽。

这说明了什么？说明水也能够感受到人的意念传播出去的能量。而我们人体，有将近百分之七十是由水组成的，结论就显而易见了。别忘了，古人也曾教导我们"良言一句三冬暖，恶语伤人六月寒"。

记得有一次和老板出差，路上聊起了人生这个话题。我问老板："您一路走来都很成功，金钱、地位、家庭都有了，那接下来还能激励您的是什么？"老板听了挺开心："其实我在上学时定下的目标的确已经提前实现了，但人的欲望和对成功的定义也是不断膨胀的，我现在希望做出一个世界一流的对冲基金。"瞧，我这个马屁拍得不错吧？寓赞美于问题中，自然顺畅。

当然，马屁不可只对上，不对下。对老板能拍就拍，对下属也是如此。

2013 年与秘书 Nicky 生日合影

比如我的分析员做了好的数据模型，我会表扬他："这模型做得清晰精练，我都做不出来。"做了好的股票推荐，我会鼓励他："分析得很全面，你有很好的股票直觉，要充分发掘，不要浪费。"

秘书穿了漂亮裙子，我一定不会忘了夸奖她有品位。秘书休假回来，我会松一口气："你终于回来了！你一走说不定有什么事就出错，我可真是离不开你！"

马屁，就像一剂灵丹妙药，把不开心变成开心，把开心变成超开心，让你和周围的人打成一片，其乐融融。

当然，马屁也不能只对外，不对内。我们常常犯一个错误，就是忽略身边的亲人。因为是亲人，我们会把他们的一切付出看成是理所当然，也常会给自己找借口："说谢谢就见外了。"但亲人也是人，他们也希望得到认可，得到赞美。虽然他们不求回报，但我们应该知恩图报。

比如我的公公是毛主席的忠实粉丝，在我去湖南出差时，特意请半天假去了毛主席的故乡韶山，买了毛主席的铜像和毛主席诗词回来送给公公。公公非常开心，说他亲儿子都不会这么细心（我可以证实他说的是真的，我老公很少会记得给任何人买礼物）。

比如婆婆喜欢旅游，我和老公去旅游时就尽量带上婆婆。韩国、日本、柬埔寨、越南、南非、澳大利亚，我们都是一家三人行。婆婆也常推托，想让我俩享受二人世界，但我知道婆婆的内心还是喜欢和我们同游的。再说，我们每天下班几乎都到婆婆家吃饭，过着"进门就吃、吃完就走"的无忧无虑的生活。有时，我要一边吃晚饭一边听电话会议，婆婆还会控制公公说话的音量，配合我的工作。我想，有机会用旅游拍拍婆婆的马屁，还是超划算的，嘿嘿……

掐指算来，我已经走过了三十多年的"马屁"人生，不禁总结了六条关于成为马屁高手的金科玉律。这回就大方一点，与大家分享，希望帮你的未来之路点燃一盏灯，吹起一阵风。

（一）要成为一个马屁高手，首先要不求回报。

拍马屁时千万不要有回报之期待，这样会让你的马屁沾上交易的味道，让被拍之人有了戒心，结果马屁听起来变得虚伪，变得媚俗，失去了让人愉悦、自我陶醉的神效。除非你想自废马屁神功，否则不要贪图回报！

2012年与公公婆婆同游日本

（二）要成为一个马屁高手，需要有广阔的胸怀。

是的，你要承认"人外有人，天外有天"，你要相信"三人行，必有我师"，这样你才能把要拍马屁的对象举上"神坛"，从一个仰视的角度去观察。

（三）要成为一个马屁高手，需要有敏锐的洞察力。

每个人都有优点和缺点，你要锻炼自己迅速找到优点突破口，用放大镜去看别人的优点。你要准确把握被拍对象的内心喜好，拍到点儿上。比如说我老爸对金钱、官职并不太在意，但他文采很好，退休后已经出了四本诗集。所以我拍老爸马屁的时候，都是夸他的诗"有境界"。每次回家看望爸妈的时候，都会要求老爸选读一些他的得意诗作，看着老爸眉飞色舞、中气十足的样子，我知道这马屁拍得是嗖嗖响。

（四）要成为一个马屁高手，需要有精确又灵活的表达能力。

夸谁都是"高富帅""白富美"，会有泛泛之嫌，有时甚至有讥讽之嫌。比如说你夸马云，就不能夸他帅吧？但可以夸他有远见，有气场。你夸姚晨，就不能夸她长得精致吧？但可以夸她腿长，有个性。

再者，马屁不一定都是陈述句或感叹句，也可以是问句。比如我在一个公司上市的路演中，有幸与老总开会。在谈及风险方面的问题时，我就顺便拍了个马屁："X总，您不会退休吧？公司上市后，我们股东很需要您！"

（五）要有感而发。

拍马屁也要讲究时间、地点、环境，要用真情实感顺势而拍。我的干妈、干爹是我初中好友张睿的父母，他们一家三口在我去美国读书时，也恰巧移民到了美国加州的洛杉矶，于是我在只有三个星期的寒假里就有了落脚之地。每次见到干妈、干爹，我都会先来一句："都一年没见了，您一点没见老啊！"

每次吃到干爹亲自下厨做的中国菜，我都会赞不绝口："干爹手艺太棒了，可以开饭店了。"夸得干爹笑不拢嘴，一边给我夹菜，一边催我多吃点。结果每次都吃到了嗓子眼儿，撑得动不了，再一次用实际行动证明，我的马屁是真心的。然后干爹会偏心地说："陈磊别动了，坐那儿看电视吧。张睿，过来刷碗。"我于是扮个鬼脸儿给张睿，可怜的睿儿愤愤不平："陈磊这张嘴啊，真是动嘴就不用动手了！"哈哈，又一次大功告成！

（六）要适可而止。

做任何事情都要有度，过犹不及。如果你见谁都拍马屁，就有泛泛之嫌，也会让被拍之人少了特殊感和优越感。所以惜言如金，这对马屁功也是适用的。

好了，先介绍到这里，请大家各取所需，各尽其能，真诚地拍吧。

一个成功的"马屁"，既取悦他人，也愉悦自己。

一个真诚的赞美，让别人的亮点更加闪光，让自己看清学习的方向。

记住，每天让一个人快乐，世界也会为你改变！

别小看了情商

智商和情商哪个更重要？

我没有权威妄下结论，但想与大家分享一个关于智商与成功相关性的实验

择不去的才是青春——三个哈佛女生的成长手记

报道。1921 年，美国斯坦福大学心理学教授 Lewis Terman 开始了一个"天才的基因调研"实验。他从 25 万小学生和中学生中选出了 1 470 个智商在 140 到 200 之间的孩子。注意，智商 115 就达到了上大学的标准，而爱因斯坦的智商据说是 150（我怎么怀疑应该超 200 啊）。在接下来的 35 年里，他认真跟踪这些孩子的教育、事业、健康，甚至婚姻。可是，让他失望的是，虽然这些"天才"也取得了许多成就，但从整体上来讲，他们并没有超越其他来自相似社会阶层的孩子。除了智商外，勤奋、社会关系、机遇等也与成功息息相关。

智商是天生的，但好消息是如果我们基本达标，就不用自卑自己与"天才"之间的距离了。勤奋是我们可以自主的，社会关系和机遇在一定程度上也是我们可以自己创造的，这就要请情商闪亮登场了。

我一直相信，最可能的成功，是你周围的人都盼着你成功；最容易的幸福，是你周围的人能分享你的幸福。而人作为一种社会动物，有着"礼尚往来"的本能。妈妈从小就教育我"己所不欲，勿施于人"，如果"己所欲之"呢？是否应该"先予于人"？所以我喜欢去做"正能量的小太阳""真诚的马屁精"。虽然我并不期待平等的交易，但我相信大多数人都会将心比心，即使不是直接回报于我，只要正能量在这个地球上循环，我就是受益者。

我至今还记得，自己是如何被高盛同事 Chris "逼"着申请哈佛的。那是一个周五的傍晚，大概七点钟左右，高盛交易大厅的同事们大多已回家，周五是大家难得可以早点下班的日子。我却还埋在做不完的工作中，完全没有意识到夜幕的降临。

"磊，你还在忙什么？"

"啊？"我听到 Chris 有些严肃的口气，心里暗惊，难道我做错了什么？

"到会议室来一下，我要和你谈谈。"

Chris 是比我高一级的经理，加拿大人，平时和我关系不错，还经常嘻嘻哈哈地开玩笑。他突然一下严肃起来，着实让我有些不适应。我只好放下手中的工作，乖乖地跟着他进了会议室。在那张能坐二十个人的长桌旁，我们面对面地坐了下来。 Chris 把一张纸和一支笔推到了我的面前："你对自己的未来如何规划？请写下来。"

"啊？我还没有好好想过这个问题……"我突然觉得好尴尬，好像一下子被 Chris 看穿了自己工作的漫无目的，脸腾地红了起来。

"那你是想在高盛干一辈子吗？你真正喜欢这份工作吗？你有时间思考吗？你……" Chris 像开机关枪一样地提问，枪枪射中要害，我像个被击穿的靶子，摇摇欲坠。

看到我有些泄气的样子，Chris 的语气缓和了一些。"磊，我觉得高盛虽然是家顶级的公司，但并不一定是能让你最大程度发挥你的才能的地方。我看你很喜欢研究股票，喜欢独立思考，为什么不去试试做对冲基金呢？如果你还没有想好要做什么，为什么不去读个 MBA 呢？你不是希望回亚洲吗？"

"是的，我是想读 MBA 啊。"我喏喏地应道。

"可是我怎么没看到你的任何行动呢？" Chris 又质问起来。

"我……工作太忙，没时间啊！"我有些委屈，但更可能是在找借口。

"你计划自己的未来没时间，帮客户找个资料就有时间，你是否本末倒置啊？"

我没敢应声。

"来，现在就给我写下申请 MBA 的时间表，我会监督你执行，不许偷懒！"

于是，我在 Chris 炯炯的目光监督下，乖乖地写下了申请哈佛的时间表。

由于我起步较晚，只有两个星期去准备考 GMAT，一个月去写申请文章。还好，我这个中国来的考试机器派上了用场，GMAT 成功过关。我用几个周末闭门苦写的申请文章，被 Chris 改了又改，他还让组里其他的三位同事也一起帮忙修改。而两封推荐信，则由组里的头儿和部门的头儿承包了，正巧她们两位都是女士，又都是哈佛毕业。所以我不得不说自己是幸运的，要是没有 Chris 的闭门相逼和同事们的快手相助，我可能连交材料的期限都会错过，就更别提录取了。可是当我向同事们感激涕零时，他们告诉我："磊，你的运气是靠你的人品换来的。你平时帮我们那么多，从无怨言，我们能有机会帮帮你，是非常开心的！"

Chris 也恢复了他的玩笑模式："哈佛不收我（Chris 是哥伦比亚大学的 MBA），我就非得把我的徒弟送进去！"

"我啥时候跟您拜师了？"

"你不用拜了。虽说'是金子总会闪光的'，但我怕你不知道自己是金子，只好主动把你收归门下了！"

看，善意循环，又轮回到我了吧！

情商是什么？

美国著名心理学家 Daniel Cole-man 给它定义是由五种特征构成的：自我意识、控制情绪、自我激励、认知他人情绪和处理相互关系。

而情商先天的差别不大，更多是依靠后天的培养。那咱就有戏了。

我把情商分为两部分：与人相处、与己相处。

如果说"正能量的小太阳""真诚的马屁精"是我对付外面世界的两个绝招，让别人快乐的同时也为自己营造了开心舒适的氛围，那么"控制自己的负面情绪""激发自己的小宇宙"则是我不断修炼的内功，希望过滤出一颗晶莹剔透的心，为生命提供原动力。我的口号是"真诚地对别人，拒绝对人性失望；真实地做自己，拒绝被情绪打败"。

当然我也不是天生就如此有觉悟。我也有小时候因为喜欢幼儿园一个小朋友的手绢而偷偷藏起来的撒谎经历，也有因为爸爸把我整套《水浒传》小人书借给邻居家小朋友而愤然离家出走两小时，也有因为某某同学被老师表扬而不

服气，也有因为某某同事在老板面前把我们两个一起做的工作说成是她贡献了80％而懊恼，也有……这些贪心、自私、嫉妒、气愤等情绪我都无法逃避，直至今日也不能说它们已销声匿迹。但在爸爸妈妈"有错就认"的教导下，在对自己坚持不懈的"一日三省"下，我逐渐熟悉了它们的坏模样，时刻提醒自己要在他们出现时毫不留情地一网打尽。

记得大学四年级，我在赶写计算机毕业论文时，得了一场到美国后最严重的感冒，发烧 40 度，躺在床上，浑身酸痛，连翻身的力气都没有了。当然没有在家生病时妈妈一口一口喂我鸡腿白粥的待遇，只能打电话托同学从食堂带给我两个苹果，加一杯热水放在床头应急。开始时还觉得自己孤单躺在床上实在有些凄惨，可很快就被担心赶不完毕业论文的焦虑所充满。于是紧紧地用被子包裹住自己，希望用儿时奶奶所教的土法"出汗"来逼出所有的病毒。也许上天被我的坚强所感动，我竟然在没吃一粒药、未打一次针的情况下，靠着两个苹果和两天一夜的大睡而开始退烧了。当我的头从重得像个铅球变成重得像个篮球时，我已坐在电脑前继续写我的论文了。

可是当我以为终于熬过去了的时候，另一个意外砸到了我的头上 —— 我的笔记本电脑坏了！虽然我是计算机专业，也无力拯救回硬盘，眼睁睁看着几个星期的心血付之东流，当时气得差点把电脑摔了。还好，几分钟过后我的内功发现了愤怒这个坏情绪，开始发功了。"生气有用吗？能复原你写的论文吗？你觉得很倒霉是吗？但你起码还有大脑记忆啊！如果你让懊恼把大脑内存也洗成空白，你就真的挂了！"

于是，我不再哭问苍天，而是以最快的速度冲到学校计算机室，把还记得住的论文内容重新写下来。困了就用冷水洗把脸，清醒一下，继续写。早饭没去吃，午饭忘了吃。直到傍晚，一位中国同学喊我去吃饭，我竟弄不清该吃的是早饭、午饭还是晚饭。但总算用最原始的人工记忆基本恢复了丢失的内容，还暗自臭美："我的记忆力真不错啊，快赶上小电脑了！"看，又一次负能量到正能量的成功转换！

做对冲基金就更需要我的情商帮手了，因为一个好的基金经理不仅需要思维、知识和眼光，更重要的是，要有强大的心理。

记得我入行一年多就遇到了 A 股历史之最的大牛市 —— 2007 年，A 股大盘涨了 97%，没有一只股票下跌！A 股开户数一年增 20 倍，几乎到了全民炒股的地步。连我的亲戚朋友聚会时，都津津乐道地谈股经，真的是遍地"股神"！

我虽然不看 A 股，但我主看的美国和香港上市的中国股票，也借着 A 股的东风疯狂了一把。我那时也是初生牛犊不怕虎，开始还小心翼翼地炒蓝筹股，后来也唯小股而不欢了。看着一天涨 10%，一月翻倍的股票们，我有种"点股成金"的沾沾自喜，飘飘然到有一天下午觉得钱赚得太容易，连股市都懒得看了，干脆溜出去看了场电影。年终的奖金自然也是丰厚的，起码相对于个人贡献而言。当然身边也听到过更离谱的数字，甚至有人因这一年牛市已可以光荣退休了。但我还是万里长征刚起步，对未来信心爆棚！

可是泡沫终究是要破的。2008 年 1 月，由美国次贷危机引起的股灾已席卷全球。A 股的 65 万人被套在 6 000 点，香港股市也在 2008 年 9 个月内腰斩，狂泻 55%。一时间哀鸿遍野，天昏地暗。

记得在最黑暗的那段时间，有一次我正在澳门开会。可是连一个 45 分钟的会都开不完整，因为公司交易员 Joong 不停地打电话来通知我，"又有一只股票跌了 10% 以上"，又有一只，又有一只…… 最后还有一只一下子跌了 30%。我哪里还有什么心情开会，不得不取消会议，即刻返回香港救火。

看着电脑显示屏上，股票像逃离瘟疫般地下跌，业绩像被击中了大动脉似地流血，我的心已从初级的怕失去工作的恐惧，走到了世界末日般的绝望。我无法理解同一家公司，同一只股票，为什么可以在几个月内先翻一倍、再跌九成！什么数据模型，什么价值估算，什么前景分析，这一切都已不再重要，因为这时的市场从贪婪坠入恐惧，理性早已被抛至云外。

巴菲特说："要在别人贪婪时恐惧，在别人恐惧时贪婪。" 我明白这个道理，但却连拎起一个手指去实践的气力都没有了。因为我已质疑自己，是否只是糊里糊涂地陪着市场跑了一圈 360 度的龙套，而所谓的投资理念等等只不过

103

是"自欺欺人，美其名曰"罢了。在市场上蹲下跳、肆意狂笑面前，我是那么无助，那么渺小，原来一个人的自信心是如此的脆弱！

可是市场不会同情你的脆弱，只会嘲笑你的懦弱。我逼着自己用最后一点气力把从"自大"180度自由落体到"自卑"的自己，勉强地扶起45度角，告诉自己："反思是必需的，后悔是徒劳的。妄自尊大与妄自菲薄都是扭曲的幻影。是时候还一个真实的自己，找到那个'不以物喜，不以己悲'的平衡点了！"如果说人生跌入谷底有什么好处，那就是唯一的方向 —— 向上！

接下来的日子，是在老板的鼓励下和自己的废寝忘食中熬过来的。老板是经历过1998年亚洲金融危机的，自然多了份从容。他鼓励我一切向前看，跌碎一地的市场正是寻找珍珠的机会。而我则希望用百分之二百的努力，让自己没有时间怀疑自己，也似乎是对过去两年疯狂岁月一种脚踏实地的补偿。

回首那段牛熊两重天的日子，我要感谢在初出茅庐时就已经历过大喜大悲，在情绪蹦极中磨炼了自己的控制能力 —— 过喜则收："这有什么了不起？太阳不是依旧落山？"过悲则放："这没什么大不了！太阳明天依然升起！"虽然不可能永远守住平衡点，但起码知道情绪波动只会影响我的判断，浪费我的能量，试着学会观察自己的情绪，梳理自己的情绪，减轻情绪波动对自己的冲击，把精力真正放在解决问题上！

你问我有没有捷径提高情商？我只能说"笨鸟先飞"，笨就笨在老老实实保持警惕性，时时刻刻准

2015年在希腊小岛度假

撑不去的才是青春 —— 三个哈佛女生的成长手记

备与坏情绪做斗争，勤勤恳恳让正能量占上风，别忘了你是自己的裁判员和啦啦队噢！

幸福是什么？我觉得幸福不只是一种状态，也是一种能力。外界因素可以影响这种状态，但最重要的是我们内心的感知能力，可以对同一个问题从积极的而不是消极的角度去看，从而向幸福更近一步。

情商秘籍唠叨了一堆，我怕误导了大家，认为我真的是"百苦不侵"的快乐高手，这可与真实情况隔了几个地球。其实，我也有许多挣扎和烦恼，包括当时当下。

转眼间我已经到了医生要警告做高龄产妇的年龄。虽然我自己整日骗自己"童心依旧"，但科学就是科学。我两年前决定，开始认真对待这个迎接下一代的问题，还为此做了一个小手术，为孕育新生命扫清障碍。可是如果说许多事情都可以计划，都可以掌控在自己手里，制造新生命是不包括在内的。

我真的是尽心尽力。中药也吃了，针灸也试了，超声波监测也定期做着，真可谓中西并举，但我的宝贝仍是杳无音信。医生说可能因为我和老公都做对冲基金，压力太大的缘故，还批评我在等医生时，仍旧拼命地看手机、查邮件。

我只能把这当作上天对我的再一次考验，希望有一天我的诚心和坚持会让他感动，赐予我一个健康可爱的宝宝。在这里，我不得不佩服洪宇"到什么时候就干什么事儿"！她为了孩子毅然决定辞去工作，现在已经是两个孩子的母亲了。

妈妈多次对我说："年轻时生宝宝就像是顺水行舟，不应因为事业错过最佳的生育年龄。功成名就时膝下无子，也是一种遗憾。"但我事已至此，后悔药没得买了，只能继续努力的同时，安慰自己："人生没有一百分了！"

我突然想起小时候和爸爸妈妈关于吃水果顺序的讨论。

妈妈说："应该先吃要坏的水果，因为再不吃就坏了，然后再吃好的水果。"

爸爸说："应该先吃好的水果，不然好的水果等几天也变坏了。"

我想，这似乎也蕴含着人生态度吧。

人生是可以选择的……

我们可以选择先去克服烦恼，再去寻找快乐；

也可以选择记住那些美好，删除那些不快。

我们每个人的心就那么大点儿地方，

装的快乐多了，烦恼就少了；

装的梦想多了，无聊就少了；

装的君子多了，小人就少了；

装的别人多了，自己就少了……

就看你怎么选了。

择不去的才是青春——

三个哈佛女生的成长手记

1994年天津文科高考状元。

大学本科就读于北京大学国际经济专业。北京大学优秀毕业生；北京市优秀毕业生；北京大学三好学生和五四奖章获得者。

1998年北京大学本科毕业后保送就读北京大学世界经济专业。以优异成绩两年修完三年学制的课程，于2000年提前一年毕业，并在当年作为唯一一名来自北京大学的毕业生被麦肯锡咨询北京办公室录取。

2002年由于出色的工作表现获得麦肯锡咨询公司全额资助就读商学院的学费以及商学院毕业后免面试的工作邀约。2003年考入哈佛商学院，就读工商管理硕士（MBA），2005年从哈佛商学院毕业后重新加入麦肯锡咨询北京公司。

2006年加入苹果公司亚洲总部。2010年从苹果辞职，创业成为苹果公司大中华地区一级优质零售经销商，两年间在北京、山东、河南等省开设了近20家大型苹果产品专卖店。同期，还开设了多家Hello kitty专卖店或专柜。2013年移居加拿大。2014年售出全部零售业务。目前正在加拿大二次创业，和先生（作者的北京大学同班同学暨哈佛商学院同学）共同成立了一支对冲基金，从事金融投资服务工作。

育有两女。

洪宇

洪宇 著

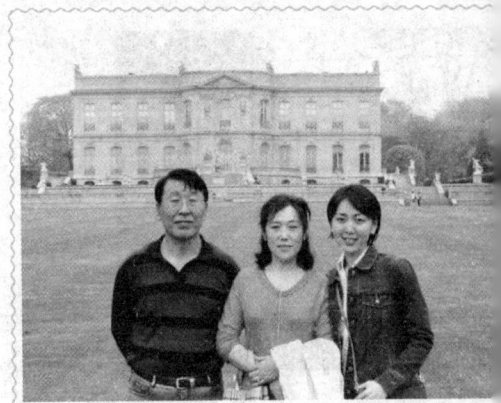

事业篇

跟随我心

　　不知道你有没有这种感觉，在我们人生的很长一段时间里，我们都是过着别人为我们设计好的生活。很多时候，这个别人可能是我们最亲的父母，也可能是朋友。有时，我们脚踩西瓜皮，滑到哪儿，算哪儿，并没有意识到自己的内心有个声音。这个声音有人强，有人弱，有时强，有时弱。但每一个人的内心一定有这样一个声音。当我们第一次听到这个声音时，那就是我们独立领导自己人生的开始。

学文还是学理

我从小是个乖乖女，连每天穿什么衣服、梳什么发型都是听妈妈的。所以，当我第一次意识到自己的内心有不同的声音，开始走不同于父母为我设计的路时，我曾经很挣扎、很犹豫、很不自信。

第一次开始有意识地跟随我心发生在高中分文理科时。父母一致的意见都是坚持我学习理科。他们那个年代的人坚定地认为"学好数理化，走遍全天下"，"文科太虚，学理科有一技之长，容易找工作"。已经习惯听从父母安排的我那天毫不犹豫地选了理科。

可是，那一晚躺在宿舍的床上，我失眠了。我第一次隐约意识到，这是我人生的一个重大的决定。不仅将决定我未来 10 年的学习时间花在什么上面，还将关系到我一生的走向。

我学习并不偏科，每门功课的成绩都很好。但心底里的浪漫情怀和对于历史课的情有独钟，让我开始怀疑自己选理科的决定。这个怀疑在刚开始的时候很无力，很微弱，但无论怎样劝服自己相信父母，这个怀疑的声音都在那里。第二天一早，我决定去找年级主任封老师去改我的勾选。封老师是教生物的，课上严肃认真，课下风趣幽默，笑起来眼睛弯弯，很慈祥。我顶着两只黑眼圈儿，走进他的办公室，很不好意思。封老师理解地看着我，笑着说："没关系，老师能理解。"我在表格上涂掉原来的钩钩，又重新勾选了文科。

走出封老师的办公室，我突然觉得忐忑不安。我怎么能确定我的决定就是正确的？我怎么可以不告诉母亲？我又拨通了电话。电话那边母亲的声音很着急地说："傻孩子，你还小，经验太少。妈妈为你做的决定一定是对你好的。听妈妈的话准没错儿。"放下电话，感觉身体好像被母亲的手推着，我又回到了封老师的办公室。封老师一看我又来了，扑哧一声笑了，眼睛弯弯地看着我，说："又要改？"窗外初秋的风呼呼地刮着，好像也在说："改吧，改吧。"我更加不好意思，低着头看着自己的脚，说："妈妈不同意。"封老师顿了一下，盯着我说："妈妈肯定是爱你的，为你好。但你自己的事情，自己也要想明白。"我好像是做了什么错事一样，飞快地翻到我的表格，飞快地涂掉文科，又在理科旁边加了个小钩钩，然后飞快地逃了出去。

那个夜晚我又失眠了。那个微弱的小小的声音又来了。这次，这个声音好像变大了些："你这么喜欢历史，喜欢读各种书籍，喜欢坐那儿发呆，脑子里天马行空地胡思乱想，你真的适合理科吗？"是啊，我是个书痴，刚认字就开始读"小人书"。现在的小朋友可能都见不到"小人书"了，那些小小的画着各种栩栩如生插图的小人书是我5岁时的最爱，我可以不吃不喝一下午坐在那儿看。我家门口有个小广场。一个老爷爷摊了一地的小人书，盖上塑料罩儿，边上儿压上几个小砖头儿，就算支个摊儿，几分钱就可以租书看。我没有钱，就跑到老爷爷那儿帮忙。有时风很大，吹翻了砖头，吹开了塑料罩儿，小人书被吹得到处都是，我就跑前跑后地帮着捡回来。有的小孩子趁乱偷偷拿一本儿撒丫子就跑。老爷爷很喜欢我，就让我随时过来免费

和爸爸妈妈在一起，摄于南开中学毕业之际

看。每天放学做完作业，我就蹦蹦跳跳地跑到那儿，自带个小板凳儿，一坐就是几个小时，直到母亲从窗户探出头，使劲儿唤我回去吃饭。"杨家将""岳飞""三国""水浒"，我在小人书里就开始接触这些优美的故事。老爷爷笑眯眯地对我说："这个小丫头行，这么小就坐得住。"

从那以后，我一发不可收拾。小学二年级开始读第一本"大部头"《七剑下天山》。三四年级读了《意大利童话》《格林童话》《伊索寓言》《安徒生童话》《英国童话》《一千零一夜》等世界各地许多的童话系列。五年级读了厚厚的《上下五千年》。六年级读了吴承恩的原著《西游记》。初中开始接触一些世界名著，比如《雾都孤儿》《巴黎圣母院》《简·爱》《三个火枪手》《基督

111

山伯爵》《傲慢与偏见》，等等。还有金庸、古龙、梁羽生等人的武侠作品，以及一些中国古代著名人物传记，例如《武则天》等。

那个时候我已经体会到"书非借不能读也"及"买书不如借书"的道理。我读完了故事，还愿意讲给别人听。经常一起玩的小伙伴们在夏天的傍晚吃过饭后，会拿着小板凳儿，跑到楼前的空地上围坐一圈儿听我讲故事。直到满天星斗大家才恋恋不舍地回去。

如果选了理科，每天面对海量的习题，我还有时间阅读吗？就算有时间阅读，每天做题是我真正喜欢的吗？更重要的是选了理科就意味着和历史课告别，而这是我最喜欢的学科。那个微弱的声音在逐渐加强。

第二天上午，我又敲响了封老师的门。他打开门看见我，又是一乐，带着点儿天津口音说："你这孩子倍儿哏儿（ger 二声，表示很逗乐的意思）。"我期期艾艾地说："我还是喜欢历史。"封老师又是眼睛弯弯，说："成，改吧。"看着被我涂来涂去的表格，我的脸腾就红了。

刚走出封老师办公室，就有同学喊我去传达室接电话。原来是父母不放心，想和我确认一下。这次电话里父母都在。当他们听说我又改回了文科，顿时急了，撂下一句："你等我们。"下午，他们就火急火燎地坐着公交车赶到了学校。宿舍里，母亲和我坐在床边，她拉着我的手温柔地跟我解释文科生、理科生将来面临的各种选择。父亲在房间里来回踱着步子时不时威严地插上一句。这一紧一松，一严一柔的攻势把我搞得七荤八素又没了主意，就承认自己错了。母亲拉着我的手说："走，我陪你一起去找封老师，省得你不好意思去。"

封老师一开门看见我们一家三口，顿时又乐了，说："得，又要改。"母亲连忙说："老师，给您添麻烦了，小孩子不懂事拿不了主意，改来改去的，让您笑话了。"封老师说："没关系，这事儿很重要，你们一定要想清楚。不过，你这儿还真是全校独一份儿。"他带着善意和我们开玩笑。母亲说："您放心，这次改好就肯定不改了。"

我把父母送到车站，临上车母亲还叮嘱说："别想了，决定已经做了，接下来专心好好学吧。"看着公交车远去，我的心里矛盾极了。回到教室自习，第一次发现自己什么也学不进去。是的，我的父母深深地爱着我，他们了解我。但真正了解我的是谁呢？脑子里一个强有力的声音说："你自己！"

下完晚自习已是满天繁星。十月的夜晚，微风徐徐，凉爽惬意。我坐在学校回廊的长凳上，屈腿抱着双膝，静静地仰望着满天的星斗。那些星星好像也在看着我。这些星星仿佛亘古不变，每天在那里俯视人间的一切。那一刻，我突然觉得人很渺小。历史的长河，宇宙的轮回，人的一生是这样短暂。如果留有遗憾，如何对得起这短暂的人生？现在回想起当时的想法，都感觉好像自己年轻的躯体里包着一颗老灵魂。我好像顿悟了。

那一晚，我睡得很香甜。这是我短短人生中第一次为自己做决定。第二天一早，我感觉好像从来都没有这样确认过、清醒过。我迈着坚定的步伐，又敲响了封老师的门。封老师看到我，哈哈大笑，说："你这孩子太有意思了。"我恨不得找个地缝儿钻进去。对于自己犹犹豫豫改来改去，觉得实在不好意思。但同时觉得自己从来都没有这样自信过。我接过表格，第六次画了个钩钩。我走到门口，封老师叫住我，说："这次你可想好了，不能再改了。"我没说话，用清澈的眼睛坚定地看着他，用力地点了点头。走到教学楼外，天空十分晴朗。几朵棉花一样的白云好像贴在湛蓝如洗的天空上，没有一丝风。十月的南开校园美丽极了，姹紫嫣红，几只喜鹊在枝头欢快地鸣唱。我觉得心情好极了，浑身轻松。我又拨通了给母亲的电话，我声音不大但十分坚定："妈，我已经做决定了，谢谢你们的意见，但我不会读理科了。"母亲试图再说什么，我说："妈，我不会再改了。所有的后果我自己承担。"电话里一阵沉默，母亲叹了口气，说："好吧，随你吧。"

这段经历是我真正开始意识到自己的内心有个声音，并开始聆听和顺从它。从那以后，每当做重大决定时，我总是找一个静静的地方，与自己独处，与自己的内心联结，倾听来自内心的声音。为什么要聆听内心？聆听内心就是自我选择、自我负责的开始，是走向成熟的表现，是一种积极的心态。如果忽视内心，只是按照别人设计的途径去走自己的人生，这其实是一种懒惰。聆听内心不代表排斥别人的意见，一意孤行，而是综合外部、内心的各种想法，仔细评估之后的结果。

从北京大学毕业之际

在北京大学硕士毕业时，我决定跟随自己的心，选择了一条最有风险、最艰难的道路。我的父母当时希望我能去美国深造，开阔视野。我的 GRE 和托福的成绩也不错。我男友的父母希望我能在北大继续读博士，之后留校任教，这样将来"男主外，女主内"。教授的工作时间灵活，社会地位高，受人尊敬。当时我的导师希望我能做他的博士生，并表示可以免试保送。大学就与我同班，已相恋六年的男友（现在已是老公）也十分赞同这个想法。另外一个选择则是在我实习的英特尔大中华公司市场部谋一职位。基于我实习期间的表现，这个目标也可说容易实现。但我偏偏要带着众人的不解和反对，执意申请麦肯锡咨询公司。这家当时带着些神秘色彩的全球排名第一的"老字号"战略咨询公司，那个时候只在北大、清华、复旦、上海交大几所顶尖大学招聘，每所学校每年至多招聘几名学生。这家公司以其能提供的全面的商业培训，令人咋舌的薪资待遇和国际化的平台，以及其拥有的全球顶尖商学院培训班的良好声誉，成为每一名应届毕业生心中最理想的目标公司之一。竞争之激烈不言而喻。而与这家公司提供的机遇相对称的则是它对员工极其严格的要求：无休止的出差，无休止的不眠之夜的工作，巨大的竞争压力，以及"不升职则离开"的强制考核政策。追求卓越，寻找机会同最优秀的人一起工作的渴望在我心中变成逐渐清晰的目标。

我无法容忍自己"脚踩几只船"。一是，如果我占着其他

北大本科毕业

的机会，就意味着有人要丧失这个机会（比如保送读博），这和我做人的原则违背；二是，我习惯于专注地做一件事。所以我回绝了其他机会，把自己逼上绝路，让自己背水一战。早我两年本科毕业后已经参加工作的男友当时在另一家外资咨询公司工作，他深知咨询行业的挑战和巨大的工作强度带给人的压力，还担心我如果真的进入麦肯锡就职，因工作太繁忙俩人聚少离多，会使六年的感情付诸东流。我理解他的担心，但我知道如果我试都没试，一定会遗憾终生。未来的事情放在未来去面对和解决。男友和家人最终被我说服，开始全心全意地支持我。

那以后，我抓住一切机会去了解咨询公司是如何招聘和考核的。我从精心挑选简历纸，到一遍遍地修改简历，改到自己快吐血（呵呵）；我拉着宿舍里也在找工作的好友一起天天做模拟面试（我们从敲门、握手、落座到自我介绍，彼此观察，彼此纠正）。成功真的是垂青于有准备的人。经过数轮面试我终于收到了这家公司的录取通知书，而且是当年唯一一名来自北京大学的毕业生。那段时间除了准备面试，我还在争取提前一年硕士毕业，忙着修够学分和准备毕业论文，颇有"拼命三妹"的感觉。接到麦肯锡公司录取通知的那一刻，所有的辛苦和喜悦化作了泪水，我知道自己又站到了一个新的更加充满挑战的平台上。

我们在跟随我心的路上，常常会听到非常不同的声音，而且这些声音大多来自我们非常在乎的人。面对他们，反驳他们的确不容易。跟随我心不是讲叛逆和特立独行，而是充分认可、尊重、理解这些我们在乎的亲人朋友，同时走进自己的内心，与自己深刻交流，综合内外的各种信息、观点，最终形成经过深思熟虑得来的理性结论，并且还要注意方式方法地去和我们的亲友沟通以获得他们的支持和理解。

辞职——做全职妈妈

2010 年，我已经在苹果亚洲总部工作了四年多。2006 年我刚加入苹果时，整个苹果亚洲总部只有 70 多人，在中国问起消费者是否听说过苹果的品牌，大家都以为是牛仔裤的牌子。当时整个苹果亚洲的销售收入还不到 10 亿美元。而在 2012 年，苹果亚洲收入已经达到 330 亿美元，六年间增长到 33 倍，今天的苹果在中国有 700 多名员工。那几年里，我幸运地赶上苹果爆炸式地增长所带

大女儿 1 岁时

来的激动人心的职业发展机会，前后在三个不同的部门学习锻炼，负责的业务领域越来越广。

事业上自己当时顺风顺水，但像很多职业女性一样，我当时也开始面临事业和家庭的矛盾。2008 年，我初为人母。这个宝宝是在经过近三年的努力，在医生宣告我为不孕不育症后爱的结晶。抱着小小的婴儿，我只想用满腔的母爱将她紧紧包围，分分秒秒我都不愿离开她的身边。宝宝八个月大的时候，我去美国出差三周。因为工作的关系，我整天出入商场考察零售店，每当看到有妈妈推着婴儿车，或者抱着婴儿从自己眼前走过，我都敏感地感觉眼泪好像要掉下来了。我十分想念宝宝。这可能是初为人母的那种对自己的不安全感。我错过了孩子第一次爬行，第一次走路，每天都觉得自己很内疚。我每天早出晚归，孩子更喜欢保姆抱她，而不是妈妈抱她，每当这时我都心如刀绞，强烈自责。到了宝宝一岁多时，她开始说话表达，每天的变化更是日新月异，我的痛苦也是日复一日地强烈。想起小时候母亲每天和我在一起对我一生的影响都很大，我决定辞职离开职场一段时间做全职妈妈的念头开始产生。

但是，像很多职业女性一样，我同时也有很多担心。我担心如果自己离开职场，成为全职妈妈，会脱离社会。自己多年已习惯于在职场上埋头往前冲，突然改变生活状态，是否能接受。而且，万一将来回不到职场怎么办？对得起父母的培养吗？对得起自己过去的付出和未来的理想吗？和老公的差距变大，共同语言减少，影响夫妻感情怎么办？就算过几年重回职场，看到昔日的同事或者下属已经处在比自己更高的职位，有更大的影响力，自己会怎么想？事业上的进步，别人的认可和尊重都曾是我奋斗的动力，没有了这些，我会不会迷失？迷失后，如果我不快乐，必然也会影响亲子关系和家庭关系。

我用了半年的时间仔细思考，仔细评估自己的情况，毫不回避走进自己的内心，设想各种未来的场景，甚至十分具体。鱼和熊掌不能兼得的感受如此清晰和强烈。人生不同的阶段都在面临平衡和选择，不是只有女性。但是对于刚刚成为母亲的职业女性来讲，这个矛盾可能更集中一些。一旦选择了，就要承担一切后果，而这个前提是在做过清醒理智的评估之后。失和得之间，重要的是自己的感受，而不是活在自己认为的别人的想法里。不自傲，不自抑，充满信心地活在自己的选择里，利用一切机会和资源让自己快乐。快乐的自己才能感染他人，带来正的能量。"小国寡民"和"独善其身"在更深层次是一种博爱。如果每个个体是快乐稳定的，那么家庭也就是快乐稳定的，国家和社会也就是快乐稳定的。在事业和家庭的平衡带上，你可以百分之百在事业，也可以百分之百在家庭，也可以以任何一种职业与家庭的百分比存在，经过仔细慎重全面的考虑，找到自己最舒服的百分比搭配，不给自己留遗憾是最重要的。

在孩子幼小时，父母是孩子的天和地。而母亲在孩子幼小时起到的作用更大。与父母在一起，孩子会感到安全，而只有在一起相处，父母也才有机会言传身教。做一个开心快乐的妈妈是对孩子最大的爱。孩子是极其敏锐聪明的。如果你是个事业心强的人，在工作中能获得快乐和满足，那么就不要轻易为了孩子离开事业。我见过有的妈妈迫于压力，离开职场，回家带孩子，但是脱离社会，心里并不开心，这种情绪也会带给孩子。与孩子的相处不是取胜于时间长短，而是取胜于质量。

经过半年的深思熟虑后，我怀有的已不再是贸然冲动的想法。我已清楚深刻地认识了所得所失。这期间，我还和几位闺蜜谈到我的想法，得到她们的支持。当我把辞职的想法和家人提出时，毫不奇怪，又一次面对所有亲人的反对。老公初期也不是很理解。我是个执着的人，一旦决定不会回头。我给老公写了一封长信，老公被我的信打动，他又一次地支持了我，我很感谢他。

有趣的是，在递交辞呈之后的交接期中，我发现自己又怀孕了。身边的同事善意地劝我收回辞呈，在苹果待产，我婉拒了。那段时间，我想清楚了自己的选择，天天陪着大女儿，又在孕育着新的生命。我度过的那段时光是最快乐的。

苹果公司创始人乔布斯曾在斯坦福大学的毕业典礼上做过一个著名的演讲，他说："你的生命非常有限，所以，不要浪费在重复他人的生活上。珍惜生命中的分分秒秒，要活得有意义，不要一味效仿别人，要活出自己。""不要让他人的声音淹没你内心的声音。最重要的是，勇敢地追随自己的内心和直觉，它们知道你真正想要的东西。"

培养自信

儿时的我非常害着腼腆。因为怕分散精力影响学习，妈妈有意识地培养我花在打扮上的时间为零。我一年到头梳着一成不变的运动短发，再加上我中学时一度发育较快，体形胖，除了学习好之外没有什么可圈可点的，内心非常自卑。没有爱好，也没有在学校担任任何职务。而且我还非常敏感，如果看到几个同学窃窃私语，就有时会瞎联想是否在议论我。说错一句话，办错一件事，往往要想上好几天。我全部的可怜的自信，都是来自别人的评价和认可，内心很脆弱。如果没有学习好这个唯一的挡箭牌，我恐怕要自己在自己身上扎出无数个自卑怯懦的小窟窿。

但是，经过多年的学习、工作、家庭、生活的锤炼，我意识到自信是我们发展自我的最重要的元素，也是最底层的构建基础，而且自信是可以培养的。怎样理解自信？我认为的自信是一种谦虚的自信，而非盲目自大，是对任何人和事都充满敬畏、好奇、谦虚，同时对自己又充满信心。由于社会舆论、工作生活压力以及生理的原因，女孩子的自信很多时候天生就被打了折扣，更容易"以物喜，以己悲"，好像我小的时候一样。有自信的人能够拥有对自己客观正确的评价，能跟随我心，为自己做决定，并承担相应的责任和后果。在害羞、难过、被伤害时，能够自我积极走出负面情绪，自我疗伤，并把这些经历反思融入下一步的行动中。在领导自己人生的道路上，跟随我心只是起点，而自信是我们的双腿，带着我们迈开大步，走向远方。

我的三段求学经历帮助我培养了自信。

逆水行舟——南开中学

20多年前，祖祖辈辈在东北生活的父母遇到了一个偶然的机会，或者说是挑战。一家新的国有企业在天津刚刚成立，需要从全国的兄弟企业选拔抽调技术人员去支援新企业的建设。那时，祖父是东北一家大型国有企业的第一副总，父母都在这家企业工作。背靠着祖父"这棵大树"，父母在祖父任职的企业里无疑拥有良好的前途，而背井离乡到位于天津郊区的这家新企业，举目无亲，一切都要从头开始。但为了我的学业，母亲执意劝父亲离开家去闯闯。天津作为直辖市显然能为我提供更好的教育资源。我的创业基因来自母亲。她愿意走出温暖的家门，面对不确定的充满风险的世界勇敢地去闯，人生就此改变。如果没迈出这一步，我的未来一定很不一样。

于是参加完中考后，我随父母搬到了天津，并在这家新企业自己办的子弟高中开始读高一。作为新企业新学校，一个年级只有一个班，30几名学生来自全国各地，老师也是临时抽调拼凑的。我对在这所学校曾经教过我的老师们充满了敬意。她们认真负责。但是，这里的竞争对我来讲太轻松了。我开始有些松懈。母亲很着急。良好的竞争环境才能激发人的潜能。高一的暑假，父母决定花光他们的积蓄，想尽一切办法通过各种关系为我争取在天津南开中学借读的一个席位。小的时候，母亲曾为我订阅了《全国13所重点中学作文选》，其中就包括天津南开中学。当时读着这些文章的时候，就对这些在遥远的名校就读的天之骄子们充满了向往和钦佩。

背着沉甸甸的父母的希望，高二一开学，我来到了这所曾是几任总理和数不清的杰出人士（例如周恩来，温家宝，曹禺，刘奎龄，吴玉如，周光召，朱光亚，吴阶平等）母校的著名中学。父母把我和行李送到学校，他们细心地叮嘱后，坐着公交车回去了，而我则要在这里度过两年的寄宿学生生活。

那时，在同学和老师的眼里，我只不过是另一个凭关系靠花钱挤进这所重点高中的借读生，所以毫不奇怪，我要面对很多人轻蔑的目光。我高二中途插班，面对已经形成的各个小圈子除了感到孤独外，还发现重点中学和普通中学的课程进度差异非常大。第一次的小考就给了我当头一棒，几乎都是60多分。借读生不参与排名，我自己算了一下，我的成绩基本是班里的倒数第几。长这么大我第一次离开妈妈，离开温暖的家在学校寄宿，周围的人都操着陌生的口音。还记得第一次上语文课我被老师点名读课文，刚一开口，我"好笑"的东北口音立刻引来大家哄堂大笑。我当时满脸通红，眼泪在眼里打转儿；第一次上英文课，老师全程用英文讲授，一直学习"哑巴英语"的我只听懂了不到10%。当我下课后怯生生地向前面的同学借笔记时，被拒绝了；第一周结束回家，第一次独自乘坐公交车的我坐反了方向，急得我直求司机叔叔停车。

然而，我的骨子里有那种不服输的精神。我相信自己能够不辜负父母和自己的期望。从此，我开始了"头悬梁，锥刺骨"的生活。冬天的漫漫长夜里，宿舍熄灯后，为避免影响她人，我穿着厚厚的羽绒服，抱着两床被子蹑手蹑脚地走到宿舍的走廊里，坐在一个小马扎上，把被子裹在腿上，就着公共厕所门口那盏昏暗的灯学习着。夜里寒冷的北风从破损的窗户吹进来，我常常感到手脚冰凉僵硬，不得不经常起来蹦跶几下取暖；炎热的夏夜里，我给自己每两个小时就涂一次"蚊不叮"，但浑身上下依然被蚊子咬得遍布红肿的包。我一边和蚊子展开"艰苦卓绝"的战斗，一边贪婪地看着书。困得眼睛实在睁不开了，我就用冰冷的水洗把脸，或者狠狠地掐自己一下。白天，上午最后一节课的铃声刚一响，我就以"百米冲刺"的速度第一个跑到食堂，因为这样可以节省打饭排队的时间，可以饭后第一个冲到图书馆"占"自习的座位。后来在大学里，和大学同窗的男友刚谈恋爱时，我还保持着这个"优良"习惯，下课铃声一响就条件反射地撇下他独自抱着饭盒冲到食堂，他为此非常受"伤害"，时隔20年还常常提起（哈哈）。每个周末在回家的公交车上，我也一定是背着沉沉的书包，挤在人群里，手捧着书，完全无视周围嘈杂的环境。

令人欣慰的是，我的付出有了回报。入学两个月后的期中考试，我的成绩（假如参与排名的话）进入了班里前几名。两年以后，我在高考中考取了天津市文科状元，入读了自己梦寐以求的北京大学国际经济专业。我的刻苦，专注，付出也为我赢得了老师的喜爱和同学的尊敬。在南开中学，我也交到了很多好朋友。

这个少年时的求学经历帮助我真正地开始相信自己，开始拥有了自信，开始意识到只要我们愿意相信自己可以，自己能够，我们就可以，就能够。

南开中学的经历对我还有另外一个重大的意义，那就是走出自己作为"少数族裔或者受害者感到被歧视"的心理暗示，这其实也是自信的重要的一部分。我们常常听到人们说从小城市到大城市，感到自己被歧视，从发展中国家到发达国家，感到自己被歧视。于是，很多时候就容易把自己的失败或者痛苦归结给这个原因。我少年时的这个经历让我意识到，真正打败你的只有你自己。说自己被"歧视"实际是在为自己找借口。如果你不放弃，愿意努力，我们无论何时何地都能获得别人的尊敬和认可。诚然，在逆境中我们要付出更多的艰辛，但是逆境也往往给人更好的激励。马丁路德、甘地、林肯、罗斯福……他们也一定遇到过"歧视"，可如果我们把它转化成动力，没有什么能阻挡我们前进的脚步，能阻挡我们的只有我们自己。正是少年时的这个经历，使得我在去美国留学时，无论遇到什么困难，从未往"歧视"上靠过；使得我今天在西方生活时，也能够就事论事地解决问题，而不是掺杂很多情绪的因素。我们总是会遇到不友好的声音，我们谁也无法取悦于全体的人，能够做到的只能是自信地做更好的自己。

万花筒——北京大学

1994 年 8 月，我还记得那一天的北京天是那样蓝，阳光是那样明媚。我背上沉重的行囊，和父母坐着火车，怀着好奇、忐忑、兴奋的心情来到了北京大学。古香古色的红砖楼，碧波荡漾的未名湖，静如处子的博雅塔，三三两两走过的意气风发的同学们，当我真的置身在这个中国最有名的高等学府之一时，除了敬畏，我更觉得的是忐忑和不安。一路走来，我聊以自豪的只有学习。可是在这里，聪明绝顶又勤奋努力的天之骄子比比皆是。我所在的国际经济班当时有 49 名同学，有 20 多名都是各省考来的前三名。"更可气"的是这些学霸不光学习好，个个不是班长，就是多才多艺。我宿舍的姑娘，一个是参加亚太少年游泳锦标赛的冠军，另一个是中阮和柳琴弹得出神入化。学习成绩好在这

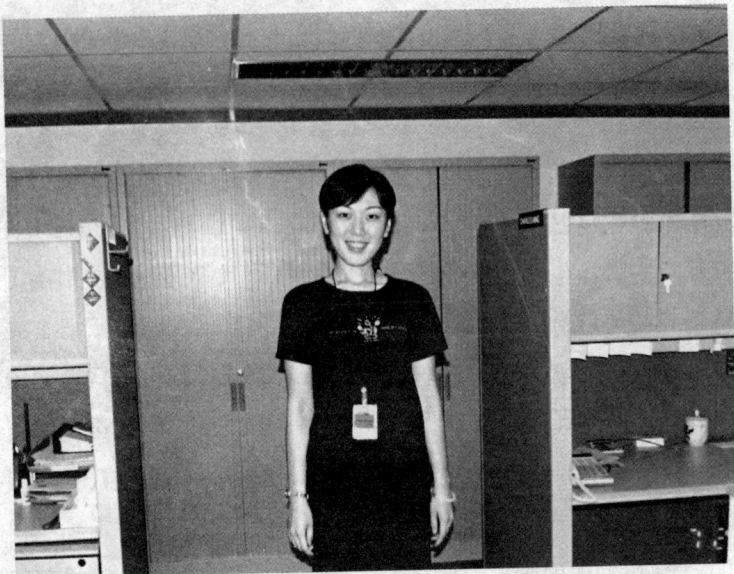

大学期间在英特尔公司打工

里不是"奢侈品"而是"必需品",而我的简历上一片空白。

南开中学毕业时,曾有同学在我的毕业留言本上提到我是他"见过的最内向的女孩"。那时,我长发及腰,沉默寡言,行色匆匆。我下定决心改变自己。我当时在心里偷偷告诉自己谁也不是生下来就什么都会的;一回生,两回熟;脸皮厚些,胆子大些。所以任何时候开始学习都不晚,任何时候开始改变都不晚。

我决心从参加校外社会实践开始改变自己。第一份社会实践是做家教。我当时同时为三个学生做家教,从小学生到高中生,最远的一家骑车要将近一小时。不管刮风下雨下雪,我从没有迟到。记得一次北京下了鹅毛般的大雪,交通很不好,我提前两个小时就骑车出门了,路上摔了两次。我的"敬业精神"和"辅导效果"令家长很满意,小时工资也是不断上涨。我还做过美容讲师,其实就是化妆品销售。那是一个台湾的品牌。大我10岁的助理帮我联系好几个大学生宿舍,我以美容讲师的身份上门讲授美容知识,之后销售产品。每次我都能销售出超过2 000元的产品,而我10%的提成就是200元。那时,我们的生活费一个月才400元。我尝试了各种各样的工作,从站在大街上发传单,到请人填问卷;从一栋楼一栋楼地敲门去做调研,到在国际知名的公司里帮人敲电脑和画图表。虽然这需要付出很多的汗水，但这些实践锻炼了我的心理素质，提高了能力，增强了自信，并改变了性格。

在校内我也积极参与活动。大二时，我被选为北大经济学院学生会外联部部长。男友当时是学生会团委副书记，我肯定是"借了光"的（呵呵）。走马上任第一件事就是协助组织"北大经济学院文化节"，这是系学生会每年影响力最大的活动。我被分配的任务是联系一些知名教授来做讲座。男友当时说："你能请到两三位教授就算完成任务了。"

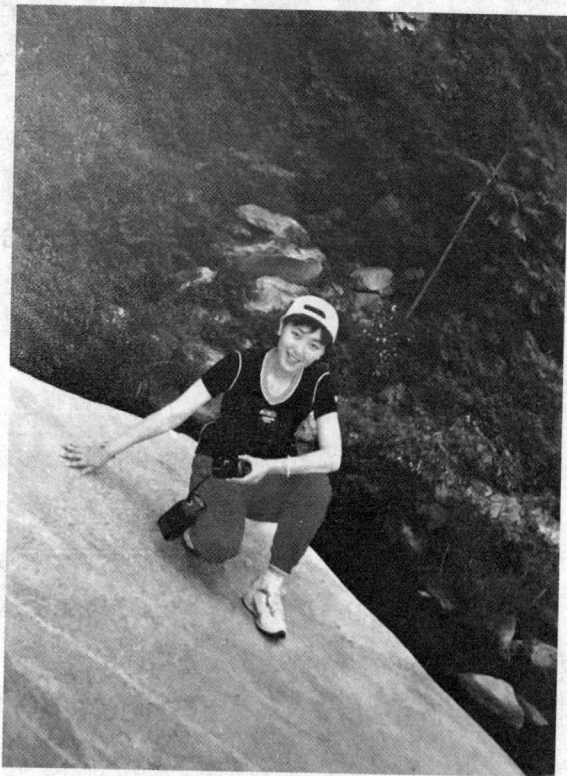

剪了短发，积极参加社会实践

我暗暗下决心，一定要超额完成任务。我向高年级同学请教当时社会和校园内知名的教授学者名字，拉了一个长长的名单，然后逐个击破。教授们的工作忙，时间很紧张。我一遍遍地去找，一遍遍地表示诚意和敬意，最终"打动"了他们。结果我一共请了10位知名教授，包括周其仁老师，张维迎老师，易纲老师，等等。当时讲座教室里人员爆满，连过道上都站满了人。这些精彩的讲座成为这一届文化节取得成功的重要因素。当时我在后台安排，从联系教室到宣传、接送教授等每件事都安排得井井有条。男友从那以后也对我"刮目相看"。

这些校外校内的实践活动拓宽了我的视野和能力带，让我在学习之外拥有了新的自信，也让我渴望在更高的平台上奋斗和前进。如果没有这些实践活动，那么毕业时就算我想跟随我心，也并不知道自己到底想追求什么。好像乔布斯先生讲的一样，人生就像是在连点成线。北京大学好像为我打开了一个万花筒，让我开始窥探到了这个世界的无限可能，人生的无限可能。没有这些经历，我不会有自信去应聘麦肯锡咨询公司，没有这些经历，在后面的创业岁月我也不会有着"不倒翁"一样的韧性和乐观的精神。

站在世界的舞台上——哈佛商学院

我第一次申请哈佛就以失败告终。2001 年，已工作 3 年的老公（我们 2000 年结婚）决定开始申请美国的几所顶尖商学院。那以前我们从没有走出国门。我们都知道在未来的竞争中，国际化的经验和视野是必不可少的。怀着朴素的"双宿双飞"的想法，我也决定一同申请。老公强烈建议我等一年再启动申请，因为我当时只有 1 年的工作经验，而大部分商学院都要求申请人有至少 2 年以上的工作经验，但我还是存着侥幸心理执意申请。

我和老公把所有的周末和假期都用来学习 GMAT，这是报考美国商学院所要求的一个考试。平日里做项目我们已经累得筋疲力尽，周末两人从外地飞回

毕业啦

北京，虽然心里万般渴望能睡个懒觉，但只能强撑着爬出温暖的被窝，互相鼓励。那几个月，我们为了提高效率，决定跑到北大的自习教室去学习。那里学习的氛围浓厚，还有我们熟悉的记忆。累了，还能在未名湖边散散步。每个周末，我们左手抱着大大的咖啡壶，右手抱着厚厚的练习册，整日在母校出没。虽然努力了好几个月去参加考试，却都考得不好，只能再战。

我们心目中最向往的学校都是哈佛商学院。在我们的心目中，这是全世界最好的商学院，哈佛大学是美国的"北大"。那一年，考虑自己工作经验不足，我集中火力，只申请了哈佛商学院和芝加哥商学院。老公同时被哈佛商学院和芝加哥商学院所录取，而我被哈佛拒绝了，芝加哥商学院把我放在了等待名单上。送老公去机场，那是我们第一次长时间的分离，我眼泪汪汪，他也眼圈红了。

哈佛商学院本来就是我的首选，现在再加上老公的原因，第二年，我鼓起勇气，重整旗鼓，势在必得。这一次，我还是只申请两所学校，除了哈佛商学院，还有麻省理工商学院。申请麻省理工商学院是因为它和哈佛商学院坐落在同一个城市，它们都在美国文化起源的地方，优美的波士顿市。

我拿出了当初准备高考和申请麦肯锡时的那股劲头，一猛子扎下去，光是申请资料就修改了几十遍。父母曾劝我多申请几所学校，这样能提高成功率。但我的性格就是一心一意，背水一战。那时，互联网泡沫破裂不久，受此影响，很多之前投身互联网推迟了申请商学院的人开始加入申请大军，申请人数剧增。我常常是凌晨从公司回到酒店，洗个澡，再打开电脑开始奋战。

哈佛的申请材料要求回答 6 个问题，每个问题的答案不能超过 400 字。我们从小写作文就被要求写 1 500 字或者 2 000 字，被训练得习惯于"洋洋洒洒""下笔万言""啰啰唆唆"。突然只能写 400 字，发现自己不会写作了。那一刻我才真正体会到惜字如金的感觉，每一个字都是反复推敲，琢磨。记得读到诗句"春风又绿江南岸"曾为这个绿字叫绝，后来从另外一篇文章得知诗人曾反复推敲，才找到这个绿字。我当时就有这种反反复复的感觉。要想让每天读成千上万申请材料的考官记住你，就必须打动他。而感动别人的前提是感动自己。到我修改最后一遍时，自己是哭着读完自己的文字的。2003 年 1 月，我收到了同时来自哈佛和麻省理工的录取通知。我再一次地认识到只要我们相信自己，全力付出，就会取得不错的结果。

喜气洋洋地进入哈佛后，第一周就发现我高兴得太早了。在哈佛的第一个学期，我经历了全面的"轰炸"，包括语言障碍，教学模式不同带来的不适应，还有文化差异带来的窘迫。

在麦肯锡工作时，本以为自己的英语锻炼得还可以，公司里大部分老外讲的话都能听懂。后来才意识到，那是因为我们做的很多中国公司的项目，我在文化背景上先占了优势。到了哈佛，发现老师同学讲话的速度非常快，案例也都是关于西方的公司。第一天下来，70%都没听懂。第一周，急得嘴边长了很多泡。于是回到宿舍，只要不在学习时，我就一直开着电视，什么都听，把自己完全浸泡在英语环境里。学习上，也是多预习复习，别人一遍我两遍。几个月后，老师同学讲的我能听懂大部分了。

哈佛教授课上搞怪

在教学模式上，哈佛商学院的教学方式是案例教学，同中国的教育理念很不同，没有正确答案，重视利用理论知识解决问题的过程和方法。上课时，教授不怎么讲话，都是同学踊跃发言讨论，教授只是从旁协助和提问。还记得第一节课一开始，教授说："谁能给这个案例做开场？"哗的一声，全班89个同学至少85个同学把手高高举起，蔚为壮观，我吓了一大跳。我们在国内上课习惯了"听"而不是"说"，我一下子有些紧张。我们的最终分数一半来自课堂发言，一半来自期末考试。每个教授都有一张座位表，每次课后教授都要在这张座位表上标注谁发了言，发言的质量怎么样。如果没有准备地被教授点名是很恐怖的，因为你不知道教授会问什么问题，这个问题你是否有很好的答案。万一答不上来，干在那里怎么办？我们最怕的事情就是"丢脸"。每次我有想法的时候，赶紧高高举手，抢着发言。慧瑾学习好，想法多，在她的班里总是举手，她班美国同学给她起了个外号叫"自由女神"（好像纽约的自由女神像总是高举手臂擎着火炬，哈哈）。

哈佛执行相对评估体系，每门课的最终成绩都是正态分布，分为最好的15％、中间的70％和最后的15％。如果有3门课的排名落在班里最后的15％，会被退学。而且，事实上也是每年都会有一些同学被退学。第一学期摸不着头绪的时候，我们每一个人都生怕自己成为垫底儿的15％，包括那些常青藤学校毕业的美国同学。那段时间，我好像又回到了高中的时候，每天晚上都要在凌晨才能睡觉。一次我和老公晚饭后背着书包去找自习室上晚自习，两人不约而同地说道："怎么好像十年前？快三十岁了还上自习。"然后，两人对视哈哈一笑。

虽然，案例教学的方式我刚开始很不适应，但很快发现它的力量。我们课前收到厚厚的教知识的工具书，但这些都要靠自学。我们把自学到的知识应用到课上对案例的讨论中，运用知识和方法解决当年公司管理层碰到的实际问题。很多时候，教授还会请到公司的CEO，在最后几分钟和大家分享他当年是怎么做的，有什么经验和教

读书期间游览纽约——纽约股票交易所前的公牛象征牛市——10年后没想到自己开始从事股票交易工作

训。我们的同学背景各不相同，有商业、艺术、体育等领域的，还有军人。这些背景的差异、地域文化的差异更是为课堂讨论带来了多样性。学校有顶级的硬件设施和业内最好的老师，学习的主动权在你自己。你的大脑每天被调动得高度紧张兴奋，每个同学的发言彼此映照、补充、加强、剥丝抽茧，把一个个复杂的商业问题分析得全面透彻。我当时感觉每一节课都好像在演奏一首优美的交响乐。多年后，我的很多商业决策都在不知不觉中能寻到当年某个案例的影子。

在哈佛参加晚会——和好友陈磊一起

文化冲击也是一个压力。比如第一次听同学说 TGIF（Thanks God.It is Friday），表示终于到周末了，可以放松一下了。大家经常会聚在一起晒晒太阳，喝喝啤酒。我完全不知什么意思，有时还不好意思问，平添了很多焦虑和窘迫。还有一个文化压力就是吃不惯西餐。连吃三天三明治和沙拉后，我就感到我的胃在灼烧，实在咽不下去了。去外面的中餐馆又贵又花时间。结果没办法，只好学着自己做。我和老公的厨艺在那两年突飞猛进，以致后来我们都有信心"大宴宾客"。

从哈佛毕业时，我才真正感到前所未有的自信，才真正开始"Think Big, Aim High"。这是我们每天在学校被灌输的两句话，意思是要给自己树立远大的目标。不过这个目标应该是一方面具有高的挑战性，另一方面是可以通过努力实现的合理现实的目标。哈佛里常讲的一句话"Only sky is your limit"（只有天空才是你的天花板）深深地激励了我。我在温哥华帮助哈佛大学做面试官，当一个孩子问我关于哈佛我印象最深的是什么，我转告了这句话。我看得到他为此眼睛一亮，深受鼓舞。这个孩子如今已经成功被哈佛大学录取。

我从中国东北一个偏远地方的四世同堂的家庭走出，走到了天津，走到了北京，如今又走到了哈佛这个世界精英的舞台。一次次的挑战，一次次的努力让我开始相信并拥抱人生绚烂的无尽可能。自信是领导力最核心的基础，如果自己不能充分相信自己，就不能释放自己全部的潜能，更遑论影响他人了。

让专业精神变成习惯

2001 年，我那时是刚刚大学毕业加入麦肯锡第一年的小商业分析员。初春的一天，我当时所在的项目已经接近尾声，刚刚把给客户的最终报告呈交给了我们项目组的最高级领导，他是我们麦肯锡那时的大老板，麦肯锡大中华区的先驱开拓者之一潘望博(Tony Perkins)先生。我一边哼着歌儿清理着电脑文件，一边在脑子里筹划着晚上去哪里吃饭，以犒劳一下自己这几个月的辛苦。突然，办公室的门被推开了。我抬头一看，潘望博先生朝我走过来。我赶紧四下看了一下，以便确认他是来找我的。我和他之间至少隔着 5 个级别，不知他直接找我所为何事。那之前，项目报告文件已经反复经由各个级别的领导，包括他，仔细检查过。

他手里拿着我们刚写完的报告，指着其中一页的注脚处，对我说："这里少了一个逗号。其他没什么问题了，可以发给客户了。"我当时就惊了。没想到大老板居然有一双"鹰眼"，居然看报告看得这么细。他接着说："我们是专业人士，在方方面面都要有专业精神，我们交给客户的应该是最高质量的产品。"然后对我微微一笑，就走了出去。

那以后，麦肯锡作为我的第一个正式雇主，把我培养出来的专业精神，让我在今后的生活和工作中都受益匪浅。

我在麦肯锡学到的专业精神是高标准 (set the bar high)，是雷打不动的最后期限 (meet the deadline)，是在把握宏观战略的同时关注细节的能力 (attention to detail)，是不因头衔高低彼此尊重的文化 (mutual respect)，是永远要给出超过预期的答案(over deliver)，甚至还包括如何着装，说话等。

比如说，考试要考到 100 分，不能是 99 分，就是一种高标准。我们的工作是无形的。客户仰赖我们的分析，我们的专家网络，我们的发现和建议。客户为此要支付几百万的费用。我们每次做项目，我都感觉自己快被榨干了，头脑风暴会常常是一开就是一整天，还经常省略了午饭。我常常惊讶于那些老外，不吃饭还长得人高马大的，而我却落下一个胃病外加颈椎病。但是，在这种高压高标准的环境里，人们常常被激发出想不到的潜能。当我们带着客户团队一

129

起坚持近乎疯狂的高标准后，他们都无一例外地感谢麦肯锡。这种坚持高标准的精神深深地影响了我。无论是后来写申请商学院的材料，还是做自家房子的装修（记得我们跑遍北京，面试了各个设计公司的共13位室内设计师，最后挑选了一位同济大学建筑系毕业的设计师，他今天已经在业内很有名气），还是学开车，还是后来自己创业开设零售店，我都会不由自主地坚持高标准，这样要求自己，也这样要求我的团队。比如，我的第一家零售店的侧招曾经三次返工；我们在开店前夜凌晨2点发现两张桌子没有完美对齐，要五六个小伙子一起搬动沉重的产品展示桌，重新布置；我们的店长手册要求店内员工有专人每个小时在客户行走的路线上检查是否有遗落的垃圾等。记得，我的一个美国同学出差到北京，去我的店里参观，他对我说："你要是不说，我还以为是苹果的直营店呢。"我心里那个开心啊，居然能把我的店面和单店投资上亿的苹果直营店相提并论。

　　另外一个感受特别深的就是关于"最后期限"（deadline）。我们跟客户承诺一个期限，然后层层分解到项目组的每一个咨询顾问身上。说到最后期限，我想起春秋时期的一个故事。孙武曾帮吴王练兵。吴王刚开始想考验孙武，对他说："你先拿我后宫的嫔妃和宫女练练，让我看看你是如何用兵的。"于是孙武召集所有人集合，他把大家分成两队，让吴王最宠爱的两个妃子做两队的队长。他对大家说："以击鼓三声为号，击鼓三声后，大家必须分两队站好。"可是，三声击鼓后，后宫的宫女都觉得有趣，大家嘻嘻哈哈，没当回事儿。孙武于是说："是我没有说清楚，请大家听好，击鼓三声后，如果谁没有站好队，按军法处置杀头。我们再来一遍。"又一次击鼓三声后，大家还是吵吵嚷嚷。孙武大怒，立刻让士兵把带头的吴王的两个宠妃拉出去砍头。吓得吴王赶紧求情。但是孙武还是坚持斩了吴王的宠妃。从此，吴国军队在孙武的指挥下练成了一支铁军。虽然说这个故事讲的是树立军纪和威信的故事，但是我一直倾向于把它看成关于最后期限的故事。最后期限已到，必须要完成，否则是要"掉脑袋"的。我们不吃不睡，也必须在最后期限前交工。从没有人想过跟领导要求延期。而且为了留出缓冲区，每一层都把自己的期限稍稍提前，以防备意外发生。

　　我上面提到的关于逗号的小故事，就是典型的关注细节的故事。这在麦肯锡比比皆是，每天都在发生。所有的文件都是反复核对，层层把关。从标点符号到小数点，从文件字号大小到格式，每一个细节都追求完美。在麦肯锡，人人都被训练成了魔鬼"处女座"。我后来做零售，在零售行业，有著名的说法就是 Retail = Detail（零售 = 细节）。关注细节在零售行业尤其是高端零售行业绝对是关键成功要素之一。

互相尊重，没有人因为你级别低而对你轻视。开会时，每个人的发言都会得到应有的尊重，重要的是发言的质量。慧瑾也曾提到过她是多么赞赏麦肯锡的这一点，而这在我看来也是专业精神的一部分。这个习惯深深地影响了我。我曾对我的员工讲，我的办公室的大门永远敞开，大家有任何建议和意见都欢迎提出来。开会的时候大家畅所欲言。在这种尊重员工的文化里，大家的积极性被高度调动，各种好的意见建议层出不穷。我小的时候，家里人在国有企业上班，文化上比较保守，大家都是习惯等领导定调，再跟着发言，难有新意，是对效率和创造力的浪费。

总是想着交出超过领导预期的答卷是我在麦肯锡学到的另一个关于专业精神的诠释。记得有一个项目，是关于流程改进的。那时我还是第一年的商业分析员。我们一天中在客户那里做了七八个访谈。晚上 6 点多回到办公室再开始做文稿。项目经理对我的预期是画出十几页的流程改进图，我那个晚上画了三十多页图，交到经理的手上，她很惊讶。后来她成为我的支持者之一，我申请哈佛商学院的推荐信就是她帮忙写的。其实，关于升职也是一样。我们往往都是已经在较低的岗位上做了较高岗位的工作，证明了自己的能力，之后才得到提拔的。我在创业初期时，招过一个小伙子。他是做招商出身的，他没有仅仅局限于自己的工作范畴，而是什么工作都抢着做，经常超出别人的预期。结果在两年内，他从招商经理，一步步升到区域经理到大区总监。

甚至关于着装都是专业精神的展示。老公大学毕业刚上班时，为了省下出租车钱，他每天"铁人三项"，离家后先骑自行车，再倒地铁，之后倒公交才能赶到办公室。每天到了办公室衬衫都被汗水浸透了。结果一天被他老板注意到，批评了他，告诉他得体的着装很重要。我们刚加入麦肯锡参加培训，收到的通知表上清楚地写着着装要求。麦肯锡由于是顾问行业，更是要求我们穿深色的西服，以展示沉稳、冷静、大气。公司的服装和文件的主色调是海军蓝。直到今天，我对于海军蓝都是情有独钟。我们看到港剧、美剧里的大法官的着装，看到律师的着装，看到医生的着装，穿衣和面貌也是专业精神的一个组成部分，是对别人和自己的尊重。

好像我们的初恋情人会影响我们的爱情观，我们的首任雇主往往会塑造我们的工作观，帮我们养成之后的工作习惯和工作态度。先抛开我在麦肯锡学到的种种分析解决问题的方法不谈，仅是这些好习惯和专业精神的培养就让我一生受益无穷。关于麦肯锡的七步法、矩阵法、穷尽而互斥法等，大家如果感兴趣，可以找些书来看，对于提高工作效率都有莫大的帮助。

我的小小创业经历

拉开创业的帷幕

开始我的创业经历可以说偶然中有着必然。2010 年，我已经从苹果辞职，打算全心全意在家里待几年陪伴孩子。那个夏天，我偶然接到一个苹果公司同事的电话，闲聊时他提到最近有一位苹果的一级经销商打算出售店面。我听了，心一动。

从小我就有颗"不安"的心。父母虽然一直在国有企业工作，但他们的"开创"精神从小影响了我。小时候家里穷，带着淳朴的改善生活条件的愿望，我的父母利用业余时间，做起了"小买卖"。他们是一家国有企业的正式员工，同事下班后，大多选择下棋，聊天，看电视，而我的父母精力充沛，喜欢到处跑。当他们发现 30 千米外的集市上的西瓜每斤便宜几分钱时，他们会马上雇车，赶着一车的西瓜回来销售。那个时候，他们常常笑称自己是"倒爷"。东北人爱面子，他们怕被同事朋友认出来，带着个大墨镜和大口罩儿。冬天还好，夏天的时候顾客都以为他们得了什么怪病。从西瓜到白菜，从外销衣帽到各种时髦的鞋子，他们用敏感的商业嗅觉、辛勤的汗水和对风险的勇于承担，为我们的家庭赚得了不多的额外收入。也许在今天，这是一般公司不能接受的行为，员工应该全职在一家公司工作，业余时间应该好好休息，以便第二天更好地工作。但在当时，在效率较低的国企里，年轻的父母有太多用不完的精力和同样

"不安"的心。

初到麦肯锡工作，我发现我们的客户都是世界 500 强的大公司，或者是国内的大企业，例如中国移动。我们组成一个团队，为客户解决诸如应制订什么样的公司战略，应设立什么样的组织架构，应执行什么样的管理流程，这样诸多的管理问题。很多的战略在设计层面是完美的，但真正在客户端执行时，总会遇到各种各样的问题。战略常常不是被改得面目全非，就是完全被束之高阁。有时，看着自己几个月不眠不休的心血却由于企业实际操作中的各种问题而得不到实施时，常常感到沮丧又无奈。那时就想，希望有一天做一家自己的企业，无论大小，无论是何行业，但每一个决定能够马上执行，我能马上看到效果。

在哈佛商学院读二年级时，因为决定毕业后要回到麦肯锡继续从事咨询这个专业服务工作，我选了一门选修课，名字就叫"专业服务"。印象中，教授是个印度人，微胖，长相和蔼。我那时觉得他就像深色版的"圣诞老人"。教授快言快语，极其聪明，批判事物入木三分。我尤其对最后一节课上，他语重心长地对所有学生讲的"毕业寄语"印象深刻。还记得那是一个阳光明媚的日子，透过教室的窗户，温柔的金色的阳光洒在他的身上。他在讲台前的空地上来回踱着步子，在金色的阳光中，第一次讲话语速较慢，似乎是让我们所有人记住他这最后一席话。他说："人类历史的发展和社会经济的进步，是全体人类共同努力的结果。但是，具有创新精神和敢于承担风险的企业家，在这一过程中做出了更大的贡献。你们，每一个哈佛商学院的毕业生，都可以很容易地找到一个高薪工作，衣食无忧。但你们是最该出去承担风险、尝试创业的一批人。因为你们多年的所学在做企业的过程中会得到最全面的应用。就算你们失败了，你们仍然可以有退路，重新找一份工作。记住我的话，只要有机会就试一试。不管成功失败，在你五十岁的时候回顾人生，就没有什么遗憾了。祝你们好运！"听完这席话，内心深处一动。那颗多年"循规蹈矩"的心，好像又开始"不安"了。

带着这一丝的"不安"，我毕业后又回到了麦肯锡。熟悉的环境，熟悉的同事，熟悉的事情，但不知为什么，每一次为客户的 CEO 做总结报告时，总觉得自己远离"战场"。那种想"披甲上阵"的感觉越来越强烈。

我非常感谢麦肯锡公司。是它把我从刚刚毕业走出校园一个懵懵懂懂的小女孩儿，培养成了一个站在大型企业 CEO 和董事会面前自信地侃侃而谈的职业女性。我的同事们和上司们都是聪明绝顶、勤奋认真的人，哈佛、斯坦福、普林斯顿的毕业生在这里比比皆是。每一个人的成长奋斗故事都像一本好书，值得好好学习，好好回味。我们一起熬夜，一起出差，每天在一起十几个小时，建立了很深的情谊。因为就读商学院之前就在这里工作，商学院毕业后再次加入公司，我们这些所谓的"重返者"，是处在职业发展的快速通道上的。所有这些都让我留恋。

但心中的另一个声音再度响起。那一年，恰好是我的"而立之年"。心里暗示自己，如果要改变，这一年最好不过了。我决定去一家实体企业工作。很多在中国的跨国公司把总部设在北京，我面临的机会还是很多的。猎头的电话也是响个不停。正是在这样的心态下，我决定加入苹果亚洲总部。当时苹果亚洲总部刚刚经历大规模的裁员，整个亚洲总部只有 70 人左右，正处在一个上升期。

由于人少业务多，我先后得以在苹果的三个不同的部门工作，逐渐从"后台"规划类的工作向"前台"过渡。而我从事的第三块业务领域的工作就是管理苹果在亚洲的零售经销商，我要和他们共同决定进入哪些城市哪些商场开店，协助他们店面的具体运营和管理，这一过程令我对亚洲零售业有了很多更直接的了解。

同时，为了学习苹果在其他地区的经销商零售店的经验，我还走遍欧洲经销商开设的苹果店，从阿姆斯特丹到伦敦，从巴黎到汉堡。走访欧美各大商场的同时，还让我有了个很深的感触：就是和欧美的中高端零售业比起来，有很多理念值得中国的零售行业借鉴，这也意味着巨大的机会。在假定销售产品的前提下，零售业的几大要素，比如选址、设计装修、销售人员的技能与热情、店内有效的市场营销手段等方面，我们的差距的确是很大的。而且后台管理、运营分析对提高效率的影响是巨大的。很多零售企业还处在扩张铺货阶段，离精细化管理也还有差距。即使在电子商务蓬勃发展的今天，零售行业依然有存在的意义和发展的空间。逛街仍然是人们主要的一种消遣方式，触动式购买所占比重很大。

当时心里暗想，如果有一天我开零售店，一定要把它做成针对中产阶级衣食住行和娱乐的高端连锁店，有漂亮的店面，一流的服务和高效的管理。有很多的品牌还未进入中国，或者说进入中国由于渠道问题、管理问题，带给消费者的体验并不好。一个完整的良好的体验绝不停止于买到一款称心如意的产品，而是在便利优越的地理位置，走进一家令人赏心悦目、设计精美的店铺，遇到充满激情、知识和服务精神的销售人员，交款后对买到的产品和售后服务有信心这样全面的体验。购物不是匆匆忙忙地比价，而是享受这一过程。可惜中国零售业能做到这些的凤毛麟角，要么是价位过于高端，令普通中产阶级望而却步；要么是产品服务俱差。一步步，一点点，这些感触、信息、看法在我的心中播下了种子。

工作中，我需要经常和苹果的几个经销商老板交流。在很多合作伙伴眼里，苹果是一家"高傲"的公司。它只有一个简单的标准，绝不会屈下"高傲"的头，去"因地制宜"。出钱、出力、出人的经销商经常有一肚子的苦水，只能对我倾诉。我十分理解他们的艰难，一方面要给他们打气，一方面也要坚持苹果的"不近人情"的标准。我能提供给他们的只能是一对愿意倾听的耳朵。记得有一次，我得了急病去医院看病，接到一个一级经销商老板的电话。我捂着肚子，拿着开药单，一接电话就是近两个小时，直到手机快没有电。这些倾听不仅帮助了经销商老板，对我之后开设苹果店也有很大帮助，因为它们都是实实在在的具体的实操层面的问题。

其实，做什么并不重要，重要的是能够有这种"接地气""撸起袖子"亲自操作的体验。只要这个模式在商业上是可行的，那我那颗多年以来"不安"的心就可以停泊。在苹果工作期间，我一直管理经销商，了解到他们日子很苦、投入很大，却基本都不赚钱。但是看到欧美的零售业，看到苹果的发展，我希望能从这里切入，将来也许可以拓展其他零售产品，可以把自己学到的理论和实践结合，只图经历和体验，不去想能赚多少钱。

一直做风险投资的老公听了觉得这是个挺好的机会，认为苹果产品和文化在中国一定会被消费者认可。虽然消费电子行业改朝换代很快，就像当年的索尼、诺基亚等都曾各领风骚，但随着不断地创新，有的被收购，有的出局，苹果产品也会有一定的生命周期，不可能长期独占市场。但从这里切入，定位于正在兴起的中国的中产阶级，通过这样的机会去练兵，积累管理经验，打造一

135

个零售平台的想法是可行的。于是，我们主动联系这位准备出售的经销商。这位经销商老板是一位非常能干，让我敬重的老前辈。她做事认真严谨，一丝不苟。在我管理苹果经销商的时候，我们有着非常良好的合作关系。考虑到我当时正怀着孕，大着肚子，老前辈坚持亲自飞到北京见我，令我万分感动。那时候，我已彻底进入一个轨道上，每天都绘声绘色地想着如何运营店面，哪些需要"关停并转"，哪些内部管理可能需要优化。

我从小就是个喜欢白日做梦的女孩。当我有一个目标时，好像导演电影一样，我经常把通向目标的道路具体化，在脑海设计一帧一帧的场景。说也奇怪，有些场景后来就真的发生了，以至于我经常有一种感觉，这个地方我来过，或者这个事情以前发生过。

现在回想起来，对于我这个当时从未做过实业的学院派来讲，对很多事情想得还是太简单、太不全面了。虽然双方彼此都有好感，彼此都怀着良好的愿望，但交易没有成功。

感到可惜、遗憾的同时，我突然想到为什么我们自己不能申请一个牌照，自己做一家公司，申请成为苹果经销商呢？2010 年夏季，随着苹果产品的多元化和销售攀升，苹果正考虑在中国新引进几位渠道伙伴，扩张零售布局，尤其是三线、四线城市的布局。这是个良好的时机。我去问以前的同事和老板，他们口头上觉得挺好的。过去，经销商很辛苦，没人愿意扩张。我们愿意静下心来，好好做。在当时没人干的情况下，我去干也是个不错的人选。老公一直从事风险投资工作，从商业的角度看，他也十分赞同我的决定。一想到我要真真正正地"披甲上阵"，真刀真枪地"冲锋"了，一想到多年所学的知识和经验要在自己的公司里得到运用了，我就感到浑身热血沸腾。那是 2010 年 8 月，iPhone 4 还没在中国上市，一代 iPad 也未到中国，从此我拉开了创业的帷幕。

决不言弃——赢得苹果代理权

2010 年的那个夏天是个多事的夏天。怀孕 6 个月的我找到了苹果中国总裁，基于我过去的表现和他对我的信任，苹果的管理团队表示欢迎我做苹果的经销商。我开心地决定等到生下二宝，就启动创业的进程。

我的苹果店——北京蓝色港湾商场

　　当我坐月子时，我却没有想到外面的世界已经发生了翻天覆地的变化。iPhone 4 和 iPad 先后在中国上市，掀起了抢购的狂潮。苹果的代理权在一夜间变得非常抢手，成为群雄角逐的对象。上市公司也开始加入竞争苹果代理权的行列。

　　我和老公都感到有些不妙。坐月子期间，我给苹果的几位高管又发出了邮件，但这几封邮件都如石沉大海。虽然没有从苹果收到积极肯定的回复，但至少没有被拒绝，我们决定开始启动注册成立公司的进程，并且开始接触商场，寻找合适的店铺位置，以向苹果显示我们的诚意。当时我们已经意识到这不是一个小的"妈妈爸爸"店的模式。创始股东还有几个资源互补、要好的朋友。

　　在我快结束坐月子时的一天，我接到了一个电话，是我离开苹果之前的最后一位老板打来的。他负责审批新的经销商的申请。在苹果工作时，我和他有着良好的工作关系，私交也不错，几次去他家里玩儿。我有点儿忐忑地拿起电话，心里预感这么久没有消息恐怕有些不妙。还未等我开口寒暄，电话那边，他严肃地开门见山地说道："Alice，这已不是你能玩的游戏了。苹果现在需要引进的是既有资金又有零售经验的经销商，现在很多人要进，你的机会很小。"

我一愣，还没等我反应过来，他说："我很忙，抽空儿给你回个电话，再联系吧。"电话已挂断。我愣愣地听着电话里"嘟嘟嘟"的声音在回响。

那时我们的注册资金已进到工商局，如果撤资很麻烦。我们的几位股东都是我和老公多年的好友，面对这种不确定性，我们决定坦诚地把这个情况和几位股东说明：如果往前走，很有可能拿不到代理权，而这个过程花费的费用就都"打水漂"了；如果现在撤，可能损失小些。结果，几位股东异口同声地说："你就当是自己的钱，想留想撤，你们拿主意。"我和老公十分感动。正是这种宝贵的信任，更让我们兢兢业业。只要有一线希望，我们就不会放弃。我们决定继续推进，办公室租约照签，商场照谈，工商注册也继续进行。

我坐月子的那一个月，幸运地正逢老公换工作，处在交接期，他不是很忙，在这件事上可以帮我全力以赴地干一个月。在一个月里，老公利用所有的关系在最短时间以最低成本完成了注册公司、找办公室，以及和几家北京的商场初步接触的工作。他还为我找到两个人。一个是他在之前的私募基金工作时投资的一家企业的主管运营的副总，当时正好这个副总要离职。老公在和他接触的过程中认为他成熟、细致、稳重，说服了他加盟我们。另一个则是刚刚大学毕业的年轻人，是父亲好朋友的儿子，听到我们的背景，抱着学习的态度，愿意加入。

我结束坐月子的第二天一早，老公就兴奋地拉我去看他找好的办公室。两岁多一点儿的大宝紧紧地抱着我的腿，哭着说："妈妈不要走。"二宝还在熟睡，一会儿到了吃奶的时间，也只能吃配方奶了。我的心很痛，处在哺乳期激素分泌的影响更是让我在情感上难以拔腿就走，可是理智告诉我，机会稍纵即逝，如果不把握住，我将来一定会后悔的。

那一天北京寒风凛冽，我刚出月子，虽然把自己包得像个"粽子"，依然感到寒风刺骨，我有些瑟瑟发抖。办公室的楼还未完工，我深一脚浅一脚地在大风中一路小跑着紧跟着老公和物业管理人员的脚步。当我站在朝北漏风简陋的小小办公室中央时，只觉得有些恍惚。那一刻，老公郑重地对我说："现在，你是驾驶员了……"

接过方向盘面临的第一个也是最重要的一个问题就是取得苹果授权。我多次拨打以前的几位苹果同事的电话，询问申请授权的进展。每一位同事都异口同声地告诉我："戏不大。"

我和老公商量好，只要有一线希望，我们就坚持到底，决不放弃。在不断地努力下，我们终于争取到了一个和苹果管理层团队汇报的机会。我们认真准备，在 PPT 里详细描述了我们的计划、理念，强调我们会配合苹果扩张的布局，下沉到三线城市，保证服务，专注于做长期的品牌。在 PPT 里，我们还介绍了 6 家在谈的北京商场，对商场定位、客流、品牌做了详细介绍，提供了我们在谈的店铺位置和详细图纸。汇报会开完，苹果高管的脸上露出了一些笑容。我想我们决心下沉到三线城市、保证服务的理念、专业团队的精神和快速行动的能力终于让他们心动。当时要进来的人很多，但都挤在一线城市，很多都是追求短期赚快钱。我们强调长期、专业、品牌的精神切中了要点。

终于我被告知，注册资金不能低于 1 000 万。我们之前的注册资金是百万级别，骤然提高到 1 000 万的注册资金，压力非常大，风险也随之变得很大。我们找原股东沟通，东拼西凑，大家把所有的钱都拿出来，基本凑齐了 1 000万。当我把这个消息报告给苹果，又被通知三天内公司账户上必须有额外的3 000 万的流动资金，而且必须提供银行出具的资信证明，以证明我们有进货能力。我知道苹果管理团队还在犹豫，他们想设置障碍，让我放弃。

3 000 万的现金可不是小数，更何况是要在 3 天内准备好。那两天，我感觉自己的头发都急得白了好多。我们动用了所有亲朋好友的关系，东挪西借，很多朋友基于对我们的信任都给我们支持，最后一笔钱是父亲的一个多年的好友答应临时拆借几天，帮了大忙。最后一天的下午 3 点，最后一笔款到账。我当时守在银行的柜台，办事人员被我催着一遍遍电脑刷屏。终于在快下班的时候，钱到账了。我拿着银行出具的资信证明，当场拍照发电邮给苹果。

隔了两天，这期间我一直在给苹果前同事打电话，询问结果，终于得到回复说，还必须具有"一般纳税人"资格才可以。我心里清楚，这是又一道障碍。做过企业的人都知道，对于运行一段时间以后的企业来说，取得"一般纳税人"资格倒不是特别难的事，但对于刚刚成立几天的企业，要拿到这个资格非常难。具有"一般纳税人"资格的企业可以开增值税发票，国家对于增值税管理非常严格，有的企业利用这个资格获得非法盈利。所以，税务局一般要求企业运行一段时间，要对企业经过严格考察。

遇到困难想办法，我们辗转托人找到了负责我们的税务专管员。我跑到税务局，和专管员反复沟通，终于说服她提前到我们的办公室考察。专管员是一位白白净净的中年女士，虽然不苟言笑，但看上去似乎不是很刁难人的那种。我小心地为她拉开车门，我们行驶在四环路上，路过北京大学时，提到我是北大毕业的，她很高兴，马上说自己的女儿目前正在北大就读。这个事情好像一下拉近了彼此的距离。我们的一切手续合格，又经过和专管员反复沟通，增加了信任。我们理解她们的难处，我们也把自己的情况开诚布公地跟她分享。我们认真、诚实、专业的精神打动了她，终于在最短时间内取得了"一般纳税人"资格。我把"一般纳税人"审批信在规定的时间内交到了苹果手里。一直跟我联络具体事务的苹果前同事瞪大了眼睛，看着我说："你真行！"

我面临的最后一道门槛是被要求证明我们有零售的经验。我和老公马上把我们所有认识的人都梳理了一遍，看看有谁有可能认识有零售经验的人。在打了无数个电话后，我们终于通过朋友辗转找到一个小伙子，他在零售业工作多年。公司刚成立，没队伍、没收入，我们只能给他描绘美好的前景。我们说服了他一起去见苹果高管。

后来我了解，这对苹果而言并不是一个容易的决定。申请当经销商的人很多，是我过去的背景和锲而不舍的精神最终让我获得一个机会。因为我了解苹果的品牌和服务标准，他们希望我用专业化的方式帮助苹果经销商零售店提升品质。但是，这个牌照是有条件的。要求从发牌照之日算起的一年内，我们必须在高端商场开出 10 家符合苹果要求的大型零售店面。而且除了只允许我们在北京开 3 家店外，其他的店面必须在我们人生地不熟的外省开。如果不达标，一年后苹果将收回牌照。我们一没团队，二没经验，本希望有一段时间在北京开出几家店后，好好梳理运营再扩张，但现在只能是硬着头皮上。我签下了"军令状"。

作为一个创业者，常常会感到"走到了死胡同"，只能是在绝望中寻找希望，哪怕有一线机会也决不放弃。公司早期的店面拓展都是我直接参与的。刚到外省，我们人生地不熟，约见商场的人，对方常常会让我们一等几个小时，好不容易见了面又告知我们后面还有事，只能给我们半个小时的时间介绍。我们抓住一切机会，详细介绍我们精心准备的文件。结果往往时间从半个小时延伸到一两个小时,有时对方还挽留我们吃饭,有时听介绍的招商总经理还会打电话找团队里的人都过来听我们的介绍。我们的专业精神、诚恳态度、快速决策和行动的能力帮我们很快打开局面,并且通过一个商场介绍下一个商场,一个经理介绍下一个经理,我们顺藤摸瓜逐渐在外省站稳了脚跟。而这一切都是因为我们始终不放弃任何一线希望,始终努力进取。做公司的这几年中,我对两个词的理解最深刻:坚持和韧性。不管遇到什么样的困难,创业者都需要咬牙坚持,因为成败往往就取决于坚持到的最后那一刻;韧性则是遇到打击也好,挫折也好,始终保持高昂的精神状态和乐观的心情,好像皮球一样,落下去又弹起来。员工每天都在盯着你,你的状态会直接影响到他们的工作态度。所以,对于每一位创业者,不管经营规模大小,我都充满敬意。

坚持自己的价值观

我正在出差的火车上,突然手机响了。我一听,是某商场店长紧张的声音:"洪总,商场突然冲进来一批人,说是商场财务部的,要看咱们电脑里的销售数据。我们不让他们看,现在僵着呢。我们该怎么办?"

我的头"嗡"地一下就大了。我第一反应说:"你让值班人员说销售数据是公司内部信息,没有我同意,谁也不能看。说一时联系不上我,我在出差。"

我想起当时签这家商场时,他们的条款非常苛刻。他们要求保底租金和流水扣点两者取高。扣点比例非常高,按我们的毛利水平,在这种扣点下是根本无法盈利的。条款中还有一条,如果瞒报销售数据,商场有权按瞒报数额的 10 倍追缴。我们当时很犹豫,曾想放弃这个商场。再想想这个位置谈得很不容易,也实在不想放弃。

大半年过去了,我一直在外地跑,运营一切正常,大家相安无事。而且,我渐渐都忘了关于罚款的条款。这家店因为位置方便,我们很多公司客户生意都从这里出货,实际流水数很大,但在店面销售里严格算起来并不是零售流水。我当时也没当回事儿。现在静下心来,我打开电脑看当初签的合同。如果计入公司客户的流水,漏报的销售收入非常大,10 倍就是个天文数字。我一时心急如焚。

第二天我火速赶回北京，收到了商场发来的公函，要求提供流水明细。我硬着头皮，因为无法承担罚款的后果，和财务商量了一下，试图调整我们的报表，把公司客户销售剔除，只报零售销售额。几天后，商场发出第二封公函，要派审计公司来查账。因为担心罚款后果，我让财务部门尽量不提供全部信息。审计公司虽然没能查到全部的账，但他们回去后出具了一份意见，提到我们有"漏报"可能。我们收到了商场发出的第三封公函，要求我们做出解释，这一次措辞已经强硬很多。

那一夜，我十分煎熬，真的罚款我们必死无疑。我们可以选择拒不配合，因为商场并没有特别完整的证据，我们漏报也事出有因，公司客户的流水本身与零售无关，但我们也会面临持久"拉锯战"。如果选择继续隐瞒，就得在各个方面编造数据，一个谎言意味着要用更多的谎言去覆盖，这和我多年信奉的价值观相违背，和我在公司内强调的价值观也不符，今后我如何管理员工？可如果坦白，就是把证据送给别人，可能面临无尽的后果。我非常痛苦，倍感煎熬，一夜辗转反侧。但最终我还是决定按照自己的价值观做事，坦白一切，哪怕是被罚。

第二天，我去见了商场的财务总监，是一位干练的外籍女士，以前从未见过。她看到我，带着怀疑的眼光。我诚诚恳恳地道歉，把我们的情况如实介绍，把大客户单的情况做了开诚布公的汇报，诚恳地认错，表示愿接受处罚，承担责任。可能我的坦诚让准备和我大大理论一番的财务总监有些意外，她看我的眼神从最初的怀疑、冷漠逐渐变成理解、温暖。她说："你和我接触过的其他中国商户很不一样。你们店面服务各方面做得很好，对商场客流也有提升。我们也希望和你们长期合作，出现这种情况也令我们意外。我会把你们的情况和总经理汇报，请等待我们的回复。"我们最终补交了租金。这件事虽然有惊无险地解决了，但我得到了一个宝贵的教训：虽然外部的商业环境有各种各样的挑战，但是秉承自己的价值观和行为方式，才能不迷失，走得持久。我自己的经验让我非常理解创业者在两难之间取舍的艰难。我们代理的是国际知名的品牌，尚且面临这么多的挑战，可以想象每一个白手起家的创业者每天要面临多少艰难的考验。

零售行业是非常"接地气"的行业，每天要和形形色色的人打交道，各种

"意外"也层出不穷。比如，我们年轻气盛的店员在店里和顾客大打出手；招商拓展时，一些人见我是女性便"胡言乱语"；还有些商场的人明示暗示要回扣；工商、税务、消防各种检查不断。当各种考验接踵而至，需要每一个创业者回归本心，在顺应外部环境和遵循自己的价值体系间艰难选择，有时可能意味着高昂的代价。

寻找合适的创业伙伴

公司刚成立的时候，我的合作伙伴是一个儒雅的男孩。他是老公做风险投资时投的一家企业的副总，负责运营。我第一次见他，就很有好感，很快成为好朋友。他为人正直谦逊，有实际操作经验。如果你手里有一份创业合作伙伴的选择标准，你会给他在每一项上打钩。但是，在每天的企业运作中，我发现我们的做事风格、做事方法都很不同。在生活中彼此欣赏是一回事，在工作中配合是另一回事。有一段时间，我和他都挺痛苦。他在公司最早期时立下了汗马功劳，陪我走过了最初的艰难岁月，我们很感谢他。后来，我们友好地"分手"。他离开后也找到了更好的事业归宿。

那时，我们一边摸索着扩张、开店，一边寻找着创业伙伴，直到我找到了张山山（Michael）和康大伟。我很幸运，就像俞敏洪找到了王强和徐小平才成就了新东方，我也有幸找到了正确的创业伙伴。

Michael 是我在哈佛读书时的同学兼好友。他为人幽默轻松，爱讲笑话，在哈佛读书时我们一帮同学经常一起旅游。他毕业于清华大学，读商学院之前在一家德国消费品公司负责管理工作，有和零售打交道的经验，并且一直对零售感兴趣。商学院之后他在麦肯锡公司又从事过咨询行业，之后又在世界 500 强的公司负责市场方面的工作。大家平时忙于工作和孩子，见面的机会少。一次，约了喝咖啡叙旧，我跟他激动地描述着我的零售梦想，他当时正厌倦于大公司的官僚、政治斗争和低效率。我马上殷勤地递上橄榄枝。他的经验，他的性格，他的为人，我都是非常了解的。他说需要两周的考虑时间，毕竟放弃百万年薪，加入一个刚刚成立不久的企业，对于是家里经济支柱的他来讲需要慎重。老公听了我的想法也觉得非常好。一周后，他给我打电话说同意加入。

我的创业伙伴 Michael

另一位合作伙伴康大伟则是我在苹果的同事，他当时和我一起负责苹果经销商的零售管理。他也毕业于北京大学，是小我几届的师弟。大伟加入苹果公司前在西门子咨询工作过一段时间。跟他在苹果共事的几年里，我们彼此很了解，很欣赏。他做事认真、细致、稳重，善于为别人考虑。与他交往，好似一阵清风拂过。我刚向他提出这个想法时，他很意外。经过我几次苦口婆心地劝说，他渐渐动心了。他其实内心深处有跟我一样的情怀，与其纸上谈兵，不如驰骋沙场。

我们三人组成了铁三角，彼此信任、了解，有时讲起咨询业术语，也彼此会心。当时 Michael 负责店面拓展和运营，大伟负责商务采购和 ERP，我兼管人事和财务。虽然我们时常也会争论得面红耳赤，但是一旦决定做了，大家都是无条件服从，以最快速度去推进。在企业发展初期，战略的地位远远低于行动的地位。企业首先面临的是"活下去"的问题。有亲密无间的合作伙伴是公司运营的基石。我们彼此信任，有着相似的价值观和共同的经历，大家优势互补，从而在企业初创期能最高效率地彼此配合。

我的创业伙伴康大伟

　　合作伙伴之间的信任和无缝的配合会给企业的员工吃个"定心丸"，好像稳固的基石，在这之上才能搭建不惧风雨的高楼大厦。而合作伙伴之间最重要的是透明、公平和整合一致的利益，这是维系团队长期走下去的纽带。我非常感谢 Michael 和大伟，他们兢兢业业，付出了自己全部的身心。Michael 经常出差在外，为了拓展拿下好的店铺位置，常常跟他的团队陪商场招商部门的人饮酒，喝得酩酊大醉。有一次还闹了个笑话，他们喝完酒回到旅馆，他的团队的一个小伙子跑到旅馆前台非要买火车票，原来是他把旅馆前台当成火车站售票处了。在管理店面上，事无巨细 Michael 都亲力亲为。比如，Michael 要对员工报销的票据进行批复。有一次 Michael 核查一个员工交上来的出租车票，他发现出租车的时间和距离跟他交代员工办的事情的时间不符。我们强调诚信，但也不是眼里容不得半点儿沙子。他借着这样的机会去教育、帮助员工，并且继续信任员工。大伟常常在办公室带领团队加班到深夜，有时还"买一赠一"，拉上自己同样北大毕业的银行家老婆来帮忙。那段日子是艰苦的，但也是令人兴奋的。从无到有，我们的企业飞速发展，日新月异，十分激动人心。

影响他人

如果说跟随我心和自信让我们拥有了领导自己的能力，我的小小创业经历则让我学习品味了领导力的第二个层级，即领导他人的能力，从而进一步让我对人生的意义产生了思考。当然，我学习的领导他人的能力并非指的是由于某种职位的高低带来的可以号令别人的能力，而是一种正面积极的影响力，能改变别人的行动，甚至改变他的内心。

在我的创业经历里我学到的影响力是和激励、制约员工相关的。激励和制约这两个方面就好似不同的途径，它们殊途同归，最终都是实现对他人的影响，企业只是作为一个载体来实现这些影响力。当然，也可以有其他的载体，比如政府、学校、家庭和公益组织等。我个人认为，从整个社会层面看，激励的维度可以包括文化、宗教、道德、信仰、奖励等；制约的维度可以包括考核、法律、法规、民俗等。

通过几年做企业的实践，我深刻理解到，关于激励的维度，仅仅靠人事制度是远远不够的。在更底层是一家企业的文化、企业的目标、企业的风格，这些虽然看似软性流动的元素，对于企业从招聘到保留人才上起到的作用是最大的。工资、级别、职业发展道路、培训等是在此基础上的微观手段。另一方面，关于制约的维度，则是建立严密的管理流程来监督、制约员工。

激　励

文化是一个大到国家和社会，小到企业和家庭的关键元素。文化虽然是一个软性的东西，但对人的影响巨大。我们看到了阿里的文化、京东的文化、华为的文化、联想的文化；中华民族的文化；基督教的文化，所有这些文化都在人的思想意识和行为举止上产生了重大影响。我自己做企业的过程中，对文化的理解变得更深刻。一个人的文化就好像他的气场和价值观，一个家庭的文化就是这个家庭的家庭原则，一个企业的文化就是这个企业的精神指导，一个民族的文化就是这个民族珍视和身体力行的价值体系。

在公司成立之初，我就曾专门花了很长时间和老公探讨，在我们这样一个企业里，应该具有什么样的文化，如果用几个好记的词语去表达，应该是哪几个词语。我们最后总结出"专业""诚信""创新"这几个词语表达我们想塑造的企业文化。"专业"除了指具备的专业知识和技能，更重要的是工作态度、行为方式，等等。我自己在早期职业生涯经历的关于"专业精神"的培养让我对"专业"注入了更广更深的含义。"诚信"代表的诚实守信在实际工作中也有很多诠释。比如，我上面提到的坚持价值观的例子。"创新"并非一定指发明创造，而是在日常的工作中，比如一点儿流程的改进，一个商品陈列方式的调整都可以是创新。创新的本质是通过改变而变得更好。

创业者要身体力行地实践企业文化，并抓住一切机会宣扬文化。我坚持给每一位新员工做新员工培训，做了上百场。我希望员工从走进公司大门的第一天，就知道公司坚持什么样的理念，这也是为什么公司 80% 的员工都是我亲自招聘面试。找错了人，成本很高。公司一进门就有一块匾写着这几个词，每次的培训也是先从这几个词讲起，每周一次的管理人员例会也是结合实际发生的问题，探讨在具体实践中到底什么是"专业""诚信""创新"。企业文化好像一把尺，在瞬息万变的商业社会，用这把尺去衡量，就不容易迷失；或者不小心走了弯路，也会很快回头。

企业的目标为大家指明了前进的方向。从第一天起，我们就为自己的企业树立了清晰的目标，那就是从苹果零售店切入，打造一个针对中国中产阶级衣食住行的高端零售平台，我们可以销售电子产品，也可以销售高端珠宝，也可以销售高端生活用品，只要是能够让人们的生活变得更便捷、更美好的产品和服务都可以进入我们的范畴。我们还可以向后端蔓延做自己的研发和生产，向前端扩展做自己的电子商务。事实上，做到第二年我们还曾经尝试引进 Hello Kitty 品牌，开设了几家 Hello Kitty 专卖店。我们不是跟风赚快钱，而是有自己的长远布局。苹果也是支持它的经销商有多元化的布局。从招聘的第一天我们就跟员工清晰地分享这个长远的目标，虽然我们只是处在起步阶段，但是大家充满了干劲儿，充满了希望。我们的员工可以跨品牌、跨地域工作。

企业的风格很大程度上是文化的引申，而且受创始人的风格影响巨大。我的管理风格如果用几个词概括，就是对员工信任、放手、要结果。

我看到有的老板很能干，自己大包大揽，把事情交给别人不放心，结果自己的时间被分割在很多琐碎的事情上，无法专注于真正对公司重要的事情，而员工也没有机会学习、犯错、成长。而我则对这点认识得很早，也许是从3岁开始听袁阔成的评书《三国演义》，我对刘备印象深刻。虽然论智谋他不如诸葛亮，论武功不如关云长，但他知人善用。自己早期的职业生涯，也曾尝过信任、放手的甜头。那是在麦肯锡工作的第二年，我带着一个刚进入公司的初级分析员。当时我们需要为客户做一个财务模型，如果我自己做，可能花上一两天就做完了；如果交给他，则需要反复返工，至少多花几天的时间。但如果自己做，他没有机会学习，我也不能在后面腾出精力做其他模块。我们共同花了一周的时间，开发出模型。之后当我们需要创建第二个财务模型时，他已可以独当一面。我们的工作效率大大提高，我和他也成了好朋友。

除了信任、放手，我对员工的要求就是一句话，"请给我结果"。比如，一次我让财务主管追一笔应收账款，她每天跑过来向我汇报她打了几个电话，和几个人谈了，等等。我告诉她，打了一百个电话都不是结果，结果是把应收账款要回来。还有一次我们在北京郊区举办为期三天的中层管理人员培训和拓展，开会前给每个人发了一本书，书名就是《请给我结果》。要求所有人在会前研读，会上发表感想，并结合自己的工作发言，谈如何拿出结果，什么是结果，什么是过程。我们花了很长时间讨论这个问题。这种熏陶和培养在创业型企业就更为重要。

在人事制度上，我们建立了360度的考核体系，并为每一位员工从入职第一天起就提供明确的职业发展道路。360度评估方法强调对每一位员工充分尊重，全面考核，而不是只听老板的一面之词。我们设计了一张评估表，内容很简单，但是能充分衡量每位员工的技能、工作态度和团队合作能力。同时，每一位员工无论处在什么岗位，都能看到自己水平发展或者垂直发展的职业道路，给员工提供了明确的"奔头儿"。比如，商务部的人在满足一定条件下可以去市场部工作就是水平发展；店员从普通店员到助理店长，副店长，店长，城市经理，大区经理，销售总监等就是垂直发展。这些机会的存在和沟通令员工的工作热情高涨。招聘新员工时，我们会优先考虑公司内部的员工。比如，我们就有店员从店面销售转到总部负责公司网站建设。领导最重要的任务就是找正确的人，然后把他放在正确的岗位并确保他开心。我们也走过很多弯路，但逐渐摸索下来，终于找到了适合自己企业的人事制度。不过，企业发展的不同阶段，人事制度也是需要做相应调整的。在发展中，没有什么是不变的，变是永恒的主题，也是机会的来源。

制　　约

刚开始理解制约时，我们更多的是从考核方面出发，而实践教育了我，一个完善的管理流程是多么重要的制约监督手段。

我做咨询顾问时，做过很多流程管理的项目。麦肯锡在咨询领域的主要优势就是战略、组织架构和流程。我可以轻松地在一天内写出 30 页文稿，指导客户如何改进和优化流程。直到我有自己的公司，我才真正意识到流程管理的重要性。流程的欠缺是企业运营最大的隐患，我们在这方面有很多血泪教训。开业第一天，在货物从公司库房运到店面的过程中，就丢了一部 iPhone，暴露出库房和物流管理的流程的问题；一名财务人员私自挪用公司 20 万现金，我们直到一周后才发现；盘点的政策制定了却得不到贯彻；最信任的店长之一，一念之差拿了公司的东西。我们不断地在设计流程，完善流程，有时亡羊补牢，有时未雨绸缪。

正因如此，我们很早的时候就意识到 ERP 在实现流程管理方面对零售企业的重要性。我们了解到其他的经销商大多在使用中小企业版的软件系统，而这只是库存和销售系统。我们经过慎重考虑，在没有多少收入的情况下，花了几十万上了一套全面的 ERP 系统实现流程管理。结果证明，这对优化流程起到至关重要的作用。各部门、各岗位围着 ERP 走，形成一套互相约束、牵制的机制。而且，我在任何时候从电脑里都可以得到各个终端的销售数据、利润数据，可以及时根据这些数据调整策略。

记得当初决定是否要使用这套 ERP 系统，我们内部有不同的声音。毕竟不光是成本问题，还是对我们现有流程和机制的彻底的改变。经过反复工作，我们达成了一致意见。为了顺利地对接老系统和新系统，那几个月，大伟没日没夜地带着财务部、IT 部门，包括一部分店面做对接和调试。所有的辛苦付出都带来了巨大的回报。

如果对比激励和制约，可能会发现我的感悟和总结更多是在激励方面，这是因为我从根本上相信人性本善，有自我追求进步的动力和意愿。这好像是对孩子的教育是以鼓励为主，还是批评惩罚为主一样。激励作用于长期，制约作用于短期。我的创业感悟让我今天在育子上也有很多启发。

创业的其他反思

居安思危

做企业应该永远小心翼翼，居安思危，控制成本。在企业小时，一个错误决定就可能葬送企业。应该总是保持谨慎的心理，现金要留足。我们自己是有教训的。

我们的企业一度发展很快，得益于苹果的业绩在 2010 年到 2012 年之间爆炸性的增长。我们的店面多次出现顾客排队购货的场面。由于企业发展过于快速，员工队伍迅速膨胀，狭小的总部办公室很快人满为患，我们两次搬家都无法满足人员增长对办公空间的需求。当时发展势头非常好，我又签了 Hello Kitty 品牌的代理权，雄心勃勃打算让我们的业务多元化，下一步考虑进入高端珠宝领域。于是我一狠心，签下一个 1 500 平方米的办公室，光装修就花了 200 万。之后不久，我的身体就出了状况，同时苹果的业绩的增长速度也开始放缓，原定的招人扩张计划被搁置，结果很长一段时间，新办公室只用了一小半。承担的高昂租金侵蚀了我们的利润，尤其是在日子艰难的时候。最后我们不得不提前终止租约，缴了罚金，又搬到一处小很多的办公室。

事后我自我反省，签下豪华宽敞的办公室，除了那些可以放到桌面上的冠冕堂皇的理由外，我内心深处也有所谓企业家的自我在膨胀。似乎这些外在的东西可以一定程度上作为我们成功的标签。这个经历对于我有重大的意义，让我能真正保持清醒，居安思危。

行胜于言

作为一个创业者，我们每天要做很多的决定，你没有时间去做详细分析和规划。执行比战略重要得多，尤其是在初创期。行胜于言。企业的成长是积跬步以致千里，每天一小步一小步地坚持走下去比什么都重要。更因为自己曾经是"战略咨询顾问"，我更对这一点理解深刻。战略不是不重要，但这对于已经具有一定规模的大公司来讲更有意义。初创时期的公司每天都处在"救火"的状态,斩钉截铁地快速行动的意识和能力是最重要的。

刚开始做店面拓展时,我们跑到没有一个熟人的外省。当时,苹果已经有另外一个大经销商在那里耕耘好几年了。这个经销商还是一家上市公司的全资子公司,有财力,有人力。我们那时一穷二白,招商的只有我自己和新招的小伙子。但是,我们行动迅速,快速决策,而不需打报告层层审批。我们很快在那里站住了脚。店面刚投入运营时,我们甚至还没有一个完善的店面运营手册。我们带着几个从其他品牌那里招来的店长,关起门,讨论了一天,就做了一份店长手册。它不是完美的,但是快速而实际的,在之后的工作中我们遇到问题再不断完善。

环境严苛

我对中国的民营企业家充满了由衷的敬佩,我自己在这一过程中有深刻的体会。民营企业家(尤其是初创期时)面临着严苛的环境,比如严峻的商业竞争环境(例如拼价格),艰难的融资环境。

良好的竞争有利于消费者,也有助于企业提高竞争力。但是,我们看到目前的竞争环境常常是恶性的,过于关注价格,例如早年中国的家电行业。结果很多企业被迫"偷工减料"或者在"税"上做文章,企业往往苦不堪言。融资环境对于小企业也是很不利的,比如我们第一年快速扩张,需要大量流动资金备货。苹果产品的流动性非常好,但是我们四处联络也找不到愿意贷款给我们的银行。因为大部分银行都规定必须是运行 3 年以上并且财务状况良好的企业才可以考虑。银行做的工作是"锦上添花"而非"雪中送炭"。为了争取贷款,我们花了大量时间、精力,通过各种渠道最后终于通过朋友关系拿到"特批"。

今天回首,创业之前的人生里,我是通过一段段的求学经历和工作经历,逐渐在领导力的培养上螺旋式地上升,从而达到能够领导自己,能够遵循本心,能够敢于采取行动。创业的短短几年,让我品尝了领导力的第二个层级,当我看到自己从无到有,公司从 1 号员工到 250 号员工,看到这些孩子们的进步和成长,那种成就感和幸福感是巨大的。当你想要追求的不是金钱和地位,而是对别人带来正向的影响,为人类做出哪怕一丁点儿的贡献,你的心就会被快乐和幸福满溢,就会觉得自己的人生充满价值。

然而，创业的一个副产品是我的身体健康却处在崩溃的边缘。在医生一再地强调下，为了让我彻底"放手"，我被家人朋友劝说到加拿大调养身体。那段时间，我只能是遥控企业的运行。幸亏有我的创业伙伴 Michael 和大伟撑着，公司的运作依然井井有条。后来，一位已经在做苹果生意的战略投资者希望扩张买下我们的店面。经过和管理团队、股东的认真讨论，我们决定出售，为我的创业篇画上了句号。

2014 年，我和老公成立了我们自己的对冲基金，又开始了新一轮的创业。这一次，老公是驾驶员。

海阔凭鱼跃，天高任鸟飞，心有多远，路就有多远。柳传志先生 40 岁才成立了联想公司，褚时健先生 70 岁才开始种橙子，白石老人 39 岁才来到北京，这些故事都激励着我每天的前行。与君共勉。

爱情篇

相　遇

在内心深处，我其实挺天真烂漫。我小时候喜欢读书，尤其喜欢描写爱情故事的书。古今中外，那些脍炙人口的书中，描写爱情故事的书占了绝大多数。歌颂忠贞爱情的故事总是会触摸到我们心中最柔软的部分。每每读完，掩书的那一刻我会擦着眼泪不由自主地想——情为何物？

像所有女生一样，我爱看感人的爱情片，会哭得一塌糊涂，在那一刻失去理智。我在办公室楼下的咖啡店买咖啡，会不由自主地想这个老板会有怎样的人生故事。在我事业的任何一个阶段，我固然看重我学到了什么，然而我更看重我交到了几个知心朋友。人生一梦，如白驹过隙，真正属于你的不是财富和地位，而是几个人真正的喜欢你，惦念你，尊敬你。

上中学时，我是个武侠迷，尤其喜欢金庸先生的武侠小说。而在"飞雪连天射白鹿，笑书神侠倚碧鸳"里，我最钟爱的是《神雕侠侣》。我欣赏杨过蔑视世俗，勇于追求真爱，尤其那十六年的分别，此情不渝。到了高中，学习繁忙，但有一部言情剧《梅花烙》，仍让我印象深刻。记得那时正值天津市所有高中参加市高考模拟考时期，我和父亲约定，如果我考进全市前 10 名，他就会把这个片子录下来给我看。在这个激励下，我成功入围。父亲果不食言，他辛苦地扛着摄像机，每当到了播放这个片子时，他一站就是几个小时，一分钟不落全部摄了下来。那个时候没有点播，没有互联网，没有腾讯视频，我们采用了最原始的办法。那个假期我就是泡在泪水中度过的。

就算到今天，我依然会被浪漫的、感人的爱情剧感动得痛哭流涕。几年前热播的《步步惊心》让我对四爷和若曦的感情唏嘘不已，去年热播的《花千骨》那种无法说出口的爱，也让我十分揪心……

我和老公前段时间温馨而简单地庆祝了我们的 21 周年相爱纪念日。我第 101 次地调皮地问他："为何当年在北大那么受欢迎的你偏偏追求我这个不起眼的萝卜头，为何我们在一起已经 21 年，3 个 7 年过去了，却从未觉得有过任何之痒？"他第 101 次地翻着白眼不耐烦地回答："因为你是个聪明的小傻瓜啊……"

那一年，我 18 岁，他 19 岁。我们刚刚进入北京大学，他和我同班。

那时的他，头发又黑又厚，眼睛又大又亮。我长发及腰，身形瘦削，害羞、腼腆、倔强。我们班有 49 名同学，其中各省状元 6 名，有 20 多名同学是各省前三名。入学一个月后，大家民主选举班长，一共 49 票，他一人独得 33 票当选班长，而我当时却还不认识他。

不久之后的一天晚上，已成为班长的他组织大家在操场上围坐一圈，通过"丢手帕"的游戏，让每个同学自我介绍。那是北京 9 月底的一个夜晚，月光如

择不去的才是青春——三个哈佛女生的成长手记

水，没有一丝风，大家带着刚刚进入大学的兴奋和认识新同学的激动围坐在一起。依稀记得自己那天随便用一个花手帕拢起了及腰的长发，坐在一群女同学里，很腼腆。他后来说，第一次注意到我，好像看到了林妹妹，乖女孩的样子（嘿嘿，他后来说，实际上完全不像林黛玉，倒像王熙凤）。

第二天，他跑来我们宿舍，送来好多苹果。我一门心思以为他给每个宿舍都送了，天真地以为是班长关心大家。周末，他又送来了烧鸡，说是他妈妈做的，给大家尝尝。我当时傻傻地想，做个班长真不容易。

他是北京孩子，身材魁梧，踢球是最佳射手；他弹得一手好吉他，参加经院卡拉 OK 比赛获得了三等奖；他用拳头"武力征服"了班上男生，被"尊称"为"大哥"；他默默为大家打水，打扫宿舍；他组织活动，跑前跑后，心思细腻，安排妥当。结果，许多漂亮的女生都对他有好感。正因如此，我更要躲得远远的。虽然当时认为自己是个不起眼的"萝卜头"，但心里有女孩子的矜持和自尊。别人都喜欢的我反倒"看不上"，而且，对于长得帅的男孩，我更是不由自主地给他们扣上一个将来可能花心的帽子。

渐渐地，有室友开始说："班长应该对你有意思。"我说："绝对不可能。"我当时觉得自己除了学习好（在谈恋爱上好像还是得负分的），论才论貌论能力，哪一样都不起眼，又不喜欢打扮，也不会打扮。北大里，漂亮的姑娘太多了，他又是风云人物。

不久，我们一年级新生足球队和当时驰名的海南队搞联谊赛。他是前锋。室友拉着我去观赛。还记得那是个飘雪的下午，一层薄薄的雪花落下来，操场很湿滑。比赛开始不久，他摔了一跤，伤了脚踝，被搀扶下来。两个男同学径直扶着他走向我，说："麻烦你照顾一下班长。"我还没来得及说什么，他们一下子就跑开了。他差点摔倒，我只好扶住了他。室友当时又恰巧去了厕所，我不知该怎么办。他轻轻说："你能扶我回宿舍吗？"然后可怜兮兮地看着我。我不忍拒绝他。

到了他的宿舍，扶他坐下后，他说："你请坐。"我立刻跑到离他最远的一张床，挨着个小边儿坐了下来。这是我第一次和一个男同学在房间里独处，心怦怦乱跳，低着头盯着自己的膝盖，两只手绞在一起。突然，他温柔地说：

"我给你弹一首歌好吗？"我愣了一下，抬头看他，发现他正目不转睛地盯着我，我赶紧又低下头，用蚊子一样的声音"嗯"了一声。他取下挂在床头的吉他，开始一边弹一边唱了起来。在他的歌声中，我感觉自己也逐渐放松下来，悄悄抬起头，看着他专注地拨弄琴弦，认真地唱歌…… 多年后，当我看到电影《匆匆那年》里男主人公弹着吉他，就不由自主想到了这个场景。窗外，雪下得越来越大，房间很温暖，窗户上有一层冰花，午后橙黄色的阳光照到房间里，空气里弥漫着他的声音。从此，这个冬日下午温暖的橙黄色的回忆印在了我的心里。后来，我们输了那场比赛。但是，他开心地说，他赢了比赛。

我和老公这一生都只谈过一次恋爱，没有轰轰烈烈，没有海誓山盟，老公甚至从来没有说过"我爱你"三个字。我们结婚时，由于工作太忙，连婚礼都没有办，只是双方父母一起吃了一顿饭。本来想以后再补办，但一耽搁就过去了 20 多年。也许，我们在白发苍苍的时候，会办一个 50 年的金婚纪念典礼，向对方讲出埋藏在心底的誓言。

我很庆幸在人生的早期就遇到了自己的"四爷"。我们的爱情故事普普通通，但往往真谛就埋藏在这普普通通的岁月里。当我今天要讲述并总结自己关于爱情和婚姻的故事以及观点时，我发现老公关于"聪明的小傻瓜"的总结其实很到位。我所欣赏的爱情故事里的女主人公都是为了爱情奋不顾身，就算飞蛾扑火，也要争取那一刻的绚烂，这就是"傻"的含义吧；但这些女主人公又不是只是围绕爱情失去自我，她们都是在不断奋斗，不断进步，成为那个可以和男主人公并肩而立的参天大树，共同挡风遮雨，这就是"聪明"的含义吧。

爱情需要傻一些

何为爱情中的傻呢？单纯，善良，怀有对爱情美好的憧憬；愿意为爱情不计付出，不问回报，爱情不是锱铢必较，不是患得患失；能充分信任对方，给双方以自由；愿意为对方妥协和让步。

今天，我回想一下，也许老公对我第一眼的心动就是因为我的单纯吧。那个时候，我的嘴笨笨的，遇到一点儿事就容易脸红。每一次我脸一红，他就哈哈大笑，目不转睛地盯着我说"就喜欢看你脸红"。我又生气，又害羞，就狠狠地捶他一下。他经常和我开玩笑乱讲话，但不管他说什么，我都深信不疑。

大学一年级时，我们待在距北京城几十千米远的北大昌平分校区，大二才回到北大主校区。那时，每次想进城，都要坐着 365 路公交车走一个多小时。同学们纷纷买自行车。他说："郊区卖的车不好，我从城里给你买一辆吧。"他是北京孩子，知道哪儿能买到又好又便宜的。那个周末，我正坐在宿舍看书，突然一阵急促的敲门声。我开门一看，是他。

他脸红彤彤的，汗水顺着脖子往下淌。他说："车买好了，你去看看喜不喜欢。"我一愣，没想到他这么快。我跟在他后面，发现他一瘸一拐，走路像个鸭子。我抿嘴笑他。他回过头来，委屈地说："我从城里骑了三个多小时，骑到这儿，容易吗？"那一刻，我好像被电击一样，感动的暖流流遍了全身。

云　南

像前几年热播的《步步惊心》一样，当四爷为若曦挨了一箭，若曦从此打开心扉，决定终生相随。那一刻，我也完全打开了心门，"这之后的是是非非无非是越陷越深罢了"。

老公大一刚一放暑假就做了"吃螃蟹"的人，他是国内较早一拨做眼睛激光手术的。我们通电话，我听到他的声音很弱。他眼睛蒙着东西什么也看不见。他的父母白天上班，他一个人在家，又痛苦又寂寞。我的心好痛，好想插上翅膀立刻飞到他的身边照顾他。可是女孩的矜持让我不知怎么和妈妈开口。我在天津他在北京，如果去照顾他就只能住在他家里。

我放下电话，六神无主。妈妈在旁边听到了一些，她了解女儿的心思，温柔地说："你想去就去吧。"我又害羞又兴奋，打电话告诉他这个消息，他激动地说："谢谢你。"

我在北京住了三天，每天做他的眼睛。他扶着我的手走路，吃饭时我帮他夹菜，空时我为他读书。他的父母都是十分开明的人，对我非常好。三天后他拆了线，我放心地回了天津。他送我，分开时使劲儿地抱了我一下。

刚从大学毕业时，他在科尔尼咨询公司工作，我在麦肯锡咨询公司工作。我们典型的生活状态就是每周五晚上各自从客户处乘飞机飞回北京，俩人高高兴兴拉着手去吃晚饭，常常是 10 点多才吃得上。周日下午又各自乘飞机飞出去。有时项目很紧，周末只有一天的休息时间，有的同事就选择不飞了，宁可把周末用来补觉。我们是哪怕有半天时间，也要争取见面。每天都要通至少 1 个小时的电话，就算没事儿也瞎贫几句，觉得很开心。虽然这常常意味着下班的时间要从凌晨 1 点延迟到凌晨 2 点。但这种付出让我们觉得踏实，这种沟通让心与心随时都在一起。

我和老公一起在哈佛读书时，记得我们看过一个电影，电影的名字叫《五十次初次约会》(50 First Dates)。故事讲述了一个由于车祸患健忘症的女孩子，她甜美可爱。男主人公 Henry 对她一见钟情，使出浑身解数，一天之内让她爱上了自己。但是第二天，她把一切忘得干干净净。Henry 于是再想出各种"巧遇"的办法，每天重新认识她，让她再次爱上自己。就这样，50 天过去了，Henry 从不气馁。这中间的情节插科打诨，令人捧腹。经过种种波折，他们终于走到了一起。电影的最后一个镜头是女主角清早在一艘远航的船上看录像带。她看到了自己的恋爱，结婚，生子。每天只有通过这样的方式，Henry 才能让她重拾回忆。看完录像带后，她走上甲板，和自己的家人共进早餐。我看完这个浪漫感人的爱情故事，红着双眼走出了影院，对老公说："要是我将来老了，什么都不记得了，我还会记得你为我骑车，记得你第一次送我的草娃娃。你可以每天给我讲咱俩的故事，我们坐在摇椅上一起看日落。"我的确有这样的担心。老公笑称我的大脑是电脑的"随机存储器"，一关机，所有内容都抹掉了。一考完试，一半的内容就还给老师了。

2004年8月，我在哈佛开始读第二年，6月份毕业的老公已回国工作。一天我回到宿舍，刚打开电脑，就看见一封来自老公的邮件，是一个音频文件。我打开一听，是老公自己弹吉他，自己演唱的《老鼠爱大米》，祝我生日快乐。

我听见你的声音

有种特别的感觉

让我不断想

不敢再忘记你

我记得有一个人

永远留在我心中

哪怕只能够这样地想你

如果真的有一天

爱情理想会实现

我会加倍努力好好对你

永远不改变……

不管路有多么远

一定会让它实现

我会轻轻在你耳边

对你说对你说

2000年3月，我们结婚啦

我爱你

爱着你

就像老鼠爱大米

不管有多少风雨

我都会依然陪着你

我想你

想着你

不管有多么的苦

只要能让你开心

我什么都愿意

这样爱你……

他已多年不摸吉他，我能想象为了练好这首歌，他在本已熬夜加班之外，又花了多少时间，磨红了手指，磨出了茧子，我热泪盈眶。他从未对我说过"我爱你"三个字。我有时撒娇强迫他说，他也从不说。这是他唯一一次用歌声向我表白。他曾说："我只用行动表示。如果有哪天我开始对你甜言蜜语了，你可要小心了。"

2005年冬天，在哈佛二年级的第二个学期伊始，我们有一周不上课的时间，这一周被形象地称作"地狱之周"。大家在这一周要做无穷多个面试，找毕业后的正式工作。大家面试一个接一个，昏天黑地，一周下来都感觉好像被扒了一层皮。我因为毕业后决定回麦肯锡，没参加面试，心一动，就想买机票飞回中国看望老公。老公说："一周时间太短了。又花钱，你又辛苦，别回来了。"我说："好"。第二天，我在北京首都机场给他电话，他又惊又喜。但不巧的是，他在哈尔滨出差。我在机场马上转机，没告诉他又直接飞到了哈尔滨。我还记得从机场到酒店，我打了个出租车。司机很爱聊天，问我来干什么。我老老实实地说："来看老公。"他从反光镜看了我一眼，说："新婚宴尔吧？"我说："没有，已经在一起10年了。"他一愣，说："没想到。"他沉默了一下说："不容易，祝福你们。"我在酒店大堂给老公打电话，他听了不敢相信，跟客户打了招呼，以最快的速度冲了回来。一看见我，就紧紧抱住我。我看到他的眼睛红了。

商学院毕业后，生子提上了日程。原来以为简单自然的事儿，却发现迟迟没有结果。一等就是两年，我开始慌了。去医院检查，结果医生宣布我有一项激素水平异常，怀孕几乎不可能。我当时感觉一个晴天霹雳。我好想有一个宝宝，能每天打扮她，对她笑，给她讲故事，做游戏。我失魂落魄地打车去找老公，他正在上班。他下楼朝我走来，我再也忍不住了，一下子扑到他怀里哭了起来。他拍拍我，问："怎么了？看过医生了？"我抽泣着说："我可能永远也不会有孩子了。"老公搂着我的肩膀轻声说："没关系，没孩子也挺好。就咱俩，自由。"我好感动。上天眷顾，半年后，我们有了第一个宝宝，而第二个宝宝则完全是意外。

对爱情的"付出"，对于职业女性来讲，有时还意味着"平衡工作和家庭"。今天，很多职业女性都面临这个挑战。我刚入职场时，也是既担心自己对工作投入不够，在竞争中被"大浪淘沙"，又担心太投入工作影响夫妻交流和感情。在多年的摸索中，体会出五点关于"平衡工作和家庭"的实践方法，与大家分享。

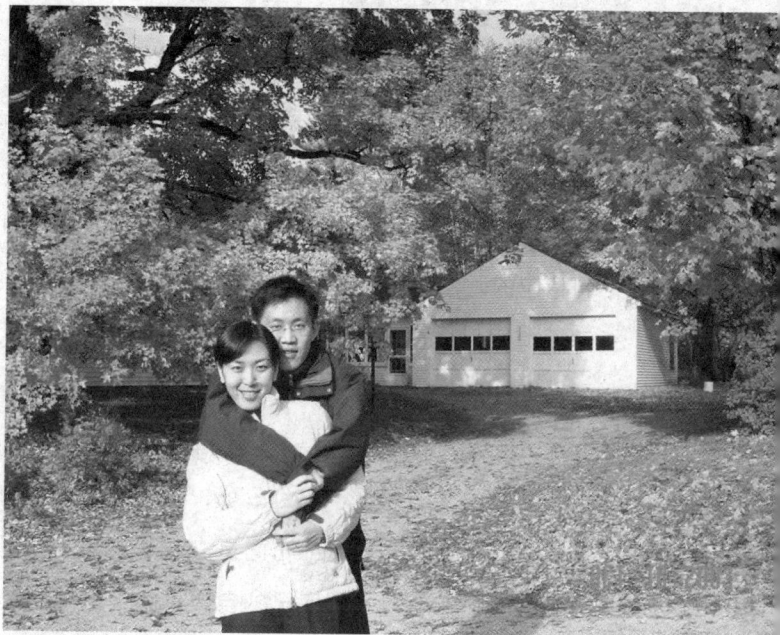

看波士顿红叶

首先，我从战略层面重视这个问题，把它作为自己的生活目标之一。随时提醒自己检查是否在努力实现这个目标，而不是仅仅喊口号，或者在潜意识里告诉自己再等等而不断拖延。第二，我觉得平衡工作和生活的本质实际上是关于"放弃"的。比如，我曾经是个咨询顾问。我们可以花很多时间改 10 遍我们的报告，达到超级完美；也可以修改 2 到 3 遍，应用 80/20 的原则，把省下的时间花在生活上。我常常有意识地告诉自己"停下来""可以了"。第三，借助外力。比如，在家里雇个保姆解放自己。她可能收拾卫生没你认真，做饭没你做得可口，但是要学会"放权"和"借力"，把时间花在生活中对自己最重要的事情上。第四，工作和生活的平衡还是个工作、家庭和个人的三角形平衡。个人是个非常重要的纬度，留时间给自己独处，找本好书自己静静地读读，找个健身班锻炼身体，找个自己感兴趣的展览或电影去看看，或者跟自己的朋友在家庭外相处，这都会成为一种不同的力量来源。当生机勃勃的你再回到婚姻中，也是对婚姻家庭的一种积极"付出"。最后，谈到工作和生活的平衡还要求我们"活在当下"。我见过一些朋友的确是花了很多时间在家里，可是孩子们对她叽叽喳喳地讲着趣事时，她脑子里想的还是工作上的事情，没有活在当下。我尝试着在自己的大脑里设置一个无形的开关，在公司里只想工作上的事，回到家里，马上调整，强迫自己的大脑驱除工作上的琐事，享受当下。

这些一段段的故事，一段段的回忆，是如此宝贵。在爱情中，付出比得到要更快乐，傻比精明要更智慧。也许很多朋友都是担心自己付出太多，如果得不到相应的回报，自己会受到伤害。诚然，付出不一定得到回报，但是不付出一定没有回报。如果因为害怕受到伤害而不敢付出，那么就难以品尝真正的爱情。

除了付出，傻的另一层含义还有无条件的信任。其实，我小时候因为生长在一个重男轻女的家庭，十分敏感，不太容易信任别人。刚开始和老公在一起时，也有猜疑的毛病。这一方面是来源于我的成长背景，另一方面来源于女孩子特有的敏感，同时又和自己的自信、阅历都有关系。我和他早年有几次的吵架都是由于捕风捉影的怀疑，这十分影响感情，十分伤害他。早年，当遇到他身边有女孩子即使知道他已经结婚，却仍然明示或暗示表示对他的好感时，我会愤怒，会把气撒在他身上，好像都是他的错。我们也曾经吵得不可开交。当有男孩子追我时，虽然他也会不高兴，但是不会朝我发脾气，而是会对我更好。后来，随着自己年龄渐长，阅历丰富，自信和安全感提高以后，我对他越来越信任，也越来越不受外界的影响。不过，即使在我最脆弱敏感的时候，我们之间也从不存在什么查手机的事情。信任对方，给对方以自由，双方才更珍惜这份信任。

曾经有一个朋友，他和太太也是大学同学，后来幸福地走近婚姻的殿堂，之后生子。一切都是那么美好。男孩子后来出国读了工商管理硕士，毕业后在一家知名的外企工作，职业发展得非常顺利。女孩子后来辞职在家带小孩。男孩子的工作越来越忙，级别越来越高，女孩子越来越紧张，一天要打很多电话给老公查岗。两个人都被折磨得死去活来。分分合合之后，最终以分手告终。男孩子受了很大打击，停职一人跑到西藏待了好几个月。这是发生在我身边的真实的故事。爱情中，信任是最宝贵的东西，也是最脆弱的东西。正因为它的宝贵和脆弱，才更需要去小心呵护。

傻还有一层含义，就是愿意妥协和让步。爱情和婚姻中不是讲理的地方，是讲爱的地方。老公是典型的北方男人，有时有些大男子主义，脾气也比较急。出现矛盾时，我一定闭嘴，错了就马上承认错误，对了就不吭声。老公冷静下来会思考，会交流，会感激。他有一次不自觉地感慨说："你的性格真温柔。"像好姐妹陈磊一样，我也是善于"动口"不善于"动手"，谈到做家务，下厨烹饪，我甘拜下风。谈到理解支持老公，与他知心地沟通交流，我还做得不错（嘿嘿）。

爱情也要聪明一些

爱情中的聪明并非指有心机，会算计。爱情的聪明始于选择合适的伴侣，长于共经风雨，谐于包容接纳，趣于各种角色的转换。

选择适合自己的伴侣

一眼万年、一见钟情固然是令人向往和心动，但现实中一见钟情、白首偕老的例子并不多。两个人从不同的家庭走出，必然有不同的想法和做法。我相信每个情窦初开的女孩子心中都有一个白马王子，都有一个像《花千骨》里白子画一样的"神仙师父"。对自己未来白马王子的期许如果能和自己的三观匹配，爱情婚姻成功的概率无疑大了很多。

我因为谈恋爱时年龄很小（呵呵，当然，在今天标准来看已经不小了），心中还没有明确的概念。但是家庭的成长环境和自幼读的各种书籍也让我模模糊糊地对那个他有一些期许。

大一第一学期，学校组织学习跳交谊舞时，他利用班长身份的便利，故意最后一个来问我。那时别人都已找到舞伴，然后他故意勉为其难屈尊地说："只好我做你的舞伴了。"学到第三次课，他就对我说："这舞挺无聊的，你陪我出去走走，我有好玩儿的事儿跟你说。"我傻乎乎地就跟着他出去了。

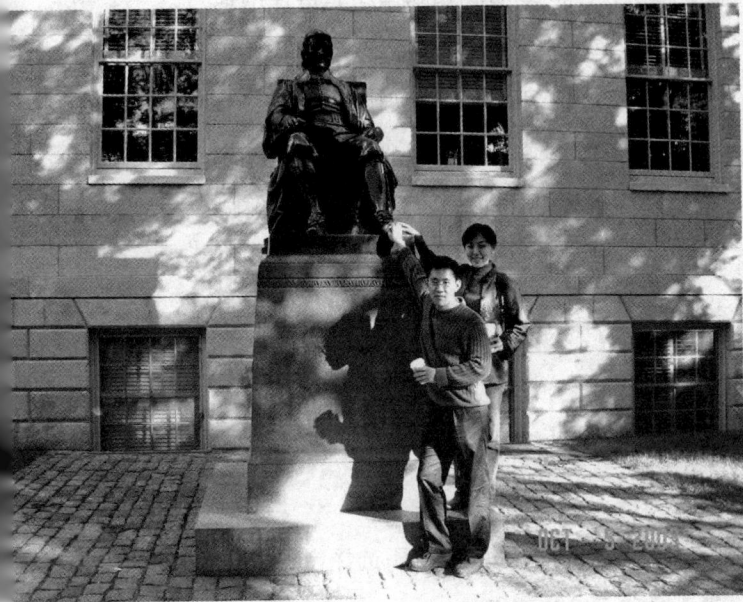

在哈佛大学摸哈佛创始人 John Harvard 雕像的脚——据说能带来好运

他给我讲各种各样他自己的趣事。比如，他从 3 岁开始就是班长，一直到现在；他上幼儿园时充好汉，吃包子吃多了，最后去了医院；他养小兔、小猫、小蛇啦；他高中一个暑假减肥减了 20 多斤啦。他给我讲的是一个个的小故事，我听得津津有味，但不由自主地得出了结论：他从小就是班长，说明他有领导力；他爱表现自己，说明他有竞争心、上进心；他喜欢养小动物，说明他有爱心；他照顾小动物认真，说明他有责任心；他减肥成功，说明他有毅力。后来我问他："你怎么这么厉害？从来没说自己怎样怎样，一个个的小故事就征服了我。"他嘿嘿一笑，说："北京孩子泡妞秘籍就是'幽默骗取好感，宏观把握人生，痛陈革命家史，单刀直取目标'。"

今天回首，为什么这些小故事能征服我、打动我，应该是因为这些品质都是我内心深处认可和期待的吧。其实，在老公之前，也有过几名男同学对我表示过好感。但是，不表示还好，还能做普通朋友，一表示之后，我就变得很奇怪，变得要离这些同学远远的，以至于我一度认为自己有什么问题。老公开始追求我之后，我曾经对自己说，不知这次要多久之后会开始远离他。当时不明白自己奇怪的反应是为什么，今天想想应该是因为在内心深处对那个他有一些期许，当发现现实和期许有很大距离时，会自动启动自我保护装置，拒绝一段错误感情的开始。这也许就是潜意识的伴侣选择机制吧。

老公曾经一次不经意中提起是从何时开始对我感兴趣的。他说当听说我是班里 6 个高考状元里唯一的女孩时，就想对我有更多的了解。当他得知了我童年的故事，高中借读生的故事，他对我的兴趣更浓厚了。人们说，男生找女朋友是按照妈妈的形象找，女生找男朋友是按照爸爸的形象找，不无道理。老公的爸爸年轻时才华横溢、英俊潇洒，上大学时是多少女生心中的白马王子，而老公的妈妈是那些心里悄悄倾慕他的人之一。老公的父母也是大学同学。老公的妈妈是一个非常善良、能吃苦、坚毅的女性，她的品质深深打动了老公的爸爸。也许，我童年逆境的故事给了老公一种感觉，我也是能吃苦的，是坚毅的。可能他从我身上看到了他妈妈的影子。

而我除了被他的故事征服外，更多是被他的父母征服的。因为他家就在北京，而且离北京大学不远，周末他父母常常邀请我去他家做客，改善伙食。在和他父母的交往中，我看到了他的成长环境，他父母的为人。孩子是父母的镜子。虽然当时并没有刻意把各种情况思考清楚，但今天回头看，了解双方的成长环境对于成功选择伴侣的帮助是很大的。

有一种说法，"谈恋爱不是只跟一个人谈，是跟他的家庭谈"。如果考虑到家庭对孩子的影响，这种说法不无道理。家庭环境对一个人的塑造和影响是最大的。举个简单的例子，如果一方来自生活拮据的家庭，每天需精打细算过日子，那这一方也许会养成买东西比价钱、等打折的习惯。而另一方来自的家庭带着"钱不是省出来的，而是赚出来的"的观念，那么两人在消费、储蓄，甚至时间分配的观念上都可能大相径庭。在初始的爱情甜蜜期，这些可能被掩盖。而到了婚姻中，每天处于平凡的"锅碗瓢盆"里，这些观念体现在生活琐事上可能带来很多矛盾冲突。

比翼齐飞，共同成长

即使是选对了伴侣，在那一刻爱得天崩地裂，海枯石烂，为什么还有好多人无法执子之手，与子偕老？这是因为变化是永恒的主题，社会在变，人的价值观和行为方式在变，两个人也在变。如果变的方向和速度存在较大的不一致，就会渐渐产生共同语言减少、话不投机半句多的现象。婚姻的破裂一定不是单纯一方的问题。尤其对于见多识广、知识层次高的人，这种改变可能更是加速进行。我自己的感悟是应该两人共同成长，女性需要有自己独立的事业（事业不等于工作，相夫教子、追求爱好也可以是事业），以获得更广阔的见识和视野、更强大的内心，这样才能更好地达到与另一半的心灵同步，成为彼此灵魂的伴侣。

刚谈恋爱时，我和老公是两个"黄口小儿"。大学的伙食费并不宽裕，我们从食堂买一个鸡腿分着吃。刚结婚时，为了省钱，我们手拉手步行几千米去超市，然后大包小包气喘吁吁地拎回来。在美国读书时，先生掌勺，我帮厨，吃着自己做的可口饭菜，不用吃凉冰冰的三明治，觉得生活真是太美好了。那时在美国，为了省钱，我给老公剪头发（反正他自己看不见后面，哈哈）。出去旅游，我会事先准备好所有的打折券……

新西兰

老公大学毕业后进咨询公司，去美国读书，回国后从事风险投资行业；我也是大学毕业后进咨询公司，去美国读书，之后又自己创业。每一步的成长，每一步的奋斗，两个人都共同经历，两人之间总是有说不完的话，彼此理解，互相倾诉。妈妈笑说："你俩是一个鼻孔出气。"

当然，共同成长是主旋律，但无时无刻地同步也很难达到。我曾一度把老公视作竞争对手。他先我从北大毕业，加入咨询公司。那段时间，他每天西装革履，飞来飞去，成长日新月异。而我还在北大读研，每天两点一线，生活四平八稳，变化乏善可陈。曾有一段时间我觉得自己很脆弱，被落下了，这也是我坚持申请咨询公司的原因之一。追上他的步伐是一方面，另一方面自己也通过他了解到了咨询公司的业务，发现这种有挑战的工作给人带来的成长是巨大的，自己也的确喜欢这样的挑战。如果仅仅是为了爱情去做自己内心深处并不认可的事情，短期可以压制自我，长期难以持续维系。我曾目睹朋友在两性关系中迷失自我，为了对方过于压抑自己，一旦度过了爱情甜蜜期进入感情的平稳期，这些问题就会暴露出来。在爱情中，我们也是不断走进自己内心，认识了解自己。读商学院时，老公又一次率先过关。其实有没有老公在先，在麦肯锡这样的咨询公司工作的商业分析员的惯例都是要出国读工商管理硕士，但老公会给我更好的鼓励和激励。同样，由于他先我一年进入哈佛商学院，让我得以真正了解北美各商学院的特点，从而更坚定了自己的信心和决心。一路上，我们你追我赶，一起携手经历痛苦挣扎，也一起笑看人生曼妙风景。

共同的成长不是一味强调两人要走相同的路，其实不管相似型还是互补型的婚姻都可以是成功的。我的祖父母就是互补型婚姻。祖父工作上要求进步，事业发展顺利，祖母是家庭主妇，但他们的性格互补，而且祖母很智慧，一直在不断成长，祖父有什么事情都和祖母商量，他们恩爱了60多年，为我们小辈树立了家和万事兴的榜样。而我的外祖父母的婚姻则是他们的父母强势包办。那时外祖父已有心上人，被他强势的母亲强迫娶了外祖母。外祖父和外祖母两人志向、爱好、性格、习惯都差异很大，一辈子都是在磕磕碰碰中痛苦地度过的。外祖母忍气吞声，小心翼翼了一辈子，完全没有品尝过爱情婚姻的快乐。外祖母非常慈爱，对我非常好，每每想到这里，我都鼻子发酸，为她打抱不平。我小的时候，每每牵着外祖母的手，对她说等我长大了挣钱了，一定要让她坐飞机。那个时候是20世纪80年代初，别说飞机，自行车都是奢侈品。后来，我兑现了我的诺言。那是外祖母第一次乘坐飞机。没几年，她就离我们而去了。我小的时候目睹祖父母和外祖父母两个家庭的婚姻模式，让我模模糊糊地就开始有了思考和比较。

接纳和求同存异

记得很久前看过一本书《男人来自火星，女人来自金星》，当时就拍案叫绝，觉得说得太对了。因为男人、女人天生的生理心理就不一样，同样一个事情，因为性别差异，常常看法是南辕北辙，无故产生很多矛盾。

记得和老公谈恋爱一年左右时正是大二。我那时不知何故体重飙升，一下子接近130斤。照老公的话讲，我一下子从"林黛玉"变成了"机器猫"。也许是因为高中期间学习过于紧张，到了大学一下子放松下来，体内激素水平变化导致的。那时我总是觉得饿，下了晚自习10点多回到宿舍，总要跑到小卖部买袋"日本豆"（脆皮花生），或者泡袋方便面。为了我的体重的事儿，那时还是男友的老公对我"软硬兼施"，一会儿给我买减肥药，一会儿拉我去跑步。我那时很痛苦，一方面我也不想变胖，另一方面，我又很逆反，反感他对我的态度，心里想：我将来要是做妈妈生孩子岂不是要更胖？今天正好是对你的考验。两个人为这个事儿天天吵架，我气呼呼地想：他一定因为我变胖，让他没面子；他爱的只是我的外表。于是在经过又一晚的吵架之后，我写了一封"分手信"，送到了他的宿舍。当时他没在。回到宿舍后，我感到撕心裂肺的痛，告诉自己："别了，我的初恋。"一口气喝下半瓶白酒，哭着对自己说："在世界的某一个角落，一定还有个白马王子等着我……"一个多小时后，他来到我的宿舍窗下，一遍遍喊我的名字。我硬起心肠，假装没听见。他一喊就是一个多小时，搞得所有人都受不了。我的室友一起对我说，你必须出去见他，就算分手也要当面讲清楚。

我头痛欲裂，眼睛肿得都快睁不开了，拖着疲惫的身体和破碎的心下楼去见他。他看到我，居然嘿嘿一笑，说："你闹什么呢？我不同意分手。"我的眼泪一下子又出来了，说："不管你同不同意，我都决定分手。我不想再折磨你，也不想再折磨自己。祝你找一个苗条可爱的女朋友。"来来往往打水的同学奇怪地看着我们。他赶紧把我拉到旁边一块空地上。皎洁的月光，照着他的眼睛。他目不转睛地看着我，一字一句霸道地说："我、不、同、意、分、手！"那一晚我们谈了很多很多。原来，他小时候胖，高中时决定减肥，结果一个假期减了20多斤。所以他认为减肥只是个毅力的事儿，不是什么难事儿。他想不明白，他是为我好，为什么我不领情还要和他分手。而我想的是还没怎么样呢，你就开始嫌弃，将来遇到更大的考验，我们肯定走不过去。这些隐蔽在双方内心深处的假设和推论我们从未和对方沟通过，每个人都不知不觉走进一个死循环。经过这次沟通之后，他再也不曾提过我胖，或者催我减肥。而说也奇怪，我很快就瘦了下来。后来生第一个宝宝时，我体重达到160斤，他却乐呵呵地对我说："你不胖，一点儿都不胖。"

是啊，大家每天谈沟通。夫妻之间，朋友之间，甚至国与国之间。沟通其实就是一个"理解"和"使被理解"的过程，即站在对方的角度理性思考他的假设、他的推理、他的结论，再想办法把自己的假设和推出结论的过程与对方分享。可惜人们常常停留在事物表面，再加上情感的因素纠缠其中，使得人与人之间的沟通困难重重，误会重重。那以后，我时常提醒自己不要轻易下结论，要保持理性。时至今日，依然在摸索学习中。

求同存异的本质是"接纳"。接纳他的不同、他的缺点，以爱的眼光去看待。人无完人，每个人身上都有缺点。两个人就算价值观接近，但在生活细节上难免有不同习惯。如何真正做到求同存异，以爱的基础去接纳彼此？举个小例子，比如老公是个不拘小节的性情中人。他每次刷完牙，牙膏帽一定是拧开，甩在一边的；发胶用完，一定是不盖盖儿的；早上经常是在找东西的。刚结婚那会儿，我也试图"唠叨"他，但很快发现毫无用处，两人还会为此吵架。于是我问自己："假设他每天这样，我是否能接受，并高高兴兴帮他扣上，高高兴兴过一辈子？"我发现答案是"是"。于是我再也没有为类似的事情唠叨过。而且我发现"唠叨"实在是一种很负面的情绪，双方都容易被伤害。我要么高高兴兴替他做，要么两人一起好好工作，赚钱雇个保姆做，把时间花在双方都喜欢的事情上。十几年的婚姻生活，这种案例不胜枚举。如果心里常驻"接纳"二字，那么自己的内心就会平静和幸福。

转换角色

我常常觉得爱情是一种不稳定的"介质"。要想稳定，爱情需要过渡到友情和亲情。夫妻两人是彼此最好的朋友，是灵魂的伴侣。真正维系婚姻的不是那一纸证书，而是两人相濡以沫的友情和血浓于水的亲情。我曾在飞机上看过一部影片 Last Vegas（《最后的拉斯维加斯》）。剧中四位男主人公从 6 岁开始就是好友。60 年后，他们为参加其中一位在拉斯维加斯的婚礼而相聚。

四位男主人公中的其中一位在上飞机前，送他去机场的妻子给他一封信。他登机后打开一看，是一个避孕套和一句话，"What happens in Vegas, stays in Vegas"（意思是在拉斯维加斯发生的事情，就让它留在那儿吧），这是对老公发生一夜情的默许。老头儿当然高兴坏了。到了拉斯维加

迈阿密

斯，满世界寻找目标。可是在"好事儿"即将发生之时，他却推开了妙龄女郎。面对诧异，他说："我刚刚和你在一起的感觉太美妙了。但是在过去的四十年里，每当我感觉太美妙了，我总要第一时间和我的妻子分享。"妙龄女郎眼泛泪光留下一句："我希望将来能嫁一个像你一样的人。"那一刻，我也泪流满面。这就是爱情。

两个人是最亲的亲人和最好的朋友。有一次，女儿问爸爸，谁是他最好的朋友，爸爸说是妈妈。女儿听了，若有所思。两个人是彼此情绪低落时的开心

果，志得意满时的降温袋，是彼此智慧的诤友。

老公在哈佛第一年读完准备找暑假实习工作，他立志于从咨询行业转向金融行业，但是那年市场不好，投资银行大幅缩减招聘。他找工作的进程非常不顺利，每天郁郁寡欢。我想尽办法逗他笑。那段时间，我们车里放的音乐都是循环播放许美静的那首《阳光总在风雨后》。多年后，当我们再次听到这首歌，不由感慨万千。人生不如意之事占十之八九，但正是这十之八九的不如意才让我们更珍惜那十之一二的幸福时光。

除了做夫妻，做朋友，爱情中女性还会常常在做老公的"母亲""女儿"中进行角色转换。我和老公谈恋爱不久后发现，他有时会跟我撒娇。刚开始，我不适应，觉得他那么男子汉，又是班里同学的"大哥"，应该总是像父亲和大哥哥一样"罩着我"。其实，这正是因为他和我在一起最放松，才能显示最真实的不同的面孔。接受，拥抱这些角色的转换，放松自己的心态，让自己的婚姻轻松而美好。老公也是在不同的角色中转换，时而像父亲，时而像密友，时而像孩子。

还有一种角色转换，是从职场状态调整回家庭状态。我们很多女性在工作中非常能干，率领着团队，回到家要有意识地转换状态，不要把竞争的心理、语气带回来。从精明能干的职业女性，回复到温柔的妻子和慈爱的母亲的角色中来，其实这也是对自己的放松。在工作中我们尽可能展现自己干练的一面，言出必践，掷地有声，成为领导可以信赖的，下属可以依赖的职业女性。回到家就摘下盔甲，回复到小女人的状态。我喜欢率领我的团队攻克一个又一个困难，而回到家，就自动换到小女孩心态，可以呆萌痴傻，可以柔情无限（哈哈）。我也喜欢在女儿们面前犯傻说错话的感觉，让她们觉得自己很棒，可以纠正妈妈。

曾经在网上见过一个说法，不幸的婚姻千奇百怪，而幸福的婚姻都是相似的。我和老公彼此都是对方的第一和唯一。我们的相遇是幸运的，在正确的时间和正确的地点。但那只是一个开始，之后的漫长的人生之路，还需要共同成长，互相扶持。

记得十几年前我们在哈佛读书时，一次和同学开车出去游玩。搭我们车的是老公那一级的一个中国女生。她听了我们的故事，饶有兴趣地问："你们未见森林，如何就知这是最好的一棵树？"我们虽然未见森林，树丛还是见过的。相处的这些年里，我和老公都遇到过追求者，但我们从未动摇。爱情的美妙在于那些共同拥有的甜蜜回忆和那些对美好未来的期待，是心与心密不可分的联结，是灵魂层面的深度交流。我和老公的理性，以及还算成熟的性格，让我们都能珍惜已经拥有的。

当然，爱情是没有公式和标准答案的。在年轻时，如果不了解自己，多尝试一下也未尝不可。爱情中重要的是对自己诚实，不能活在别人的目光和期望里。成功的爱情与物质金钱无关，也不是不吵架，而是心与心没有隔阂，无论千山万水，无论斗转星移，那种温暖相依的感觉都在。两个人在一起是一加一大于二，是每个人都变成更好的自己。愿每一位读者都拥有美妙的爱情和幸福的婚姻！

哈佛舞会

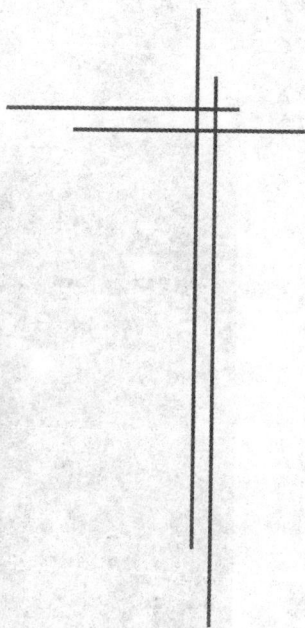

生活篇

和妈妈在斯坦福

我的母亲

　　母亲是我最好的人生导师。她给了我生命，无尽的爱，还让我在人生的坐标中不迷失，让我获得了在人生路上"披荆斩棘"的勇气，培养了我克服各种困难的品质。

　　我的母亲出生在中国东北一个普

和妈妈在美国

通工人家庭。我的外祖父外祖母都不识字。母亲是家里六个孩子中的老大，从小就要帮助家里种地，喂猪，喂鸡鸭和带弟弟妹妹。常常是种地忙时，外祖父不让她去上学。但母亲从小就品学兼优。小学时，“文化大革命”开始了，她中断学业。母亲一生最大的遗憾就是没有学历和文凭。我长大后，有时和母亲一起出门，母亲虽然头发花白，但是她穿着得体，举止优雅，加上我的学历的缘故，常常有人问她是不是大学教授。每当这时，母亲都满脸通红。可是在我的心里，母亲的人生学历比任何大学学历都要高贵。

母亲是我的初始动力

父母相遇的时候，我的祖父已经是一家大型国有重工企业的第一副总，手握实权。父亲是他的长子。在 20 世纪 70 年代的中国北方，人们重男轻女的思想特别严重，家里长子长孙的地位很高。为父亲上门提亲的人络绎不绝，而我的母亲当时没有工作，待业在家。母亲年轻的时候很美丽，父亲对母亲一见钟情。虽然遭到全家的强烈反对，父亲仍意决情坚，非卿不娶。年轻好强的母亲当时就暗下决心，嫁给父亲后，要在人生上做出一番成绩。

第二年夏天的一个清晨，母亲挺着大肚子，正吃力地坐在铝制的大洗衣盆前费力地搓着衣服，细密的汗珠出现在她的额头。突然，她感到一阵剧烈的腹痛。她喊我的祖母：“妈，我应该是要生了，能不能让小弟送我去医院。”祖母走出来说：“去什么医院，在家里生。我生了 7 个孩子都是在家里生的。你可要争气，给我生个孙子。"说完，就出去找接生婆了。

作为祖父这个四世同堂的大家庭第四代的第一个孩子，所有人都殷切盼望我是一个男孩，如果我是一个男孩，我的母亲也将"母凭子贵"。

我出生在8月。据母亲回忆，正是天气炎热的时候，外面树上的知了叫个不停。本来就比预产期延迟很多，可是母亲从清晨开始阵痛辛苦到午夜，我都不愿出来与大家见面。折腾到凌晨两点多，当所有人都已熟睡，我才悄悄探出头。接生婆小声地宣布"一个八斤重的丫头"。祖父母刚兴奋地起床，听到这个消息撇撇嘴，说道"一个丫头片子，不争气"，又回去睡了。那一刻，泪水汗水打湿了年轻的母亲的衣襟。她紧紧地抱着刚出生的我，哭着说："孩子，你将来一定会比所有的男孩都优秀！"

在我童年的记忆里，父亲工作特别繁忙，常年出差在外。我们和祖父母及一大家子姑姑叔叔同住。那个年代生活条件的艰苦使家庭成员之间免不了磕磕碰碰。没生出男孩的母亲带着我处处小心翼翼，避免同祖母及四个年幼的姑姑发生冲突。渐渐懂事的我心里充满了为母亲的不平和愤怒，我下定决心要让母亲以我为荣。

母亲怀我的时候三度妊娠中毒，天天呕吐不止，她那时浑身水肿得厉害，眼睛肿得都睁不开。医生曾强烈建议她做流产，不要这个孩子。但伟大的母爱使她无比勇敢。我的"先天"不足，虽然生下来八斤重，但那多半是由于超期生产。我四岁前得了六次肺炎，每次都住医院至少半个月。母亲一人请假，父亲要上班挣工资养活全家。母亲独自一人在医院没日没夜地照顾我，原本一百二十多斤的体重瘦到了八十多斤。我清楚地记得，一次半夜我醒来看见母亲坐在床边垂泪，我赶快爬起来用小手儿给母亲擦泪，一个劲儿地对母亲说："我乖我乖，不惹妈妈生气。"护士阿姨每次给我扎吊瓶，我从来不哭，我不想让母亲更难过。

母亲把全部希望和心血寄托在了我的身上，手把手地教我知识和做人的道理。母亲希望我能好好学习，考上一所好大学，到外面广阔的世界里闯一闯。从我3岁开始，母亲就教我认字和数学。5岁时我已经认识了几千个汉字，学完了小学一年级的课本。

还记得我3岁多刚学写数字的时候，总是把9写成P。母亲一遍遍地纠正我，可是我还是记不住。有一次，母亲坐在我旁边织毛衣，让我练习写数字，写了好几遍，还是写错了，母亲一急，用织毛衣的针抽了我两下，没想到我晚上就发烧了，高烧中我还迷迷糊糊地说："妈妈，妈妈，我错了。"昏睡到半夜，我睁开眼，一眼看到母亲坐在床边眼泪像珠子一样扑簌扑簌往下落。我连忙爬起来，一边用小手帮妈妈擦眼泪，一边哭着说："妈妈，妈妈，我再也不会写错了。"母亲一把搂住我，放声大哭起来。她怪自己太"望子成龙"了，非常内疚。我一点都不生母亲的气。

到我5岁的时候，父母分到了一个8平方米的小屋，我们从祖父母家里分家出来。有一次母亲突然发高烧，父亲又出差了，只有我们俩在家，她躺在床上不能动。我踮着脚尖儿，费力地把我的被子从小床上拿下来，一路拖着，走到她那儿，然后一点儿一点儿地把被子一小块一小块地挪到床上，给母亲盖上，又跑到洗手池边拿来了毛巾，一本正经地叠好，放在母亲的额头，因为我记得我生病的时候母亲就是这样照顾我的，虽然毛巾还是干的。母亲躺在那里，没有说话，眼泪却顺着眼角流下来。我长大后，她经常讲起这个故事，说"那一刻觉得养孩子就算再累也值了"。

每次到祖父母家里，我都战战兢兢，生怕说错了话做错了事。有一次，记得是冬天，祖父家里恰巧有朋友从南方出差回来，送来了一些葡萄。祖母让我吃几粒儿。谢过祖母后，我偷偷地找了一张纸，把那几粒儿葡萄包在里面，然后赶紧一路捧着往家赶。因为很珍惜这几粒葡萄，双手一直保持一个姿势，踏着厚厚的积雪赶到家时，手已经不听使唤了。母亲一开门，我就兴

我5岁时

高采烈地说："妈，快吃葡萄，奶奶给的。"母亲的眼圈儿一下就红了，她问："你吃了吗?"我说："我吃过了。"那几粒葡萄早已冻僵。母亲接过去，一粒一粒都慢慢地吃了下去。

这些童年的经历让我有了超越年龄的成熟，让我学会了体恤别人，学会了反思，也让我有了追求卓越的动力。一次母亲去开家长会，当班主任老师得知我是独生子女时很惊讶。她对母亲说："这个孩子成熟，稳重，大方，懂得谦让，还以为她是家里的老大，下面有弟弟妹妹呢。"

现在回忆这段岁月，我能够理解祖父母的心情和做法。年代和环境造就了那个时候人们的想法。事实上等我懂事以后，我非常尊敬爱戴我的祖父。他来自农村，17岁那年背井离乡被招工到一家新建国有企业。祖父文化水平不高，但却极其勤奋好学。他每天早上5点起床跑步，6点半出门上班，一辈子如此。他靠着自己的努力，一步步从一名普通工人一直做到主管生产的第一副总。小的时候，家里有很多中央和地方领导来厂里视察的照片，领导们和祖父亲切握手，那时觉得祖父好伟岸。他为人真诚正直，受人爱戴。他是出了名的急脾气，爱"骂"人，但凡是被他"骂"过的人却都感激他。他20多岁时被选拔送到苏联学习两年。他走的时候，祖母刚刚怀孕，他回来的时候，父亲已经两岁了。他们那批人在苏联"见了世面"，很多回来后换了"原配"，只有祖父和祖母恩爱60多年从未吵过架。祖父90年代退休，2009年去世，我回去参加了祖父的葬礼。为祖父送行的人排出几里远。那些当年曾被祖父狠狠骂过的年轻小伙子们，如今都已满头银发。

20世纪80年代末，随着改革开放

我敬爱的祖父

的深入，我家人的思维也逐渐改变，逐渐接受了"孙女也不错"的想法。小我10岁的堂妹出生后就受到了宠爱。我上中学时，祖父母还常常因为我学习成绩好奖励我一些小礼物。15岁时我随父母离开家乡来到天津，四年后，大二时才再次回到故乡。祖母见到我，紧紧拉着我的手泪如雨下。血浓于水，那段往事已如烟一样随风逝去。头发花白的祖父母眼里充满了慈爱。

不过我和母亲都很感恩我童年的小小"逆境"。逆境会激发人们的斗志和勇气，让我们渴望通过奋斗改变自己的命运。我们每个人在成长中都会遇到逆境。无论王侯将相还是市井走卒，逆境不可怕，甚至是我们的财富。对待逆境的态度是最重要的，是选择沉沦抱怨，还是奋起改变，选择权在我们自己。今天我的孩子们不会再遇到"重男轻女"的逆境，不会再遇到生存的逆境，但是她们同样面临各种挫折、挑战。大女儿去年转学到新学校，由于是中途插班，刚开始她很不开心，觉得没有朋友。她的确会经历一段低谷，但是当她自己找到方法，走出来，她会变得更强大、更乐观。让我们以积极的心态去面对，把逆境转化成前进的动力。人的成长就是不断在遇到困难解决困难的过程中经过磨炼变得更加强大。让孩子在生活中经历挫折感是有益的事情。

母亲教会我自尊、自爱、自强

我觉得母亲在我幼小时就开始灌输并言传身教的自尊、自爱和自强的价值观对我的成长是最重要的。

记得刚记事时，母亲就经常在我耳边讲"女孩子要矜持，要笑不露齿，坐下来一定要并拢双腿，看人要看人的眼睛，吃饭不可以发出声音。见到长辈要先打招呼，有礼貌"。"要站如松，坐如钟，走如风。""要不卑不亢，见到权贵不要低人一头；见到弱小，不要瞧不起。"如此种种，每每耳提面命，并且用她自身的行动做了表率。如果说，这些关注的是礼仪，而她对我从小就反复强调的"女人尤其要自强"的观点更是扎根在我的心里。

晚饭时，母亲经常把单位里发生的各种事情和我分享，告诉我她的观点和做法。在各种场合下，无论是和母亲去买菜，出游，访友，我都有机会观察母亲的举止行为。作为一个孩子，耳濡目染，日复一日，当看到的听到的都是一致的教育信息，想不养成这样的观点和做法都难。

母亲自己的学习精神和工作态度也对我产生了重要的影响。1977年恢复高考后，夜大也开始流行起来。大家在下班后参加国家办的补习班，学习那些年被迫停止学习的基础文化知识。1979年，母亲开始上夜大。那时我只有3岁，晚上父亲倒夜班，没人带我，母亲只好带着我一起上夜大。母亲从来都是坐在第一排中间的位置，是为了更好地听到老师授课。后排的同学经常说话打闹，最后老师好像就只给母亲一人讲课。母亲认真专注学习的精神深深地印在我的脑海里。直到今天，她来加拿大探亲，也是自己积极找到附近的教会学校学习英文，每天回家还认真做作业。六十几岁的母亲的学习精神影响带动了周围很多新移民，她们都对母亲赞不绝口。

我两岁时，母亲才结束了"待业"的状态，进入工厂，成为一名最初级的工人。那时，工人职称从一级工到九级工，好几年才能升一级，基本一辈子退休时才能升到九级工。她从事的是冶金热处理专业。之前小学都没毕业的她，要自学摞起来比我还高的工具书。每天晚上，我都记得我躺在小床上，迷迷糊糊地看着那盏小小的台灯，发出柔润的光芒，母亲的背影在灯光里那样高大，温暖，看着看着自己就满足地睡着了。很快地，母亲就脱颖而出。

培养我的好习惯

自尊、自爱、自强是母亲在价值观上对我的培育。在我的学习和工作上，母亲对我最大的培养就是帮我养成了专注和认真两个好习惯，让我受益终生。母亲常常说，"做作业千万不能打持久战，要全神贯注"。刚开始，小孩子的确难以做到，但是母亲总是在旁边观察、提醒，久而久之，我就习惯成自然了。专注就能高效，就能省出时间做其他想做的事情，就能提高生命的质量。我现在也是在这样监督我的女儿们。我在上小学三年级前，母亲对我的陪伴较多，着重培养我的习惯。一旦习惯养成，之后就好像惯性一样，不再需要家长太多的陪伴和引导了。

如果说专注强调的是不分心、高效率，那么认真强调的是结果和质量。我刚上学的时候，特别容易马虎大意。小学一年级的第一学期在班里考了 18 名，第二学期考了 21 名。看着卷子，没有一道题不会做，全是马虎错的。母亲气坏了，狠狠地打了我一顿，屁股痛得半个月都只能是挨着边儿才敢坐在椅子上。母亲打我时，特意把门反锁上。我哭声震天，对门的邻居牛大娘都快把门敲漏了，求情求得嗓子都喊哑了，母亲也不吭声。那以后，每次做完作业，母亲都问我是否检查过。就算我做时再认真，也要求我必须检查两遍。这一点果然奏效，慢慢地我就不再出错了。当然，我不是宣扬要去体罚孩子。我们那个年代，家家的孩子都挨过打。今天，我教育我的孩子，再不会用体罚的方式。但是，关注培养的习惯都是一样的。

母亲也特别关注我的饮食和有规律的作息。她从不给我吃零食，也不允许我偏食。今天，我也会对我的孩子强调不挑食的重要性，只不过我是通过"唐僧"似的讲道理的方式去和她们沟通。千万别小瞧小孩子的吃与睡，这两个对于小孩子讲是最重要的大事。健康的饮食不仅帮助身体，还能帮助健康的心理。有规律的作息能够潜移默化地培养孩子的纪律性。

对子女的信任、放手

高二时选文理科，从小就是乖乖女的我经过一系列的思想斗争，决定违背母亲的意愿。母亲最终同意放手：她没有强迫我接受她的想法，使我迈出了为自己人生负责、自我选择的第一步，完成了从备受呵护的小孩到成人角色的转化。

在我谈恋爱的经历里，我也要特别感谢母亲对我的信任和放手。像很多父母一样，母亲希望我大三以后再考虑这个问题，以免不成熟地陷入错误的感情和耽误学习。可是我一入校，就碰到了现在的老公。那时我毫无准备，心情忐忑不安，终于按捺不住给母亲写了一封长信。收到信时，父母正一同在沈阳出差，他们心急火燎，马上跟领导请假，自掏腰包，打着"飞的"飞到了北京。父母翻遍校园也没找到宝贝女儿，只好回我的宿舍苦等几个小时。的确，沐浴在初恋甜蜜期的我，哪有心思上自习。男友和我正拉着手在校园外的林荫路上散步呢。傍晚时，男友陪我回宿舍取饭盒，一开门，撞见了一脸焦急的父母。我非常意外、吃惊，心里咚咚地打着小鼓。父母开始和男友聊起来。还算镇定成熟的男友用他的诚恳换来了父母有保留的默许。我和男友的感情发展比较顺利，要感谢我的父母。十八九岁的我当时正处在迟来的青春叛逆期，如果父母反对，我很有可能会做出一些偏激和让自己后悔的事情。

曾有一个朋友，她是清华的才女。在校时长发飘飘，一袭白裙，与一个男孩子相恋，但是遭到所有亲友反对。他们顶住反对，爱得轰轰烈烈，坚守了八年。当亲友们终于被他们的坚持打动了，祝福他们时，他们才发现，原来他们坚守的并不是纯真的爱情，而是青春的叛逆。

母亲通过"身教"传给我的其他好品质

母亲身材不高，声音温柔，但她小小的身体里蕴含了巨大的能量。我五个月大的时候，突然高烧不止，浑身长满了疹子。父母心急如焚。父亲蹬着自行车，母亲坐在后座上抱着我往医院赶。正值东北隆冬一月，大雪纷飞，白天也是零下二十几度。母亲因为心急，出门时忘了戴手套，很快手就冻僵了。她用胳膊紧紧地护着我，咬紧牙关。到了医院我却被拒收，因为我当时同时得了肺炎和麻疹。医生如果先治其中任何一种病，都会加重另外一种病情，甚至导致我的死亡。医生不敢承担这个风险，让父母再去别的医院试试。当绝望的父母抱着我跑到第三家医院还听到相同的答复时，柔弱的母亲不知从哪里来的一股力量，她抱着我疯了一样的冲到医院院长办公室，"哐"的一声，一脚端开院长办公室的门，三四个人拦都拦不住。院长面对闯进来的母亲满脸惊诧。母亲三言两语描述了情况，然后果断地对院长说："先治肺炎，再治麻疹，出任何事情我们自己承担。"我得到了治疗，幸运地捡回了一条小命儿。后来在我自己创业的过程中，经常会遇到棘手的事情，如果说我有一点儿的勇气和决断，这都源于我的母亲。

1992 年，母亲刚刚办理了内退。我又离开家去了天津南开中学寄宿。闲下来的母亲希望自己做些生意。她没有急于马上开始，而是决定先去上一个会计课，因为财务知识在企业运行中是最重要的环节。我家住在郊区，她报的课在城里，每天早上她都要起早搭乘挤得水泄不通的公交车一路站着去教室。她在班里的年龄最大，可是成绩最好。她的财务知识不仅在后来帮助自己成立了公司，在我创业初期时，她还曾帮助我的公司做会计业务。

1993 年，母亲又决定去学开车。那时，没有人有私家车，女司机也特别少。但母亲觉得这是未来趋势，想趁着自己年轻时学，这样学得扎实。为了省钱，也是为了学得更好，她上来就学习开解放牌大卡车。她小小的个子，当需要刹车踩到底时，她常常要站起来踩，把师傅逗得直乐。母亲开着大卡车上路，一路上看到她的行人都指指点点，觉得不可思议。朋友常常说我有远见，爱规划，这都要归功于母亲的影响。母亲常常念叨的一句话就是"人无远虑，必有近忧"。今天，母亲经常来加拿大看望我们。在加拿大开车和国内很不同，在国内开车的老人到了加拿大都不敢开，可是母亲因为年轻时扎实的基本功，她完全没有问题。这样，不仅她自己的活动半径大，自由，生活质量高，有时还能帮我接送孩子。人生很多时候都是因果循环，只要种下的是一个"好因"，就会结一个"好果"。

我们都是母亲的影子。母亲是原点，我们是发射线。"母亲的素质决定一个民族的素质。"我小的时候，曾经抱怨过为什么自己不是一个男孩子，为什么要接受命运的不公。今天，我则骄傲自豪于自己是一个女生。曾在网上见过一句话，"一个好女人，福泽三代人"，仔细想想很有道理。

我做母亲

有时候，当我看着 5 岁和 7 岁的女儿们在我面前蹦蹦跳跳，我觉得很不可思议。美丽的生命由我而诞生。我居然可以在很长的一段时间内参与影响、塑造她们，同时也能再次塑造自己。我有机会付出我满腔的爱，也有机会收获人世间最真挚诚恳的依恋。

由于我是咨询顾问出身，谈起我的育子过程，我把自己的各种想法和实践放到了一个三层的金字塔里，从底层的基石，到中层的理念，再到高层的行动。

基　石

我的孩子从何而来，又往何去？父母和孩子的关系到底是什么？这是我首先想到的第一个问题，也是我形成自己育儿观点的基石。直到读到纪伯伦那首著名的关于父母和孩子的关系的诗，我突然觉得豁然开朗。先转载如下：

> 你的儿女，其实不是你的儿女。
>
> 他们是生命对于自身渴望而诞生的孩子。
>
> 他们借助于你来到这个世界，却非因你而来，
>
> 他们在你身旁，却并不属于你。
>
> 你可以给予他们的是爱，却不是你的想法，
>
> 因为他们有自己的思想。
>
> 你可以庇护的是他们的身体，却不是他们的灵魂，

小女儿1岁时

因为他们的灵魂属于明天，属于你做梦也无法到达的明天。

你可以拼尽全力，变得像他们一样，

却不要让他们变得和你一样，

因为生命不会后退，也不在过去停留。

你是弓，儿女是从你那里射出的箭。

弓箭手望着未来之路上的箭靶，

他用尽力气将你拉开，使他的箭射得又快又远。

怀着快乐的心情，在弓箭手的手中弯曲吧，

因为他爱一路飞翔的箭，也爱无比稳定的弓。

多么好的比喻。父母是弓，孩子是箭，稳定的弓才能射出疾驶的箭。对父母和孩子的关系的认识是育儿的基石，在这个基石之上，才会有育儿的理念和行动。而我认为父母和孩子要想建立持久的良好的关系至少有三个要素需要考虑：

要素一："陪伴"建立亲密无间的爱与信任。

爱的第一步是和孩子们相处，是陪伴，这样才有机会建立爱，表达爱，而不是父母把爱放在自己心里，每天忙于工作或应酬。我看到太多的父母或者由于工作繁忙或者为了自己的自由，把孩子交给爷爷奶奶，姥姥姥爷或者保姆（包括我自己在内），真正的有质量地与孩子相处的时间屈指可数。

我自己在这方面是有教训的。二宝0岁到2岁这段时间，正是我集中做创业的时候。我经常出差，不出差也是早出晚归，和二宝的相处时间少得可怜。二宝那时每天主要是和姑姥、姥姥在一起。我来加拿大调理身体时也带上了两个孩子，希望有更多的时间和她们相处。二宝刚开始对我十分抗拒。晚上要和姥姥睡，拒绝和我睡。一次姥姥生病怕传染她，让我带她睡。可是她大哭不止，我怎么哄都不行，折腾了40分钟，还是回到了姥姥那儿。我独自一人关上卧室的门，突然一股强烈的挫败感袭来，我很难过愧疚自己没是个好妈妈。当她做错事时，如果我要纠正她，我能看到她的眼里充满抗拒。我每天花很多时间陪她，只要有机会就抱抱她，亲亲她，告诉她"我爱你，宝贝"。她的眼里充满怀疑。我经意不经意都会告诉她，妈妈爱她，之前是工作太忙。二宝对于我的举动从未有回馈。我耐心地等待了3个月，突然有一天，她抱住我，在我耳边轻轻地说："妈妈，我爱你。"那一刻，我满眼泪水。

二宝的性格偏安静、内向、爱观察思考，不轻易表达情感。直到这一刻，她才真正接受我，我和她的亲子关系才刚刚开始。老公也是认同这个观点，放弃了他在国内的事业，为了和孩子们在一起，来到加拿大，一切从头开始。

我很小时读了一篇关于弗洛伊德的理论的文章，文章的观点令我印象深刻。那就是 0 岁到 6 岁是一个人成长最关键的时期。成人后的很多问题都可以从这个阶段的成长找到答案。我今天生活在西方，看到很多事业成功的女性（包括我哈佛商学院的很多女同学）选择在孩子幼小时，离开职场几年，全职在家育儿。虽然母亲的事业短期会受到影响，但长期的回报是巨大的，对家庭亲子关系和孩子的未来是至关重要的。当然，这个角色也可以由父亲担当。现在越来越多的人意识到成功和幸福是不能画等号的。我希望我的孩子们长大后，内心富足平和，能从事她们喜欢和有能力的事情，而不是仅仅取得职业上的所谓成功。

我亲眼见过几个家庭，包括我哈佛同学的家庭。父母一代都是退休的高级知识分子，年轻时付出全部时间和精力给国家，孩子送全托或者送到另外一个城市交给爷爷奶奶。结果亲子关系淡漠，有的甚至不相往来。孩子更多的只是承担道义责任。

在哈佛读书时，屡有事业成功的 CEO 来做讲座，在介绍完如何成功管理企业后，无一例外地谈到唯一的遗憾是错过了孩子们成长的黄金期，如今想弥补

小女儿 2 岁

也无力回天。有的离了婚，有的和孩子们从不往来。人的一生很漫长，像场马拉松，每个人至少可以工作 40 年。拿出几年的时间给孩子并不多。

要素二：尊重与平等。

父母对孩子不能有"我是老子，你是儿子，我的经验知识多，你必须听我的"这样的想法。也不能有"好不容易三代守着一个孩子，什么都听孩子的"的想法，而应是互相尊重和平等。有的父母无意识地以爱的名义绑架孩子，让孩子替自己实现自己的梦想；有的父母把孩子看成个人财产；有的父母把养孩子看成投资和回报。带着这样的想法，就为今后的亲子关系埋下了问题的种子。

在尊重、平等上，父母首先做出表率，孩子才能理解和效仿。举个小例子，父亲正在和母亲说话，孩子突然想起一件事，兴奋地跑过来要告诉母亲。有的父母可能会说："没看大人正说话吗？你先到一边玩。"这种表达，第一是传递大人和小孩是两个群体（可能还有些对立），第二是我讲的话比你讲的更重要。孩子长大后也会只考虑自己，不尊重别人。

一次，大女儿就是这样突然插话。我先停下来，对她讲："宝贝，妈妈知道你有很重要的事情要和妈妈分享，妈妈也很愿意听。但是妈妈现在正在和爸爸讲话，你可以等我们讲完了，再告诉妈妈吗？下一次，如果是你先和妈妈在讲话，爸爸要和妈妈说话，爸爸也会尊重你，等你讲完了再和妈妈说。"第一次，第二次，耐心地经过几次，女儿就明白如何尊重别人，也明白自己是家庭里真正平等的一分子。

大人也会犯错，如果在和孩子的关系中做错了事，也要道歉。比如，最近女儿们开始学钢琴，一天我陪着大女儿练习钢琴作业，不知不觉中对她的要求越来越严格，变得不能容忍她有一点儿错误。那天做完钢琴作业，大女儿对我说："妈妈，你今天对我很严格，总是让我做到完美。我觉得很累，我的自信都被你打击了。"我立刻清醒过来，马上意识到她说得对，"欲速则不达"，在刚接触一个新事物的时候，保持孩子的兴趣和信心比什么都重要。我马上抱住她，亲了女儿一下，诚恳地说："妈妈错了，妈妈以后不会这样了。谢谢你告诉妈妈你的感受。"女儿笑着说："没关系。妈妈你真好。"我们紧紧地拥抱在一起。那一刻，我和女儿都觉得好幸福。

在与孩子的沟通上，我十分注意避免居高临下的口气，我会尽可能蹲下来，与她们视线相平，讲道理。我这样做不是照搬育儿专家的建议，而是我内心坚信生命的轮回，对宇宙和生命充满了敬畏。我有幸在这一世成为她们的母亲，无非是早生了几年，她们未来的世界是我们无法想象的。

要素三：求同存异。

比如很多人会希望子承父业，不愿孩子走一条很不同的路。因为人们都倾向于喜欢，接纳与自己较相像的人，总想改变别人，适应自己。

这种不同，可能体现在志向上。比如父母是成功的商人，可能也希望孩子在商业上有所建树。如果孩子立志成为一名音乐人，可能不被理解。这种不同，还可能体现在性格上。比如母亲是细心谨慎的人，孩子粗心大意，母亲可能会埋怨较多。

我和先生都上了哈佛，每次遇到朋友，大家经常打趣说，将来你们的孩子一定要上哈佛呦。当然，如果孩子们上了哈佛，我们会很高兴。但如果她们想追求不同的东西，只要是健康的，我都会支持。因为只有对从事的事情真的有激情，才能持久，才会感到幸福。比如，一次我对老公说，大女儿喜欢画画，又喜欢听故事，如果长大了想编写儿童读物，她一定会开心和有成就感。可以"滋养全世界儿童的心灵"。老公说我又做梦啦。女儿还喜欢烹饪，上儿童烹饪课，如果她将来成为一位大厨师，"滋养全世界人的胃"，也挺好。

大女儿性格活泼，洒脱跳跃。只要她一回到家，马上感到好像回来了20个人，一屋子的欢声笑语，好像强烈的日光跟着她进来了。同时，她大大咧咧的特点导致她每天都在找东西，在学校里也经常丢东西。于是我常常"叮嘱"她，叮嘱得多了，她会觉得妈妈非常在意这个事情。有一次去开家长会，老师说到大女儿有一次找不到毛衣，当时非常紧张，都快哭了。我听完了，很内疚，觉得自己给女儿太大压力。晚上她回到家，我抱住她说："宝贝，妈妈永远永远爱你，不管你有什么优点缺点，妈妈的爱是永远不变的。"大女儿问我："那如果我不理你了，或者我讨厌你呢？"我说："不管你想什么，说什么，做什么，你永远是妈妈的宝贝，妈妈永远爱你。妈妈爱你就因为你是我的孩子，好与坏，错与对都不会改变妈妈的爱。"大女儿很开心，她明白了什么是父母的无条件的

187

爱，这种爱让她感到安全和温暖。大女儿在日记里写："我的妈妈是个很特别的人，她爱我，这和我的优点缺点没关系。她爱的是我的全部。"小孩子写的似乎是不言自明的道理，可是有多少孩子真的体会这一点呢？很多孩子都是在力争变成父母期望的样子，似乎没有达到父母的期望就会失去父母的一部分爱。

分享一个真实故事。一个朋友在加拿大这边是一位知名设计师，家境殷实。女儿从小聪颖，上的是当地著名的学校。女儿大学上的也是美国常青藤学校。但她大学毕业后却拒绝找工作，华裔父亲十分不解，关系闹得很僵。原来，女儿虽然一路走来品学兼优，但直到大学毕业，才发现有些困惑，不知自己到底想做什么。有几年，女儿在酒吧打工做一名调酒师，父亲更是恼怒异常。没想到女儿发现自己很喜欢这个工作。很快她的名声远播，酒吧因她而门庭若市。几年后，女儿决定开一家餐馆，没有初始资金向父亲借，父亲拒绝了。女儿于是自己去"跳蚤市场"淘各种小工艺品，亲自设计布置，形成自己独特风格。饭馆营业后，很快受到顾客欢迎，门口每天排着长龙，几年内便跻身加拿大前十名餐馆之列。如今，父亲放下心结，为女儿的成就感到骄傲。

理　念

我在加拿大为女儿们申请当地历史悠久的百年名校，曾在申请材料里写到我的教育理念："我希望我们的女儿成长为自尊自爱自强的优雅的女性，她们充满自信，尊重他人，在人生的任何阶段都能从容面对、处理任何问题。"我相信教育是通过"术"的学习达到"道"的领悟。

我小时候学习的目标很清晰，但也很狭窄，就是考上好大学，有一份好工作。我从没有想过何为真正的幸福。教育的目的到底是什么？把教育仅仅定义为上学和读书实在是太狭隘了。我们今天都承认，在一个人的成长中，教育尤其是学校教育仅仅是一个侧面，一个载体，我们的成长来自于读书、挫折、思考、感悟、旅游、交友等。这些经历都是"术"的领悟，之后才能逐渐达到自己的对"道"的理解。

行　动

　　我想我们每一个父母在育儿时都是在传承，也是在创新。我们的父母养育我们的方法不可避免地会影响我们的育儿观点和行动。父母好的方法可以传承，父母还不完善的方法（常常是由于时代的原因）我们可以反思。比如，节俭、礼貌、勤奋、谦虚常常是上一代传下来的美德，我们理所当然地要继续传递下去；但有一些教育方法，由于时代的限制，经济发展水平的限制，我们就要反思和避免。例如，我小的时候的教育强调结果，强调竞争，强调服从，很多的孩子的兴趣和创造力被压抑，个性被淹没。我自己在这方面做了很多思考。

　　同时，我们离开家以后的经历、见闻也会影响我们的育子。我在不同的国家，不同的行业，不同的领域都工作生活过，有跨年龄段的朋友，跨国别文化的朋友。与他们共事、交流也让我对育子有了更多的思考。

　　每一个生命的到来都是一种恩赐。时代的因素我们无法掌控，但是家庭和个人的因素，我们可以去努力。我的母亲呕心沥血地培育我的品质：比如自尊、自爱、自强的价值观，比如养成规律的作息和专注认真的做事习惯，比如对孩子的信任和放手，比如诚实守信和责任心的培养，这些我都会在自己的育子中传递下去。而在今天这个合作、创新变得尤为重要的时候，很多过去的育儿经验就要被推翻。比如，我们小时候要死记硬背很多东西，今天随着 Google 和百度的出现，当知识和信息变得唾手可得，更重要则是兴趣、方法和学习能力的培养。

育儿行动链的第一个环节——培养健康的身心

　　大家也许会说哪个父母会不重视孩子的健康呢？这还用说吗？可是在生活中，我见到的父母和学校忽视孩子健康的问题比比皆是。比如，很多学校为了让孩子多学习，同时也是怕出事，挤占了体育课的时间，甚至没有操场。家长安排的过多的课外活动（常常是坐着为主的活动，例如钢琴、画画、文化课补习）也让孩子们无法在关键的成长发育期得到必要的体育锻炼。多上一节课，多做一些练习题，就会产生立竿见影的学习效果。而体能的培养则是长期的、慢性的。不到了生病的时候，我们都会有意无意地牺牲"玩耍"的时间。

我自己就是一个例子。我小时候非常安静，不喜欢体育锻炼，越不锻炼，体能越差，越没有信心。其实我们在 20 世纪 70 年代出生的人还算课业负担小。我本来先天的底子就薄弱，后天的锻炼又不够，结果小时候就是医院的常客。在麦肯锡工作时，我一度因为颈椎病的原因被折磨得死去活来。这之前之后又查出各种各样的身体隐疾。直到今天，中途离开我热爱的事业，也是身体原因。如今有很多成功的青年企业家或患病或英年早逝，无不令人痛心。体育精神的培养不是一朝一夕的，没有家长有意识地支持，在今天一切向分数看齐的社会，孩子们的长期健康是会被影响的。

所以从女儿们一出生我十分注意她们饮食营养的均衡和配合大量的体育活动。她们的课外活动以体育项目为主，如滑冰、滑雪、游泳、高尔夫、骑自行车、芭蕾、童子军等。体育活动不仅会提高健康水平，对一个人意志、性格的形成也有巨大的影响。我们常常能看到军人、体育明星转行经商成功概率很高。我想起一个有趣的现象，在哈佛商学院一向有 3M 称霸之说，这三个 M 代表着 Military（军人，很多学生来自西点军校）、McKinsey（麦肯锡，有点像"咨询界的军队"，很严格）和 Mormon（摩门教徒，同样以严格的约束著称）。

从重视到实践还有一段距离，我也每天在提醒自己。比如，女儿们一天参加一个特殊活动没有来得及完成作业，她们很累了，想睡觉。她们的作业只需要 20 分钟即可完成。我小的时候在这种情况下一定会洗把脸，坚持把作业做完再睡。这就是优先排序的不同。我同意孩子们先睡觉，第二天一早再补，如果来不及补，就思考一下今后如何更好地安排时间避免这样的事情再发生。一个好朋友从北京来温哥华出差，看到我的女儿们很早就上床休息很惊讶。他的孩子从上学开始，每天晚上要 11 点左右才能睡觉，各种作业负担很重。在生活的点点滴滴当中，我们经常有意无意地在健康和各种成绩证书之间取舍。

女儿的学校虽地处繁华地段，但学校里有一片森林和草地，十几米高的大树，两个成年人都环抱不过来，美丽的树冠奋力朝向太阳展开。那片树林是女儿的最爱，每次课间，她最喜欢的就是爬树，常常身上胳膊上被树枝刮得都是小伤疤，她毫不在意。学校还经常搞外出的活动，她们参加的童子军也是锻炼孩子在野外的能力。这些从小就参加的户外活动让她们习惯成自然，长大后也会热爱大自然，热爱体育锻炼。就算遇到挫折、困难，出去跑一跑，爬爬山，很多时候负面的情绪就会得到排解，就会冷静下来理智地寻找解决方案，就会拥抱生活的美好。女儿们上的虽是女校，但这些可爱的女孩们从四五岁就开始踢足球、打曲棍球、练跆拳道。

　　跟身体健康相比，心理健康甚至更为重要。身体健康后天还能一定程度地弥补，错过了培养健康心理的黄金期，则可能带来很多隐患。我个人认为在童年期培养孩子健康心理最重要的是父母的陪伴和爱（写到这里想到中国大量的留守儿童不由得非常痛心）。我身边也有朋友得了抑郁症，给自己和家人带来很大痛苦。还有很多时候，并非一定是病患困扰，童年的一些经历都会在我们的内心深处埋下可能在未来引爆的火药。女儿的学校也非常重视这方面的培育，学校特设一个咨询师的职位，老师经常从大脑的发育和心理的发育的角度给孩子们讲解各种现象背后的原因。女儿常常回来提问我，让我惊诧于他们交流的问题的深度和广度。我喜欢阅读一些国内外的关于孩子 0 至 6 岁大脑发育以及各种分析儿童心理特征的书或相关文章，这样对于孩子在常规下定义的"合理"和"不合理"行为就会有更深层次的认识。这里面的知识博大精深，无法在这里一言以蔽之，只能是通过提出这个观点希望引起读者的兴趣和关注。之前网上曾流传很广的那位优秀的麻省理工学院华裔女生自杀的案例，让我猜测女生性格的形成和她童年时的心理发育有很大关系。培育孩子健康心理最重要的是让孩子感到父母无条件的爱，感到安全。个人认为，在 0 到 6 岁之间，孩子对父母的依赖最大，父母在引导孩子健康心理方面能起到的作用也是最大的。

广泛尝试之后再聚焦

　　除非孩子们很小就显示出某一方面独特的天分，比如莫扎特 6 岁就能作曲，老虎伍兹 3 岁就会挥杆，否则，我希望能尽可能多地提供机会，让孩子们尝试不同的事物，再根据他们的兴趣、特点和他们商量着进行调整。我们的尝试主要是通过各种课外课和旅行实现的。我从小坚信李白的那句"天生我才必有用"，如果能真正做到因材施教，人人皆可成才。不过我定义的"才"并非传统意义上的拥有好职业和高工资。

目前女儿们接触了高尔夫、滑冰、滑雪、游泳、画画、体操、芭蕾、钢琴、人际沟通和童子军等课外课。我绝不是虎妈，只是希望她们在广泛涉猎后，能根据自己的兴趣逐渐缩小范围，锁定一两项活动，或者在竞技领域展现风采，或者培养成终生爱好，提高她们的幸福感。一旦锁定，除非极其特殊的原因，我不会同意她们轻易放弃，希望她们从小认识到为自己的选择负责的道理。任何一项运动，包括学习在内，都是靠日复一日的练习才能让自己脱颖而出，成功没有秘诀，唯努力而已。而如果重复的是自己选择的、自己喜欢的事情，那么重复的过程就没有那么无聊乏味。比如，现在大女儿相对更喜欢花样滑冰，每次在冰上，都能看到她如花的笑颜；她练习钢琴也是主动的。我们从未给过她压力，而是鼓励她按照自己的速度来。也许短期内，她的同龄人的进步速度会更快。我们希望女儿们弹琴不是为了获得一系列的级别证书，而是真正地享受音乐带来的宁静、美好、祥和，是那种心灵的充盈。

北京科技博物馆

旅行方面，女儿们虽不大，我们带着她们去过上海、香港、杭州、温哥华、多伦多、洛杉矶、波士顿、夏威夷、阿拉斯加、尼亚加拉瀑布、巴黎等地方。在每一个地方，除了欣赏美丽的风光，我们都会讲很多历史文化故事给她们听。比如，带她们去波士顿附近的莱克星顿，给她们讲独立战争和美国创始人的故事。有人说，孩子这么小去旅游什么也记不住，不是浪费钱吗？其实，旅游的见闻会潜移默化地留在孩子的记忆里，会影响孩子的世界观。我们去旅游不是为了拍照留念，享受的是人在路上的感觉。而且，旅途上父母和孩子24小时相处，亲子关系在不同的外在环境下会迸发新的意义。

择不去的才是青春——三个哈佛女生的成长手记

有效人际沟通

在处理夫妻关系中和做企业中，我看到了有效沟通是何其重要。沟通其实讲的是两件事，第一件事是要理解对方，是听的能力，是对别人感同身受的能力，是同情心和换位思考的能力；第二件事是表达自己的能力，让对方能够理解并认同，表达需要准确、简短、生动，富有感染力。记得一次在麦肯锡，我们做关于沟通的培训，我对一个说法印象很深刻。那就是如果说沟通的效果是100分的话，我们要传递的信息本身只占3分，剩下的97分的效果都是通过倾听、理解、表达、肢体语言等辅助实现的。所以，同样的信息，不同的人去传递的效果是完全不同的。

我很注意培养女儿们的同情心和换位思考能力。比如从小就告诉她们小动物、植物都是有生命的，通过拟人的方式让她们对周围的人和物充满同情和理解。在北京时，我们曾养过荷兰猪、小白兔、小鸡、小鸭、小鱼、小乌龟等，在照顾小动物的同时，她们学会了同情、爱护。

关于换位思考的培养，也是每天在发生。例如大女儿迷上了《冰雪奇缘》这部电影。她很喜欢我们的一个朋友，是一位阿姨。一天她对我说："妈妈，我要请某某阿姨来和我一起看这个电影。"我说："宝贝，妈妈知道你喜欢这个电影，也十分喜欢这个阿姨，所以想着好东西要和喜欢的人分享，对不对？"女儿忽闪着大眼睛说："对啊。"我接着说："要分享是美德，但分享的内容也要看对方是否喜欢。如果对方喜欢，这是皆大欢喜，如不喜欢，就成制造尴尬了。比如，爸爸很爱你，爸爸又喜欢抽雪茄，爸爸能拉着你分享他的爱好，一起抽雪茄吗？"女儿听到这儿，脑子里想着自己和爸爸一起抽雪茄的这个情景，哈哈大笑：说"不能。"她明白了这个道理。经常发生这样的事情，现在大女儿也开始自己学着站在别人的角度想问题，有时还帮妹妹解释，让妹妹试着换位思考。

我还十分注意对孩子语言的训练。从她们一出生，只要我和她们在一起，我就不停地说，我从未把她们当成小孩子，我用的都是大人的复杂的语言，平等地和她们讲话。一度，姥姥阻止说"你讲的话太复杂，她们听不懂"。我说，"我坚信她们听得懂"。我希望她们讲话时能够朝着准确、生动、简明的方向发展。今天，有很多妈妈夸奖女儿们的语言能力强，表达准确，很成熟。她们讲得好，被人夸奖，就会更有信心，就更愿意讲话，从而进入一个良性循环。

理性的力量

正因为我的孩子们是两个女儿，我更要强调理性的力量。女性由于生理的原因，感性的层面天生会更加占上风。这也是为什么女性在听和理解的方面一般比男性做得好些，如果能在保留敏锐的感性的基础上，有意识地提醒自己理性的一面，会避免很多矛盾的发生，可以更全面地做出人生和事业的各种决策。情绪常常是做决定的恶魔，会影响我们的判断和误导我们的行动。我很崇拜欣赏巴菲特先生的合伙人芒格先生的理性。理性帮助他在投资领域一枝独秀，帮助他内心平静而强大。

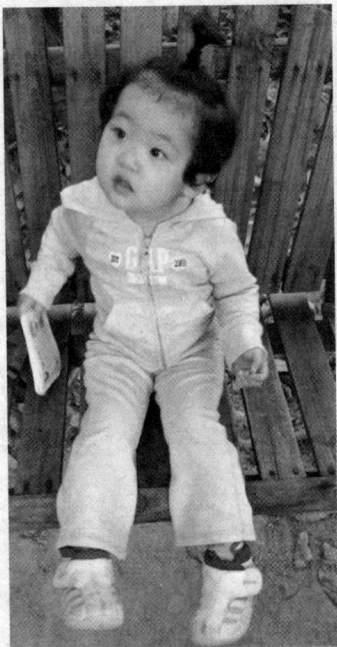
大女儿

我很注意培养孩子们的理性思考能力。让她们做一件事情，我会告诉她们为什么，这样做有什么好处，不这样做有什么坏处，把逻辑思维的过程和她们分享，让她们自己思考、比较、采纳正确的方法和行动。当然，不是每次效果都很好，很多时候，她们也听不进去，我会努力地用比喻和拟人或者讲故事的方式帮助她们理解。比如女儿们小时吃饭挑食，我会像《大话西游》里的"唐僧"一样不厌其烦一遍一遍讲为什么不应该挑食，对身体有什么危害，慢慢她们就接受了，并且乐意传播这个观点。再比如小孩子都喜欢吃糖，我讲清吃糖对牙齿和健康的危害，给她们看蛀牙的照片，她们能做到主动放弃吃糖，并且为自己的行为感到骄傲。每天的"屏幕时间"，女儿也能自觉遵守，因为懂得长时间看屏幕（无论是电视、ipad、 iPhone）对眼睛的危害。每天晚上，女儿主动刷牙，不是我逼她，而是从小让她们认识到不刷牙的危害。

有时候女儿遇到挫折会痛哭，我会首先告诉她"妈妈理解你的感受，妈妈也经历过"，我会拥抱她，陪着她。等她发泄情绪后，会建议她"哭只是情绪的表达，但不能解决问题"，鼓励她想办法找到解决问题的方法。

大女儿是个心思特别敏感的孩子。她1岁多时听《二小放牛郎》这首歌会放声大哭，因为她听到二小的遭遇太悲惨了。她心思虽然敏感，但同时又非常理性。理性不代表冷漠，不代表压抑自己的情感，而是站在一个更高的层面看待、理解情绪。

呵护创造性

社会的进步靠的是创造。每个人与生俱来都有创造性。在我看来，创造不需要一定是影响人类的发明和发现，事实上我们每天都可以进行创造。创造的本质讲的是不人云亦云，有独特性，愿意做改变。遗憾的是后天的环境很多时候压抑了我们的创造性。孩童时期的创造性是一生中最高峰的时候，后天各种教育难免影响创造性，我们做不到百分之百地屏蔽这些影响，但可以力所能及地帮助孩子呵护他们的创造性。

比如画画是所有孩子都喜欢的活动，也是一个非常好的表达和发展创造性的机会。女儿也不例外，拿上画笔，一画就是一个小时。她刚开始画时，有一天拿着作品从幼儿园回家对我说："妈妈，这是我画的太阳和小鸟。"在大人眼里完全看不出那是什么。我对她说："妈妈喜欢你用的颜色，画画重要的不是像不像，如果想要像，我们完全可以拍照片。画画是要表达你内心的想法和感受，可以把天空画成绿色，把青蛙涂成黄色。你可以随心所欲地去画。"正是基于自由和鼓励，女儿对画画充满自信，从她的画中我读到了幽默、快乐、阳光。凡·高14岁时就掌握了画画的全部技巧，可以画得非常像。之后他毕生追求的都是如何像一个孩子那样画画。大女儿和二女儿都喜欢画画和手工，她们常常能"变废为宝"，把不用的纸盒、布条，甚至树叶拿来做素材，做出各种各样的"艺术品"。老师们对她俩的评价之一都是"富有创造性"。家里挂的画也是她俩画的。我和老公都没有任何艺术细胞，非常不擅于画画。后天轻松的氛围和鼓励是最好的培育土壤。

一次在朋友聚会上，我曾看到一位妈妈把自己孩子的画拿过来对他说，"你应该这样画房子"，她自己画了一个示范，让儿子去学。我当时有种冲动，真想告诉这位妈妈不要打击孩子的创造性。

爱上阅读

我自己是广而杂的阅读的受益者。很多的弯路避免了，很多的南墙没去撞，应该和大量的阅读和思考是分不开的。人类的知识道理千百年来沉淀下来，仅仅靠在学校的学习如何能窥探其中一二？广而杂的阅读可以帮助我们明事理，知古今，增加见识，提高幸福感。女儿们喜欢听故事，我借机培养她们的阅读习惯。从没有字的图片开始，她们还会自己根据图片编故事。现在家里逐渐增加幼儿读物，我让大女儿做了小小图书管理员，妹妹读书要向她借。两个人常常一起拿出书来，认识不认识的都要翻一翻。两个孩子常常沉浸在"书的世界里"，她们太专注了，经常是听不到别人的叫声，以至于开家长会时，老师用加重强调的语气戏谑地说，"你女儿太——爱读书了"。

在姐姐的带领和影响下，小女儿也是"书不释手"。每次去温哥华公立图书馆是她俩最开心的事之一。大女儿一年级结束时曾领回来两个奖状，一个是"Book Worm"（书虫奖），一个是"Little Artist"（艺术奖）。每次旅行，行李箱中也都要帮她们带着好多书。

广泛阅读，就是从千百个成功、失败的案例中学习、思考。92 岁高龄的芒格先生都依然保持着每天大量阅读的习惯。

姐妹关系

如果一家有超过一个孩子，我们常常能感受到兄弟姐妹之间的竞争，这是一个世界范围内普遍的社会现象。我自己从小是独生子女，妈妈把全部的爱和注意力都给了我，对于这种竞争我没有概念。但是，在我周围的朋友同事中，我目睹过很多兄弟姐妹中一个比较优秀，其他比较普通的例子，他们因为从小就被互相比较（很多来自父母），长大后感情疏远。还有父母不自觉地偏心某一个孩子，令其他的孩子受到伤害。被伤害的孩子容易成长为或者极具竞争性要证明自己，或者非常内向自闭。今天的中国在逐步放开计划生育政策，越来越多的家庭考虑要两个孩子。我们避免了独生子女教育的很多问题，但同时又开始面对子女之间竞争的问题。

在处理姐妹俩的关系上，我十分注意，从不比较她们，而是挖掘每一个人

的优点和强项，不吝赞美。而且，教
导她们遵循"公平、妥协和尊重不同"的
原则。

公平容易理解，比如买东西要两份，
或者分享一样东西。公平是让她们感受到
平等的爱和关注。妥协则是她们在相处
中，学会彼此妥协，共同寻求解决方案。
比如我每天开车接送她们上下学时，她们
坐在后面常常要听歌，有时两人意见不一
致，争执不下，我会平静地说，"妈妈现
在无法播放，等到你们商量好了，再告诉
妈妈"。她们很快会找到一个双方满意的

同舟共济

方案。要信任孩子的智慧。家长不应像一个无所不知的超级独裁者，随时跳进
去指手画脚告诉她们该怎么做。尊重不同，也是教会她们彼此"求同存异"。比
如姐姐要画画，妹妹要听音乐。她们学会了有些事一起做，有些事各做各的，
彼此尊重。

统一声音

今天很多家庭是祖孙三代一起教育孩子，常常有多个声音，令孩子无所适
从或者寻找漏洞。在我家里，我曾经也经历过一个混乱期。爷爷奶奶、姥姥姥
爷、爸爸妈妈、姑姥、舅姥爷、二姥姥，我家人多，各人都出于关心孩子，爱
孩子，想出力帮忙。但是从饮食、玩耍、学习、穿衣、看病等，各人都有不同
看法。常常是还没开始对孩子的教育，大家已经各执己见开始争执。经过一段
时间，我发现这样"内耗"下去不是办法，于是严肃地和所有关心爱护孩子的
长辈谈了一次。当然首先感谢、认可大家的初衷。但是教育孩子主要是父母的
责任，而且考虑到时代的不同，接受的知识体系也不同，教育方法一定会有差
异。为了强化这个理念，我还专门把包括这条在内的几条"育子原则"打印出
来，贴在家里显眼的位置。当然，"磨合和斗争"还是难免的，但作为父母要

坚持自己的原则，最终长辈能够理解和让步。

我和大女儿的老师聊天，她告诉我大女儿不仅学习成绩不错，而且性格非常好。我很欣慰，也很为女儿骄傲。她在加拿大仅仅几年，来时一句英文也不会。老师和其他同学家长听了都很惊讶，夸奖女儿。如果有人夸女儿聪明、漂亮，感谢之后我会私下提醒女儿，聪明、漂亮都不是成功的要素。她英语进步得快，是因为她敢说、爱说，不断地练习自然进步快，是这个努力的过程帮助了她。

二女儿从小就很独立。她从1岁开始就自己吃饭，3岁开始自己洗澡。她既能和别的小朋友友好相处，也能泰然自若地独自玩耍，表现出超出年龄的成熟。在我的定义里，性格决定命运。尤其在童年时，培养健康的心理和良好的性格比学到多少字母或者加减法要重要得多。

我是如此珍惜和孩子们相处的每一分每一秒，因为我知道时间逝去永不回头。我能拥有的时间是如此短暂，但也如此美好。这是一个全新的幸福领域，没有成为父母之前是完全无法想象的。一次我问刚满7岁的大女儿："你说爸爸妈妈这么辛苦，为什么还要孩子呢？"她想了想，眨眨眼说："因为你们想体验爱。"当时，我很感慨，也很感动。是啊，父母对孩子的爱是这个世界上最纯净、最无私、最伟大的爱。自从有了孩子，我再也不惧怕死亡，因为我知道我在这个世界有了延续，有了痕迹。

从孩子的第一声啼哭开始，母亲的心就永远有了最温柔的牵挂。孩子的第一次笑、第一次爬行、第一次走路、第一次上幼儿园、第一次看病打针、第一次摔倒、第一次拥抱你、第一次反驳你，所有都深深刻在脑子里，都是这么珍贵的回忆，永远陪伴我。我努力地抓住相处的点点滴滴，放在我记忆的最深处。我知道很快你们就会离开爸爸妈妈，展翅飞翔在自己的世界里。你们会有自己的孩子，会把全部精力和爱倾注在他们身上。我会用最温柔的目光凝视你、关注你、祝福你，我会在你需要的时候付出全部，义无反顾，甚至是自己的生命。我对你们充满了感激和感谢，感谢你们让我的生命得以完整。

爷爷在大女儿一岁生日时曾为女儿写了一首诗：

> 人们说仙女最为美丽，告诉你仙女只是传说。
>
> 人们说花儿最为可爱，告诉你花儿能比你何。
>
> 我把你抱在我的怀里，我把你带进我的心窝。

我让你感受我的挚爱，我让你融入我的脉搏。

你使我心灵得到抚慰，你让我精神有了寄托。

你使我生命得到延续，你让我人生有了停泊。

快来吧春天暖风吹你，快来吧春天柳叶婆娑。

我要让绿草映你双眼，我要让黄鹂为你欢歌！

什么是幸福

2009 年，几个姐妹第一次提到想写点什么，当时想到的书名就是《寻找幸福》。我们这一路走来，有辛苦，有欢笑，有泪水，有付出，所做的一切不都是为了寻找幸福吗？如果想寻找幸福，那么首先要理解什么是幸福。这恐怕是个仁者见仁，智者见智的问题。在哈佛读书时，学校提出很多让我们思考关于幸福的话题，探讨了很多案例，举办了很多讲座。相信很多人对于幸福的定义在那之后也发生了改变。

在经历了求学、打工、创业、爱情、婚姻、育子后，在不同的地域生活过后，在体验过不同的文化后，我逐渐开始有了自己对于幸福的粗浅的理解。这些零碎的理解，既不深刻，也不全面，只是抛砖引玉，与走在追求幸福路上的你分享。

"盖章"也是必要的

我们从小努力学习，争取上名牌大学，进顶级公司，一路给自己"盖章"。这是一个必要的过程，是一个检验我们的过程。拥有这些的确能帮助我们获得自信，增加眼界和视野。人都是社会动物，谁也不是一生下来就拥有强大的内心，能不为外界所动。只有首先通过共同认可的标准去检验自己，才能为自己正确定位，才能拥有自信，才有了进一步获得幸福的能力。当然，不是说一定要上好大学，进知名公司才是幸福的第一步，而是我们每天与自己相比，在不

2015 年哈佛毕业 10 年后重返学校

断进步和成长。健康的欲望和目标是前进的动力。

但拥有了名利显然不等于就拥有了幸福。我们看到很多功成名就的人，有的得了抑郁症，有的自杀。看过一个美国的报道（虽然有点极端），一个中年男子买彩票中了巨奖，本以为人生将从此走向幸福，却没想到一夜暴富让他无法驾驭财富、驾驭内心，他开始挥霍，最后离婚，财富也很快散尽，以自杀告终。我们正确地看待"追逐名利"，把它转化成追求幸福的手段，让自己的内心与自己外在的"名利"同步成长。

幸福＝现实－预期

在任何一个时点，我们的幸福感是现实与预期的差异。比如，我们谈恋爱，如果小的时候看到父母经常吵架，周围的男性群体都偏大男子主义，那么当我们遇到一个能够问寒问暖的追求者时，由于预期较低，就容易满足和动心。再比如，我们去看电影，如果只是随便挑一个看，没有预期，可能常常有意外之喜。如果听别人说特别好看，就带了高预期去观影，经常发现有些失望。生活中这样的例子比比皆是。

应用这个简单的公式来看如何提高实际，如何降低预期，从而提高那一刻的幸福感。举个例子，对于自己的工作不满意，提高实际就是提高自己的能力。比如你可以去进修一些课程，把自己的价值提高，再去找新的更好的工作；你也可以对自己的能力有正确的评估，设立正确的预期。最怕的是"心比天高，

才比纸薄"。我招聘的员工大多是
90后，他们有创造性，敢于彰显独
特的个性，非常自信，这些都是很
好的优点。但也有个别员工由于对
自己有不正确的预期，跳槽现象严
重，可是却越跳越差。还有一个例
子，可能更有普遍性，就是家里找
打扫卫生的小时工。我听到很多人
在抱怨小时工的责任心差，工作态
度不好。如果应用这个公式，提高
在找小时工这件事上的幸福感，你
可以千挑万选，并且付高工资去寻
找"金牌小时工"；或者调整自己
的预期，告诉自己不能期望小时工
像自己一样，只要把工作内容和检

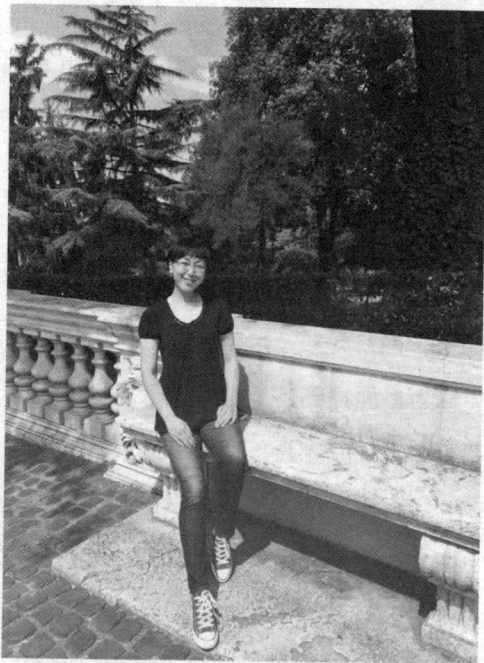

2015年夏天在意大利

查标准定清楚，抓大放小，然后学着"睁一只眼，闭一只眼"吧。

再进一步想想，有意识地降低预期的背后实际上是感恩之心。对于自己所
获得的、拥有的，总是怀着感恩的心情。这也是为什么很多人谈到在皈依宗教
之后感觉自己的家庭关系改善了，幸福感提高了，其实是大部分的宗教都在教
徒众用感恩的心去对待人和事，有了感恩的心，预期自然下降，不会再觉得什
么都是应该的，而是用感激的心情去面对。我们古语所讲"知足者常乐"也是
相同的意思。

幸福来自内在激情和外在意义的有机融合

我们看到了很多不同的动力来源，有逆境，有歧视，有名利，有想赢的欲
望，所有这些我也都经历过，但这些都不是持久的。比如，当年在大学流行打

羽毛球，我和老公就苦练，成为双打佼佼者，直到哈佛，在中国同学中也能保持这个纪录。但我的内心深处并不是真的喜欢打羽毛球，为了赢而去奋斗的动力难以持久。再比如，我曾经觉得学会打高尔夫对于未来的事业可能有帮助，于是曾经集中一段时间，每天练习 500 个球，很枯燥，很无聊，支撑自己的只有想赢的欲望。同样这难以持久。后来，我有很多年不再打高尔夫了，直到最近又重新捡起。但现在打高尔夫的动力完全不同了。我只是喜欢在蓝天白云下，和几个好友聊聊、走走。我不计杆数，偶尔打出一个好球，心情很愉悦。

当上面提到的这些动力不再存在后，我们的动力又何在，幸福感又何在？直到今天，我才真正理解了激情才是能长久推动我们不断前进的动力。

所有伟大的人的故事好像都在佐证这个观点。从贝多芬到林肯，从乔布斯到甘地，激情就是我们自己的"信仰"。当我们年轻时，还不清楚自己的激情落在哪个领域的时候，就需要我们"跟随我心"勇敢地去尝试，去犯错，去体验，直到找到自己的激情所在，无论是唱歌、写作、经商、旅游，等等。比如，在温哥华有几家有名的做定制蛋糕的店，蛋糕师从小就喜欢烘焙，又具有艺术感，她们创造的蛋糕绝不仅仅是美味可口，更是艺术品，为那重要的一刻带来宝贵的回忆。她们就很幸福地找到了自己的内在激情和外在意义的有机结合。大女儿过 7 岁生日的时候，我找到其中一位蛋糕师，希望为大女儿做一个有意义的蛋糕，让这个蛋糕在女儿的长期记忆里"飘香"。是啊，我们对过去的拥有，不是物质，而是回忆。这个蛋糕师和女儿共同设计，在打开蛋糕盖子的那一刻，女儿和她的小朋友们都惊呼起来。

如果我们的内在激情又能使我们从事的事业有积极正向的外部意义，那么我们就会在很长的时间里觉得幸福。这些正向的外部意义会使我们感到自己的影响力，感到自己获得了认可和尊重，改变了他人。而这正是马斯洛所讲的人的最高层次的需求。

每一个个体都是独特的，我们的追求都是不应该有边界的。找到对社会有意义的内在激情，开始我们的幸福之旅吧。要知道，无所谓早晚，只要我们愿意开始就永远不晚。

躲开让我们不幸福的情绪——嫉妒

嫉妒心是人的一种身体上的化学反应，每个人或多或少都有些。嫉妒心实际上是在日常生活中悄悄地破坏自己幸福感的最常见的"罪人"。随便举个例子，比如我们工作表现不错，工资涨了 10％，回到家正和家人庆祝，突然听说隔壁老王的工资涨了 20％，我们的幸福感立刻消失了。明明我们的情况在改善，和老王无关，但是我们却不由自主地选择放弃幸福感，转而产生痛苦的情绪，这是对自我的伤害。如果再因此嫉恨老王，并采取一些错误行动，而伤害了老王，则嫉妒心不仅害了我们，还害了对方，在整个社会层面也增加了成本。被害的老王，又可能采取进一步的行动来报复。从理性的角度看，这是有百害而无一利的。

如果每个人能把嫉妒转成羡慕，并形成自己前进的动力，那么大家形成"你追我赶"的良好的风气，才是双赢的结果。自私一点想，为了自己的幸福，我们需要躲开嫉妒的情绪。

幸福是三种平衡

第一种平衡是自己跟自己的和谐相处，达到平衡的状态。爱自己，了解自己的强项，包容自己的缺点，不自贬，不自傲。人们经常在"波谱"的两端摆荡，或者自视甚高，或者妄自菲薄，真正做到内心强大、外在谦虚的人并不多。我自己同样在摸索实践的路上。

第二种平衡是事业与家庭的平衡。我特意回避了工作的字眼，因为事业是更广泛的概念。短期内我们可以只顾一头，但长期则难以维持。我前面在这个话题上谈了很多。

第三种平衡是亲情、友情、爱情的平衡。人的一生走的是"情"路，这三种"情"好像三角形稳定的三边，构架了我们的生活。而情的核心是"爱"字。

亲人之爱，朋友之爱，恋人之爱，我们在爱中成长，又给予爱。古人常讲"欲求先予"，爱也是一样。在哈佛读书时，我们看到一些成功的企业家，他们从事的工作是自己有激情的，对社会的进步是有意义的，但是他们太忙了，忙得没有时间去给予爱、去体会爱，他们用自己的真实经历向我们分享了这个道理，无论社会如何发展，科技如何进步，人变得如何强大，没有爱的人是不会感到幸福的。爱好像存在银行里的钱一样，要先存进去，才能支取，可以有短期的透支，但是无法长久。

这几种平衡只是从不同的维度看待我们的人生。抛砖引玉地提出这几个方面只是希望读者能在生活中多一种思路。如果说专注指的是短期内做一件事情的态度，平衡则是对人生的长期态度。平衡就是取舍，需要智慧，需要勇气，需要了解自我。

幸福首先是主观的，不是客观的。它是我们自己的内心感觉，与外在的物质关系不大。幸福不是与生俱来的，是经过后天的生活、历练逐步去靠近的。事业的成功或者爱情的滋养都是帮助我们获得幸福的一个途径，而非全部。如果对如何追寻幸福在人生早期多做思考，会帮助我们在寻找幸福的道路上更加有的放矢。人生是一场修炼，所有外部的认可、诱惑、磨难、考验最终都投射到我们的内心，形成了独一无二的我们，世界在这个意义上来讲，是"唯心"的。我们修炼的也是自己的内心，一生最终克服的也是我们自己的内心。我和你同样在路上。

孔慧瑾

孔子后人，浙江省绍兴人。先后就读于加拿大温斯顿丘吉尔中学（Sir Winston Churchill Secondary School），美国宾夕法尼亚大学沃顿商学院（University of Pennsylvania），以全校第一名的成绩毕业（GPA 分）。哈佛商学院工商管理硕士（MBA），并获得最高荣誉（贝克者）。

就读哈佛商学院之前在麦肯锡纽约办公室工作。商学院毕业后先在麦肯锡纽约和麦肯锡上海办公室工作。之后在南华早报集团任职，为核心管理团队成员之一，公司发展总监。目前是CEO辅导帮助大型公司和家族企业接班者提高他们的领导力。

2014年参与创立"瑾瑶有叙"微信公众号，获得良好反响。

孔慧瑾 著

这里要特别感谢本书孔慧瑾部分的执笔人黄璟女士。没有她无私地投入大量的时间帮助修改和润色，就没有慧瑾的心路历程的真实再现。

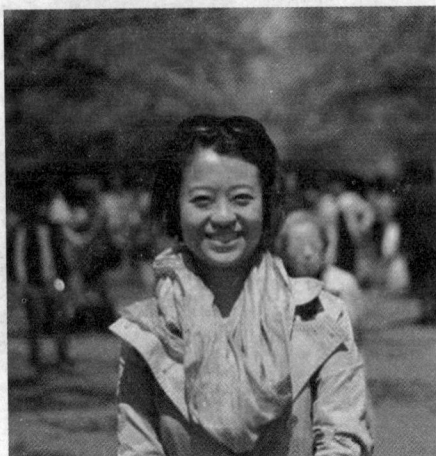

黄　璟

● 毕业于复旦大学和伦敦政治经济学院
● 从事金融领域工作，曾任职于麦肯锡咨询、德意志银行和安邦保险集团
● 曾在西非从事为当地种植可可豆农民设计小额贷款产品的志愿工作，并担任比尔及梅琳达·盖茨基金会健康类项目官
● 与慧瑾一起创建公众号"瑾璟有叙"，旨在探索和建设意义人生

长按关注

瑾璟有叙
Purposeful-life
活出属于自己的意义人生

瑾璟有叙

我小时候跟爸爸、奶奶

我和妈妈去看奶奶

哈佛商学院同学

我和哈佛商学院同学共创高中生领导力培养夏令营

姐妹三人在梵蒂冈教堂前搞怪

麦肯锡中国的团队

事业篇

追求卓越

　　我的"奋斗史"大约可以从 20 世纪 90 年代初算起吧。那时，10 岁的我和妈妈跟随出国留学的爸爸飞越重洋，从上海来到加拿大的小城温尼伯（Winnipeg，加拿大西部的一个城市，人口稀少），远离故土和亲人，开始了一家人在异乡孤独而又充满温情的生活。

　　移民的经历改变了我之后的人生。我很难想象如果爸爸没有来加拿大念书，自

209

己此时的人生会是一种什么样的景象。这样说并不是因为加拿大，或是西方国家，他们的技术多么先进，物质多么丰富，而是因为这里提供了能够启发和鼓励孩子天性成长的土壤。从温尼伯到温哥华、哈佛，一路上我都非常幸运地在顺应了自己天性的环境里自由而茁壮地成长。

在温尼伯的一年多里，我虽然是一个外来移民，英文也说不流利，可是遇到的每一个人都是那么热情、友好，这与温尼伯最著名的寒冷天气形成了鲜明的对比。我依然记得在温尼伯结交的第一个外国好朋友 Rebecca 热情地邀请我到她家里做客过夜；学校为了帮助我尽快适应当地环境，还为我安排了免费的私人语言老师，她个子高高大大，笑容却很甜美。爸爸所在的学校对我们一家人照顾有加，经常邀请我们参加学校的教会活动；我们宿舍里的华人团体也在生活的方方面面为我们提供了尽可能多的支持和帮助。我来到加拿大大约一年半以后，就已经毫无隔阂地融入当地生活之中了。

搬到温哥华以后，这里的气候更宜人，工作机会更多（对爸爸妈妈来说），条件更优越，不过对我来说，大城市温哥华与小城市温尼伯相比，则少了些许亲近感。但是这种淡淡的失落感很快就被新的兴奋点取代——我上中学了！我上的丘吉尔（Churchill）中学是一所很大的学校，每届学生有四五百人之多，学科设置也非常丰富完善，在这里，大家可以充分依照自己的兴趣来选择学习的内容。我选择的是 Enrichment class（强化班）以及之后的 Pre-IB（国际高中文凭预科）和 IB（International Baccalaureate，国际高中文凭）课程。这里特别说说对我产生深远影响的 IB 课程。

IB——International Baccalaureate，这个课程主要包括两方面：知识体系和论文研究。其中知识体系包含两年的必修课程，旨在让学生了解不同学科之间的内在关联，并鼓励开放的思想和批判性思维。它的基础框架是思维方式（ways of knowing）以及知识领域（areas of knowledge）。思维方式包括了感觉、理论、语言、情绪，等等。知识领域则包含了自然科学、人文科学，如数学、艺术、道德、历史等。论文研究通常是独立自主完成的研究型文章。它主要是为本科研究型学习做准备，并鼓励学生根据对不同的知识领域的兴趣，有机会选择其一进行深入研究。论文的重点放在研究过程上：它鼓励学生形成一个适当的研究问题，并通过亲身探索来获取答案；同时要求学生表达自己的想法，形成一个观点，并利用这一过程来分析、提炼和评价知识。

IB 这一整套严谨而又丰富的体系为我打开了通向广阔自由世界的大门。它教给了我认识世界的逻辑和方法，尤其是培养了我在国内可能没有办法获得的"批判性思维"（Critical thinking），同时也不断更新我的世界观和人生观。我记得自己很多次与同学们在课堂上，激烈地就某一个话题进行有趣的辩论；也时常回想起我的两位极其出色的历史老师，威廉斯先生和马修太太，是他们的循循善诱，让我深深爱上了历史学习（我曾经一度立志长大要做一名历史学家）；还有我曾经选的法律课程，我真的有机会亲临法庭现场看控辩双方的唇枪舌剑！这份经历直到今天都让我受益匪浅。很多次我在阅读商业合同或是某些法律文件的时候，并不觉得生涩难懂，想必是得益于我高中时代的那些法律入门经验吧。

从那时开始，爸爸的知识分子基因在我身上显露无遗。我喜欢读书，喜欢思考，喜欢与人辩论。我作为学校辩论队的一员，参加了很多次辩论赛；也时常赢回很多智力竞赛的奖杯（多么典型的中国式好孩子）。在这里我找到了跟我同样热爱学习的同学、朋友，特别是我最好的朋友 Rachel。我们两个人永远一起坐在课堂的最前排，争相发言，甚至还互相辩论，吵得不可开交。我们因此被同校和其他中学的同龄人称为"可怕的丘吉尔中学女孩们"。但是在豆蔻年华的姑娘都应该擅长的社交、打扮这些方面，我却毫无天分，以至于从那开始的很长一段时间我的世界里只有功课，朋友也少得可

小大人：我和爸爸妈妈在温哥华，中学时候

怜：我完全沉浸在自己的世界里，我的欢乐和悲哀不和人分享也不用人分担；我的审美观糟糕得一塌糊涂，还时常被 Rachel 嘲笑（她说什么来着？对了，粉色上衣配花领结，真是惨不忍睹）……而我对此倒也大大咧咧的，并不放在心上。

因为我知道这个世界上有比社交和打扮更重要的东西，是我不能没有的东西——那就是顽强拼搏的意识、坚韧不拔的毅力和对成功的渴望。在加拿大的这段时光里，尽管我自己幸运地得到了当时可能得到的一切帮助，但是我依旧耳闻目睹了早期华裔移民的艰辛：抛开物质条件不谈，由于语言和文化的差异，由于加拿大相对有限的市场和机会，很多有才能的华人并没有取得他们（相比在国内）应有的成就，以至于终生碌碌无为、郁郁寡欢。我平凡家庭的背景，以及作为移民所面临的周遭环境的不确定性，使我坚定地认为，只有依靠自己，努力学习，变得优秀、更优秀，才能赢得出人头地的机会，才能改变自己和家人的生活——这才是我生活的宇宙中心。

经过移民初期的挣扎与适应之后，我慢慢发现，在奋斗的道路上，真正的对手其实只有一个，那就是我自己。很多次的关键选择，我并非是在与人竞争，而是在与人类天性中的随遇而安、欲求不满、患得患失等弱点对抗。成长就是不断战胜自己的弱点，每一次胜利，得到的就是更大的自由。

我在"世界范围内"的第一次成功要数成功申请到宾夕法尼亚大学沃顿商学院的本科项目。其实申请沃顿本身就需要很大的勇气和信心。虽然我所在的加拿大温哥华的中学实力还可以，但是它并没有为英美大学名校培养后备的传统。还好在我前一届的两位师兄做了吃螃蟹的人，分别申请到了哈佛和与哈佛齐名的沃顿这两所大学的本科学习机会。他们的例子深深激励了我：为什么不勇敢试试呢？也许我行！

临近高中毕业时，我已经被加拿大最好的大学之一——多伦多大学录取，而且还得到了全额奖学金。按常理我应该心满意足；而申请哈佛、沃顿这一级别的学校在当时的大多数同学们眼里一定是个自不量力的念头。这是一次小小的冒险，我和好朋友 Rachel 决定悄悄地结伴申请。我们没有求助于别人，而是自己研究申请的过程和标准，讨论如何写自我介绍、准备各种材料。现在回想起来，如果那时候我安于现状，现在肯定将是另一种境况。骨子里的那种不肯安于现状、追求卓越的精神就从那时起，把我带上一条生活的快车道：一旦上场，就只有不断加速，很难停下来了。

申请材料准备好寄出以后，就是随之而来的焦灼等待。一方面我安慰自己，能做的我都做了，不求尽如人意，但求无愧于心；另一方面想到申请这些学校的候选人都是"世界级"的一流人才，心里很是忐忑：渺小的我真有机会和他们一拼高下吗？这大概是我第一次意识到自己和这个世界之间的相对位置关系，那样不安，却又充满期待。四个月后，我收到了宾夕法尼亚大学沃顿商学院和另外一所美国名校的录取通知书。

眼看梦想成真，我却又有了新的烦恼：大学一年学费加生活费要六万美金。这对我们当时还收入微薄的家庭来说简直是一个天文数字！在这个关键时刻妈妈做了一个让我至今都感激不尽的决定：卖掉房子（唯一的）供我上学！更加让我感动的是，Rachel 的父母听说了我的情况，提出愿意资助我。现在回想起来，我人生中的每一次关键时刻似乎冥冥中都有种力量在帮助我，这算是其中比较重要的一次，尽管后来沃顿给了我一笔数目可观的助学金，再加上爸爸妈妈的积蓄，我们家并没有真正"砸锅卖铁"供我上大学。这些善良无私的人们给我带来的一次又一次关怀和鼓励，让我在之后的人生道路上也心存感恩之情，时时提醒自己不忘以同样的心去对待其他需要帮助的人。

来到费城后，我的日子紧张而又充实。我在沃顿就读的是一个双学位项目——洪博培项目（Huntsman Program）。这个项目旨在吸引那些对商业和国际事务有兴趣的申请人，为未来的国际竞争培养领导人才。我们那一届有 40 个来自世界各地的学生，每个人都需要能流利地运用除了英语以外的第二语言；本科第三年还要到国外交换一个学期。

第一年我们都住在国王宫殿（King's Court）宿舍三楼，同学们每天晚上互相串门，一起学习，一起分享见闻。在这里我第一次体会到了美国的"精英教育"理念：学校利用各种机会潜移默化地教育我们，并让我们相信，我们是独特的一群人，我们的未来有无限可能，学校将因为我们而自豪。和其他许多一流的国际商学院一样，沃顿通过课堂教学和丰富的课外及社会活动，着力于培养学生的商业判断力和团队领导力，使绝大多数毕业生在走出校园后能够迅速适应职场的挑战，成为美国商业社会的中坚力量。

在沃顿，学习依然是我生活的重中之重。然而沃顿也给予了我在课余时间接触商业社会的宝贵机会，其中最重要的经历要数我在大学的银行里兼职工作的那一段了。宾夕法尼亚大学学生联合信贷银行（University of Pennsylvania Student Federal Credit Union）是个专门为宾夕法尼亚大学学生服务，并由学生们自己运营的银行机构。它的规模不大（1997 年的资产规模大约 1 000 万美元，服务于 4 000 人左右的客户群），员工也不多（大概 100 人左右），但是整个机构的运营是完全按照一个标准的银行来设计并实施的。我从大学一年级开始进入这家银行工作，从柜员开始，历任客户经理、运营经理、客户服务主管等职位，一步一步晋升至暑期主管经理和副行长，这些经历使我对西方商业社会和其中的行为规则有了更直观的认识，这为我在大学期间申请实习以及后来的工作都打下了非常坚实的基础。

大学第二年暑假，我作为暑期主管经理，带领另外三个同学独立负责了整个暑假的银行运营工作，这大概是我第一次作为一个"领导"来带领一个团队。我还清楚地记得那三位和我一起工作的"下属"：一个印度女孩，一个印度男生，还有一个美籍韩裔女孩儿。那位印度女孩的行事风格和大家很不同（我猜想大概从小在家里她都是一个被照顾的乖乖女），因此我花了很多时间来了解她的言行、想法，并充当了她和其他两人之间的"减震器"和"传话筒"。除了一些小摩擦之外，总的来说，那个夏天我们四个过得很愉快。后来我的同学回忆起这段经历，都几乎一致地认为，那个时候的我，已经具备了领导一个团队的天赋和技巧，这段经历也为我以后胜任更重要的职位打下了基础。

大学第三年伊始，我遇到了一个左右为难的问题：要完成双学位，我必须去法国交换一个学期，但是与此同时，我所服务的银行也正要进行管理层换届，选举出新的行长。去法国交换，我就要放弃争取做行长的机会。要知道我已经在这家机构工作了将近两年，对业务比较熟悉，与团队的磨合也进入了一个比较默契的阶段，大家都希望我能够努一把力，更上一层楼，实现新的自我突破。

这大概是我长这么大以来第一次明白什么叫"鱼和熊掌不可兼得"。当我付出很多努力后才发现，我面临的最大约束竟然是自己——我的时间。应该怎样把有限的时间花在对我来说最有意义的事情上？在我征求意见的人当中，大部分人还是保守地认为，学生应当以学习为重，完成双学位对我来说应当是一个不容置疑的选择。况且留下来竞选行长也存在落选的可能性，毕竟没有什么是板上钉钉的。无论怎么选择，同时也意味着放弃。而此前在我的人生字典里，放弃几乎是可以和失败画等号的。我需要重新审视人生的选择。

这一次，我冒了个更大的险：留下竞选银行 CEO。做选择的那个时刻我非常清楚自己已经放弃，或者说注定失去的是什么，可是对于将要得到的却非胜券在握。我只是笃信，竞选行长比起获得双学位对我来说更有挑战，因此也更具吸引力。走出自己的"舒适区"——这是继我大胆申请沃顿商学院以后的另一个对我今后的人生产生深远意义的选择。我至今都还记得，当我战战兢兢走到最喜欢的微观经济学老师办公室里，告诉他自己放弃双学位的决定时那种无比自责与愧疚之情。听从自己内心的声音，不被外界期许和评价所束缚，敢做

择不去的才是青春——三个哈佛女生的成长手记

敢当——这些朋友们今天对我的评价，其实从大学三年级的那次"弃学从商"的选择时就开始酝酿了。这种性格和担当让我在那之后经历了很多挣扎甚至痛苦，但却也收获了很多宝贵而丰富的人生经验。

最后，我如愿以偿地当选了那一届的学生联合信贷银行行长；同时在大学四年级末，我以积点4.0，即各科全A的成绩从沃顿商学院毕业。我放弃了一些，却得到了更多。艰难的抉择，带来的是一片碧海蓝天。

人生中总有那么一些关键时刻，如果选择不同，很可能把我们带向地球的两极。对我来说，其中非常重要的，就是申请并进入哈佛商学院。大学毕业后我进入了麦肯锡咨询公司纽约办公室担任商业分析员，两年后，也就是2002年底，根据公司的规定，我需要离开当时的岗位，要么由公司出资供我们继续到商学院深造（一般是两年），并可以在毕业后回公司继续工作；要么选择到其他企业工作，暂时（或永远）离开麦肯锡。这是麦肯锡用来保持自身文化和思维多元性的重要举措。

于是像所有同事一样，我两手准备：一边找工作，一边申请商学院。虽然一开始不算太顺利，不过幸运的是，不久我便得到了一个直到今天都令无数人梦寐以求的工作机会：高盛银行投资部（Goldman Sachs Principle Investment Area，PIA），并于不久之后得到了哈佛商学院的录取通知。我再一次面对着这样一个甜蜜的烦恼：向左走，还是向右走？

这一次的选择和四年前的那次双学位 vs.银行行长相比，相同之处在于，我再一次面临着确定性与不确定性的选择：是马上接受这一份令人羡慕的工作，华丽转身，进入热得发烫的投资圈，还是稍微缓一口气，到学校里给自己充充电？而与上一次相比，这一次的选择难度似乎应该不大才对：如果读商学院的最终目标也是为了找到一份有竞争力的工作，那么既然现在工作已经在眼前了，不就应该落袋为安吗？况且在形势瞬息万变的投资圈，也许今年的牛市转眼到了明天就会变熊，俗话说得好，机不可失，时不我待。

可是我犹豫了。四年前我放弃了双学位选择竞选银行CEO，是因为我不惧竞争、渴望挑战的强烈求胜欲；而这一次，我面对极富挑战性，回报上也相当有吸引力的投资工作，问的第一个问题却是：这真的是适合我，并能够点燃我激情的事业吗？抑或是对于那时的我来说，这只是一份与我的沃顿、麦肯锡经历相比"差不多好"的职业选择？说实话，那时候的我对这两个问题并没有毋庸置疑的答案。可是有一点我是确定的，那就是纯粹的金钱回报对于我来说并没有太大的

215

吸引力。当我的投资银行界朋友对他们一手促成的各种交易高谈阔论的时候，我也并没有和他们一样的热情和执着。我想这其中并没有太多的理性因素在起作用，更多的，就像一句老话说的：萝卜青菜各有所爱——这样看来，这份令人称羡的工作其实未必适合我。

看过电影《华尔街之狼》的人们应该都不会对这样一幅场景感到陌生：在纽约，华尔街，有无数年轻人怀揣着远大理想，从全世界汇聚于此，每天都上演着一举成名、一夜发家的各种传奇故事。我的求学经历和第一份工作也似乎为自己书写那样的传奇故事铺就了一条金灿灿的大道。只是，在这条大道上，并不是每个人都能够时不时清醒地扪心自问，人生的方向和意义到底在哪里，并在走岔路的时候及时纠正的。

这是一次理性与情感的对决。好在我的抉择过程并不痛苦——我选择放弃了自己并不那么热衷的投资工作，很有礼貌地回绝了高盛的 offer（在下一章中我将与你分享这其中的故事）——要知道那时几乎所有的朋友都认为我"疯了"。可是我自己知道，按照乔布斯的说法，那时候的我是"跟随了自己的内心"。说实话，直到今天，我都很难理性地比较到底哪一种选择在现在看来更"明智"，能让我更"成功"，只是站在今天这个时间点上，我很庆幸，多亏当初那一个感性的决定，我的人生因此而改变。2003 年秋天，我离开纽约，带着一箱轻便的行李，来到波士顿的剑桥，再次回到绿草茵茵的校园。

站在哈佛校园门口，我想起了妈妈曾经告诉过我，就在我还在妈妈肚子里的时候，爸爸经常抚摸着尚未来到世间的我，轻轻地呼唤着："小哈佛、小哈佛！"这或许是对我的第一次胎教，也是爸爸那未曾圆的哈佛梦的流露。1989 年，当时在加拿大攻读城市设计的爸爸曾到哈佛大学设计学院演讲并交流博士课题，但因 1976 年脑外伤手术后身体欠佳，未敢读博。而 14 年后的今天，我终于成了一个名副其实的"哈佛学子"！

曾经有人对我说，"卓越"是一种习惯。我想暂且不论"卓越"一词本身的褒贬，"卓越"表达的其实是一种敢于梦想、勇于争取的行为处事的态度——借用现任美国总统奥巴马的自传书名，就是《无畏的希望》（The audacity of hope）。如果我没有"勇闯"沃顿，可能将待在舒适的温哥华过上按部就班的生活；如果我不"越位"地去争取银行 CEO 的工作，我可能会错失一个极佳的认识社会、领导团队的机会；如果……好在生活没有如果。假使我不敢想、不敢追求，将一次次失去挑战自己、挖掘自身潜力的机会——这些机会不会从天上掉下来，只可能是我主动寻求的结果。同时，追求卓越并不意味着永远成功，而是不断在给自己创造失败的可能。不经受这样一种历练，我将永远活在自己狭窄的舒适区里，而没有办法"长大成人"。在追求卓越的过程中，我实现了人生一次又一次的飞跃。

到阳台上看看

接受沃顿大学熏陶后的我立志于成为全球 500 强公司的总裁，我想这大概也与我愿意承担责任、热爱做决定的性格密切相关。沃顿给学生提供了真刀真枪的接触各类商业机构的机会，比如大学三四年级之间的暑假，大部分同学都会选择到各类商业机构里担任实习生。我选择实习单位的方法很简单，那些有着培育 500 强 CEO 优秀记录的机构，就是我的目标！

于是麦肯锡和通用电器公司（GE）便进入了我的视野，去两者其中之一实习便是我学习如何经营业务、管理公司最快最稳妥的路径。我和麦肯锡的第一次接触是在 2000 年夏天，麦肯锡纽约办公室暑期实习生的招聘面试。我很"不走运"地遇到了一位当时以面试时出难题而闻名的董事合伙人。他以"传说中"的咄咄逼人的态度和步步紧逼的问题压得我喘不过气来，甚至差点当场投降！面试后我沮丧极了，一度认为自己肯定得不到实习机会。没料到半个小时后我接到电话，说我被录取了！那一年，我成为麦肯锡纽约办公室首届五个实习商业分析员（Summer Business Analyst）之一。

那个夏天是美好的。我当时的项目是帮助一家银行分析是否应该把一个子业务剥离出去，单独上市。我负责建立模型来评估未来的股票价值。负责项目的董事合伙人在加入麦肯锡之前是普林斯顿（Princeton）大学的物理教授，那可是天文学家级别的智慧（后来这位仁兄成了花旗集团的副董事长）。他对工作精益求精的"挑剔"态度，让我对"工作质量"的定义不断提升。尤其是最后项目汇报的那天早上跟他的一对一答辩（我的项目经理睡过头了！可见麦肯锡真是不拘一格降人才的好地方）。这是我第一次和一位如此资深的商业领导人"过招"，虽然我很紧张，但因为之前准备充分，他问我的每一个问题、每一组数字，我都对答如流。我们的项目顺利过关。项目结束后虽然客户没能按照我们的建议马上把子业务分离出售，但是后来的市场发展证明，我们的分析预测是正确的。即便是今天回头看看，那个估值模型应该算得上是我整个麦肯

217

锡生涯中分析难度最大的一个，还竟然是在我作为实习生的时候完成的！

实习结束后，因为我实习期间的出色表现，我获得了次年麦肯锡纽约办公室的工作机会。麦肯锡是个喜欢脑力挑战的人（我！）的天堂——接受麦肯锡的工作机会，对我来说是一个顺理成章的决定，最主要的是因为我喜欢这里的文化。我在麦肯锡惊讶地发现，有很多在麦肯锡服务超过十几年，甚至二十几年的资深合伙人和专家，即使在面对着像我这样一个初出茅庐的小丫头的时候，

也依然认真倾听。在麦肯锡，想法的质量至上，在"解决问题"这件事情上反对等级观念：不论说话的人的经历和经验如何，讨论问题时人人平等，不能以"我吃过的盐比你吃过的饭还多"作为陈述观点的理由。当时的第一感觉就是，它很适合像我这种喜欢也敢于直陈己见的个性，让我的"批判性思维能力"得到了很大的发挥和发展。我找到了一种

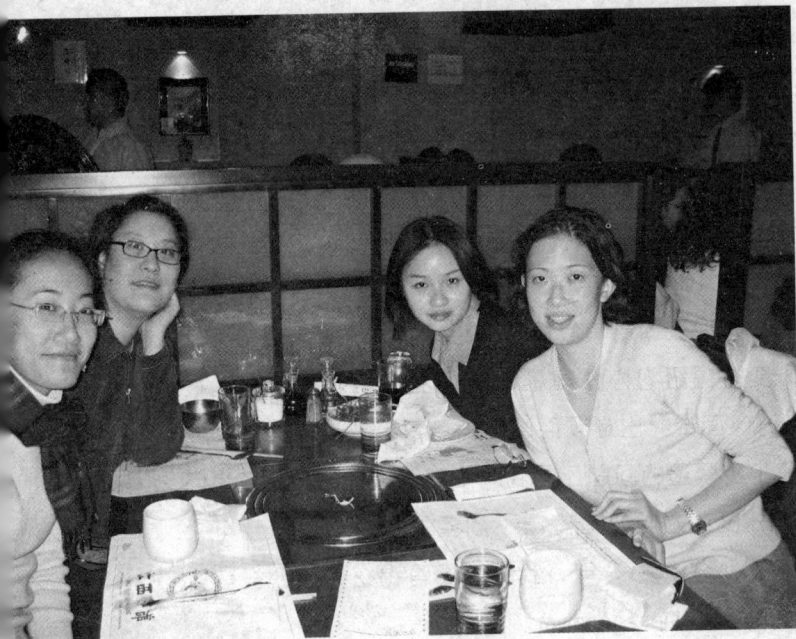

刚开始工作,跟大学同学聚会

"家"的归属感。

在麦肯锡工作虽然很具挑战性，很辛苦，但同事们都出类拔萃，而且互相关心照顾。我在麦肯锡纽约办公室实习时的项目经理王颐（是的，就是那个睡过头的家伙）也是华人，在项目上时，他请我到他家里吃饭；多年以后当我从纽约办公室转回上海办公室，他依然张开双臂欢迎我，给我创造了很多宝贵的发展机会，是我在麦肯锡最重要的"贵人"之一。直到今天我们还是朋友，依然保持联络。

在麦肯锡的最初两年不仅培养了我的工作能力，更改善了我的性格，提升了我的"情商"。

我陆续碰到很棒的项目经理。全职加入公司后，我的第一个项目经理曾经是美国海军核潜艇的军官，什么天大的事情在他眼里都云淡风轻，能被他轻描淡写地化解。他对我的要求很高，在项目仅仅开展了几个星期以后就要我独立负责自己的工作，不用什么事情都去问他。用他的话说，我需要从让他督促我改变，到自己推动自己改变。这一思想上的转变让我受益匪浅，我从工作的最初就建立了强烈的工作责任心和主人翁意识，从那以后无论做任何事情，我都要求自己不为了别人，而是要对自己负责。

另一个重要的进步是我学会了有意识地走出自己的舒适区，克服恐惧。此前的我性格内向，很怕和陌生人打交道，但有些项目又一定要通过陌生电话拜访来收集数据，这逼得我只好硬着头皮打电话。一开始我非常紧张，和对方的交流磕磕巴巴，但经过一两次以后，我发现其实没有想象中那么难、那么可怕，效果也比预期好得多——原来沟通也是个熟能生巧的活儿！我第一次意识到，很多恐惧并非来自于事情本身，而是来自于自己对于自己可能的反应的假设。在这个过程中，我交到了不少新朋友，收获了很多乐趣。

但是麦肯锡的生活不可能是天色常蓝，花香常漫——第一年工作结束后，我的分析能力和工作热情都得到了领导的认可，但是大家普遍觉得我跟人建立关系的能力还需要进一步提升。这件事情对我的打击很大，因为此前从来没有人说过我在某个重要维度有缺憾（也许是我不够谦虚地接受反馈）。麦肯锡倡导 360 度反馈，除了领导评判之外，来自同事的反馈也很重要。而同事们对我的反馈是：不够耐心聆听，说话太强势，做事目的性太强，需要将注意力更多放在跟人建立关系方面。以前我都是靠自己的智力和直觉行事，根本不懂人际关系在促成变革过程中的重要性。

为了帮助我切实改进，公司为我安排了一个提高沟通能力的导师——这件事让我伤心了好长时间，也对我触动很大。直到那时我才意识到自己这方面问题的突出和解决这个问题的紧迫。我的内心激烈地挣扎着：这是否意味着我需要放弃自己善于表达、做事凌厉的长处？我真的是大家说的那样糟糕吗？这难道就不能改正了吗？倔强的我不甘心，决定根据导师的建议去尝试不同的沟通方式，把关注点更多地放到跟人建立关系上来。尝试的过程是别扭的，甚至是痛苦的，但是在尝试的过程中，我感受到了改变的力量。通过设身处地、因人而异地进行沟通，我看到了对方态度的转变，也看到了很多问题因为我自己的转变迎刃而解——建立有建设性的人际关系与做成事情本身同样重要。

在一次又一次破茧成蝶的过程中，我深刻体会到了自我反省、自我扩展、自我提升这一良性循环所带来的益处，也为我以后寻找自己的热情所在，并最终选择从事领导力培养方面的工作打下了基础。

麦肯锡带给我的快乐大过于疼痛，即使是疼痛，那也是"成长的疼痛"。我很喜欢《标竿人生》里的一句话："没有改变就不能成长；没有恐惧或失去就无法改变；而不痛苦就算不上失去。"（There is no growth without change; there is no change without fear or loss; and there is no loss without pain.）

在麦肯锡的两年如白驹过隙，转瞬即逝。两年中我得到的业绩评估非常令人满意，我也暗自给自己定下了一个新的目标：从商业分析员直接升级做助理经理（Associate），然后在最短的时间里（比如说再用 4 年）成为全球董事合伙人（当时我已把梦想从 500 强公司总裁变成了麦肯锡合伙人）。可是到了 2002 年底，由于"9·11"之后美国经济不景气，麦肯锡纽约办公室做了一个艰难的决定，要求我那一届以本科生身份加入公司的商业分析员一律不继续留在公司，以便让那年 MBA 毕业以及其他有研究生学历以上的同事们有更多上客户项目的机会。作为对我们这批商业分析员优异表现的肯定，公司将出资供我们继续到商学院深造，并在毕业后回公司继续工作。

这个看似合理的决定，对当时的我来说却是当头一棒——突然之间，我想要快速达成目标的计划落空了。说实话，在那之后的几个月里我相当迷茫，久久不肯接受这在我控制范围之外的变故。很多麦肯锡的同事和导师安慰我，其中令我印象最深的是一位同事很形象的比喻："事业是长跑。你既要有速度，更要有耐力，才能够笑到最后。不必追求永远都是最快最好的那一个选手。"

在领导力发展领域有一个"舞台"和"阳台"的说法，意思是一个领导不仅需要"做事儿"，也需要不断"反省"，在走下"舞台"之后走上"阳台"，去看不一样的风景，收获不一样的心得，这样才能提高领导能力，避免盲目地犯同样的错误。

我想，自己第一次到阳台上去，是离开麦肯锡进入哈佛商学院这一转折，说实话，走下舞台的那一刹那，我其实怕得要死。在那之前，我生活的唯一中心便是工作，或者说是事业上的成就。我根本就是一个工作狂，唯一的目标就是在商业分析员之后被直接提拔到助理经理，然后用一到两年左右时间晋升到项目经理，然后用两到三年晋升到董事合伙人。6 年的百米冲刺计划！多么完美！那时的我沉浸在舞台上的表演之中，也希望穿着这双神奇的舞鞋一直不停地跳下去。而当年麦肯锡纽约办公室要求所有分析员都离开的决定，对于执着于实施完美计划的我来说真是一个无情而又突然的打击。说来可笑，对于这种转变我毫无准备：我还记得当我认清形势，明白留任无望之后有种强烈的被欺骗和被抛弃的感觉，以至于在最初找工作时遇到了很大的困难。堂堂的麦肯锡明星分析员，在到 Capital One（美国的一家商业银行）面试时竟然紧张得走进了男士洗手间！后来的面试过程也一塌糊涂，这两件事一起，给当时颇为迷茫的我带来了不小的压力。我太习惯做自己擅长的事情，处在自己感觉舒适的狭窄环境里，当航向稍一转变，我就不知所措。

很幸运，之后哈佛商学院的经历让我意识到"成功"，或者是"有价值的人生"并不只是工作和职位而已。哈佛商学院同学们多姿多彩的生活让我重新审视并定义"成功"的内涵。我的邻座 Katina 是个保加利亚女生，很年轻的时候就结婚生子了；但是家庭生活并没有限制她的活动范围和想象能力。我清楚记得她似乎永远有源源不断的新奇主意，一个接着一个，叫人赞叹佩服。我的另一个邻座 Christine，性格开朗，态度永远是那么积极乐观；她还是个滑雪好手，我的滑雪技术有一部分就是拜她所赐。课程中我也领会到了，要做一个有影响力的领导，不能只靠智力和严肃的态度，更要有亲和力。我的同班同学 Roben Farzad 是个记者，他先后为多家美国一流媒体撰稿，包括了纽约时报、波士顿

哈佛商学院课堂

环球时报以及华尔街日报等。他幽默的个性以及超强的模仿能力（比如他常常在周五的课堂上模仿某些同学的言行，逗得大家开心不已）让人印象深刻，也让他很受同学们的欢迎。毕业后他成了很多电视节目的座上宾，像 CNBC、CNN、BBC 等电视台的栏目都有他的身影。

在哈佛，我最大的收获便是结识了一群聪明、志向高远而又可爱且给予了我之后的人生巨大支持的伙伴们。他们来自不同的领域，有着与我差异很大的背景；在哈佛，我们生活在同一个屋檐下，朝夕相处，一起分析棘手的案例、一起出游远行，也曾为各自的想法争得面红耳赤，也曾 party 狂欢到不省人事，也曾为了两年间人生的变故而互相安慰鼓励。哈佛给了我们一个深入交流、学习和连接的平台，他们里面，有使我的"人生完整"的我的第一任男朋友 Tom；有我之后人生探索阶段中重要的创业搭档 Agnes；还有我的闺蜜，也是这本书的另外两位作者，陈磊和洪宇。还有很多非常睿智的导师，他们在我今后生活的不同阶段，给予了我莫大的关怀、指导和安慰。从这一点上说，我是多么庆幸当初自己的选择。

在哈佛商学院的两年"阳台生活"给了我两种深刻的释放：

一是不要执着于永远得 A。

我在大学本科时就有个导师跟我说："慧瑾，你该在某堂课上拿个 B。"他的意思是不要只注重课上的成绩，而不在乎其他方面的发展。我没能在大学拿 B，那么只能在哈佛实现了！虽然到了哈佛，我在争取成绩方面远远不如在大学时那么拼命，但是拿了一门 B 时还是很不服气的！特别是金融学这门课程，我本科修的是金融专业，对此谙熟于心，甚至找出了哈佛商学院考试题的错误，并为此和教授理论了很久！我的申诉在当时没有多少作用，只得接受这样的事实。好在我学会了安慰自己：努力归努力，结果不完全由我决定，就只能接受命运这令人懊恼的随机性。可是最终我还是成了我们那一届 MBA 分数最高的 5% 的毕业生。人生很长，舞台很大，一两次的挫败并不可能改变我的整个人生轨迹，我要对自己有信心；更重要的是，要对于自己不可掌控的部分学会看开、释怀。（现在我终于可以很轻松地和大家说起我在 Capital One 面试的那一段尴尬的糗事了。）

二是要有一个平衡的工作和生活。

我在哈佛上学期间，麦肯锡的一位资深董事到哈佛演讲，在分享自己平衡工作和家庭生活的方法时，她说："像麦肯锡这样的公司会接受你愿意付出的所有精力，所以你一定要主动设定边界，不要让工作吞噬了你的生活。" 在到哈佛之前，我几乎没有工作之外的生活，最明显的一个例子就是，即便我和高中好友 Rachel 生活在同一个城市，我们却鲜有往来，我后来不止一次地自责：当时的我是一个多么糟糕的朋友啊！重回麦肯锡后，我对自己的工作时间进行了限定，每周不超过 60 个小时，留出时间给自己、男友和其他对我来说重要的人和事。事实上我发现，当你思路清晰地工作时，一定不会需要每天都工作18 个小时以上，反过来说，每天工作 18 个小时以上一定不可能让你有效率地工作。这条原则运用在我自己身上是如此，而当我后来开始带团队时，则更加重要了。

我知道很多人决策是否去商学院读书时的一个重要考量就是回报，比如说MBA 毕业生的工资较之前相比会有多少幅度的增加，其中花费的时间和相应的机会成本又是多少，等等。老实说，我在商学院最大的收获跟工资的增加毫无关系。在阳台的这段时间使得重回舞台的慧瑾跟以前一直在舞台上的慧瑾风格大相径庭：我深感自己看待外部事物以及看待自己的角度更宽广，理解也更深刻了。日后当被问及"是否应该读商学院"这个问题时，我就会把这段心路历程分享给大家，尤其是像我一样早年成功并一心向上的后辈们：休息，休息一下，到阳台上去看看，风景会不一样哦。

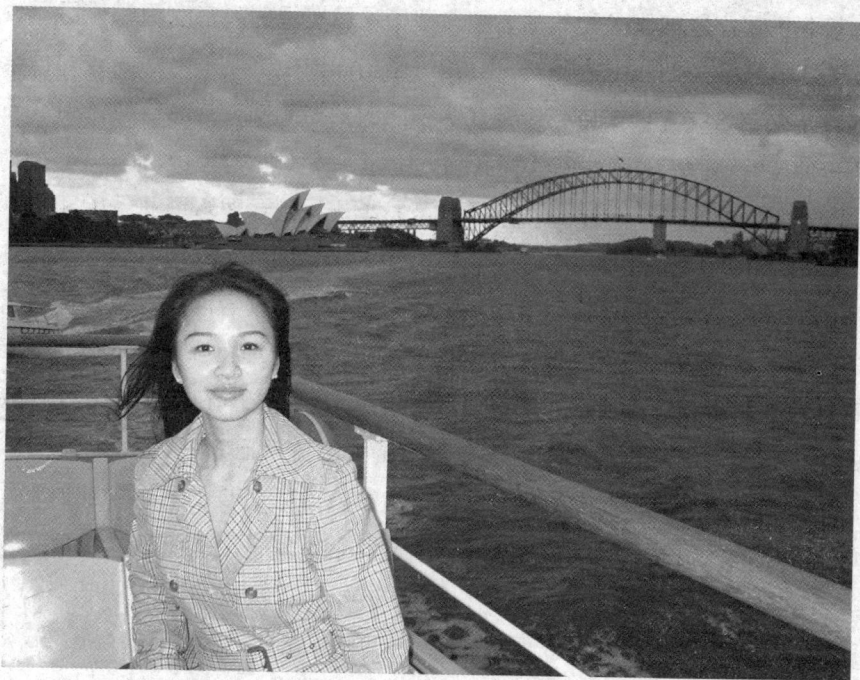

追寻人生的意义

2005 年秋天，我从哈佛商学院毕业后回到了麦肯锡，继续从事管理咨询工作。一切对我来说都很熟悉，职业发展可谓是顺风顺水。到了 2006 年，发生了两件事，可以说为我今后的职业发展起到了抛砖引玉的作用。

第一件事，是那一年我"长大了"，成了项目经理。回到麦肯锡纽约办公室的 6 个月后，我就开始带项目，12 个月后正式升职。项目经理在麦肯锡可谓是仅次于合伙人的最重要的职位——它承前启后，既要负责"把握内容"，又要"带领团队"，是对一个人综合素质最全面的锻炼和提升。掌握"内容"对我来说不在话下：分析和逻辑思维能力一直以来都是我的长项，只不过是以前需要自己亲手做的部分，现在交由更年轻的团队成员来做，我要做的更多是质量上的把控和进度上的跟进；带领的"团队"不仅指的是工作团队本身，既包括了我以前从事过的商业分析员、助理经理这些团队成员角色，也包括了公司内部的上级，即董事合伙人、资深董事合伙人以及我的客户、客户方面的工作团队、客户的上级，等等。在这个职位上，我能够从以往繁杂的具体事务性工作中抬起头来，把握问题的核心和关键，掌握整个项目发展的大方向和总体目标。打个比喻，我就像大海航行的船长，我有一整船的出色水手来帮助我，也有岸上基地充足的资源来提供支持，但是我必须随时把握航向，并对各种突如其来的意外事件做好随时应对的准备。

因为所处的高度不一样了，我开始进一步认识到管理咨询业务的实质。在我接触的众多项目中，我越来越感到我们的客户，即那些公司最缺乏的，并不是出色的战略和实施计划，而是卓越的领导和他们的领导能力。我还记得我领导的一个项目是帮助一家大型金融机构的董事会，为其旗下某一个业务单元的战略进行回顾和评估。项目开始以后我发现这个业务单元已经有了一个比较明确的战略，我们的工作似乎是对这个现有的战略进行压力测试以及效果评估。但是后来我慢慢发现，其中的根本原因是这家机构的 CEO 对于这个业务单元的主管不满意，我们的项目其实是要作为他对这位下属采取行动的"呈堂证供"。后来到了 2008 年金融危机时，这家机构因为没有及时辨别和把控更加核心的风险而差点垮掉。这也验证了我那时做项目的感觉：这个项目不痛不痒，跟公司的核心问题没多少关联，就像房子已经着火了，我们还在讨论沙发的颜色。我第一次对咨询顾问的身份和价值产生了疑问，这个疑问使我摘掉了此前看麦肯锡和管理咨询工作的粉色眼镜（rose colored glasses，即"美好"的偏见），开始思考管理咨询的真正性质以及自己未来的发展方向。

2006 年发生的第二件事，使我开始对组织（organization）和领导力（leadership）感兴趣，也开始探索自己人生的方向。2006 年夏天，我参加了麦肯锡第一届项目经理培训。那时麦肯锡把全球新晋升的项目经理们都集中到了英国剑桥大学，做三天"开眼界"的培训。其中的两场活动对我产生了深远的影响，并为我的"下一步"打开了一扇门。

第一个活动是关于"可能性的艺术"（art of possibility）的演讲。其中关于"任何事，我们都可以选择去看它好的可能性，也可以选择看它坏的可能性"的论述对我触动很大。2006 年，我升任项目经理之后的第一个项目有一定的难度，我每天都担心这个做不好那个出纰漏，仿佛神经质一样。我看到的全是风险，全是坏的可能性。它导致我精力分散，太过关注细枝末节，对重要的事情没放足够的精力，以至于常常令项目进展不佳。现在回想起来，那时的我没有正能量的召唤来激励，总像个专门找碴儿的机器人，而且是个充满恐惧的机器人，老是为了可能出的错误而惴惴不安。这场演讲让我明白了人生的态度是一个选择，而我有这个权利去选择，去看重事情积极的可能性。这个反省启发了我去挖掘自己的正面能量。这个转变后来看来十分关键——一直到如今，我的最大优势之一就是我自己散发出来并带给别人的不懈的正能量。

另一场活动是我参加的关于组织和领导力的培训。在那里我认识了麦肯锡内部战略咨询业务之外的人，包括我以后的导师——谢正炎。我还清楚记得自己津津有味地听他讲为客户做的领导力咨询工作——他的方式方法跟一般战略项目角度很不一样，注重分析和加强客户的领导力，更贴近客户的核心问题。这种项目一旦做好，将会对客户的组织产生颠覆性和深远的持续性影响。那个时候我朦胧地感觉到，也许这会是我未来的发展方向。

离开剑桥时，我整个人都不一样了。我的心里充满了以前没有过的希望，感觉像是在黑夜里摸索的人找到了指路灯一样。与此同时，我也有种隐隐的恐惧，我觉得生活可能会发生点变化，但具体这变化到底是什么，当时的我也并不十分清楚。回去的路上我跟自己说：不管是什么，走下去，找到它。

剑桥培训后，我对自己做的工作越来越觉得不对头，对原来喜欢做的事情也越来越不感兴趣。尤其是 2007 年初回到中国之后，我发现中国的客户，尤其是付得起这么贵的咨询费雇佣麦肯锡的客户，却并没有多少真正想让咨询顾问接触他们的根本性问题——大多数时间我们的工作都是关注在一些非重点的问题，提出的建议也常常像是在隔靴搔痒：很多项目没有结果，客户不能或者不想执行。越多接触到公司高管，我越发觉形成所谓"业务问题"的根本原因并非战略本身，而是在于他们组织、体制方面的问题和领导层的思维方式。2007年 11 月，我做出了一个艰难的决定：不再做金融行业项目，转而从事领导力发展相关的工作。

做出这个选择时，我知道它很可能颠覆了我过去几年来在麦肯锡细心经营的事业基础。从 2000 年实习开始到 2007 年（断断续续大约四年左右的时间），我一直都从事金融行业的项目，我的能力和积累的经验到那时为止让我在麦肯锡的发展可谓是顺风顺水，赢得了不少美国和中国董事合伙人的支持；2007 年回国后，我的适应速度也非常快，与当时所服务的中国客户都建立了非常深厚的关系。如果继续沿这条道路走下去，用一位当时领导的话来说，"成为董事合伙人指日可待"。

可是我知道自己没法就这么"停"下来。

2007 年 11 月某个周末，一位董事合伙人打电话给我，希望让我参加某个金融行业的项目。那是一个我谙熟于心的市场进入战略，帮助一家外资银行评估他们在亚洲各个市场的潜力并选择相应的进入方式。然而此时的我对此已经毫无兴趣，同时也知道这个项目本身也很难产生真实可见的效果（这一点在随即到来的全球金融危机中被再一次证明）。当时我坐在家里的餐厅里，心里很清楚我不能上这个项目，也不能继续待在麦肯锡的金融行业组了。拒绝了这位当时是麦肯锡大中华区金融业务主管合伙人的邀约，虽然不能说是断送前途，但起码意味着我在晋升合伙人的"亲友团"里少了一位重量级人物。

2001 年，大学毕业的时候，我的目标是成为麦肯锡咨询公司的董事合伙人，那时的我从来没有想过，数年后，我会决绝放弃这个目标，踏上追寻自己独特的人生召唤的一条不归路：寻找人生目标和意义，好让我每一天早晨醒来，充满热情地去过好生命的每一分钟。

我的世界里有很长一段时间完全被工作、学习主导。可是工作究竟是什么？我并没有一个很清晰的答案，直到我读到了来自于美国的一位著名牧师 Tim

Keller 的书，里面说："工作是用我们具有创造性的能量去服务别人。"根据这个定义，我对于人生召唤的探索大约始于 2007 年，那段时间我一直被 "我的召唤是什么，我又该如何让自己回应那个召唤，使自己对世界来说有益处" 这个问题所困扰。这种探索并非易事：它在我心中酝酿了很久，终于在某一时刻被触发。在这个过程中，我非常感激生活所给予我的一切：我诚实面对内心、敢做敢当的性格注定了这一转变终将到来，而这个当时在外人看来极其 "折腾" 的过程，却得到了很多师长、朋友的理解和帮助。他们对我的天真、激进，甚至有些残酷的做法感到痛心，却不责怪，并且总能在我身陷困境、需要帮助的时候拉我一把。对此我至今仍心存感激。

追寻人生的召唤，是一段意义非凡之旅，它为我展现出了一个新天新地。

接下来的事情一发不可收拾。我提出来要转换职位，从金融战略咨询组转到当时没有多少人看好的麦肯锡亚洲领导力中心（MCAL，Mckinsey Center for Asian Leadership），专门从事与领导力发展相关的咨询工作。我的工作地点也因此从上海转移到了印度。2008 年一整年，我主要在印度帮助当地客户进行领导

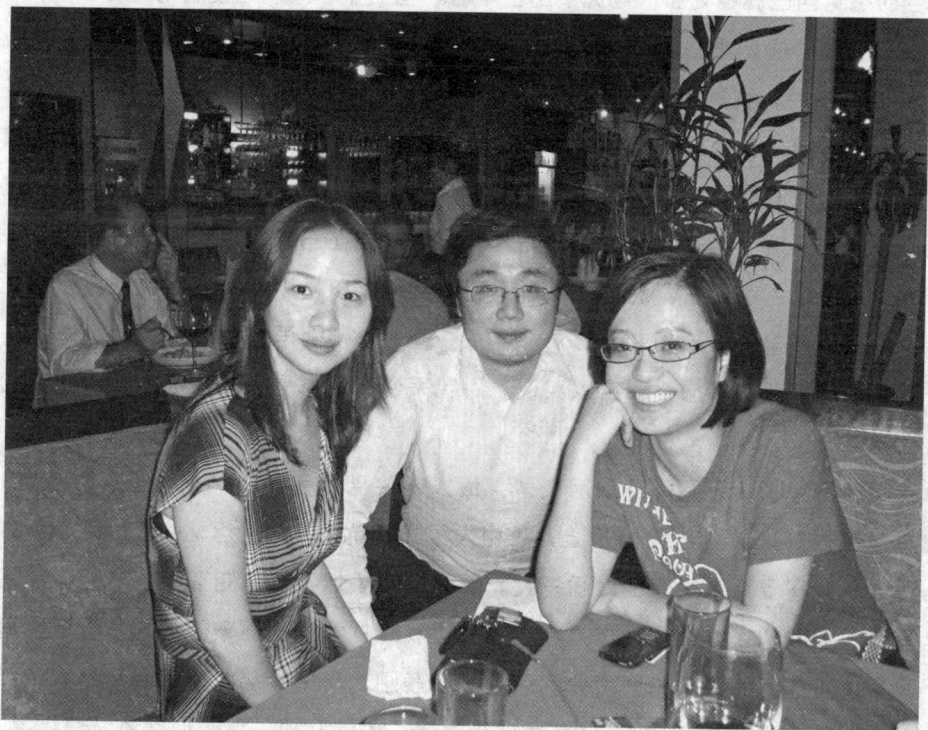

我在麦肯锡最后的项目组

力培养方面的工作。印度的项目是我在麦肯锡职业生涯中最有意思的部分。在那里，我所服务的一家印度银行客户给了我培养实战能力的机会。这家机构的文化和我的个性非常像：求知欲旺盛、自我期望高、有闯劲、充满挑战欲。在这样一种环境氛围当中，我所参与设计和实施的领导力培训计划取得了非常好的效果，并得到了内外部的一致认可。这也是我生平第一次，自己"创造"了一点东西，并以一种完全的"主人翁意识"对我的工作完全负责，与我的客户同进退。

与此同时，我个人生活发生的变化（和男友 Tom 的感情陷入危机），以及在印度发生的一连串不走运的经历，让我不得不重新考虑自己的决定。2008 年11 月，印度孟买发生了 8 起连环恐怖爆炸事件，那时我在新德里出差，这是继纽约 2001 年 "9·11" 事件后我第二次觉得人身安全有危险（"9·11" 发生时我幸运地待在纽约郊外）。2009 年 2 月，我在印度染上了伤寒，连续好几周低烧不退，在高强度的工作之下身体倍感疲惫。我问自己，这样背井离乡，赴汤蹈火地追求事业，值得吗？那时独在异国他乡、感情脆弱的我特别想回家。当时感觉自己就像处于一场风暴的正中心，稍一不小心就可能粉身碎骨。

在我身心俱疲之际，麦肯锡再一次用温暖的怀抱迎接了伤痕累累的我。2009 年 5 月，我病愈之后，回到了上海办公室，并参加了我在麦肯锡生涯中最后一个项目，这个被我称作是拥有"超级团队"的项目。王颐，我在麦肯锡做实习生时候的项目经理，这时已经是麦肯锡中国办公室的董事合伙人，再一次向我伸出了援手，给我提供了深圳发展银行（现在已经是平安银行）零售支行网点转型项目的机会。这个团队里有我回到中国以后就非常欣赏并一直保持联系的两位同事：Jing 和 Xiyuan，我曾经一直希望能够再次和他们共同工作，在这个项目上我的心愿终于得以实现。对我来说，这真是完美得不能够再完美的谢幕。

熟悉的团队，熟悉的项目类型，最大的变化是我自己。项目进展很顺利，大家都很高兴。可是我也知道，我和大家道别的时候也近了。2009 年 7 月 31 日，是我在麦肯锡工作的最后一天。那时的我虽然不明确知道下一步应该往哪里走，但我知道继续留在麦肯锡更不会让我的探索有任何突破。为了争取更有意义的工作，我必须付出改变的代价。现在回想起来，那时候的我还是太过自我——这突然的决定，给当时的团队带来了不小的麻烦：那时项目还没有结束，王颐必须面对向客户解释中途换项目经理的困境；由于公司内部资源调配的困难，一时间没有更好的项目经理人选，只好把当时还是助理经理的 Xiyuan 推上了项目经理的位子（虽然后来他的表现，证明了我没有选错人）。诚实地说，我应该更成熟地把事情考虑得更加周全，处理得更加妥当一些，而不是那么突然地一走了之。但是根本的方向性改变我从来没有后悔过。

经历了一年多的挣扎和探索，我心里很清楚，与麦肯锡的缘分已尽，至少在那个时候。离开麦肯锡并不是因为它不好，而是它已不再适合我了。就像我差不多同一时间告别的另一个人，我的第一个也是唯一一个男朋友 Tom。再见了，让我曾经为之心潮澎湃的事业梦想；再见了，我曾经朝思暮想的人生伴侣——人生的一个阶段在此谢幕。

我离开了安全舒适的第一份职业——管理咨询，希望能借此回应内心那个不断发出的疑问。离开麦肯锡后不久，在导师谢正炎的推荐下，我加入了一家香港的媒体公司。在这期间，我也没有停止追寻。我发觉原来我的召唤这两年一直保存在我的心里，只不过我一直没有勇气去把它明明白白说出来。我怕别人笑话、不理解我，觉得我太理想主义、太天真。甚至于连我自己都不确定，在不知道我该做什么样的工作去回应这种召唤的时候，我是否应该告诉周围的人：我的召唤，是要通过触发系统性变革，来帮助更多的人成为有自我主导能力，并且能够服务别人的领袖（self-authoring leaders）。会不会说得太早？刚开始跟别人说这件事的时候，我会先以"你别笑我"作为开场。后来慢慢地，我发觉，没有人笑我。尽管他们不一定完全理解我，但是他们非常尊重我自我挖掘和创造的意愿。每向别人多说一次，我就会对这种召唤更有信心，理解也更加深刻；每向别人多说一次，我追随这种召唤的勇气也会随之增加。这种诚实面对自己和别人的态度给了我巨大的力量去战胜恐惧。在追寻和反思的过程中，我对自己的召唤有了更清晰的认识；同时我也感到所处的这家媒体公司的文化和行事风格并不适合我，于是我开始考虑下一步计划。

那时候我考虑的有两条路：读博士和创业。在做这个选择的时候，我的心态已经和早年的几次选择大不相同。这一次对我来说，风险高低并不是我的决策标准之一，因为两者说实话风险都不小。尽管如此，我身边最重要的人（爸爸、导师，以及其他朋友）都觉得我应该去读博士。虽然他们没直接说，可是我大概能猜到最重要的原因差不多都是担心我受不了现实的挑战，因此还是待在象牙塔里面比较安全。但是我自己显然并不满足于只在象牙塔里作为一个局外人研究胜败成因，纸上谈兵。

那一年的夏天，在彷徨不定的时候，我回到了哈佛，并拜访了曾经的教授Paul Marshall（他所执教的转型领导力 Turnaround leadership 一直是哈佛最受欢迎的课程之一）。Paul 幽默地跟我说："你想做事情就去做，不要躲到学术后面去。"于是我下定决心，要更多地聆听内心的召唤，走出我的"舒适区"，而不是退缩到象牙塔里，在熟悉的环境中寻求那微不足道的寥寥安慰。

一年以后，我离开了媒体公司，转而去探索我的一些创业想法。其中的一个想法——明日领袖计划（Youth Leaders of Tomorrow，是一个为香港高中生设计的暑期培训项目）——在我和一位哈佛商学院同学 Agnes 的共同努力下成功推出。有人说，当你心中有一个执着的念头时，全宇宙都会来帮助你，的确如此。我和 Agnes 在哈佛的时候交情并不算深，和她重新联系上是因为我在香港媒体公司工作期间，她也正好在香港，于是我们相约见了几面。我们分享了哈佛商学院之后的人生经历，巧的是，那时候的 Agnes 刚刚放弃了在私募基金凯雷的高薪职位，全职投入到教育事业中，并和她的几位朋友一起，创办了名为"公开课"（The open classroom）的教育服务网站。作为在职场上打拼了多年的"过来人"，我们都感到，尽管我们从小就都接受了良好的教育，可是在成长的过程中，尤其在少年阶段，我们对于现实商业世界一无所知，尤其是在沟通和人际关系这一方面；现代社会信息丰富，孩子们也许能从电视、网络中得到很多关于职业、关于未来的粗略概念，可是对于将要面对的具体境况和现实挑战未必做好了准备。于是我们对于设立一个青少年领导力发展项目一拍即合。

这可以说是我在竞技场里的第一次尝试。现在看起来，我的运气还不差。和 Agnes 的组合是非常幸运的。我们确定了项目主旨之后，接下来就是实施的问题。我负责课程设计，Agnes 负责市场营销。课程设计对我来说真是小菜一碟，我利用了在麦肯锡多年的项目经验，以及之前在印度做领导力咨询时的经历，轻轻松松就把课程和教材设计出来了；Agnes 是香港人，在本地人脉众多，加上我们良好的学习和工作背景，以及香港人民对教育和西方思维的重视和认可，我们除了在项目的最开始时遇到过一些推广方面的困难外，并没有花太大力气就招募到了第一批学员。

我们教得很用心。课程结合了大量实操性的角色扮演和课堂演讲，让学生们身临其境地感受到商业社会的复杂性，同时也潜移默化地传递了我们对于商业道德的强调和重视。我们还和香港本地的非营利性组织（NPO）合作，带学生们走访那些组织，并帮助他们分析和解决问题。总之，我们希望孩子们在课内课外学习知识之余，也认识到作为一个出色领导人的责任和代价，这一切我们不是直白地灌输，而是通过各种真实的情景让孩子自己来总结和反思。课程结束的时候，所有的学生都在反馈表里写下了"即使重新做一次决定也仍然愿意参加"以及"愿意推荐我的朋友参加"这一类的好评。这个培训项目由最初的每年一期扩展到每年两期，持续了五年，至今仍广受欢迎。

从 2010 年 8 月到 2011 年 4 月这大半年时间是我有生以来最轻松惬意的时光。在这期间我陆续探索了几个创业想法，并没有给自己太多压力和要求。可能是我需要一种深度的休息和调整，以便能够把前面几年所经历的一切，包括职业和感情方面的变化，好好反思和吸收，实现一种自我更新。那时我还特意回到加拿大温哥华，回到我中学时住过的房子，独自生活了一段时间。在那里我虽然一个人，却不觉得寂寞。在那种熟悉、亲近、安宁的环境里，我特别平静、放松，能够从容地和我的内心对话，拥抱了过去、现在和未来的自己。

2011 年 4 月，在我基本上做好了再出发准备的时候，我的导师谢正炎向我抛出橄榄枝：希望我加入他所创立的领导力发展咨询机构 Linhart Group，于是我结束了实验，开始了和正炎的再度合作，进入另一个竞技场。

我曾经把自己在 2007 年到 2011 年这五年之间所经历的一切看作是一场灵魂的探索。英文是用 soul （灵魂）searching （寻找）描述这种经历的。后来我发觉这个定位有点太片面了。这场心灵探索的旅程并不是在一个理论层面去找到所谓的"灵魂"，其最主要的部分是培养所需的某些能力以及心灵的容量（heart capacity），来服务于我的人生目标。

领导力发展——帮助每一个人挖掘他们成为一个领导者的潜力——这就是我的使命。早在 2007 年，我就很幸运地有了那样的直觉，从那以后我所做的一切，都不断地印证了这一感召。我已经，并还将要涉足领导力发展的不同领域，帮助不同年龄阶段的领导者们。我坚信自己的特殊定位，我的责任就是帮助不同代际领导者，促进他们之间互相帮助、共同成长。在过去六年里，我与合作伙伴共同创办了一个青少年领导力夏令营，作为教员参与了一个专门为女性开设的自我发展课程，为一个 MBA 项目牵头设计并实施了管理层沟通课程，而目前正在帮助企业高管进一步提升领导力。通过这些实践，我的使命——促进不同年龄和经验背景的领导者们互相帮助、共同成长——从一个概念变成了现实。

我越来越发现，自己是一个"心灵导向型"的人——我只有将心灵完全投入到某件事情上时，我的脑子才能跟上；而不像世界上 99% 的人，是用大脑决定是否做或支持某件事，然后慢慢提升心灵的认可。一开始我很吃惊，因为我从来不觉得自己是一个"心灵导向型"的人。不过现在我觉得自己的确如此，说不定我的"灵魂探索"就是要去帮助我自己挖掘这个特质！我需要学习如何将我的心灵投入到更多的挑战中去，并通过提升技能和悟性来使我的心灵变得更强壮！

直面问题的核心

刚认识我的导师谢正炎的时候，我总觉得他有种神奇的能力，可以让客户信任他，并采纳他的建议。后来我渐渐明白，原来那是因为他真正理解客户的需求，有同理心，同时也有能力（技术）帮助到他们。这是他通过长期刻苦的训练获得的，也是我有志于学习的。向他学习的这一过程让我面对了自己的软肋，认识到要成为一个好的 CEO 顾问有多么艰难。

我和正炎的再次合作把我带到了新加坡。我在这里的主要工作是一对一的高管辅导（CEO counselor）；此外，也参与帮助一些大学设立并开展领导力培养课程的工作。这种培训并非人们以往概念里类似 EMBA 项目的放松活动，也不是一板一眼的课堂教学和课外讨论。就拿我的一个典型的工作日举个例子吧。

2015 年夏天的某一天，作为客户企业 CEO 顾问工作的一部分，我和正炎来到美国，访谈客户的一个业务分部。

早晨 4 点起床，5 点钟出发去机场，8 点钟降落在客户公司所在的城市。

9 点钟来到客户办公楼下，因为访谈安排在 9：30，我们有机会坐在咖啡厅里整理一下思路，再次过一遍访谈要点。

今天安排了 4 个连续不间断的访谈，受访者都是这个业务分部的管理层。每个访谈大约都在 60~90 分钟之间。

下午3点钟左右，访谈结束，我们往机场赶，不走运的是，到机场后我们发现飞机将延误将近两个半小时，于是我拿出电脑，开始写今天的访谈总结，以及我们的发现与建议。

这一次我们面对的问题和以往大部分时候的问题差不多，客观和主观问题相互交织：该业务分部跟总部的沟通不顺畅，加上其他客观市场条件的限制，导致该分部迟迟得不到业务扩张的支持。业务分部的管理层付出了多年的心血搭建目前的平台，都非常担心业务和他们自己的未来。

今天的访谈算得上比较顺利的。我们试图通过访谈：1.建立与这些业务管理者的信任关系，成为他们的思考伙伴；2.从他们那里了解到他们对目前状况的看法，尽可能诚实的看法，以便尽量客观地反映目前的状况和背后的成因。说访谈顺利，是因为今天访谈的人基本都非常诚恳，大大超乎我们的预料——要知道很多时候做这种类型的访谈，人们并不会那么坦率，以至于我们很重要的一部分工作就像侦探一样，要从尽可能多的人那里获取信息，整理、证伪、拼凑组成一幅完整的图画；时不时还得揣测一下哪些人说的哪些话其背后的真正含义是什么；甚至很多人根本不相信我们，讲话像打太极一样，这个时候我们就得想方设法用间接的方式了解情况。今天的访谈中我们获得了很多重要的信息，其中一部分我们之前并不知道。这一切都再一次告诉我，沟通，有效地沟通，在组织里和人与人之间有多么重要。而这，正是这家机构的最大问题。

在这个案例里，解决方案并没有那么容易。这个客户已经有了一个看起来还不错的战略——起码从一个曾经的战略咨询顾问的角度来看，他们的战略不算糟糕。在访谈中我们看到，各个利

233

益相关方（不同部门、层级的管理层，等等）对这个战略却有不一样的理解，在执行过程中按照各自的偏好以及执行者之间微妙的人际关系进行了各自的解读，导致整个组织缺乏关于如何实施战略的统一思想。也是由于这些"非标准化"的"人"的因素所起的作用，使得在执行过程中，一些重要的信息没有被及时传导到决策层，甚至是被情绪化地、人为地屏蔽了。

这再一次印证了我离开麦肯锡时的信念：大部分企业需要的不仅仅是一份完美的战略方案；作为 CEO 顾问，我可以帮助关键决策者尽可能客观全面地了解信息（这一点在大机构中尤为重要），帮助他们了解在目前情况下需要什么样的领导力，帮助他们面对和解决矛盾，从而使他们能够做出明智的业务和人事决定，尽量避免主观化的决策偏差。要做好这些，我们必须帮助 CEO 认清现实，包括向他传递"不那么好听的信息"：也许是他自己的不足（包括了动机、技能，等等），也许是外部环境的硬性约束，也可能是他不那么敏感的、在机构中存在的人际关系问题。各个企业的问题不一而足，我们希望通过给予 CEO 一系列的支持，使他能够在关键的问题上做出"对的决定"。

要影响高管去解决棘手的问题是一条漫长的道路。接下来，我们即便是找到了问题，也更需要有艺术地对症下药，甚至是要花长得让人难以想象的时间来取得一点点微不足道的效果。我们强调要"每时每刻"（in the moments）去支持高管们：即使他们 99％ 的时候都是个"好领导"，但只要在 1％ 的关键时刻做了错的决定，也可能是毁灭性的；而哪怕他们 99％ 的时候都是个混蛋，我们也希望他在 1％ 的时候能做些有利于整个机构的事情。积跬步，终能至千里。

与我早年在麦肯锡的经历（那个时候我还在做金融服务领域的战略项目）相比，现在的我在当前的客户中仍然不断看到与当年相同的"问题"（如变革拖沓、久病不医、冥顽不化等），不同的是我现在是在努力解决问题而不是抱怨问题。在新加坡的这四年多来，我所从事的工作较以往有了实质性的转变，也使得我看待事情的方式有了巨大进步：我终于有机会接触到事情的核心；即真正的领袖是如何思考、如何感受，如何解决（或逃避）业务和人事问题；而之前，我只是直觉地认定"领导力"是一个很重要的课题，但这样的理解却太过简单，也不能够指导我真正去做些什么。

早年的我天真地寻找快速解决之道，殊不知这是因为高效地去解决问题能让作为顾问的我自我感觉良好，感受到自己的价值；而当找不到可以立竿见影的方法时，我则会非常沮丧。到了现在，我已经能够定下心来打一场持久战，因为我明白，我的目标是要服务别人，而不是为了眼下，在情绪上让自己感到满足。

我将这一转变归功于我的导师谢正炎。我看到他不辞辛劳地与商业领袖们一起工作，每一位领袖都有着截然不同的动机，所处的能力发展阶段也不一样，而正炎却能够凭借他的政治智慧和道德风范去了解各种组织内的复杂情况，去推动积极的变化。我认识到这种政治智慧，以及艺术性地影响他人的技能，都是我需要培养的能力。我想自己应该有进一步挖掘道德领导力的潜力，可是我非常缺乏政治智慧，我的政治敏锐性甚至可以说是负数。在正炎苦口婆心的教导下，我开始克服心里一道又一道的坎儿。

做高管辅导的技能跟做分析师不一样，要从练内功开始。其中对我来说有最关键的"三道坎儿"——其实这早在我刚进麦肯锡的时候就有些意识到，但是一直到从事了领导力培养工作才领会到其重要性。

第一道坎儿：克服主观臆断。

对于做领导力培养工作的人来说，主观判断性太强是个致命的弱点。我通过了好多年才渐渐克服它。建立在足够客观依据基础上的判断才是一个好的判断，否则就是主观判断性太强。

我刚开始工作时会对别人有各种评价，如"不够无私，做事不够果断，拖泥带水，没有足够的领导力，事情进展得不够快"，等等。这些往往是源于"假如我是他，我会如何做"的思考逻辑。然而显然别人不是我，也不可能成为我；而且即便我是他，也不一定会做得像我想象的那么好、那么顺。虽然我很早就知道应当克制自己、不表达这些想法，但是如果我心里存有这些想法，就很可能限制我帮助这些人的意愿和能力——我将只看到自己想看到的可能性；同时别人还是能够间接地感觉到我对他们的判断，从而在我与很多人的关系之间筑起了一面墙。

我从事领导力发展工作后，决心彻底面对这个致命的弱点。要帮助别人就要包容别人，主观判断太强就会阻碍信任关系的形成。我记得 2009 年的时候我辅导过一位朋友，他极其聪明、事业有成，但十分不擅长处理人际关系和矛盾。我对他处理父母和爱人关系的方式反应非常激烈，认为他没有尽力争取与

235

爱人之间应有的独立空间，不愿意根本性地改变与父母之间的相处方式。我到现在都还对自己无助的感觉记得十分清楚。

在这个过程中，我努力试图帮助他找到他自己的答案，而非告诉他我认为正确的结论。"你想要什么样的结果？什么样的行动可以达到你的目的？这真是你要的吗？还有其他可能吗？你怕什么？你的恐惧有依据吗？"我会不断挑战他，虽然常常因为他的不去面对问题而难过，但是我还是坚持不把自己的想法说出来。这种考验我后来在其他情境下也经历了无数次。

通过这些锻炼，我领会到一个道理，那就是：主观臆断源于我得意于自己"解决问题"的快感，或者是自己希望跟对方建立一种关系，但没达到目标。它是一种自私和不成熟。真正要帮助别人就必须要尊重别人的人生轨迹，以及他们在不同环境下的发展规律，甚至于要求我把他们的痛苦当成是自身的痛苦，在类似的逆境里与他们风雨同舟。掌控一切并非就意味着能产生积极的效果——即便是 CEO 或独裁者也主导不了全局。

第二道坎儿：提升驽钝的情商。

人们说我聪明，他们指的是我的智力。我在大学就知道我在人际关系方面远远算不上聪明。

人自然而然会倾向于发挥自己的强项。比如我的强项是我的思维速度很快，表达能力强，无论碰上谁都敢说，抗压力强。这些让我在学校和分析型工作上（如麦肯锡初期）出类拔萃。

进了麦肯锡后我得到了反馈，说我太尖锐，太注重做事，忽视了做人。虽然之前我对这方面并不是毫无概念，但应该说进入麦肯锡后，我才开始有意识地去发展人际关系和情商能力（EQ）。我还记得那时心里的挣扎。我是很要强的人，什么都想马上做得很好；很遗憾，EQ 的增长和关系技能的提升又是如此漫长的过程！

一开始，我为了把工作做得更好而改变了自己，起到了些效果：我也开始感觉到人跟人之间的温暖。同时我也开始反省，除了工作之外，我还希望跟别人建立怎样的关系？慢慢地，我意识到，与人建立关系，与做好工作同样，甚至更重要。这是我的价值观转变的开始。

我现在做的领导力发展的工作，80% 需要的是情商，而且要求特别高。它需要洞悉人心的理解力，以及敏锐的判断力，这样才能"看穿"别人，准确

"出击"。这意味着别人情绪高涨时我要镇静，别人放弃时我要坚持，别人失望时我要鼓劲儿。当别人一而再、再而三地做出让我觉得不舒服的事情的时候，我也要继续理解他们。这些说起来容易，做起来难：一方面我要了解自己，管理自己的情绪；另一方面我也要去理解别人的心理世界。情绪常常就像海浪，一个浪头接一个浪头地袭来，被浪拍倒了再爬起来，慢慢学会看浪头来的方向。

另外，我的感情生活以及我对召唤的探索也帮助了我。没有那些经历，我的心也就不会打开。只有在我经历过那些事情之后，我才有更大的心灵容量，去接纳自己，进而接纳别人。冥冥之中，我就知道，要帮别人发展，我就要从自己的改变开始，从增长情商开始。

第三道坎儿："可爱"和"可怕"。

从小就总有人说我"可怕"，即便在沃顿和麦肯锡也是如此。

16 世纪意大利著名的外交家和历史学家 Machievalli 写的 The Prince（《王子》）一书里说，一个领袖应该被人既爱又怕，被怕要比被爱好点儿。（A leader should be loved and feared, and it is better to be feared than loved.）于是很长时间里，我不太介意大多数人（包括后来的很多好朋友）对我的第一印象——感觉"很冷"。可是其实这并非我本性，大概是因为我大部分时间都很严肃、不苟言笑吧。

后来我慢慢发觉，好的领袖不仅该是"可怕"，也应该是"可爱"的。我意识到需要唤起自己去关怀别人的能力。在麦肯锡当项目经理、带团队，打开了我关怀别人的心。那是我第一次感觉到我对别人有责任，而这是个快乐的责任。我会去关心我团队成员的人生道路，而不只是他们的项目做得好不好，有没有"培养潜力"。在麦肯锡，我支持和帮助过一些被别人不太看好的咨询顾问，帮他们重新建立信心和声誉。

在接触了辅导的方法后，我了解了人的很多根本性的需求——被接受、被关怀、觉得自己有价值。于是我更加有意识地多关心别人，体会他们的难处，同情他们的弱点，并在这些基础上激励他们做得更好。慢慢地，我还了解到最有效的帮助是给别人"高难度＋高关怀"的支持（high challenge high support）。我相信周围的人有很多潜力，因此我会时常挑战他们去挖掘自己的潜能。同时我也接受了他们身处的环境现状和思维方式，并给他们情感层面的支持，鼓励他们走出让自己舒适的领域（comfort zone），进行改变和尝试。我将致力于用爱心作为影响别人的基础。

在这个过程中，我时时提醒自己不要掉入"让自己感觉良好"这个很多聪明人都容易落入的陷阱，而是真的为了对方能得益处，去设身处地地为人处世。现在我还是不怕别人说我"冷"——因为我知道，一旦我们走进彼此的生活，他们就能感受到我的真诚心意，一定是这样的。

"慧瑾，你救了我一命！"这位 CEO 在做完我们最后一个正式辅导课程，正要离开房间之前对我说了这样一句话，接着给了我一个大大的拥抱。在我们刚来到这家机构，刚接触这位 CEO 的时候，我们的确发现了一些糟糕的问题，涉及业务决策流程，以及他与下属之间的关系。后来经过反复的沟通（这的确是高管辅导最重要的部分，没有之一），我们渐渐意识到，所有的问题都来自于一个隐藏得非常深，甚至让人难以想象的症结：这位非常资深的领导，在经过这么多年的商场历练后，渐渐磨灭了当初的雄心和梦想，把自己封闭在了狭窄，甚至是阴暗的世界里。

这是一个非常棘手的问题，急不得。于是我和正炎耐心等待，在他的一次家庭变故过程中，给予了他极大的支持，同时也严厉地向他指出了他所存在的深层次问题。之后我们通过一个两天左右的脱产辅导项目，帮助他打开了心扉，使他逐渐愿意面对并承认自己的问题，并与我们一同寻找解决的办法。

另外一个有意思的案例是一家企业的两位资深高管不合，其中一位甚至因此而提出了辞职的申请——用他的原话说，这样折磨人的生活太让人难以忍受了！当接到这位高管告诉我他要辞职的电话时，我真是有点哭笑不得：无论是多资深的领导也会有这样的"任性"时刻，也会钻牛角尖。在我和正炎的不懈努力下，这位高管终于从公司政治的挫败感中解脱出来，以更长期、更全面的

态度来看待这一切：他的职业追求，他的人生理想，他的过去、现在、未来。我们想要提醒他的是（这一点其实他一直都明白，只是常常忘记）：不应该被眼前某一个人，甚至是某一件事情捆绑住，反而忘记了自己的初心，忘记了更广阔人群的需要。终于，这位领导慢慢地克服了"心里的不平"，逐步改善了和同事之间的关系，也让自己的工作变得更加有益、有效。

我更有过"心碎"的时刻。曾经有一位企业高管与我一起工作过很长一段时间，我们之间建立了非常好的私人关系。有一回我们打算开始做一个新的项目，但是在商务会谈的时候，这位高管说我曾经在与他的人力负责人开会时同意了一个价格（较低的），但事实是，我并没有这么做过。是的，他利用我们之间的良好关系挟持了我，很"成功"地预判了我在这种情况下的反应。的确，我始终觉得我们是朋友，所以并没有当场反驳他。只记得当时自己有一种被朋友无情背叛了的感觉，也承受了来自我们公司内部的不少指责。我的心都要碎了，失望透了。然而伤心归伤心，我从这种深深的打击中逐渐恢复过来，并最终战胜了这种失望——因为我知道自己有责任去专业地帮助这个客户。

每一份这样的经历都是一个震撼心灵的发现。这些活生生的问题案例一次又一次将我从理想主义的美梦中唤醒，让我了解到自己之前的很多关于领导力、关于变革可能性的假设和认知其实是不符合现实情况，甚至是错误的；这一变化最直接的影响就是让我变得谦卑起来，去承认自己的狭隘。这对之前无比自信，甚至可以说是骄傲的我而言，是很困难的。尤其是当我发现认知有偏差以后，第一反应就是要"重新定位"，去快速获得"更正确"的认知；然而现实情况是，也许现实本身就只能是一个不断证伪的过程，而并没有"绝对正确"的认知，抑或是，获得正确认知的道路非常漫长，甚至要付出一生的代价——要知道对我来说，"不能马上找到正确答案"简直就是一种折磨。

这些经历给我的另一方面影响是：我开始明白辅导者和被辅导者之间的关系有多么复杂——尤其是我要改变的这些高管们能够走到今天，都是不折不扣的"人精"，同时他们也有很多弱点。普通人所有的一切缺点，这些企业的决策者们也都有，因为他们面对更复杂的考验，需要进行更深刻的改变，在这过程中他们暴露的弱点比常人有过之而无不及。这要求我必须以一颗宽容和温柔的心去拥抱这一切。每当我遇到令人沮丧的人和事，我就会想起远在绍兴的奶奶，想起她对我爱的教育，想起她为我们这个家庭所付出的一切，想起我所承诺过

239

的，要像她一样，用淳淳爱心去回报这个社会，想到这些，我就仿佛在有了软肋的同时，也披上了铠甲。爱，对别人和社会的爱心，才是我从事这一份工作最为重要的素质和条件——有了它，我才有可能成为一名合格的"高管辅导师"。

中国古语说："以铜为鉴，可以正衣冠；以人为鉴，可以明得失。"我辅导过的高管中的每一个人都像一面镜子，时时提醒我做一个合格的领导者是一件多么重要却艰难，然而一旦做到了就会产生无限影响力的事情。在这个过程中，我越发认识到，一个真正有益于这个时代和社会的领袖，在具备了必需的商业技能之后，更重要的，是他崇高的心灵。这也是我的这份工作对我提出的终极要求。在服务客户的时候，我们要抛开一切自身商业利益上的考量，去全心全意地帮助客户，为了他（们）的利益而说应当说的、做应当做的。这一点上我很庆幸自己遇到了正炎——在他的带领下，我终于能够放下原有的束缚，去全心全意回应我的召唤：帮助更多的人成为有自我主导能力并且能够服务别人的领袖，让他们变成更好的人。我的一位客户 CEO 给我们最高的评价是：你们是真正的精神领袖（spiritual leader）。

就如真理是越辩越明一样，在种种困境和挑战之中我发现，周围干扰的声音虽然嘈杂，却终于和我内心深处的召唤实现了共振。

爱情篇

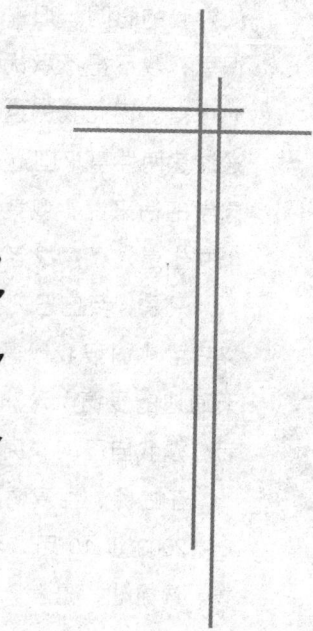

爱情让我完整

　　我的爱情经历出乎所有人的意料，包括我自己。我也没有料到爱情竟会以这样一种方式改写了我的人生。

　　在去哈佛商学院之前，我从来没有谈过恋爱，甚至从来没有和男生约会过！为什么？诚实地说，那个时候的我并不难看，只是我自己（后来看来是）固执地认为我的聪明、坦率，甚至有些偏执的性格会让男人们都敬而远之。可是潜意识里，我不得不承认，在对自己作为女人能否吸引异性这件事情上，我毫无信心可言。因此我的世界，从离开爸妈的那一天起，就只有学习和工作，甚至于通过这两件事来回避感情的问题，而我的生活也是极其"简单枯燥"，用我大学同学的话来说，我竟然"不可思议"地不知道怎样娱乐放松！我的同学中有不少女生是为了"找老公"而来哈佛商学院读书，很遗憾，我也不是其中一员。

只是，我自己知道，在我的内心深处，自己其实是一个不折不扣的浪漫主义者。小时候我最喜欢读各种中英文的言情小说，并常常被那种心灵相通、感天动地的爱情所深深吸引。我渴望得到那种爱情，但总以为那只是小说里的情节，是我自己的"痴心妄想"，从未想过有一天它会真的发生在我身上。

在哈佛，当爱情来临的那一刻，我的世界仿佛换上了新颜。

2003 年 10 月，我和 Tom 同时走进哈佛商学院。那一年，我 24 岁，他 31 岁。遇见他，是上天给我的最棒的礼物。

我们是同班（section）同学。当我在哈佛继续发扬我一贯的"学霸"作风时，Tom，和大多数对我敬而远之的男同学不太一样，反而主动接近我，希望和我组成一个学习小组。对感情韵事一窍不通的我有一天和 Tom 一起吃午饭，我们聊了很多，从一开始的课程学习谈到了人生和理想。直到今天我都还记得自己爱上他的那一个瞬间：眼前的这个男人侃侃而谈，看着他，我感到心里的一部分正在缓缓融化。如此不可名状，如此美妙。

那天晚上我回到寝室，告诉陈磊：我恋爱了。如果现在不追求 Tom，我想我一定会后悔一辈子。于是，我这个感情白丁把我的"学霸"作风运用到谈恋爱这件事上来，陈磊则很讲义气地成了我的爱情顾问，不厌其烦地帮助我研究 Tom 每天说的每一句话、每一个眼神，揣摩他的心意。生平第一次，我开始为了另一个人牵肠挂肚。他的一颦一笑、一举一动都牵动着我的神经，好几次的欲言又止、欲说还休，对我的考验真是远远超越了哈佛商学院的课程。

终于，在我的耐心和努力下，机会来了。那是一个商学院组织的派对，大家喝得都有点多，我不放心 Tom，在他回到家之后打电话和他确认是否安全到达。他也对我那些日子以来对他的关心有所察觉并深受感动，借着酒兴告诉我，他对我也有感觉。可是他也坦承，对我们之间关系感到的不确定性，包括不确定自己是否做好了进入一种长期恋爱关系的心理准备，不确定我是否愿意毕业后跟他回国，因为他担心那对我来说将是一种巨大的牺牲。对于那时完全沉浸在爱河中的我来说，这些怎么会是问题呢？我立马向他保证："我愿意等你，等到你想清楚为止。为了我们可能的爱情，我也愿意回中国发展。"

Tom 考虑了两个月。那段时间里，我披上了铠甲，也生出了软肋。终于，在 2003 年末，我们走到了一起。

学校本来就是做梦的地方。在哈佛的两年，是我们爱情中最美好的时光。在那段时间里，我们形影不离，一起畅想规划以后的人生，仿佛那就是生命最大的意义和乐趣所在。

在这段时间里，我的转变也让我的同学们大跌眼镜。以前的我只在乎工作和学习。跟 Tom 在一起之后，我的世界刹那间从黑白灰的单调变成五彩斑斓。爱一个人，就希望尽一切可能取悦对方，好让他更爱自己。我想这话一定在我身上证明了一百遍：从原本的不施粉黛，到开始学习怎么穿衣打扮，还脱去了我一直以来的框架眼镜，开始每天都戴隐形眼镜；Tom 喜欢烹饪，于是素来对吃不讲究的我开始研究菜谱、学习做菜，还买了一套非常复杂昂贵的炊具，常常邀请同学们来家里品尝我的手艺；Tom 喜欢锻炼，于是我开始跟着他一起去健身房跑步，慢慢养成了习惯，到后来即使他不去，我也能一直把锻炼的习惯

坚持下来；我学到了很多很有用的新技能，比如开车，并且开始挑战有"风险"的项目，比如滑雪……那时候最开心的事情就是计划每个假期和 Tom 一起的旅行，恨不得和他环游世界。

当然，除了甜蜜，爱情也有酸溜溜的滋味儿。Tom 生性热情，喜欢与人打成一片，我还记得自己因为他在学校派对上和别的女孩儿跳舞而闷闷不乐了好一阵子——这是我头一回"吃醋"。爱情真是一种神奇的化学反应，它在我心里发生之后，瞬间打通了我所有的窍门和关节：以理性、冷静著称的我，慢慢开始变得开放、生动——用陈磊的话说，我从一个"Ice girl"（冷冰冰的女孩儿）变成了"Every girl"（普通的女孩儿）。我生平第一次经历如此强烈的感情起伏：无论是在一起的甜蜜或是醋意，甚至面红耳赤地争执，那些起起落落过山车般的体验让我真实地领略了一回"火辣辣"的人生。

我和 Tom 的故事，尤其是我性格的 180 度大转变成为班级里的美谈，大家还送了我们很多雅号：班级爱情（Section Love）、权力夫妇（Power Couple）、金童玉女，等等。我非但没觉得不好意思，反而是只要把我和 Tom 放在一起，我都非常高兴。我们非但没有因为感情分散精力影响学习，两个人还互相督促，毕业时双双获得了哈佛商学院荣誉毕业生的殊荣。

毕业后的一年多里，我作为助理经理回到纽约麦肯锡办公室，而 Tom 则回到中国上海，虽然各自的工作都很忙，我们仍然坚持做到每个月见一次面。两地分居反而让我们更珍惜在一起的短暂时光。那时候，上海、巴黎、纽约等遍布全球的许多地方都成了我们鹊桥相会的场所，我们的决心也经受了地域和时间的考验。那段时间我们在不同的领域里面对各种各样的挑战，彼此安慰、鼓励和支持。共同成长，是我们关系中非常重要的元素。

我在麦肯锡的发展很顺利，MBA 毕业一年后就升任了项目经理。而对于这个时候的我来说，职业发展似乎已经退居到了一个不那么重要的位置——我在哪里、做什么都应当以和 Tom 在一起为前提来考虑，我开始心甘情愿地把自己的前途放到他的那个更重要、更宏伟的人生规划当中去。我放弃了在纽约办公室打下的广泛人脉关系基础（这意味着放弃了在麦肯锡快速晋升至董事合伙人的可能性），义无反顾地回到留有我成长记忆却又感到陌生的中国——在那之前，我从来没有在商务环境下使用中文的经验；我的中文水平还停留在 11 岁去温哥华的那一年。

多少次回想起来，那个时候的我为了 Tom，放弃了之前自己精心规划的一切。但是这无保留的付出真的能够确保幸福的结局吗？

我们分手后 Tom 不止一次叹气说："要是我们不选择回国，也许就能永远在一起。"

2007 年初我从纽约回到上海工作，而我们的关系却从此开始经历一个微妙的转折。这是梦想走进现实无法回避的过程。

Tom 骨子里是一个很传统的中国男人：好的一面是家庭观念强，很看重与父母和大家族之间的关系，甚至不惜在自己的利益上让步；不那么好的一面是与父母关系的界线划分不够清晰，在处理与我的关系上极为大男子主义。当我们每天生活在同一屋檐下，要面对具体而细微的生活琐事以及与家人相处理念的差异时，我们渐行渐远。我们开始争吵，次数开始增多。我还记得我们一直争论不休的一个问题是：是否要和双方父母同住——我从小离开父母独自生活，理所当然地认为应当有自己的独立生活空间；而 Tom 成长的文化和环境，让他深感照顾父母的责任重大，坚持要把父母接来上海同住。我们各执一词，固执己见地认为对方不够在乎自己，有一次我们大吵一架，临了他说："你为什么不接受我的父母！我不知道我们是否可以继续在一起！"

当时我觉得好痛心，好孤独。我想不通为什么对他来说，接受他和他家庭的价值观和生活方式是那么天经地义的事情？他埋怨说我不是中国人，不理解中国人的生活方式——这让我很生气。对我来说这一切都让我深深地感到他并没那么爱我，起码没有像爱他的家人那样爱我——我显然不如他的家人重要。好几次我委屈地在朋友面前落泪，觉得自己付出了全部真心却还是没能赢得他的爱和珍惜。而现在回想起来，那时的我同样有不对的地方：我在痛苦中关闭了所有的沟通渠道，采取了一种消极反抗的自我保护方式，一味诉诸自己的委屈和不满，没能打开胸怀，去真正理解并拥抱他对家人和故乡的情感和依恋。这也深深伤害了他。

忘记了从哪一天开始，我们停止了交流。我们选择性地看见、选择性地倾听，然后选择沉默。我们以为是妥协了，原谅了，结果只是一再地逃避问题。短暂的、看似平静的日子下涌动着的炽热矛盾稍一不注意就会再度喷发，把我们的关系毁于一旦。那时候的我们太过关注自己的感受，而没有办法越过"自我"这道坎儿去坦诚面对和解决更深层次的问题。与其说我们错看了彼此，不如说我们辜负了自己。

曾经那么热烈真诚的校园爱情，却在世俗生活中变得不堪一击。我曾经梦想了千百次的理想世界慢慢褪色，让我再也认不出它最初的样子。

2008 年上半年，我在印度出差的时候，在某个博物馆里看到了一幅画，画上的女人想要剪断捆绑在她身上数不清的细细密密的绳子，看到她的第一眼，我觉得那就是我。

我对生活的一切开始感到厌倦和不满。回国之后的一年多，我在麦肯锡的工作进入了一个瓶颈，我开始质疑是否应该继续咨询顾问这一职业，心里充满了苦闷抑郁之情。为了寻找出路，我开始尝试新的工作内容和方式，包括去印度做项目。另一方面，和 Tom 之间不断的冷战，让我感到深深地失望和疲惫。我们刚搬回上海时买下的郊区别墅装修竣工了，但搬进新居这件事情也并没有让我们高兴多久：我们慢慢变成了最熟悉的陌生人。去印度，也成为我逃避现实的一种手段。正是在这样一个风雨交加的时期，另一个男人给了我无私而友善的支持和安慰，然后有一天，我惊慌地发现，自己已经精神出轨，背叛了Tom。

我陷入了前所未有的痛苦挣扎之中。曾经那么笃定的职业信念和成就目标似乎在一夜之间轰然倒塌，前途一片渺茫；曾经那么深爱的人慢慢地失去了感觉，让我开始怀疑人生，怀疑我是否有可能真正地花一辈子去爱一个人。如果放弃第一份（也是到那时为止唯一一份）工作，放弃初恋，那么生活对于我到底意味着什么？我仿佛置身一艘正在沉入水中的邮轮，任海水一点一点漫过我的膝盖，腰际，下巴，头顶……

当我放弃努力以后就把自己严严实实地保护了起来。Tom 终于忍不住，问我到底出了什么问题，我只好和盘托出。向他说明一切的时候正是深夜，我告诉 Tom，自己爱上了别人。说话的时候我努力表现得镇静，镇静到自己都觉察出自己的残忍。Tom 听完沉默了很久，然后他说，他本想那一年的圣诞节向我求婚。我很感激他这么说，也感激他没有愤怒地责怪我。可是我不确定他是否清楚意识到自己所说的一切，到底是气话还是真话。为什么他总在我多次追问的时候迟迟拖延我们的结婚安排，而非要等到我爱上别人以后才说这番话？他真的天真到以为结婚就可以解决我们之间的所有问题吗？他真的还爱我吗？

我的人生从没有，也希望再不会有这样的悲惨境遇了。我那时几乎每天都哭个不停，还连累爸爸妈妈也跟着掉眼泪。离开 Tom，应该是对我爱他这件事情能够做的最好的交代。

如果这是最后的结局

为何我还忘不了你

时间改变了我们　告别了单纯

如果重逢也无法继续

失去才算是永恒

惩罚我的认真　是我太过天真

难道我就这样过我的一生

我的吻注定吻不到最爱的人

为你等从一开始盼到现在

也同样落得不可能

难道爱情可以转交给别人

但命运注定留不住我爱的人

我不能　我怎么会愿意承认

你是我爱错了的人

拿什么做证　从未想过爱一个人

需要那么残忍才证明爱得深

——张信哲《从开始到现在》

下面这是分手后 Tom 给我写的信，这是我们在一起四年半的时间里他写给我的第一封，也是最后一封信。直到今天，每次重读，都让我热泪盈眶。亲爱的，请你，一定，要幸福。

慧瑾：

今天是我们在日本的最后一天，也是我们分别的第一天。

当我送你上车的时候，我看到你的眼泪快要掉下来了，我的心中一片酸痛。我赶快向你挥挥手，然后头也不回地走了。我不愿让你看到我也泪流满面！

我回到宾馆之后，让自己沉浸在工作之中，好让我不去想我们的分别。可是，傍晚在健身房的时候，聆听着音乐，我再也控制不住自己的思绪和感情。我的泪水和汗水，一起顺着我的脸流下来，又苦又涩。我知道，我的心也在流泪。

　　我们在一起走过四年半的风风雨雨，有多少美丽的回忆，有多少欢笑，有多少心与心的交流。

　　锻炼的时候，我早上碰伤的脚还在隐隐作痛。我想起我们在学校的时候，我有过两次手术。每次手术都是你陪伴在我的身边。记得我第二次手术时间非常长，你在医院里等了一天，万分焦虑。手术后我很快地恢复了锻炼。我当时一点都不觉得痛苦和孤独，因为身边有你。

　　我记得你住纽约的时候，我第一次从亚洲回纽约看你，你连蹦带跳地从楼上跑下来，你的脸上充满了无可比拟的笑容——这是你发自内心的笑容和爱意。

　　我还记得我第一次向你表达我的感情，那是在一个深秋的夜晚。我喝得有点醉，走在查尔斯河边，给你打电话。我们谈了很多，包括你我之间的感觉。那时的心情是多么的美好和单纯。

　　在过去的四年半里，你帮我打开了一片情感的世界。从你身上，我学会了爱与被爱。我理解了什么是毫无保留的爱情及关怀。我也为你打开了另一个世界。我鼓励你坚持锻炼，教你学开车（对不起，我不是一个非常耐心的教练），一起去滑雪，去旅游。我们在埃菲尔铁塔边跑步，在尼斯听 Diana Krall 的音乐会。我们让双方都成为一个更完整的人。

　　在我的人生的几次重大抉择，你都是我的坚强后盾。在我选择工作的时候，你帮助我分析每份工作的利与弊，鼓励我克服心中的恐惧去接受挑战。

　　为了和我在一起，你毅然地搬回亚洲。然而我们都没料到，这却是我们分离的开始。我开始对我们的感情想当然。我经常"太忙"或者"心情不好"而不愿和你多交流，尤其是在你最需要我理解的日子里。我的自私，让我在不知不觉中失去了你！可是，我还有太多的东西还没和你分享：我想带你去看客家土楼，带你到伦敦的郊外去享受田园之美，想和你一起看更多的世界，还想和你去做公益事业……

　　和你在一起的四年半也是我最快乐最没有牵挂的日子。我觉得什么困难都不在话下，只要有你在我身边。你是我碰到的最聪颖、最善良的女孩。你冰雪聪明，冰清玉洁。你对人和对世界充满爱心，但是你的性格又是如此的坚韧。在你柔弱的外表下有着一颗无比坚强的心。为了追求你的理想和自我完善，你宁为玉碎，不为瓦全！你敢爱，敢恨，敢做，敢当。

你接下来的路会很艰苦，充满挑战、误解、讽刺及流言。每次我想到这里，我的心都在为你祈祷。我希望你永远不会受到伤害，我希望你找到你追求的完美和幸福……包括理解及欣赏你的爱人。我会默默地伴随你走一程，默默地为你祈祷。需要时我会奋不顾身地保护你。

今后的日子，没有了你在我身边，我会很好，很坚强地走过来。我会不断地挑战自己，完善自己，为这个美好的世界，为我周围我所关心的亲人及友人，做出我应有的贡献。让你和我都有一个精彩的人生！

夜深了。周围一片寂静。窗外东京塔的灯火还是一片通明。想起往事，我的心中充满了温暖和爱意。

再见了东京，再见了我的爱人。也许我们还会重游东京……或者在不远的将来，或者在梦中！

Love,

大大 Tom

十字路口，一辆警车，维持着交通秩序，保护着结婚派对。

穿过十字路口，我看见他站在旧金山费尔蒙酒店前，和他的新女友。

这并不是 Sex and the City 里面 Carrie 和 Mr Big 重逢的桥段，而是我们哈佛商学院同学 Amy 的婚礼现场。印度新郎骑着高头大马刚刚抵达，现场一片欢呼，音乐与舞蹈相随。我非常开心又看见了几个哈佛同学，Faruk 和他的太太，还有 Charles。可是我的余光却永远关注着 Tom 和他女友的一举一动。

我知道这意味着我和 Tom 的关系开始了一个新篇章：这是我们分手后 Tom 第一个认真到可以介绍给朋友们认识的女友。她看起来很温柔，也善于交际，应该很适合 Tom。整个婚礼，他们始终手牵着手，含情脉脉地望着对方，不时翩翩起舞，沉浸于爱河之中。我希望自己曾亏欠 Tom 的，他已都在她这里得到了。

那么 Tom 和我，还能像我们曾经承诺的那样去永远支持对方吗？对我来说，答案是肯定的。就像在我们最痛苦的那段时间里，我们依然相信彼此的善意。就在此前的六个月，Tom 还帮了我父母一个大忙，让我感激不已。可是在这一天以后，我也深深知道，在 Tom 开始了新的严肃的恋情，以及日后步入婚姻之后，我们彼此支持的方式也势必要改变。我曾经为自己的过错自责，为 Tom 担心，但今天在这里看到他，我从心底里祝福他们：Tom 真的会是一个很好的朋友和伴侣，希望他们能够幸福。

过去这么久，我也曾问过自己，如果我当时采取不一样的行动，是否结局会不一样。很可惜，人生大部分事情没有"如果"的可能。的确非常可惜，可是经过这一切，也让我更好地了解了自己，了解了真实的人生，就如《圣经》里说的："怀抱有时，不怀抱有时；寻找有时，失落有时；保守有时，舍弃有时。"虽然我们的恋情结束了，我却毫不后悔它曾经发生过。这种爱的感觉是如此宝贵，并不完全是因为浪漫的爱情让我快乐（当然我的确感到快乐），而是因为它让我懂得了如何成熟地去爱另一个人，而不仅仅是关注自己的需要。

有些人天生就知道如何去爱，而有些人爱别人的能力却因为种种原因而被锁闭起来（就好像遇见 Tom 之前的我），因此需要一种"爆炸式"的体验来释放他们的心灵。可是这种心灵的力量一旦得到释放，便一发不可收拾——和 Tom 的爱情，以及与他朝夕相处的四年半改变了我的人生。这种振动心灵的爱情不仅影响了我的个人生活，也对我的职业生涯产生了深远的影响。我开始真正体会到世界的复杂多样性，以及人们，包括我自己在内的软弱与坚强。我开始能够感受到别人的喜怒哀乐，能够把别人的福祉置于自己的需要之前。我开始明白，我想要的，到底是一种怎样的人生，而能够有幸陪伴我过完这艰难一生的，将会是怎样的一个灵魂和生活伴侣。

> 爱是恒久忍耐，又有恩慈；
> 爱是不嫉妒，爱是不自夸，
> 不张狂，不做害羞的事，
> 不求自己的益处，
> 不轻易发怒，不计算人的恶，

不喜欢不义，只喜欢真理；

凡事包容，凡事相信，凡事盼望，凡事忍耐。

爱是永不止息。

——《圣经》哥林多前书 13：4-8

"剩下"的幸福

2015 年 5 月，我和 Jing 一起到泰国度假的时候，她告诉我，自己似乎陷入了这样一种困境，那就是依然单身的她似乎很难进入到被周遭所定义的"正常"和"简单"的生活中去。特别是在个人感情生活方面，她所遇到的人当中，能够理解并尊敬她的信仰和精神追求，能够和她在同一智力和经历层面对话，而又正当谈婚论嫁年龄和状态的人，少之又少。她感到很孤独。听完这番话，我很心酸。我告诉她，对这一切，我并不感到惊讶。"因为，你成长得如此迅速，你经历的深度和广度都远远超出了大多数人的认知范围。这也意味着能够明白你、能够欣赏你的人会越来越少——这也许并不是件坏事，因为事情的反面是，你可以选择走和大多数人一样的道路，但是那真的会是你要的生活吗？"

不知道从什么时候开始，我听说了一个在国内似乎很流行的词："剩女"。第一次听到这个词并明白它的意思后我觉得很滑稽，部分因为它尤其指向了女性，而鲜有"剩男"一说。大概是我太过西方化的思维所致，我觉得这是一个特别"中国"（或者东方）的概念：女性的成熟和自由在西方社会已经到达了一个境界，那就是（起码在城市当中）男人和女人一样，在恋爱、婚姻、生育等个人生活方面有平等的权利和自由——女性可以选择是否结婚或生育，什么时候结婚和生育，和什么样的人结婚和生育。"剩女"无疑是这个急速转型的社会对于女性身份认知混乱的一个表征：女性的传统角色和在新时代下自我意识苏醒之间的纠结，影响到了很多女性在处理人生最重要决定之一的态度：你追求的到底是不要被"剩下"（社会给你的角色），还是要"幸福"（自己定义的人生和意义）？

对于"剩下"的尴尬和苦楚，我不是没有体会。每年当我回国和爸爸妈妈在一起，或者是他们来看望我的时候，我的婚姻问题总是他们必然谈起的话题之一。去年夏天当我去绍兴看望奶奶的时候，94岁的奶奶也提到了这件事，边说还捏了我一下。虽然一直以来，我都是一个相当忠于自我、忠于真理的人：我对自己负责，同时会问自己我做的选择是否对社会总体来说有利（或者至少没有害），很少因被别人怎么看怎么说而困扰。然而说实话，那些时刻，对于自己不能使父母还有奶奶开心，反而让我所爱的人为我担忧，我心里非常难过。然而，难过归难过，我很清楚在这个问题上自己没有任何负罪感。我没有做错什么，更没有亏欠任何人。我付出很多努力让爸爸妈妈和奶奶过得更好；但在婚姻生子的问题上，我要对自己负责。我把它看作是一种锻炼和考验，让我能够把情绪和理智分开，尤其是在由于最爱的人的关怀而给我带来情绪压力和负面影响的时候。这的确是一种很折磨心智的考验，但是我认为这是一个人脱离母体、长大成人所必不可少的阶段。不经历这种迎面相逢的情绪折磨，便永远不可能破茧成蝶，去过自己的生活。

通过和父母的沟通，我希望他们明白：单身，或者说没有急急忙忙地走入婚姻，是我的一个深思熟虑的选择。我希望他们了解我现在的工作和生活有多么充实和快乐，我有一群爱我支持我的朋友、师长和知音，我希望他们明白，我已经长大了，我应当并且能够为我的人生负责。我所接受的教育和职业经历不允许我自己盲目地将他人或社会的价值默认为自己必须要满足或遵循的标准，而只有自己摸索或领悟出的价值和标准，我才能全身心地认可。即便是父母的担心和反对，也不能让我质疑自己的选择，因为我已经考虑过与之相对的别种选择。对我来说，婚姻仅仅是人生的一部分和一种形式，而不是人生的前提条件。即便是在强调家庭和婚姻重要性的基督教信仰中，也并没有否认单身的合理性和必要性。"剩女"的称呼不应该成为一种社会迫害——如果有喜欢的事业和支持自己的社交圈子，即便没有婚姻，这样的人生也并不可耻或可怕。

也许你很难相信，骨子里我是一个充满浪漫情怀的人。小时候我喜欢看琼瑶的小说，甚至哭得一把鼻涕一把眼泪。我也曾做梦幻想过那么一个人驾着七彩祥云来到我的生命里，然后我们从此幸福地过一生。随着我逐渐成熟，这个人的形象变得非常真实而具体：他应当真正理解、欣赏并支持我对于"人生召唤"的追求，他的品德和智慧能够让我尊敬和爱慕，他能够"让我的心灵歌唱"。我们彼此相爱，并能够一起开创一个比我们任何一个个体都要更美好的生活。并且，从我自己和Tom几乎走进婚姻这一经历和好朋友们的婚姻中我越发明白，结婚不是故事的结束，而仅仅只是开始——我们甚至要付出难以想象的

（理智和情感上的）努力和代价来维持婚姻的美满幸福。在婚姻里，双方都需要改变自己，时不时还需要将他人的需要置于自己之前，甚至是为对方家庭做出牺牲。这一原则贯穿婚姻和家庭生活的方方面面，自始至终。小到为了家人改变自己的作息习惯，或为了对方而去参与一个自己并不热衷的体育运动；大到为了追随对方而四处为家，甚至放弃自己的事业。说真的，这其中耗费的心力之大，只有为了那个值得的人，才值得我们如此去做。我也看到过很多失败的例子，无一不是要么找错了人，要么没能认清并处理好婚姻中的原则以及与之相关的日常琐事，或者是付出不够。俗话说"相爱容易相处难"，"婚姻是爱情的坟墓"——想必所有人都对此深有体会。

谈到婚姻带给我们的"回报"，这里我想说说似乎一直以来困扰着很多女性朋友的所谓"安全感"的问题。在我和国内的很多朋友交流的时候，大家总是欲言又止的，对于我的个人生活既关心又担心。他们常常说，你应该找一个男朋友或老公，这样在你生病、潦倒的时候，可以有人照顾你，为你分忧。也有人劝我，应该在年轻的时候要一个孩子，这样当我老了，能够有人来照顾我。他们说，这是非常重要的"安全感"。说实话，在探讨过了以上那些所要为之付出的代价之后，我认为区区这点回报太不合算了。再说，这些安全感，我们显然能够通过其他社会组织形式来获得：朋友、同事、社团组织，等等。以我的奶奶举例，和爷爷的婚姻是为动荡的形势所迫；婚姻中养育了三个儿女，可是当她进入了需要高强度照顾的年龄阶段，爸爸和两个姑姑也都因为各自身体和事业的关系没有办法照顾她，而不得不把她送进养老院。我想每个人都应该问自己，在爱情和它的另一种形态——婚姻里面，我们追求的到底是什么？有人陪伴因而不感觉孤独？消除未来物质或情绪上的不确定性？还是别的？生命里有很多幻觉，也有更多残酷的现实，我们终将为自己选择其中之一去面对。

话说回来，我认为分析一下我们的"不安全感"是什么，比简单地追求"安全感"似乎更有助于解决问题。你觉得孤独？——是朋友不多还是话不投机？也许是时候拓展人际网络并且寻找志同道合的朋友了。你觉得生活沉闷没有激情？——不如探索一下自己的兴趣热情所在，找到生活的支点。你觉得钱不够？——如果你还没有懒惰到非要依靠男人才能有钱花，不如在职场里好好表现争取升职加薪。每一种"不安全感"背后都是我们也许不愿意面对的深层次问题。但是你越早面对它们，你就越早能得到自信和自由。至于"剩女"这个不伦不类的称号，别太介意，走自己的路，让别人爱叫什么叫什么去吧。

当代的中国社会仍然处于剧烈的转型期，从五六十年前仍处于的一元社会迅速进入一个信息爆炸、人们的价值观和生活方式发生多元裂变的时代。旧的东西还没有完全消散，甚至一些因循守旧的观念，比如女生干得好不如嫁得好，都还潜移默化地影响着我们生活的方方面面；而新的需要则呼之欲出——看周围有那么多女性，尽管被称作"剩女"，依然大无畏地在这条路上坚定前进。将你心中那个真实独特的自己唤醒，不再让周遭的环境遮盖她的眼目，这大概是我想要对所有和我一样"剩下"的女性朋友们最想说的话。我们如此幸运地出生在这个能够允许我们"剩下"的时代（这在一个世纪之前一定无法可想），幸运地面对着诸多"婚姻以外"选择的可能。我们应该做的就是不要辜负这时代的礼物，好好利用每一次机会，理智地担当起应有的责任，去丰富自己短暂而宝贵的生命。

"剩下"的幸福，你一定会拥有的。

爱的教育

我和奶奶

1979 年 5 月 14 日，我出生在新疆乌鲁木齐一个清贫而充满爱的家庭里。作为家族长子的爸爸琢磨了一个月的时间，最终送给我一个美丽的名字——慧瑾：期望我不仅要有璞玉般美丽的形象，更要有聪明智慧和纯洁真诚的心灵。

我出生时，适逢粉碎"四人帮"后恢复高考，爸爸参加了 1980 年的全国研究生入学考试，以优异

255

的成绩被同济大学建筑学院录取，攻读风景建筑硕士，并在毕业后留校任教，从此开始了建筑师生涯。由于妈妈工作的关系，我出生两个月就断奶了；那之后的差不多十年时间里，爸爸在上海，妈妈在新疆，是奶奶在绍兴老家把我带大。对小时候的我来说，奶奶是世界上最温柔亲近的人；她的爱和付出让我终身不能忘怀，也成为我待人接物的榜样。

奶奶的父亲，即我的曾外祖父，孔墉（1890—1939），是孔子的后人，也是革命家、教育家、诗人和抗日将领。奶奶小时候一直跟随在曾外祖父身边，耳濡目染他爱国救亡的抱负，同时受到意大利亚米契斯著作《爱的教育》的影响，孕育了一颗深沉而纯真的爱心：她立志通过教书育人来报效祖国。曾外祖父阵亡时，奶奶只有16岁。曾外祖母经受不住打击，次年病故。奶奶从简易师范毕业后就来到宁波市宁海县城东小学当老师，挑起了姐弟四人的生活与求学重担。解放后，奶奶和爷爷的婚姻破裂，靠自己一人微薄的工资在接下来的岁月里独立抚养了爸爸姑姑兄妹三人。她曾在郊区电厂夜校以及远离城市的山村小学和中学教书，直到1977年退休。

奶奶把平生的学识、才华与精力都献给了农村教育事业。有几年，奶奶一人独自负责一片山丘周围三个村庄的一至四年级三十多名学生的所有学科教学工作。到了冬季，数九严寒，山陡路滑很难行走，奶奶竟然将三个村的学生一个个从家全部背到教室上课。学生们都深深地尊敬和热爱他们的这位老师。奶奶的爱心和德行在周边乡村有口皆碑，而自己却要忍受着长期和子女分别的痛苦：奶奶在外教书的那段时间，爸爸和两个妹妹独自留在城里上学，奶奶每两周周末回城与孩子们团聚一次，为了省钱，经常长途跋涉；奶奶不来探望的周末，13岁的爸爸就步行去探望她。

奶奶对我们这个家、对我的无私付出，给了我一个虽艰苦但却充满温暖回忆的童年。我出生之后很长一段时间，家里住的都是简陋的土坯房：屋里比房外的路要低一尺多，屋顶上铺着油毛毡，上面压着土砖。那时候生活中水果与荤菜非常少，在我还没出生前，奶奶和爸爸省下来给怀孕的妈妈吃；我出生后，三个大人省下来给我吃。在这样一种"众星捧月"般贫寒却又富足的环境里，我一天天长大，成了一个白白胖胖的可爱的女孩。

为了我和我们的家，奶奶可谓是"呕心沥血"，有件小事至今我都记忆犹新。那是我两岁时的暑假，奶奶和我一起乘火车从乌鲁木齐到上海看爸爸，之后再回绍兴。那个年代乌鲁木齐到上海要四天三夜，一路上奶奶晕车，上吐下泻，胃口很差，四天三夜仅吃了半个面包。我俩睡在卧铺顶层，只有一

奶奶年轻时,和爸爸

曾外祖父孔墉(40岁时)

尺多宽，两人同一头睡不下，两头睡怕我摔下来。病中的奶奶担心万一她自己有什么意外我没人照顾，于是基本没合过眼地一天天、一夜夜坚持了下来。火车到了上海，奶奶从窗口看到爸爸的那一刻，终于露出舒心的微笑。第三天爸爸送我们到绍兴火车站，大姑姑见到奶奶惨白的脸色后大吃一惊，于是赶快把她送到医院，打了葡萄糖和 B$_{12}$，奶奶的气色才渐渐恢复。

我的启蒙教育，是从跟奶奶学认字开始的。从我一周岁起，当过老师的奶奶便教我认字了。先是通过看图识字教我易记的象形文字，如山、水、月、日，等等。接着又教我形声字，如"工"字加个偏旁提手成"扛"字，加个三点水变成"江"字。又如"男"字，因为下田劳动的力气活都是男人的事，所以"田"和"力"就组成了"男"字。休息的"休"字：人在树旁不劳动，就是休息了。就这样，一岁半的时候我就已经认识一百多个字了。两周岁时，奶奶又教我数数。让我每天撕日历，从 1 数到 31。两岁半以后又教我心算 10 以内的加减法，逐渐又增加到 100 以内，再增加到 1 000 以内。奶奶每天教我背诵唐诗，很快就能背出几十首了。上小学以后认的字多了，就让我读《上下五千年》，使我从小就知道了不少历史知识。

奶奶爱我，但是从不娇惯，从小就注意培养我的劳动习惯。饭后洗碗时，奶奶都会留下几个给我，我人小够不到水池，奶奶就让我踩在小椅子上学着洗。后来，奶奶洗衣服，我也模仿着去洗；奶奶拖地，我也跟着在后边忙活。记得一次跟奶奶去上海探望爸爸，奶奶帮爸爸洗衣服，我也抢着洗，没办法，奶奶只好让我先洗，然后她再重新洗一遍，爸爸看到后高兴得合不拢嘴。

意志力是奶奶给我上的重要一课。读小学三年级时评三好学生，我德育、智育两方面都很好，只有体育达不到三好学生的要求，主要是翻跟头不过关。我告诉奶奶，是因为我人胖，翻跟头翻不了。可是奶奶不这么认为。她到学校与体育老师商量，让我一个星期后补考。在那之后她指导我每天放学回家在床上反复练习，终于做得比较标准了。补考老师给我打了 70 分，我还评上了三好学生。在这以后奶奶给我买了个垒球，让我每天到附近操场去锻炼。有空时，六十多岁的奶奶还陪我一起跳舞。她要我明白，困难并非来自于外界，而是来自于我们不能正视问题、懒惰逃避的心态。

奶奶最注重的，还是品格的培养：不说谎，勇于面对错误，是奶奶给我最初的人生观教育。记得小时候每周我都去少年宫读兴趣班学书法，可是有一阵子我偷懒了没去。奶奶来看我的时候，发现我没上兴趣班，问为什么，我撒谎说老师有事出差去了。奶奶不相信，要去少年宫把没上课的学费讨回来。这个时候，我才吞吞吐吐地说出真相。奶奶听完没有发火，反而安慰我："你去学习是好孩子，老师会欢迎你的，绝不会因为你几次没去而责怪你。你担心的话，奶奶陪你去。"于是奶奶带着我，一老一小一块儿去少年宫"参加兴趣班"。事后奶奶表扬我是个好孩子，能诚实地说出不去学习的原因；但一开始说谎是错误的，要改正，并接受教训永不再犯。奶奶认为对孩子的教育要有爱心与耐心，正面教育，循循善诱，绝不可用"法西斯主义式"的打骂教育。而自那以后，我再也没有撒过谎。

八岁时有一天晚上我发烧，奶奶不放心，一个人拉扯着四十多斤重的我去绍兴第一医院，抱一程，休息一会，再背一程。我迷迷糊糊中还要求自己走，奶奶却不让："再背你走一段路，到转弯路口后，看到医院，路不多了，你再自己走一会。"终于到了医院，见奶奶满头大汗，我不由自主地冒出一句话来："奶奶，我们是相依为命的人！"童言无忌，那一瞬间，祖孙二人的心在泪花中紧紧连在了一起。现在奶奶已经九十多岁了，因为生活需要周密的照料而儿女们没法做到，住进了养老院。这对于为儿女操劳了一辈子的奶奶来说，真的是有些心酸。可是奶奶依然宽容体谅地接受了这一决定。而奶奶最疼爱的我，也远在新加坡，不能时常与她见面。今年夏天我从新加坡到绍兴看望奶奶，她的身体差了很多，尤其是听力下降得很厉害，言语也迟缓多了。我望着奶奶，眼泪再一次夺眶而出。奶奶，您给我的这一切，我是没有办法亲身偿还了；但是我希望自己能够做一个像您一样的人，同样用爱心和宽容去对待身边的每一个人，这大概是我唯一能够为您做的让您宽慰的事情了。

> 奶奶，我很好。事业上很有挑战，也很有干劲儿。我做的工作需要爱，去感动和改变我的客户和学生，这是我从您身上学到的。小时候虽然物质没有现在那么丰富，但是在我人格最重要的方面——爱心和耐心，我从奶奶那里得到了那么多，那么多，永远也还不完。我知道我也不用还给您的，我会还给这个世界。

> ——2014 年 4 月 19 日给奶奶的信

童年的生活是快乐的，成长则要我们学会在面对疼痛时保持坚强。很快，我面临着人生中第一次撕心裂肺的离别，除了让我一夜长大，它还将我的生活带入了另一个全新的世界。

1990 年，我 11 岁。当时爸爸已经离开同济，去了加拿大的马尼托巴大学做访问学者，边讲学边攻读硕士学位。这一年家里决定，为了能让我接受更好的教育，我和妈妈搬去加拿大与爸爸团聚。这就意味着我要与在绍兴老家生活的奶奶彻底分开了。事实上，早在 1988 年暑期，因为那年秋天爸爸要去加拿大讲学，我就跟着妈妈离开奶奶，从绍兴回到上海与爸爸团聚了。但毕竟绍兴与上海相距不远，往来方便，我依然经常与奶奶见面。而这次要搬到远隔万里的大洋彼岸，见面就十分不易了。

此前，我心里曾有个美好的小算盘：妈妈从上海去加拿大陪爸爸，这样奶奶就可以从绍兴来上海陪我。一想到又能与奶奶在一起，我就非常高兴。妈妈知道我的想法后十分为难，几次试探着说要带我一起去加拿大，我都哭成泪人。没办法，只好搬来奶奶亲自做我的思想工作。奶奶决定来上海与我们同住一个月，亲自送走我们。那段日子里，想必奶奶也是舍不得我，可是她却总是想方设法地一点点地对我进行"战略渗透"，比如安慰我说等隔年爸爸挣了钱寄回来，她一定来加拿大，与我们团聚。我这才开始慢慢接受了分离这个不容改变的事实。

很快，和奶奶分别的一天终于来临了。那一天老天爷似乎也知道了我们即将分别的心情，下着细雨，我扑在奶奶怀里，泪如雨下。很快，我被爸爸妈妈拉扯着下了楼梯，只见奶奶一个人站在阳台上朝我不停地挥手，而我们也不时转身向奶奶道别，不一会儿，她那瘦小的身影就消失在烟雨和我的泪水之中。

二十年后，我读到廖一梅在《悲观主义的花朵》里的话语："我们一生中总要遭遇到离开心爱人的痛苦，那可能是分手，也可能是死亡，对此即使我们早有准备也无力承当。人类唯一应该接受的教育就是如何面对这种痛苦，但是从来没有人教过我，我们都是独个地默默忍受，默默摸索，默默绝望。"这才发现对于少不更事的我来说，离开所爱的人，是一种怎样的人生教育。在学会了如何爱之后，也许更应该学习如何去放手、告别、祝福我们所爱的人和事，开始下一段新的旅程。

到加拿大以后，我把这一次刻骨铭心的分别写成了一篇文章，发表在了1992 年某期的《温哥华太阳报》上。那种离别的痛苦像刀子一样在我幼小的心灵里留下了印记，直到今天都还刻骨铭心。

离开所爱，心痛依旧

原文载于 1992 年 6 月 23 日《温哥华太阳报》：

我依然记得离开我所拥有的一切，是一种怎样的感受。

我依然记得那种悲伤和心痛——还有泪水。

那是 1990 年 4 月 9 日——我人生的转折点。

那时我只有 10 岁。

那时爸爸住在温哥华，他希望我们能来和他团聚。

我不知道应该有一种怎样的心情，也许我应该感到高兴，因为我很快就能再见到爸爸了。

但我一点儿也不。

我没有对任何人说起我要离开。我对此心存遗憾，因为那个时候如果说得太多也许会有风险。

最后那几天在上海的日子，奶奶和我们在一起。她对我来说有着非比寻常的意义，我对她的感情胜过了对爸爸妈妈的。

最后那几天里我们都很沉默。其实我想我们也都不知道应该说些什么。只是我心里清楚，那种伤痛将永生难忘。

窗外下着雨，漆黑一片。我知道奶奶的心里也很难过。

为永久的记忆

FOR A MEMORY
FOREVER

THE VANCOUVER SUN

VOICES

HUIJIN KONG

Pain of leaving loved one goes on

I STILL REMEMBER the day when I had to leave all I ever had behind.

I recall the anguish and pain — and the tears.

It was April 9, 1990 — the turning point of my life.

I was 10 years old.

My father was living in Vancouver and he wanted us to leave China and join him in Canada.

I didn't know what to feel. Maybe I should have been happy because I would see my father again.

But I was not.

I didn't tell any of my friends about my trip. I wish I had, but it was considered dangerous at the time.

My grandmother was with my mother and me during our last days in Shanghai.

She had always been something special to me. What I feel for her is something I could never feel for my parents.

That last day both my grandmother and I were very quiet. We didn't know what would happen if we tried to communicate with each other. I knew in my heart I would never get over the pain of that day.

It was raining outside and very dark. I knew my grandmother was hurting inside, too.

My mother broke the silence to ask, "Do you think you could buy something for me, Huijin?"

"Sure," I said, happy to have some time to myself. How I wished the time would stop.

But then reality struck me. I told myself, "I have to be brave for Grandmother's sake. I shall not cry."

After we ate, Grandmother called me to her side. I shall never forget what she said:

"Be a good girl. I know this is hard on you, but you are going to a new life, a new beginning. Remember I always love you, and always am proud of you. Do not cry, there will be one day we shall see each other again."

How could I not cry? I was always very emotional. I just couldn't control myself. I fell on her lap, embracing her while crying.

The final moments came. The truck that was to pick us up arrived. The final goodbye had to be said.

I faced my grandmother, tears running down my cheeks.

"Grandma, I never want to leave you, you know that don't you? I love you with all my heart. You can never be replaced by anyone, no one. I love you, I love you. Why do they want to separate us?"

It was time for me to go to the airport. My grandmother wasn't allowed to come with me.

I was dragged off the stairs, and then I couldn't see my grandmother clearly any more.

She was waving at the window, then her frame disappeared into the rain. The truck drove away.

Today, I still feel the pain within me. I feel the emotions, the tears.

I don't quite know how I got over it.

Perhaps I never did.

Huijin Kong, 13, is a Grade 7 student at David Lloyd George elementary school in Vancouver.

●

We'd like to hear your voice — in about 600 words. Mail to Voices, Shelley Fralic, deputy managing editor, Vancouver Sun, 2250 Granville St., Vancouver V6H 3G2.

Page three

☆☆ Tuesday, June 23, 1992

A3

我写关于离开奶奶的痛苦文章登报

　　终于，奶奶打破了沉默。她问我："慧瑾，你能不能出去给奶奶买点东西？"

"好。"我如释重负，希望时间能够就此停住。

可是没过多久，现实又一次提醒我，分离的时刻马上要到了。我对自己说："你一定要坚强，为了奶奶。你一定不能哭。"

吃完饭，奶奶把我叫到她面前，说了一番让我永生难忘的话："听话。奶奶知道你很难过，但你马上要开始新的生活，有一个新的开始。记住，奶奶永远爱你，永远为你骄傲。别哭，我们很快又会见面的。"

我怎么能不哭呢？一直以来我都是个感情丰富的人，我无法控制自己的感情，扑倒在奶奶腿上，一边抱着她一边放声大哭。

最后的分别终于来了。来接我们的车到了楼下，我们要说再见了。

我望着奶奶，泪流满面。

"奶奶，我永远也不要离开你，你知道的，对不对？我最爱你，没有人能够代替你，没有人！奶奶我爱你，为什么他们要把我们分开？"

我要去机场了，可是奶奶不能去。

爸爸妈妈把我抱下楼，直到我再也看不见奶奶了。

她隔着窗向我挥手，身影消失在雨中。车子渐行渐远。

今天当我写下这一切的时候，我依然感受到那种心痛、那些泪水。

我自己都不知道是怎么过来的。

也许我从来都没有"过来"过。

在加拿大的生活，让我一夜长大。

在 20 世纪 80 年代的中国，大家的物质生活都还比较贫乏，所以我并没觉得缺任何东西。对我来说，每次考了 100 分妈妈奖励给我的巧克力，就能带给我莫大的满足感。每次在同济校园里我远远地见了爸爸妈妈就大声嚷嚷着得了 100 分，妈妈笑说听了就头疼，因为"快没有钱买菜了"！那时候我对"穷"的概念大概就是偶尔得了 100 分却没有巧克力吃。

到这里以后我们就成了穷人。初到加拿大，特别是刚去时在温尼伯的一年多里，我着实体会到了生活的不易。爸爸当访问学者时只有一个月几百块加元的生活费。我们的家具、衣服和鞋子是二手店买的，我至今都记得为了省公共汽车票钱，我们一家都在零下二三十度的严寒中徒步上班上学。还有一次我从小学步行半小时回家，到了公寓门口发现爸妈都不在家，只好一个人在冰冷的门外等了好长一段时间，可把爸妈心疼坏了。而我的华裔同学很多是来自台湾

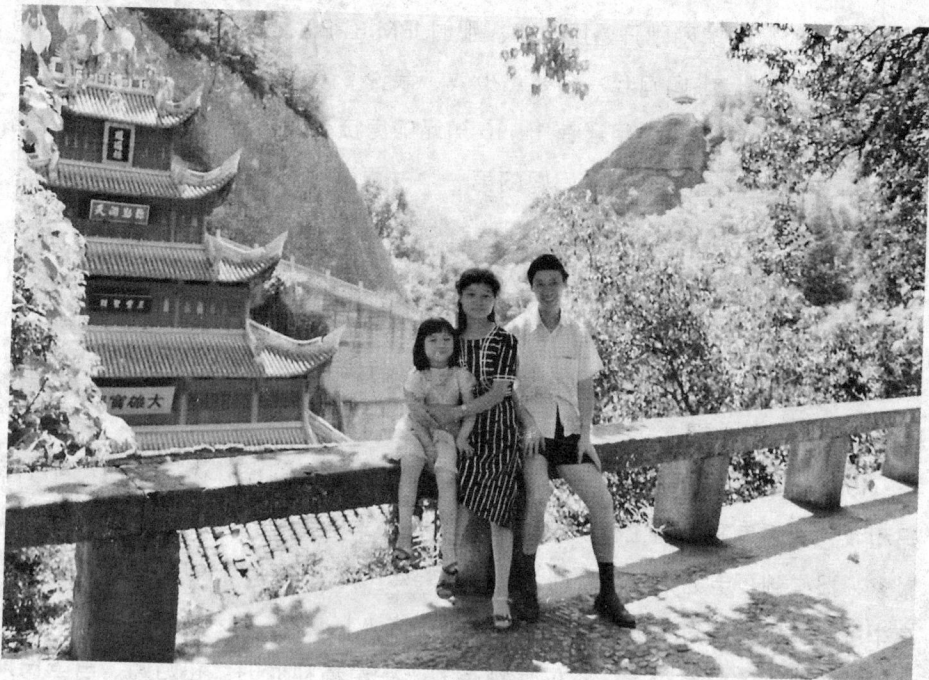

我小时候和爸爸妈妈一起

和香港，大多数人的家庭有着较好的经济基础。我最要好朋友 Rachel 的爸爸是个台湾来的医生，一家人住在独栋别墅里，与我们居住的一室一厅公寓相比真是天壤之别。后来为了让我上好的学校，妈妈决定在好的学区租房，可是那里的房租普遍较高，于是妈妈想了个办法，把家里的客厅出租出去，以分担一部分房租。我们一家三口就和房客在同一个屋檐下生活了好些日子。

搬到温哥华以后情况稍好些，但还是捉襟见肘。加拿大经济体量不大（总体人口 3 000 万左右），而且当时经济不好，找工作很不容易。妈妈找到一份工作，是在一个台湾生意人家做全职保姆，吃住都在雇主家。我心里很不愿意——自从妈妈从新疆搬到绍兴后，我就没有和她分开过。但生活所迫，妈妈还是离开了我们。这一次，她走的时候我没有哭，因为我知道哭也没有用，我们要勇敢。后来因为受不了与家人分离的痛苦，妈妈还是辞职了。为了能与家人在一起，又能赚更多的钱，妈妈白天帮人家带孩子，晚上回家打毛衣，缝纽扣，尽可能地支持爸爸上学，贴补家用。那时候我也帮妈妈缝纽扣，直到有一天妈妈说我不能再做了，否则就要妨碍功课了。我依然记得妈妈从做住家保姆的人家回来时，我心里的一个执着的念头："再也不能让妈妈离开我了。我要好好读书长大赚钱！" 那时我 12 岁，上七年级。

上初中时，大家刚刚开始用电脑。那时 IBM 的 PS/2 电脑刚刚上市。我跟妈妈说很想买一台。妈妈问我一台要多少钱，我说 2 600 加元。那是妈妈三个半月的工资，此外我们每个月还有 1 110 加元的房贷要还。正巧，那时爸爸从香港回来，带了一笔钱给我们。妈妈的第一个"预算开支"就是我的电脑。后来爸爸妈妈送我到麻省理工学院（MIT）读暑期班，花了妈妈整整三个月的工资……这样的事情举不胜举。中国人传统的"再苦不能苦孩子，再穷不能穷教育"的美德，在爸爸妈妈身上得到了生动地体现。中国多少像爸爸妈妈一样质朴的父母们，为了让子女能够接受他们力所能及范围内最好的教育，默默地奉献了他们毕生的一切。

1992 年爸爸为了继续自己的事业，为了改善家里的经济状况，再次离开妈妈和我，到香港和上海工作。爸爸走了以后，我就想尽一切办法帮助妈妈，从搬家、报税到打电话给电力公司，充当了妈妈的"好帮手"。现在看到我初中和高中的照片，分明是一个穿着孩子衣服的小大人！

在加拿大的岁月艰难，不仅是物质上，更是精神上的。和奶奶、爸爸长期分离，那个时候没有现在这么发达的通信条件，我们只能偶尔通电话，每年夏天才能够见上一面，这种相思之苦对一个孩子来说真是莫大的磨炼。幸运的是，我们一家人非但没有因此走散，反而更加相爱。一个简单的对团聚的盼望，支持着我们年复一年地劳作和守望。

多年以后我来到哈佛商学院，在一门叫作转型领导力的课程中，我的教授 Paul Marshall 说到了一则很重要的人生启示：永远不要让你的支出增长比你的收入增长更快。在我之后的工作和生活中，我遇到很多人，他们的花费远远超过了一个"普通人"的日常生活所需——而且随之而来的结果很可能是，你成为自己所需要的金钱的奴隶。穷的滋味并不苦涩，因为我们一家凭借自己的努力和坚持在最初的苦涩之后尝到了甘甜。这一段生活经历，让我对在那之后的人生充满感恩之情；而世界与时代的变迁也改写了我们关于"富有"的定义。那个年代我偶尔获得的巧克力或蛋糕，爸爸在同济大学教书时中奖得到的彩电，甚至于我们在加拿大偶尔一顿改善的伙食都让我们觉得无比"富有"和"满足"。而多年后的今天我终于明白，经历过这一切，却又最终超越这些外在环境给我们带来的满足感，才可能是自由人生的真正开始。

回想起我的童年以及少年时代，贫寒却温暖的家庭生活历历在目。直到今天，家，仍是我的避风港。成长过程中我们经历了数次分别，在地域上常常相隔天边，但这些非但没有拆散我们，反而使我们的心更加紧密地联系在一起。爱，是这个并不富有的家庭给我的最宝贵的财富，它不但可以随身携带，还可以常用常新。我在日后的人生中，也是不断在爱的激励和帮助下征服险峰，渡过急流，进入一个又一个世外桃源。

三代人的梦，百年的梦。有爱的人生，就是诗意人生。

知音相伴

在我的生命里，除了家人，最为重要的另一群人，就是朋友。不，更准确地说，是志同道合的知音。有人给我讲过中国古代的一个故事，说的是很会弹琴的俞伯牙遇到了能够从他的琴声中听出高山流水的朋友钟子期，于是衍生出"知音"这个动听的名称。

在哈佛商学院的时候，我认识了陈磊、洪宇、Agnes 等一众好友。在那之后的日子里，我们的生活以不同的方式相互连接，她们在我生命里的不同阶段给予了我莫大的支持。包括这本书的缘起和发展，都来自于我们对生活共同的热情以及希望通过分享去帮助到更广大人群的一致信念。

2011 年 4 月，我从香港搬到了新加坡。我搬进了一所市中心的公寓，有了

我和陈磊在意大利

两位从事艺术工作的室友。生活恢复到以前那种井然有序的节奏，虽然亲人和大部分原有的社交圈子并不在此，但通过这份我所热爱的工作，我结交到了很多志同道合的新朋友，和他们从陌生到相识的过程也带给我很多惊喜。这对于一直以来自认为不擅长社交、缺少朋友的我是一个很大的转变。我非常感恩最近几年的生活，是这些知音慰藉了我的异乡生活，并让我有不断前行的动力和激情。

很多朋友都说我变得成熟了。我想真正的改变应该是来自于内心：我改变了跟自己的关系，懂得了如何真正支持自己、挑战自己、更新自己。在这同时，我也学会了如何支持别人、挑战别人，帮助他们发挥自身创造性的力量。

"当时光飞逝，我回首从前，曾经是莽撞少年曾经度日如年，我是如此平凡，却又如此幸运，我要说声谢谢你，在我生命中的每一天。"

我的导师谢正炎

每个人都渴望能有导师，但仅有 5%～10% 的人能找到这样一位导师，而这样的师徒关系能长久保持的就更少了。为什么呢？一位好的导师（mentor）能通过个人的经历，告诉徒弟（mentee）如何对待工作生活中的种种挑战，而同时帮助徒弟探寻他自己的应对方式，因为没有任何两个人的人生是相同的。在

我和导师谢正炎（左一）及其他高管

我的人生路上，我有幸得到了很多人的爱护和指导，但我最重要的导师当属 Tsun-yan Hsieh（中文名字：谢正炎）。我俩的关系很像中国武侠小说里的师徒关系。

2008 年我开始做领导力培养的工作，我渴望新的工作内容是有意义的，有利于社会，而不仅仅是帮助企业提高利润。我急切地渴望获得指导，希望找到一个我期望成为的榜样。在更深的内心，我其实更是在寻找希望，希望我所追寻的这种有意义的工作在现实生活中活生生的存在，而不是我的臆想或不可实现的虚构。

我清晰记得，自己意识到正炎象征着我所渴望成为之人的那一刻——他当时已经是麦肯锡极其资深的董事合伙人，在麦肯锡从业 28 年。那是 2008 年 3 月，当时正炎创办的麦肯锡亚洲领导力中心正在办一个活动。在活动中大家相互分享个人经历，我正巧和他分到了一组。他完全敞开心扉，不带保留地分享了他自己遇到的困难和纠结，以及他决定忠于内心的转折性时刻。我非常震惊，以他那样的资历和成就，居然愿意与学员们分享如此私密的经历。我更没有想到，他的一些纠结与我正面临的也十分相似，而他已经克服了其中的一些心理难关。我曾经在 2006 年和 2007 年麦肯锡的其他会议上听过他的演讲，但 2008 年 3 月的那一刻，我心中的敬仰之情油然而生。因为他让我看到，他的成长之路是我可以追随的，他的理念、价值观和能力也可能成为我的立身之道，他代表了我理想中的麦肯锡精神。

而事实上，从那一刻起，到我真正做到敞开内心，去理解和学习正炎如何把自己塑造成为一个全球顶级的总裁顾问（CEO counselor），又花了五年。我们共事的第一年（2008 年初—2009 年初），我不停地观察他，希望学习他的为人处世之道。但我的成长却并不理想，因为我依然非常纠结于自己对生活和工作的失望，以及无法实现自我的挫败感。一定程度上，由于正炎的建议，我离开了麦肯锡，去实业公司亲身体会当前商业社会中的现实和挑战。2011 年中，我们再次一起共事。即使那时，我依然心存怀疑，并不确定自己是否真心热衷于帮助资深的商业领导人提高他们的领导力。我渴望学习，但是我对于工作当中碰到各种挑战和磨炼仍然相当抗拒。有些客户我不喜欢，就自然不会放那么多心思进去。有些事情难度高，我一时不能胜任，但又要逞强，不愿意承认我不懂。我崇拜正炎一身高超的"武艺"，但是对自己能否修炼到那个境界则缺乏信心。

267

正炎在帮助我直面这种现实落差的过程中，倾注了巨大的关爱。我的冥顽不化也让他忧心，甚至失望。他告诉我，除非尽快振作，不然我终将会是一块烂铁，无法实现自我期许。而这对于我，又是当头一棒，因为以往学习和工作中，我所受到的都是表扬，说我多聪明、多么有潜质。但是我知道正炎会给出如此严厉之词，是因为他自己经过了无数血泪的考验，才得到今天的成就，才有能力去影响资深商业领袖们去做对的事（比如自我提升去成为名副其实的领导者，而非依靠手段和关系排挤对手）。如果不是出自他口，我根本不可能接受自己需要颠覆性转变的事实。他不断地敦促我，直到我付诸行动；然而即便如此，我的进步在他的眼里，也是总不如他所期望的那么彻底。正炎是一个严师，而这种严厉对于好胜心强的我来说，的确是一种必要的鞭策和动力。

在现实和正炎的不断鞭策下，我下定决心，去学习师父的全部本事，成为像他一样出色的总裁顾问。在很长一段时间里，我不能确定这是否是我的召唤，因为实在难度太高了。做好的总裁顾问需要超人的智商、情商，能理解和把握复杂的人际关系；做总裁级别人物的"师爷"，错一步就能产生严重的后果。我的智商还可以，但是其他方面并非强项。清楚看到差距以后，我不服输的个性让我决定继续在弱项上使劲儿，去自我突破以培养必要的能力。正炎说我可以做到，我不能辜负他。

最终的动力来自我内心的召唤。正炎有句话我一直铭记在心："慧瑾，不是你不好，而是我们的工作是到海里最深的沟，而不是在夏威夷的海滩上游泳。"天外有天，人上有人。真想成为一个可以通过领导力发展来对这个世界产生积极影响的人，我就得下到海中最深的沟里去，唯独这样，才能帮助更多的人。这是我想成为总裁顾问最重要的原因。第二个原因是我想把正炎的理念和实践心得传播出去，因为它可以帮助很多每天都在商场里打拼的人，给予他们希望和实际的帮助。第三个原因是我自我提升的渴望：当我看到了世界级的卓越水平，就希望齐头赶上，不许自己胆怯退步。

在正炎的帮助下，我意识到自己需要掌握一套新的技能，它们与我之前在学校取得好成绩、在麦肯锡获得认可所需要的技能完全不同，要一切归零，从头开始。理智上明白了，但情感上却难以立即接受。很多时候我清楚感到心里的两个我：自我保护的我（protecting self）和渴望学习的我（learning self）一直在我的内心和脑海里交战，打得天昏地暗。不过，我很欣慰地看到那个渴望学习的我不断赢得胜利。

我的 Jing 妹妹

　　每个人的生命里，都有对自己的成长和个性形成产生重要影响的人，好比正炎之于我；而我和 Jing 之间的友谊，则让我深刻感受到自己也可以如正炎那样，去成为别人勇气和灵感的源泉。Jing 是我的好朋友、小妹妹，也是这本书中我的故事部分的编辑（除了她擅长文字拿捏的能力之外，主要是由于我的中文水平仍然令人汗颜地停留在自己离开中国时的水平）。对于她的热情帮助，我充满由衷的谢意。

　　我曾半开玩笑地说，Jing 是我在中国"捡来的"小妹妹——怎么不是呢？能有这样一种缘分遇见，可谓我们人生中极大的幸运。

　　掐指算算，认识 Jing 已有九年时间。她是我从纽约回到

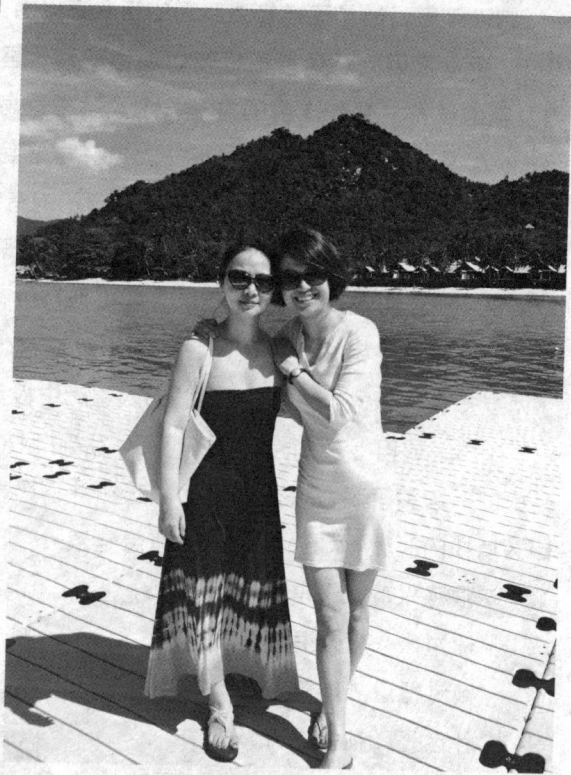

我和黄璟在泰国

上海办公室之后第一个项目上的团队成员，我也是她成为麦肯锡咨询公司商业分析员以后遇到的第一位项目经理。她告诉我，自己听说会有一个纽约回来的项目经理来带这个为本土客户服务的项目（当时的项目是为民生银行做的零售支行网点转型项目），心里暗暗为我这个 ABC（泛指海外长大的华人）捏了把汗：首先，语言过得了关吗？客户能认可吗（要知道中国的银行业客户可是出了名的挑剔，甚至苛刻）？其次，外国待久了的人会不会比较呆板？对团队的要求会不会吹毛求疵（当年麦府不了解中国情况却对团队提出奇怪要求的老外

领导真是比比皆是）？最后，这是 Jing 成为商业分析员之后的第一个项目，她对于自己能否达到我的要求也倍感忐忑。不过以后来的经历来看，她的能力完全不是问题，我很惊讶于出生成长在中国的她竟然有非常西方化的思维：她聪明、充满工作的激情和求胜欲、敢想敢做、乐观豁达。在她身上，我仿佛看到了过去的自己。

若干年后，她是这样描述我们的第一次见面：

"第一次见到慧瑾是在杭州，项目的办公室里。她圆圆的脸，大眼睛，留着及肩的长发，穿着浅色的衬衫，个子不高，身板有点单薄，宛如一个邻家女孩——可爱，是我对她直观的第一印象。可是当她开口说话的时候，气氛就变化了：她的嗓音洪亮（后来她开玩笑说自己的音质很适合做主持人），完全的美式英语口音（后来相处久了，我的英文口音也深受她的影响；不过当她说起中文来就不那么利索了），说话不快，却掷地有声，而且腔调严肃，绝对不属于温柔型，甚至还略带一点生硬。那时候的我没有想到，眼前的这个其实只比我大了两岁多的'领导'，会对我今后的人生产生极其深远的影响。"

在那个项目上我们一起工作了三个月。我依然记得我们在杭州西湖边星巴克里的一场关于职业理想的对话。起初并不严肃，只是聊到将来希望自己变成什么模样的时候，她说，自己的理想是做一个国有大银行的高管。我对于她这个想法很感兴趣，于是追问个不停。

"你为什么想做银行的高管？"

"我觉得这才能算得上是'社会主流'的工作。"

"什么是'社会主流'？"

"就是人人都尊敬、人人都渴望的啊！"

"你为什么觉得'社会主流'对你来说重要呢？"

"因为……因为大家都这么觉得啊……"

…………

那一年她 25 岁。我猜，也许即使没有这番对话，她的人生也未必能完全依照"社会主流"的定义展开；但是这一番对话，一定把她个人内心寻找和人生转变的发生时间大大提前了。当她被犀利且步步紧逼的我推到了墙角里，也就不得不对自己那其实没有被充分思考和论证过的假设产生了疑问。而幸好她也是一个较真儿的人，对于这一连串没有满意答案的问题，开始了孜孜不倦的探索。从麦肯锡北京办公室开始，到法兰克福办公室，到离开麦肯锡后的西非洲生活，再回到北京，换过的很多份工作，经受的很多次挫折和考验——全部的旅程，据她说，都始于那场西湖边星巴克的对话。

在当时的麦肯锡中国办公室，在项目上加班是一件再正常不过的事情，每天 12 小时的工作时间是家常便饭，而一周动不动超过 80 个小时也不足为过。我曾听很多国外的咨询顾问抱怨，在中国以至于整个东亚地区，咨询工作强度远远超过了欧美。不可否认存在着市场发展阶段的不同，但文化的确是另一个重要因素。东方的集体主义思维，落实到具体工作中就变成了同辈压力，甚至是集体的压迫。拿咨询工作举例，我听说很多项目成员，每天晚上留下加班，即使自己的工作做完了，也常常碍于情面，会在会议室多留一会等着大家结束一起离开。但是我要求大家改变这一习惯。要每个人对自己的工作负责，而不是对团队面对面在一起的时间（face time）负责。在每天客户下班以后，我会和每个人确认剩下的工作，对于已经完成的，会要求大家尽快离开。有了这样一个有权威的"监督员"，我们这个项目的工作时长非常令人满意。我还鼓励团队成员们加强锻炼，甚至带着团队一起上健身房跑步。Jing 定期锻炼的习惯就是从那时养成的。

在监督的同时，我也注重帮助大家提升效率，其中最重要的就是抓大放小，培养全局观。分析工作很具体，而且一旦陷入一个难题就很容易钻牛角尖。我尽力帮大家从凌乱的信息中找到头绪，并且只关注对最终成果产生最重要影响的环节和方面。每一次团队因为某些问题而难以推进的时候，我会挑战所有人（包括董事合伙人们）：这个问题值得我们花这么长时间研究吗？我们是否在用 80 % 的时间解决产生 20 % 效果的问题？我希望大家真正培养起"战略性思维"。

对于确实需要深入研究的问题，我勇敢地承认自己不是对客户情况最了解、对具体内容最在行的人，并且积极地与团队一起想办法解决。我希望激发团队的主人翁意识和创造力，就像多年前我的第一位项目经理要求我的那样。记得有一次，当时的麦肯锡资深董事合伙人，现在已经是麦肯锡的全球 CEO 的 Dominic Barton 先生来杭州视察我们的项目，我正忙于其他工作，因而决定把这项任务交给 Jing："Jing，你带 Dominic 参观一下支行吧，这方面你在行，他就交给你了！"事后 Jing 告诉我，她着实紧张了一阵子，因为很多项目经理都属于"事必躬亲"（尤其是在与大领导的接触上）的风格；此外，把这些重要的工作和场合交给下属独自来面对，一定有风险、会出错。但我想，团队要成长，就一定会出错；不出错就不会成长（其实我在回到中国之前就有过这类经验，我曾经让纽约办公室一个第一年的商业分析员独自前往一家大公司给 CEO 做报告——这名商业分析员在去年成为麦肯锡纽约办公室的董事合伙人）。做一个好的领导，不是不出错，而是如何给团队尝试的机会，让团队在错误中快速学习，不断进步。这对团队是考验，更是对团队领导者自己的安全感和自信心的极大挑战。很多年以后，Jing 自己坐上了团队领导的位子，对这一点的体会也更加深刻。让我欣慰的是，她的变化之快之大，甚至超过我的想象。

2008 年秋天，我在印度和新加坡工作，那段时间 Jing 正好在申请商学院，为了写申请论文绞尽脑汁。加上当时还在做一个特别辛苦的项目，压力非常大，有点"生不如死"的感觉，甚至在一次工作会议上受不了压力而号啕大哭。得知了这一切，我决定在那个周末自掏腰包买了一张机票搭乘红眼航班从新加坡到北京看望她。那两天我们彻夜长谈，一起上公园溜达，在咖啡馆聊天，一起头脑风暴式的讨论该怎么写她的申请信。我离开的时候天气微寒，她把我送到门口，我们依依不舍地拥抱了很久才上了出租车。离开的时候，我们的眼睛都红红的。

之后我们各自的人生都发生了一连串戏剧性的变化，在这过程中我们的关系从原来的上下级、师长般变成了无话不谈，像姐妹一般。每一次她告诉我生活的进展和改变时，我除了肯定和安慰，也总是会以非常严厉的方式来挑战她，指出她思考的薄弱环节，甚至批评她当做却未做的事情和未能克服的弱点。她也以超出她年纪的领悟力给了我很多情感上的支持和安慰。中国有个词语叫作"诤友"，我们之间的关系大概也有这样一种成分：我看到了她的潜力，希望通过我的支持，使她实现和完成单靠她一个人无法想象和完成的成就。她有很大的潜力，我有这个义务和责任来使她变成一个更好的领导人（leader），就好像正炎帮助我一样。

上一次和 Jing 见面是 2015 年 5 月，在上海，为了我们共同运营的微信公众号"瑾璟有叙"举办的第一次线下读者沙龙。我们和 20 多位热心读者畅谈"如何建设更有意义的人生"，这也是我们两个为了实践共同的召唤而创立的事业。Jing 在写作上非常有天赋，我则能够提供领导发展领域的经验和指导，再加上我们共同的另一位朋友 Annie 的加入，我们的这个小事业蒸蒸日上，接触到了越来越多有同样困扰和需要的朋友，并为他们提供尽可能的帮助和支持。

人生得一知己，足矣。

一路上有你们

回想最近几年的工作和生活，与之前的以"事件"为主的记忆不同，这一次我脑子里记住的，竟然全都是一个个与我产生各种关系的鲜活的"人"。当我提笔整理最近几年的生活经历时，第一个念头就是：它应当是"人物志"而非"事件志"。这些朋友以不同的身份与我相识相知，我们之间的互动给彼此都带来了很不一样的人生体验。回过头来看这一切的时候，我感激生命不止一次地证实了我的信念：现实有无限的可能，就看我们能否用心、用情去付出、去拥抱和感恩所获得的一切。在他们身上，我也对今后的生命将要为我展开的画卷更加充满信心。

Mary：同理心的力量

其实算起来，认识 Mary 已经有十多年的时间了。她是我在宾夕法尼亚大学的本科同学。我们的人生轨迹很像两条并行的铁轨，在各自的领域里飞奔向前，时而相交，尽管只是短暂的几个瞬间。和 Mary 在宾大彼此熟悉，但算不上是深交；我们真正具有深远意义的关系则是 2010 至 2011 年期间建立并发展起来的。

那时候在大公司工作多年的她对职业的下一步感到彷徨，特别是在处理职业和家庭的关系方面，遇到了很大的困扰。那时的我刚加入香港的媒体公司，正从那场"翻天覆地"的"浩劫"中走出来，并且逐渐清晰了自己从事领导力发展工作的志向。和 Mary 重逢后，我们聊起各自的生活，两人同时产生了进行一番"人生指导（life coaching）实验"的念头。

于是 Mary 成了我的"小白鼠"，我们的人生指导课程大约进行了 9 个月左右。当时她所面临的挑战与我刚刚经历过得十分相似：当工作对你来说相当得心应手的时候，进一步追求的应当是什么？当职业发展和家庭生活产生矛盾的时候怎么办？当外在的期望和压力与你自己内心的渴望相背离的时候如何把握方向？当我听 Mary 一一描述这些问题的时候，她那种困惑、纠结、彷徨，还有痛苦，都让我感同身受——这是我到那时为止的人生中，为数不多的几次如此强烈的感受——怎么不是呢，她所描述的每一个场景，我似乎都还历历在目；

她所感到的痛苦，差不多两年前，我都真实经历过。

我突然明白了那些痛苦的意义：正是这些痛苦，提醒我要常存谦卑。我犯过的错，感受到的痛，都让我更能够去理解别人，去从别人的角度设身处地为他着想。这一切对于早年的我来说，即使在道理上明白，在行动上也很难真正做到。而那时 Mary 的纠结，甚至是软弱，即便是在当时的我看来，仍有种"恨铁不成钢"的心情。比如说她父母对她爱情生活的影响，并在某种程度上成了她和未婚夫之间很多冲突的根源。听起来好熟悉！好几次我都想大声告诉她：在你的爱情生活被搞到不可收拾之前，赶快做点什么吧！可是我忍住了。我知道即使我说出来也只会是徒劳，她需要自己认识到问题的严重性并自己做出对的决定。这种感觉对我来说，就好像看到别人跌倒以后，很容易的反应是冲上前去把那人扶起来；然而对对方来说，真正有帮助的可能是，你在一旁通过为他打气、鼓励，让他自己（缓慢地）站起来，或许期间他还会再次跌到，但这样做的好处是，下一次他再跌倒的时候，即使你不在身边，他还可以自己站起来。这对于天性喜欢"找答案"、擅长"付诸行动"的我来说，真的不是一件容易的事情。

后来 Mary 谈到我们的这一段经历的时候告诉我，她对于我那时候给予她的温暖和支持将永远难以忘怀，特别是我总能够耐心地听她说出自己的经历和困扰，而没有横加指责或者是好为人师。要知道，能做到这一点对我来说是极大的挑战；然而对需要帮助的对方来说，这恰恰是最难能可贵的帮助。

和 Mary 共同进行生活指导实验的那段日子，为我之后的领导力发展工作打下了很好的基础。我们一起尝试了很多新的主意和方法，比如我们强调"实时互动"。除了固定交流时间外，我们通过电话、Skype、短信等多种方式，随时就遇到的困难和问题进行讨论。有一次我们在我出差的酒店地板上，进行了用"符号表示"的交流（A symbol process），我鼓励 Mary 用图画、照片，甚至是肢体动作来表达情感，重新认识自己。多年以后 Mary 对这种沟通体验仍然津津乐道。为了帮助 Mary 探索更多的职业上的可能性，我把她介绍给了我的朋友。我逐渐认识到，领导力发展并不仅限在商业上或是课堂里，它应当渗透到一个人生活的方方面面；而最根本性的改变，常常是从一个人的心灵深处、从他最私人的生活领域里开始的。

通过这九个多月的互动，我重新认识了一位老朋友：她的成长和变化让我对这位"老"朋友有了很多"新"认识。这种感觉真棒。

Anna：永远向前看

我常戏称 Anna 是我"捡"来的好帮手。

认识 Anna 时，她刚随家里人搬到新加坡不久，正处于适应新环境的过渡阶段。经我们俩共同朋友的介绍，我们约在乌节路一家大商场的地下咖啡厅见面。Anna 是英国人，毕业于剑桥大学三一学院，毕业后所从事的也是金融领域的工作，包括了做过美林证券新兴市场股票研究员以及供职英国金融服务局（FSA）等经历。我很惊喜地发现，她对"有效交流"（effective communication）这个话题很感兴趣，谈到了她自己的上司如何系统性地帮助她更简洁、清晰、有效地进行交流，以及她如何将所学到的这一切又传递给了她的团队成员。当时我的脑海里就闪过了一个念头：她应该成为我们的一员。

三个月后，我开始为在新加坡国立大学组织的第二期管理层沟通课程（management communication program）进行准备。于是我几乎没有任何迟疑地给 Anna 打去了电话，邀请她成为管理层沟通课程的一名教员。Anna 以基本在我意料之内的速度和热情接受了这个邀请。在当时这是一个新的尝试，不仅是对我自己，更是对我所招募到的这批新教员。因为这项课程虽然在去年已经成功运行，但是到了今年，将进行很大的改动，几乎换成全新的面貌。去年我身体力行完成了大部分的课程讲授，而今年我需要更多的帮手来完成新的课程。

我和新加坡国立大学商学院学生

让我感动的是，在我自己都有些紧张之时，这群新伙伴们给予了我极大的信任。Anna 便是其中一个。她凭着与我的一面之缘，在这个尚且陌生的环境里，承担了这样一份具有挑战性的工作，我为她的勇气感到骄傲。

Anna 所负责的课程，只是整个管理层沟通课程的一个模块，可是她所投入的精力和热情，却大大超出了我的预料。我们的所有教员都很勤奋尽职，然而 Anna 所表现出来的对于沟通技巧这一方面的热情却显然超越众人，这让我开始考虑是否应该让她承担更重要的工作。很快，在与我的导师正炎讨论过后，我决定正式雇佣 Anna，并让她担任课程主管，负责整个管理层沟通课程的运营。这对我和当时的团队来说，是一个冒险；然而之后遇到的一系列危机和应对措施，则让我非常庆幸自己当初的决定。

"咱们相识的早期，也不算太熟。可是你给我留下了很深刻的印象：一方面你的思维非常开放，对新的想法和意见总是非常欢迎，甚至鼓励我们去尝试，也总能不带主观好恶和偏见的去评估，这使得我们总能有源源不断的新思路、新方法；另一方面，你却极其严格——尤其是在逻辑和分析方面，你有超高的标准，这在很大程度上保证了最终成果的质量和影响力。"这是某次团队反馈时间里 Anna 对我说的一番话。

那一年的课程改革不仅包括原有课程的升级，还包括了新模块的加入。Anna 在自己原有课程模块之外，主动承担了这部分额外的工作。在新模块投入教学前的一个月，我们对这部分工作进行了一个效果评估会。尽管我也多少参与了这个新模块的设计，但是出乎意料的是，在效果评估会上得到的反馈很糟糕，糟糕到大约半个小时左右的时间里，Anna 僵在那里，不发一言，不知所措。我感到事情不妙。

会后我并没有马上找 Anna，而是带着新的课程设计找正炎商量，他和我一起做了审查，并给了我很多非常有帮助的内容上的建议。此外，我心里还有另一个疙瘩，那就是我注意到在评估会上，Anna 显得非常紧张，并没有完全发挥出她平时应有的水平。我想搞清楚为什么。说实话，在那个节骨眼上，我的确犹豫了好久应该选择什么样的沟通时机，因为她那时马上就要和家里人一起出去度假，我有点担心万一问题解决不好，会毁掉她的整个假期。但是考虑再三后，我决定此事宜早不宜迟——我不愿意逃避问题，在课程开始前几天再来面对。于是我们重新回到了相识之初的那个咖啡馆，就我们所面临的问题进行了一番很诚恳的讨论。

我首先问她对自己的表现和评估结果的看法，Anna 对于内容上的问题显得没有头绪，但是提到了自己的举止紧张，是因为心里有了一个很高的"对标"：那就是我。因为去年这套课程是我教的，因此她非常在乎在别人眼里自己是否能达到和我一样的水准。于是我们逐项讨论了那些问题：对于内容设计上的缺陷，我和她分享了我与正炎的讨论结果，我们对要进行的修改很快达成了一致。但是对于她心理上的问题，我则是花了很多时间来解决。我告诉她，在我心里，她的能力远不止如此，她可以并应当做得更好。这其中的首要任务是，不要过多将焦点放在自己身上，这样感觉会轻松一点。此外，我意识到她的自信心巩固还需要一段时间，因此答应她在课程运行的全过程，我都会在现场支持她以及其他教员。

后来的事实证明，我在现场支持是很有必要的。因为我们的确遭遇了一些之前没有遇到过的新问题。我的在场给了 Anna 很大的精神支持，她显得更有信心了；在项目运行过程中，每一天我都带领大家共同定位问题、寻找解决方案并加以实施，确实起到了不错的效果。在这过程中我也欣慰地看到，Anna 和其他的教员不再有心理包袱，他们以主人翁的精神面对挑战，但是当他们感到困难时，也能谦虚地立刻寻求我和其他人的帮助。在这样一种良性循环下，我们这一期的课程取得了比去年更好的反馈。我深深地为 Anna 和团队感到自豪。

"我在和慧瑾的工作过程中确实遇到过难关。但是我要说的是，慧瑾非常艺术地处理了这些问题：她丝毫不让我感觉到自己被贬低被轻视，因为她始终在用一种'向前看'的建设性态度和方法来沟通和解决问题——没有责备，没有推诿。她的一句'你可以做得更好'很长时间内成了我前进的动力。"Anna 对我们的共同朋友描述我时这样说。

是的，永远向前看，我们可以做得更好。这大概是我这么久以来在新加坡生活得满足快乐的最重要原因吧。

Helen：It'll be OK

好几次在 Helen 身上，我都看到了十多年前的自己：倔强、勇敢、勤奋，又带有深深的焦虑，对未来是否能与自己的想象一样而患得患失。

Helen 是我在新加坡国立大学 MBA 管理层沟通课程的早期学生之一。我们之后成了师徒、同事和朋友。一开始我注意到她，是因为她，像极了从前的我：勤奋好学——她在本科期间获得了新加坡国立大学的 Dean 学者奖励，是顶尖的学生；我上的每一节课她都会认真预习（尽管她的大部分同学都不这么做）；她非常严肃，甚至有点书呆子气，与当年在沃顿商学院时候的我如出一辙；她出身"平凡"，到新加坡国立大学念 MBA 之前，在一家建筑公司做项目经理。

为了帮助她增强对自己的信心，进行有益的尝试和自我突破，我邀请她到我的公司 Linhart Group 来实习。当时正好我们接受了一个为某公司提升客户体验的项目，于是她作为项目的一员参与了进来。这个项目并非一般模式化的咨询类项目，它涉及比较复杂的分析和信息提炼，Helen 非常勤奋，也得到了大部分团队成员的认可。只是我们发现，她的思维方式和分析能力还需要进一步的训练，才能实现"从具象到抽象"的飞跃，来确保她符合这份工作的要求。于是我也很坦诚地告诉了她这些反馈。在实习的最后，我向她提供了在 Linhart Group 的工作机会，她告诉我她会好好考虑的。

不多久后，我们约着一块儿吃午餐。那是在新加坡植物公园附近，一个阳光明媚的早上。在经过一小段寒暄之后，Helen 看起来有点紧张地告诉我，经过深思熟虑，她决定接受另一家雇主——毕马威咨询，一个大型咨询公司的 offer。理由很简单：这是一家成熟、知名的大公司，相比起 Linhart Group，在获得的在职培训和收入等方面会更优越；Linhart Group 相对来说名不见经传，并且它高度定制化的服务方式对人的素质要求很高（想必她是受了实习期间工作反馈的影响）——她希望现在做的选择，能够将之后的职业道路所面临的不确定性降到最低。我听完她的话，既高兴，又心存担忧。高兴的是她得到了一份不错的工作机会；担心的是她再次选择职业时考虑的依然是一些外在的因素，例如知名度、收入等，而非自己内心的需要，或是召唤。

我意识到，每个人改善自己与未知和恐惧的关系时，所经过的路径是不一样的：有人可以以爆炸式的速度进行，比如说我自己；有的人则可能需要经过漫长的摸索和试错才能实现，比如 Helen。所以此时此刻其实并没有多少是我可以真正做的，我只能给她我所有的祝福，并给予她在未来的道路上遇到困难的时候，随时来找我寻求帮助的权利。我除了是她曾经的老师、同事，还可以做她永远的朋友和支持者。

Helen 欣然接受了我的祝福和礼物：在那之后的一年半时间里，她时不时会跟我联系，告诉我她工作和生活上的进展。我咨询顾问的背景，也给她的工作带去了很多实际的帮助。我很高兴地看到她对自己所从事的工作越来越有信心，心里也暗自欣喜，那么她告别恐惧，进入自由世界的日子也应该不远了。Helen 的经历，再一次给了我强烈的信心：对于大多数人来说，生活的确是以一种螺旋式，而非直线式上升的形式演进的，这是生活的真相，无论我接受、喜欢与否。我无法改变别人生活演进的速度和方向，但是有一点我是可以做到的，那就是，在我和他们的生活交会的瞬间，给予他们尽可能多的支持和启发，激发他们的勇气和希望，让他们去拥抱生活的不确定性，坦诚面对这种不确定性所带来的困扰，甚至是恐惧，让他们燃起希望，相信希望一定会战胜恐惧。

我常用一句英文俗语安慰和 Helen 一样的朋友们：It'll be OK in the end; if it is not OK, it is not the end yet.（最后一定会 OK 的；如果不 OK，那么一定还没到最后。）

知音相伴一路走来，我越来越相信一句话，那就是：你和谁一起上战场，其重要性将远远高于你上的是哪一个战场，打的是哪一场战役。（Who you go to the battle with is more important than which battle you go to.）很幸运，有了他们，我将能够更有信心和勇气去迎接每一场战斗——因为我知道，我，不是一个人在战斗。

做自己的好朋友

从"找工作"到寻找"召唤"和"人生意义"，再到认识"爱自己"才是快乐人生的基础——这是我 2008—2011 年的整个探索旅程。

爱情的破碎，寻找"召唤"太激进而感觉受挫，让我在那段时间里无依无靠，漫无目标，也常常被情绪左右。当时我和一位年长的朋友谈起我那时内心的挣扎，他问我："当你在镜子里看自己的时候，你看到什么？"我的回答是："那些我做得好的和做得不好的事情。"他又问："你拿什么来评价'好'与'不好'呢？是根据你自己的主观看法吗？——你做了想做的事，就好；若没做成，就觉得自己不好，是这样吧？"听完他这番话，我不禁再问自己：我为什么要如此死去活来地追求事业成功或者人生意义？我想这一方面是我的性格使然——我就是那种什么事情都想做得最好、最快的人；但是另外一方面其实是因为我并没有真正包容自己，爱自己——我为了成为那个"完美的慧瑾"而不顾一切向前冲，却没能全心全意地包容那个"真实的慧瑾"。

在那之前我并不爱自己，或者说，我并不知道怎样"爱自己"。有一段时间，我脑海中反复呈现一个场景：在温馨的家里，一个完整的我正伸开双手拥

279

抱一个因为惧怕而浑身发抖的我。在这份温暖中，我的心快要融化了。我想，就像这个场景所展现的那样，"爱自己"，首先就是要接受自己的全部，包括自己的弱点和缺点。

从小的移民经历和生活的艰辛，让我有一种强烈的不安全感。奶奶还有爸爸妈妈对我全心全意的付出，让我得到温暖的同时，也在某种程度上加重了我心理负担：我要努力地学习、工作去改变我的生活；家人对我的爱太重要、太珍贵了，我更加应当心无旁骛地去奋斗拼搏。我曾经习惯于用非常苛刻的言语来形容我自己（比如我会说自己毫无情趣、不讨人喜欢），以至于如果不是朋友一针见血地指出，我都没有察觉出来。想想看，同一件事，用爱心、用正面的语言去表达，跟用批评、负面的态度来对待，效果会很不一样。同理，如果能以爱心去对待自己的弱点，就可以把用于自责的负能量转变为改善自己的正能量。自责和自爱在某件事情上也许效果差不多，但是长期而言，"自爱"会帮助我们修正甚至克服原来的弱点和缺点，帮助我们发挥与生俱来的创造力，源源不断地赋予我们进取的能量。而"自责"源于恐惧，带来的都是负面能量，让人沮丧，疲惫不堪。

我们大概都有这样的体会：成长的痛苦常常来自于我们认识到，原来作为单独的个体，我们每一个人是如此渺小，很多事情的成败与我们的努力付出似乎没有关系——原来梦想是如此难以实现。如果我们不接受这一事实就会很痛苦；而接受这个事实，并愿意继续追求，人生就会有所不同。"爱自己"并不意味着自我放纵，它首先意味着要接受自己、尊重自己，并积极不断地去挑战自己、提升自己，并通过改善自己与外界的关系，为所处的社会做出贡献。"自爱"除了宽容之外也包含了相信，相信自己的潜力，相信即使自己再微不足道，也能够做出那一点点改变，让这个世界因为我们的存在而有所不同。

与恐惧和解

2006 年，当我完成了在麦肯锡升任项目经理的第一个项目后，我意识到那段时间里自己似乎被恐惧挟持了。那个项目很难，于是我每天都担心这个那个，生怕稍一不留神就会出错，整个人就像患上了神经质。这样一种状态的结果，就是我的注意力分散，对重要的事情反而没法投入足够的关注，导致有时候进展不佳。到最后尽管项目做得还可以，但我自己的感觉却非常糟糕。经过一个同事的开导，我明白，这种不对劲儿的感觉，其实是来自于我对把项目做砸的担心，来自于我对"失败"和"失控"的恐惧。一定程度的恐惧是健康的，但是我的恐惧程度远远超过了健康程度。于是我开始反思：那么除了工作以外，恐惧是否还影响了我生活的其他领域？

我发现自己一直都在和三种恐惧做斗争：对于失败的恐惧，对于不被爱（不值得被爱）的恐惧，对于自己被看成是坏人的恐惧。这些恐惧极大影响了我的精神健康以及对待生活的方式，比如说我曾经因为害怕被男生拒绝就对他们敬而远之。

我决定有意识地努力改变自己对恐惧的态度，尝试改善和恐惧的关系——我要与我心里的"恐惧"和平相处。在剑桥大学参加培训的时候，我学到了一个小技巧，那就是尽量去看事情好的一面，于是我就设法乐观地看待每一天、每件事、每个人。我也时时提醒自己要客观地评估事情的重要性，抓大放小，不要事无巨细，对什么都神经过敏。我通过放松自己，来放松他人。通过这些措施，我得到了一些情绪上的缓和。

2008 年，我与恐惧的关系更上了一层楼。我的导师建议我去直面自己的恐惧，研究它、开导它。这样可以减少恐惧的力量，让它们少暗中作祟，并去挖掘深埋在恐惧中的宝贵力量。于是我问了自己以下几个问题：

——你知道自己害怕什么吗？为什么害怕？

281

——你与这些恐惧的关系如何？它是你的主人？你的敌人？朋友？还是精神伴侣？

——你希望自己对待恐惧的态度是什么？

这个开导对当时的我来说，就像是黑暗里的明灯。那时，我正在为放弃麦肯锡的工作以及第一任也是唯一一任男朋友，而在恐惧和自责中备受煎熬。失去了第一份职业，离开了初恋爱人，我还有什么？我能找到我要的吗？要是我要找的东西错了，甚至根本不存在呢？

通过跟恐惧有意识地面对面相处，我找到了两种方法可以帮助我自己克服它：一种是请它们进入我的心里，这样它们就不再孤独，它们与我心里的其他部分能够和睦相处。比如说我对找不到爱人的恐惧，我面对了这个问题，即使没有立刻的解决办法，我却能够不再逃避而去正视它们。另一种是让我自己走入恐惧之中，甚至去做令自己恐惧的事情，比如没有安排好下一步就决定离开麦肯锡。第一种方法可以弄清楚你的恐惧到底是什么，理解它们，接纳它们成为生活的一部分，并明白它们的重要性。第二种，是尽管你感到恐惧，你还是能够为了更重要的目标而勇于尝试。

我发现，做令自己惧怕的事情反而是很让人解脱的。直到自己真正去尝试了以后，我才明白我的很多假设或信念都是错误的，或至少并没有我所设想的（可怕）后果。是人就会感到恐惧，而超越恐惧却印证了一种关于人类的真理，那就是：生命中没有任何一样东西能够将你的生活推向巅峰或地狱！(No one thing in our life makes or breaks our life!) 我们都具有奇迹般的复原力，只要我们能够发现并相信这一点，就能脱离恐惧的束缚。

尝试和超越的奖赏是爱，是希望，是创造力，是更多的可能性，是破茧重生。应该这样说，无论是什么让你惧怕，它的作用都不应该是让生活黯然失色，而应是为你的生命增光添彩。

情绪的力量

2008 到 2010 这两年里，我经常哭，因为我觉得自己"失去了很多"。即使是我自己决定放弃的，但从情感上接受"失去"这一现实，却依然让我感到痛苦。

2010 年我第一次参加"成为你自己"的课程（Coming Into Your Own Program，CIYO）。这是一个为女性专门设计的自我发展课程，提供一个有效的环境，帮助不同年龄阶段的女性挖掘她们内心的各种潜能。我看到了六十岁的心理医生和二十出头的大学生一样为"我是谁"而挣扎。无论年事渐高、慧根渐长到什么水平，生活的车轮依然向前，路途上依然波折起伏，而每个人也都要面对内心原有的和新生的挣扎。在这个课堂里，我欣喜地发现，原来我的困惑和苦恼并不是特殊的，同伴们的经历让我知道：自己，并不孤单。

CIYO 给我上了很重要的一课：那就是如何处理强烈的情绪和冲动。我看到其他女学员在自己或他人的分享中泣不成声；教室的中央也永远放着一盒纸巾，因为眼泪是课程中司空见惯的一部分。这让很少释放感情的我感到意外，长期以来，我有意识地压抑自己的情感需求和情绪表达，而现在，经历过了这些波折和痛苦，是时候把心打开了。我发现，即便当众落泪，但在这之后，我却得到了面对矛盾的更加放松和平和的心态。哭泣和欢笑一样，是人（尤其女性）自己保护和释放的一种重要方式，在不设防的哭泣当中去感受，而不仅仅靠逻辑去思考，是人类的宝贵天赋之一。情绪是我们生活的一部分，当我们经历欢乐和幸福，也必然要经历痛苦和抑郁，他们就像人生的四季一样自然，不可避免。我们不必过多地解读情绪背后的原因，事实上，如果我们真的能够在每一段经历当中，让情绪自然地发生、自然地消退，则可以避免很多不必要的困扰，或者缩短困扰停留的时间。了解了这一点之后，我终于能够理性地对待自己不那么理性的一面，不刻意回避，也不刻意寻找，而是把它们当作生活的一部分来对待，从而自己得到释放。

CIYO 给了我有生以来第一次真正无条件接受自己以及同伴的感受的经历。我可以说它是世界上最宝贵的经历之一，跟最深的爱情有的一拼。之前我一直不承认自己咄咄逼人的沟通风格存在局限性——我以为我是在摆事实、讲道理，挑战别人的观点或逻辑。而在 CIYO，在自己的和别人的眼泪中，我才恍然大悟：同情心和同理心（compassion & empathy）不能是停留在抽象的概念层面，而是需要去亲身体验，才能感受到它们对人产生的巨大的转化力量。

从那以后我的风格发生了很大的变化。在职业场合里，我依然依靠我的理智和逻辑去说服别人；但是在更多的时候，我也毫不畏惧地表达我的情感：对同事、客户，还有家人、朋友们。很多以前就认识我的朋友们甚至感叹：慧瑾变了，变得成熟、更有人情味儿了。甚至于我还得到了前所未有的追求者的青睐。我想这一切与情绪对我的影响不无关系。我的世界就好像一座阴森封闭的城堡，一旦城门打开，春风吹入，便立即春色满园。

与"反对"共生

2008—2009 年间，我放弃了在麦肯锡咨询公司当合伙人的职业梦想，同时和我的"完美男朋友"分手了。

这一切对我的父母来说完全难以理解——我为什么要放弃这两样我曾为之苦苦奋斗的东西？我猜有段时间他们一定认为我是脑子坏掉了。说实话，我不是一个敏感的人，因此我一点都没觉得他们有多担心我，以及我的决定给他们带来的影响，直到有一天妈妈流泪告诉我，看着我经历这一切人生的波折对他们来说是多么痛苦。

我与很多亚洲学生和朋友聊天的时候得知，大部分人都曾因与父母的意见相左，或者是不能符合父母的期望而备受煎熬，尤其是如果他们想要走一条不寻常的道路。对此我并没有太多经验，因为从小到大，我一直都是按照我自己，而非父母或是任何其他人的方式和价值在生活。但是那天妈妈的眼泪深深触动了我，它让我认识到，我的行为已经严重地影响到了她和爸爸。这一点是我以前完全没有意识到的。

对此我思考了好久。我意识到我其实可以处理得更好一点。当然首先，我所做的选择结果并不会有什么不同，因为这是那时我能够做的忠于自己的唯一选择。可是我却应当花更多的时间与父母沟通，帮助他们理解我的心路历程，让他们进入我的世界，感受我的挣扎和痛苦，这样起码他们就能了解，虽然这一切让他们难过，但我的选择并不是疯狂的，而是经过深思熟虑。我记得他们曾说过，当时的感受就好像我把他们关在了屋子外面一样。从那以后，我的所有重要决定，都会与他们分享——只有这样，我们才算是一个风雨同舟的家。

后来我们一起经历越多的挑战（例如决定是否把奶奶送进养老院，等等），我越发意识到生活里最为重要的，就是"共同经历这一切"。

　　只是在我和父母的关系上，有一点始终都没有改变过：那就是父母必须为他们自己的感受负责，而不是由我来负责。父母的感受来源于他们的价值观和看法，因此是他们自己决定自己的感受。我从来不会也必将不会为了单单让他们感到开心而改变自己的选择，这么做的代价太高了。也许有人会说这太残酷无情了。我的回答是，如果父母真的把我当作一个独立的人来爱，他们一定会希望我能过自己的快乐人生。他们会支持我，分享我的生活，而不是每天在那里指手画脚，要我按照特定的方式来活。事实上我的父母一直以来也都是这么做的，与其他亚洲孩子相比，我是无比幸运的（我猜想自己之所以能有今天，都是拜我父母的"不强加"所赐）。当然，我的父母也有其他父母常有的担忧，比如说妈妈常常担心我嫁不出去、不能生孩子，等等。那些时刻真的令我伤心，可是我告诉自己，不能因此就觉得这是一种义务要去完成。

　　做一个领袖，要在大家都迷茫或者认为没有任何可能性的时候，有勇气指明道路。没有人能够代替你指出你要走的路，包括你的父母。做一个领袖，同时也要激励大家，并寻求尽可能多的支持，来向自己指明的方向努力。那么就从父母开始吧：与他们沟通，让他们像朋友一样进入我们的生活，并和他们一起去开辟一个崭新的世界。

　　"爱自己"才应该是我们的初恋，如果不经历过它，我们对别人的爱便是空中楼阁。我们甚至可能因为"爱别人"而迷失了自己。我对此有过刻骨铭心

的记忆：直到我完全接受了自己的全部——好的、不好的，直到我对自己的潜力和所能做出的贡献深信不疑，我才能以一个独立而完整的人格去与别人相处，去因着别人本来的样子爱他们，并最终建立起共依共生的坚不可摧的人生关系。

我很喜欢美国的时装设计师 Diane Von Furstenberg 说过的一句话，她说，一个女人最重要的朋友，是她自己。（The most important best friend a woman needs is herself.）我想这句话男女都适用。让我们首先从做自己的好朋友开始。

抹不去的才是青春——

三个哈佛女生的成长手记

后　记

　　我们在本书的写作中，得到了很多朋友的帮助，他们帮我们读稿，建议书名，对我们的各种提问给予了真诚的回馈。由于人数众多，这里不一一提名，但真心谢谢你们。

　　衷心感谢孙莉莉女士和李欣女士，她们抽出宝贵的时间与我们多次讨论，给予了很多非常好的建议，让我们的文章有了脱胎换骨的感觉。

　　感谢我们的哈佛同学张山山先生、哈佛同学汤翌晨女士、哈佛师弟冯天熠同学，提供了很多张哈佛校园的照片。

　　还要感谢我们的好朋友，我们的哈佛同级同学葛新女士。她本来也是作者之一，我们在一起度过了很多美好的时光，一起做了很多讨论，一起旅游。很遗憾，她由于工作繁忙，没有一直参与到最后的成书阶段。

　　最后，我们要感谢黑龙江人民出版社，为我们这本书的出版投入了大量的时间和精力，因此才有了这本书的问世。

　　从 2009 年到 2016 年，这本书终于熬过了"七年之痒"，与大家见面，希望与大家共勉！

作　者

2016 年 3 月 19 日